U0466864

风吟红山

张振钛 / 著

ARTTIME 时代出版
时代出版传媒股份有限公司
安 徽 文 艺 出 版 社

图书在版编目（CIP）数据

风吟红山/张振钛著.—合肥：安徽文艺出版社，2024.4
ISBN 978-7-5396-7861-0

Ⅰ.①风… Ⅱ.①张… Ⅲ.①长篇小说－中国－当代
Ⅳ.①I247.5

中国国家版本馆CIP数据核字(2023)第199199号

出 版 人：姚　巍
责任编辑：汪爱武　　　　装帧设计：徐　睿

出版发行：安徽文艺出版社　www.awpub.com
地　　址：合肥市翡翠路1118号　邮政编码：230071
营 销 部：(0551)63533889
印　　制：安徽新华印刷股份有限公司　(0551)65859551

开本：700×1000　1/16　印张：19.25　字数：270千字
版次：2024年4月第1版
印次：2024年4月第1次印刷
定价：78.00元

目　　录

序一　一个工程师的爱与坚守

作者是位工程师，也是个文理兼修的人，专注于自己所从事的桥梁设计专业，同时爱好写作、摄影、音乐、旅行、收藏。他的身体里似乎蕴藏着无限的潜能，他对自己感兴趣的事情都能倾注深情，做得尽善尽美。他能用陶笛演奏优美的乐曲。在他的镜头下，金灿灿的白桦林像盛装的少女，明艳夺目；赛里木湖湛蓝纯净，如梦如幻；缥缈峰上洁白的雪莲，散发着灵动、野性、高贵的神韵。他收藏的瓷器、美玉、奇石就像他的灵魂一样陪伴着他。对待工作，他更是投入了十二分的热情。他曾经说过，桥梁设计是一种修行。就像他的小说中写的：一张张图纸最终变成矗立于大地上的水利工程，灌溉万亩良田，治理千条大河，点亮千家万户，给人们带来希望和光明。

他是个善于思考的人。他发明了桥涵工程领域一种高强钢筋吊环专利技术。使用这种高强钢筋吊环保证了吊环的大吨位承载力，解决了普通吊环强度低、吊装重量小的难题。这项专利技术的灵感来源于他少年时代捆扎麦垛时所用的木制绳环，绳环先由长在榆树上的细枝弯折形成，几年后枝条长粗被砍下来便是形状固定的绳环。为简化预制装配式桥墩盖梁与墩身的连接工艺流程，提高工效，便于施工，参悟于中国传统的榫卯建造技术，他发明了一种类似榫卯结构的连接装置。这种装置构造简单，连接牢靠，造价低。我有幸目睹过这个闪耀着思考光辉的巧妙装置。

他是一名优秀的桥梁设计师，又是一个有才情、真性情、有思想、有文化的人。关于文化，他在《风吟红山》里这样定义：文化是发自真心地热爱自己、温暖他人的力量，是因为热爱而衍生出来的一种自觉的、基于现实更高层次的追求能力。2019 年，他出版了第一部小说《玉兰镇上》。写那本书时，他正在参与设计和若铁路。和若铁路是国家《中长期铁路网规划》中的重要铁路干线，是我国西部地区重要的路网干线，是新疆“四纵四横”铁路主骨架的重要组成部分。他白天投身于紧张而繁重的工作中，晚上挑灯夜战，不辍写作，经常写到凌晨两三点才休息。从2017年12月28日到2018年5月25日，他用了5个月的时间完成了《玉兰镇上》的初稿。那是他内心纯粹的、无法自抑的情感的涌动和迸发。那些对童年生活，对故乡的人、事、物的生动的、真实的、细致入微的描述以及所表达出的对故乡深沉的爱与依恋，足以勾起每一个游子浓浓的思乡情结，带给人对故乡美好的回忆和向往。

好的作品总是能给人以力量，给人以激情，给人以启迪，给人以思考。《风吟红山》就是这样的一部作品。它透过一个个平凡的人、一件件普通的事，生动诠释了关于热爱、关于理想、关于事业、关于生活、关于爱的朴素而深刻的内涵，既平实自然，又发人深省。它就像一位智者，启迪了我的灵魂。

《风吟红山》最大的特点是真实而耐人寻味，平实而又不失生动。真实的东西，总能给人以心灵的触动。就像我们看风景，那些人工打造的风景固然能让人赏心悦目，但天然的、原始的美景更能直击人心，让人看过一眼就会记一辈子。

小说中辽阔新疆的风土人情——断崖之巅的红山塔、天边的慕士塔格峰、玄奘取经路上的石头城、风中的可可托海、千年古村落里布谷鸟翅膀上的花，还有帕米尔高原上戴着高筒帽的塔吉克族老人和他亲手制作的精美马鞍……夜夜走进我的梦里，勾起我对新疆那片美丽而神奇的土地的无限憧憬和向往。

小说里的每一个人，都个性鲜明，如在眼前。那位拉小提琴的银须老人激情澎湃的演讲，将民族音乐家王洛宾一生对音乐的坚定追求和痴爱表达得淋漓尽致。那位唯一要求给本科生授课的中国科学院院士朱曦先生，既能严肃讲授《理论力学》，又能深情讲述“建安风骨”，而他所倡导的王阳明“知行合一”的思想，更是贯穿小说的始终。那个亦师亦友、为事业献出生命的优秀工程师叶清扬告诉余玮：信仰和尊重是人安身立命的根本。他像一束光，给人光明和力量。幽默健谈的楼春芳告诉余玮：顺境做事，逆境读书，用奔跑品味荣光，用缓行坚守落寞。楼春芳将一生所坚持的“狂风吹不倒犁尾巴”的精神传承给余玮，警示他不论在何种境况下都不能丢了所学的专业知识，不能丢了谋生的根本。奇奇的小学班主任杨玲老师坚定地培养学生的写字能力，启蒙学生的阅读兴趣。她说，“我更喜欢调皮、野性的男生，喜欢浑身闪耀着阳刚之气的男生。我们这个民族在历史上很多危难的时候，并不是国力不足而遭受欺凌，而是男人缺失了最该属于男人的雄健之气”。这些人像启路明灯，照亮了余玮前行的路，他敬仰他们，感恩他们。

小说的主人公，我猜想就是作者自己，一个时时回望过去、怀念故乡的游子，一个始终坚守当下时光、依凭灵性与良知行走着的工程师。他常常会想起，在遥远故乡的小镇上那所魂牵梦萦的土房子，那是父亲和母亲给他的坚实而温暖的家，是护佑他的地方。土房子承载了他童年的所有梦想、所有欢笑、所有回忆。父亲和母亲用爱背负着他走过过去的艰难时光。在爱的滋养中成长的孩子，他的内心是良善的、温润的，他的感情是真挚的、丰盈的。

小时候，春天，村口黄河边上枣花盛开，满条河及整个村庄都浸泡在浓郁的花香里，爷爷会带上自制的鱼钩，叫上他，找一处河湾，悠然地坐在小凳上钓鱼。夏夜，蝙蝠的鸣叫划破夜空，爸爸会带着孩子们睡在平坦的屋顶上看浩瀚的银河和皎洁的月亮。冬日里，大雪纷飞的清晨，睡意蒙眬中听见爸爸清扫屋顶厚厚的积雪发出的“嚓嚓嚓”的声响。晚上，一家人围坐在一起，爸爸和二姐用小提琴和电子琴合奏经典民歌，孩子们跟着乐曲歌唱……从小经历了美好的人，他将来的遇见也多数是美好的，他的心会指引着他的运气去遇见美好。在爱的力量的牵引下，在那美丽的苏拉夏，他遇到了他心爱的姑娘，一道闪电照亮了寂静的红山，他听见了花开的声音，他闻到了玫瑰的花香。从此，去见你的路上，风都是甜的。在异乡，在乌鲁木齐，妻子给了他一个温馨而安稳的家，父亲和母亲也从千里之外的土房子来到了他的新家，加固了他的家，他将用一生的时光去护佑它。

他说，女人就像一座坚固的城。《玉兰镇上》是他献给母亲的一本书，《风吟红山》则饱含着他对妻子的感恩、欣赏、深情和浓浓的爱，也在深情表达对母性的敬意。生活中的点点滴滴，汇成一条澎湃的河，在他的心中日夜奔流。终于，在某一个寂静的夜，汹涌的激情化作一串串跳动的字符，从他的指间绵延流出。那是真情的释放，是情感的宣泄。他和妻子从负数起家，牵手踏上一条通往新生活的路。这是一条充满美好希望的路，他满怀信心、满怀憧憬地走在这条路上。这条路上有鲜花，有荆棘，有欢笑，有泪水，而他始终坚定不渝地陪伴在她的身边。他曾经为了理想而跳槽，又因为理想而回归。就像他的小说里写的：一个平常之人活着到底是为了什么？不正是为了爱与理想吗？无视爱与理想，生命的气机会自动转化为迷茫、悲哀和寂寥的情绪，这种情绪会吞噬掉良知。而爱与理想，其实是合二为一的概念。没有爱的理想是伪装的，而伪装的理想是短命的。遵从良知的指示，爱所爱的人、爱所爱的事，才算得上是持久、真实的理想。

经历了世俗的纷扰，我们更喜欢平静真实的似水流年。当我们在快节奏的社会里心情浮躁时，不妨静下心来，看一部宫崎骏的动漫电影，闭上眼睛静静聆听一曲《天空之城》，天籁般的乐音会让我们的心随之沉静下来，回归到安放理想的心灵之地。而所谓的理想，就是心存善念，专注于自己的工作，守着所爱之人，安静、平和地生活。

陈玉珍

序二　闻香识人

电影《卡萨布兰卡》里有一句经典台词:“如今你的气质里,藏着你走过的路,读过的书和爱过的人。”

本书的男主人公余玮无疑是幸运的,他遇见的人,走过的路,读过的书,让他成为现在的他,“心即理”“致良知”的他,始终怀揣着爱与理想前行的他。那些遇见他的人,无疑也是幸运的,因为从他身上可以始终沐染到爱的光芒,那光芒正如同暮春暖阳薄薄地镀在红山塔上所散发出来的色泽,让人痴迷,那光芒正如同初秋暖阳细细地洒在乌伦古河所折射出的粼粼波光,让人沉醉。

读《风吟红山》,读一个在平凡生活里,始终坚持理想、热爱生活,探寻生命本义的大学毕业生不断前行、不断成熟的故事。这个故事在时光之河里缓缓流淌,偶尔会在暴风雨里迷失,但绝大多数时候,都执着而笃定地流向爱的海洋。我想,《风吟红山》就是对岁月静好的最佳诠释。

对余玮一生影响深远的人莫过于他的父亲和母亲。父亲一半的身份是老师,一半的身份是农民,最大的理想是让几个孩子都读大学。他对自己要求很高,写给余玮的信字迹工整,充满了挂念与叮咛;给余玮理发也用尽心思,只为可以剪出更得体、更时髦的发型,直到后来得了帕金森病才把这项手艺交到梅妤手里;他扎的笤帚也是最好的,齐齐整整,用到最后也不会掉出草秆儿来。母亲没有读过书也没学过画画,却是个心思极巧之人,和丈夫一样,盼着几个孩子好,盼着几个孩子正直善良、温润如玉,有养活自己的能力。这也是他们给自己的五个孩子取名时,都用了立玉旁的原因。五个孩子的名字分别是:余瑛、余璇、余玮、余玫、余玥 。母亲在平淡如水的生活里,体悟出一整套生活的哲学与智慧,不管是年节时给天上的神仙供奉的祭品,还是绣得惟妙惟肖的鸳鸯枕头，或是按照自己的构想给余玮做的淡雅的窗帘，以及平时做的各式饭菜，无不包含着质朴而伟大的爱。在这样一个家庭里成长起来的余玮，在长大成人以后，和梅妤组建了新的小家，并把这种爱延续下去。

余玮和梅妤的第一次见面是一种偶然，是一种奇遇，也是命中注定的。梅妤是个大眼睛、长头发的姑娘，仿佛是从歌声中的达坂城里走出来的一般，她穿着镶了红边的黑色皮鞋，性情温良，话语幽默，深深地驻在了余玮的心上。两个人刚在一起时，最不忍离别，分别半个月的时间里，余玮跟失了魂儿似的难受，在红山下盼着他心爱的姑娘快些从遥远的地方回来。两个人结婚前，又闹出一些插曲，而梅妤的那一句“梅妤不会离开你”是最为珍贵的部分。后来两个人有了自己的家，有了奇奇，梅妤便迅速完成了角色转换，成长为成熟的、有担当的女人，和余玮一起经营他们的小家。她陪伴着余玮，给予他温暖与安心；她懂得余玮，在余玮获得荣誉时送给他派克钢笔，在余玮遭遇事故从鬼门关回来时，送给他一个玉莲蓬；她无条件地支持着也依赖着余玮，在余玮踌躇着事业和未来时，她始终与他同心同忧，那一句“亲爱的，我们一家人什么时候才能团聚啊”，让余玮坚定地意识到，给予爱、接受爱、创造爱才是一生中最重要的事情，而非其他。

因为父亲和母亲，因为梅妤，因为奇奇，余玮拥有完整的爱。

余玮进入西部水电院以后，遇到的贵人无数。而最重要的人便是林雨生、英中杰、楼春芳、叶清扬这一脉了，他们所处的时代不同，阅历与年龄不同，思想与文化教育程度不同，但他们的某种气质如出一辙，那是如玉一般温润强韧的气质。无论日子多么艰难，顺境或是逆境，得意或是失意，他们都始终坚韧如一、温润通透。事实上，林雨生的文化并非从学校教育中获得，而是自社会实践的千锤百炼中习得的。一个人一旦拥有了文化，即便他没受过正规的高等教育，他的为人处世，他的谈吐风姿，也就毫不逊色了。余玮和林雨生年龄差得远，交集不多，但林雨生对余玮是偏爱的，一定是余玮身上同样散发出了这样的通透的气质。英中杰的钢笔字遒劲有力，写文章文采飞扬，身体更是格外硬朗，他不服老，总是要求自己与时俱进，他是一个人人都敬仰的气宇轩昂的英雄。

楼春芳和叶清扬是余玮生命中、事业上绝对重要、绝对亲近的人，亦是余玮的导师。

楼春芳本是可以做副院长的，但他很清楚自己想要什么，这一生应该致力于什么。他陶醉于水电技术，视其为毕生之信仰；他醉心于厨艺，照料自己的爱人。为此，他甘心放弃唾手可得的名利。

惜哉叶清扬！叶清扬是余玮的师父、挚友。他继承了师父楼春芳的选择，为自己热爱的事业奉献一生，为自己的家、为自己的爱奉献一生。即使在生命尽头，他的心底也被爱萦绕着，他的话语中也充满了爱与温暖。失去叶清扬是余玮最痛心最不愿接受的事实。只是悲伤被时间修补以后，余玮终于意识到，有的人的逝去毫无意义，而有的人的逝去如同鲸落，虽然气息已不在，但他的精神依然会持续地从方方面面渗入，长长久久地滋养他曾生活的那片海域，让那片海域更加蔚蓝、更加灿烂。

红山下的知行者，凭借着自身对善恶的感受，不断地“事上练”，用爱把生命书写成岁月静好的模样。生命是一场奇遇，也是一场轮回。我想在很多个夜里，红山上的那位老者，还有王洛宾先生，他们都曾出现在余玮的梦里，他们还是那衣着朴素、神采飞扬的模样，或是闲适地走着，或是悠闲地骑着自行车，哼着歌，轻轻地笑着，瞳孔里散发着淡淡的光彩，好像岁月从来都是这般平静美好。

张　睿

第一章　红山下的五楼

雨后的草原上泛着一抹莹莹蓝光，那是党参的花，像是一串串蓝色灯笼。草原一直延伸到远处连绵起伏的群山下，山上草木稀少，铁褐色的山体一览无余，山脚下是如瀑布般垂下的白色流沙。一条金色河流闪现出来，它叫乌鲁木齐河。一列火车缓缓穿过这片无名草原。

余玮就在这趟火车上，他眼睛里一片光亮，映照出眼前的草原、河流和远处的群山。这是他第一次到新疆，第一次到乌鲁木齐。这一年，他 22 岁。

这一天是 7 月 13 日，星期五。没错，因为余玮要赶在 7 月 15 日前去西部水利水电勘测设计院入职报到，如逾期，单位当月只发半个月的工资。这是他在中国水利水电大学毕业前签订应聘合同时就知道的。余玮 7 月 7 日毕业离校，随身的背包里只装了洗漱用品、几件衣服和几本书，大学时期所用的被褥和一些书直接从北京托运到了乌鲁木齐。他在家里待了不到一周便乘坐火车到了乌鲁木齐。离开家的时候，妈妈让余玮把家里的那条厚羊毛被子带上，不知他是嫌麻烦还是其他原因，任凭妈妈怎么劝，终究没有带。

下火车后，余玮乘坐始发于火车站的 2 路公共汽车在红山站下车，车站旁就是西部水利水电勘测设计院。这是乌鲁木齐市第一家设计院，是水利部的直属单位，1949 年新疆和平解放后的第二年就成立了。新疆解放初，王震带领解放军入疆，约有七万军人留在乌鲁木齐。当时乌鲁木齐本地人口有八万余人，耕地面积不过十万亩，为保障部队的粮食供给，部队开辟了一个占地三十万亩的农垦区。农垦区选在位于乌鲁木齐北部的五家渠。五家渠的原地名已无考，据说清末民国初，这里有杨、冯、杜等五户人家，为了灌溉田地，这五家人联手从老龙河引出一条水渠，水渠起名“五家渠”。“五家渠”被作为地名沿用至今。为满足农垦区灌溉用水之需，部队重修和平渠，引乌鲁木齐河水进入五家渠农垦区。和平渠在1946年由时任新疆省政府主席的张治中主持修建。渠道修成时，有人建议将渠道命名为“张公渠”，张治中不允，另起名“和平渠”，旨在表达希望“和平、统一”的治疆纲领。解放之初，和平渠渗漏严重，在王震、罗元发等人的倡导下，自1949年冬到1950年春，从将军到士兵，万众一心，扩建、修整了和平渠，为农垦区提供了源源不断的灌溉、生活用水。历经了百年战乱的中国人，一旦获得土地的自主权，所迸发出的对土地深沉的敬意和热爱如江河水奔流不息。这些身经百战的将军和士兵又变回了农民，将荒芜的土地变成良田。这期间，农垦区成立了专门的水利勘测设计队，队址是红山脚下的一栋二层楼房，此为西部水利水电勘测设计院的前身。红山位于乌鲁木齐市中心，山体由沙砾岩构成，呈赭红色，故名“红山”。山上有珍奇的化石资源，发现过距今2.7亿年的古鳕鱼化石和酷似人类鞋印的化石。

西部水利水电勘测设计院的办公大楼是座典型的苏式建筑，俗称“筒子楼”，每个楼层中间有一条走廊，两边是房间。办公大楼由主楼和配楼组成，主楼高五层，配楼高四层，始建于1957年，由苏联人设计，是当时乌鲁木齐最高、占地面积最大的建筑。墙面以铁锈红色的水刷石饰面，与红山是一样的颜色。办公大楼建成后的好多年里，人们都把这栋楼称为“五楼”，或称为“红山下的五楼”。最初，办公和住宿都在办公大楼里，直到1977年在旁边又建成了两栋二层高的住宅楼，二者才分开。西部水利水电勘测设计院简称“西部水电院”或者“水电院”，员工们习惯把办公大楼叫大楼，二层的住宅楼叫小楼。这些关于西部水电院的旧闻，余玮当天下午就知道了。去人事科报到时，人事科科长白桦恰有事去院长办公室，留下余玮一个人在房间。办公桌上放着一份西部水电院自办的《水电设计报》，副刊里有篇名为《红山下的五楼》的文章，署名英中杰。余玮认真阅读了那篇文章。从文章中，余玮知道了这座大楼的诸多旧事。

不一会儿，白桦回来了，余玮很快办完了入职手续。最后，白桦交给余玮一张入职通知单，让他去总务科办理入住手续，领单身宿舍钥匙，并告知余玮下周一上班时去三楼的水工设计处找展玉明处长报到。总务科在大楼后面的一栋二层楼上，余玮把入职通知单递给总务科那位瘦瘦的女科长。女科长接过后仔细看了看，夹在一个文件夹里，起身走到隔壁办公室。余玮跟在她身后。办公室里摆放着两张桌子，一张空着，另一张上面并排放着一大一小两个硬皮本。一位身材丰腴的女士坐在桌子前，她左手摁住大本子，右手在小本子上打着红钩，目光不停地在两个本子之间移动着，好像在核对着什么。

“孔姐，在忙吗？忙完后给水工设计处实习生余玮办理一下入住手续。”科长对着那人吩咐完便走出了办公室。女士抬起头来，余玮看清了她的脸。她有五十来岁，留着短发，皮肤白皙而圆润，厚厚的嘴唇，脸上洋溢着愉快的神情。

“你是余玮，对吧？”这个女人露出热情的笑容，“中国水利水电大学毕业。我这里有今年新员工的资料，知道你的。新员工一共 10 个人，你是来的第 6 个。我叫孔桂香，是你们的宿舍管理员。”

孔桂香说完，从抽屉里拿出两张塑料卡片，分别夹在她刚才看着的那两个硬皮本里，合上本子，起身从身后的柜子里拿出一大串钥匙。这串钥匙一把一把系在一个凿有小圆孔的铝质圆环上，拿在手上叮当作响。她对余玮说道：“小伙子，跟我来，先到库房里取你从学校托运来的行李。”

库房在一楼。孔桂香找出一把钥匙打开了库房门，顺手打开了灯。这个库房足足有三间教室那么大，放着好几道货架，上面摆满了大大小小的纸箱和装满东西的塑料袋。余玮正扫视这些货架时，孔桂香介绍说：“这是劳保用品，在野外做勘测时用的。你的包裹在这里。”说完，她手指着门后面长形的大铁桌示意余玮过来。余玮一眼就看到了他的包裹。包裹很重，里面装有好多书。专业课课本大多数都在，毕业时余玮没有在学校小树林的跳蚤市场卖掉。包裹里面还有一些课外书，多是大学期间在旧书摊上买的。床垫和褥子也在包裹里。还有个凉席，当时实在不好打包，便留在了宿舍。为保护书籍，余玮把它们包在了被子里面。余玮双手抓住包裹上的捆绑带，把包裹拉下铁桌子，顺势将包裹靠在大腿上，费力地将它一步步挪出库房。因为行李过重，离校办理托运时，是他和室友宋玉龙一起费力地抬到校门口16路车站的。当时宋玉龙一个劲儿地埋怨："里面装什么宝贝了？死沉死沉的。"余玮答道："别嫌沉，它将开启我未来生活与工作的展望。"

"单身宿舍在办公大楼两侧配楼的顶层，还有几间宿舍在南侧配楼的第三层，每个宿舍住二至三人，免费住的。三楼的宿舍是满的，只能安排你在顶层的宿舍住了。上午刚安排完环保设计处燕博文的住宿，他的宿舍还有两张床，你就跟他一起住吧，年轻人住在一起也聊得来。"孔桂香不停地介绍，"哦，你的包裹很重，库房里有个小推车，我给你拉出来。"说着话，她把小推车拉了出来。余玮说了声"谢谢孔姐"后把包裹放在推车上。

从库房到大楼的后门，有50多米的距离，有了推车，余玮轻松地把包裹运到了大楼楼下。

"小伙子，包裹就放在这儿，没人拿的。你跟我去楼上的宿舍。"孔姐笑道，"先看看宿舍，我把钥匙给你。"孔姐又自语道，"也不知上午来的那个小伙子在不在……"

楼梯间里，余玮碰见了几个人，他们应该是西部水电院的员工。余玮有些兴奋，觉得自己和他们一样可以挣钱拿工资了。尽管自大学二年级起他一直在一家报社兼职，第一次挣到钱的喜悦已经体验过了，但总觉得那是非正式的、缺乏安全感的。他甚至想尽快知道自己每个月的工资是多少钱，筹划把大四那年借亲戚的钱还掉。大四时，余玮没再向父母要钱，他预想自己兼职的收入可以支付一年的花费，可实际上并不够，为此他向亲戚借了1200元钱。他们两个人走主楼楼梯到四楼，在楼梯口往右拐经过一间办公室时，余玮留意看了一眼，里面有几个人围着一张很大的图纸在讨论问题，声音传到了楼道里。他想到一过周末，周一就到了，便能拥有属于自己的办公桌了。

孔桂香走到一个房间门前停住，敲了敲门，没有人开门。她挑出一把钥人弹奏电子琴,合奏不同的曲目,其余的孩子就在一旁跟着乐曲歌唱。二姐余璇在大学主修钢琴,毕业后在一所中学当音乐老师,每年暑假都要回家。曲目有很多,大多是些经典的民歌类的曲目。有《山丹丹花开红艳艳》《十送红军》《呼伦贝尔大草原》《草原之夜》《莫斯科郊外的晚上》《夏夜》,当然每次演奏总少不了王洛宾创作的曲目,而这首《在那遥远的地方》每次都要演奏,都要歌唱。家里这样的演奏会,通常要持续到很晚才在妈妈的催促下结束。余玮想起故乡的夏夜,蝙蝠的鸣叫划破夜空,如溪水里白皮虾“咻咻”的游蹿声,好像是在传递某种神秘的信息。夜里,为了避免蚊虫的叮咬,爸爸带着几个孩子睡在平坦的屋顶上,在那里,可以看到浩瀚的银河和皎洁的月亮。他又想起了冬日里大雪纷飞的清晨,睡意蒙眬中听见爸爸清扫屋顶厚厚积雪发出的“噗——噗——”的声响,听见积雪沿屋檐掉落下来的声响。余玮的思绪很自由,他怀念起那些冬日的上午,几个孩子在屋子里阅览爸爸从学校拿来的报刊,屋后杏树上的冰柱“叮当”“叮当”地掉落在屋顶,大门口白杨树上的喜鹊在“喳喳喳”地叫。

老人拉完一首曲子,紧接着又拉另一首曲子。老人拉的曲子,竟然跟爸爸和二姐演奏的曲目惊人地相似。余玮坐在一旁的椅子上,全神贯注地聆听。

时间过去了很久,老人依然在演奏,像是陷入一种痴迷的情绪中不能自拔,这让余玮顿生敬意。

又过了很久,老人停了下来。余玮不自觉地拍手鼓掌,起身朝着老人鞠躬致敬:“您好!您的演奏让我陶醉。”

“谢谢你的夸赞,这让我感到高兴。”

“王洛宾的《在那遥远的地方》,您至少演奏了两次。”

“小伙子,你了解王洛宾?”

“了解一点。我看过王洛宾的传记。”余玮在读高中时,余璇给他推荐过王洛宾的人物传记。

“我曾是王洛宾的邻居。”老人暗示了他与王洛宾不寻常的关系。

老人盯着余玮看了几秒钟后,突然说道:“小伙子,一起走走?”余玮头一次见到这么直率的陌生人。他微笑着点点头。老人收拾小提琴时,在雕像台座的背后,余玮看到了刻在上面的那首著名歌曲——《在那遥远的地方》。

余玮告诉老人,自己是第一次来红山。老人的眼中闪过一丝惊讶。

他们往山上走。拐过一道弯,老人指着远处说:“在那里,快看。”

余玮张大了嘴巴。他觉得这是自己见过的最迷人的塔了。

他曾在火车上见过这座塔的照片,但眼前的它端庄纤秀、高高耸起,古朴典雅的气韵远远超出他先前的想象。塔修建在突起的断崖之巅,居高临下地俯视着他们。余玮想象200多年前,它也这样俯视着来往于脚下这条行走于河谷的丝绸之路上的商旅、军队和居住在这里的人们。塔的对面,是一尊林则徐的大理石雕像。

“我觉得这塔像位牧羊姑娘。”余玮说。

“噢! 牧羊姑娘,倒是贴切。”老人说。

“我们走近了去看她?”余玮问,“我还想看看红山的断崖。”

老人笑了起来,用手抹了一把额头的汗:“走吧。”

塔的周围有很多人。塔的脚下,岩体并未被整平,保留着原始的样子。断崖近乎直立,很多人不敢走近,老远怯怯地望着,有些走近了的人,也是战战兢兢的。如此的险峻之处,有恐高症的人是不敢上来的。而余玮并不觉得恐惧,站在红山顶,抚摸着红山塔塔身,昂起头来,朝塔顶望去。

塔顶上方,是蓝莹莹的、没有一丝云彩的天空。就在这一刻,他听见轻风吹过红山,发出“呲呲呲”有节奏的声响,似乎还伴有红山塔迎风奏出的神秘音乐,像是牧羊人在低声吟唱一首古老的情歌。

老人手指着山下的河滩路说:“河滩路本不是条路,而是一条河——乌鲁木齐河。60年代初期,政府在乌鲁木齐河流出达坂城草原,进入乌拉泊的地方修建了水库,将河水改入和平渠,下游河道慢慢干涸,再后来便将河道改造成了河滩路。我年轻的时候乌鲁木齐河就在山下蜿蜒北去,周围遍布郁郁葱葱的农田，长有小麦、豌豆、青稞和苜蓿，还有大片大片开着紫色、白色花朵的土豆。田地四周是古老的榆树和高高的白杨树，中间阡陌纵横，溪流沟渠遍布。天热时很多人在河里游泳，有蹲在岸边洗衣服的妇女，还有在河边饮水的牛、马、骡、羊，河心处有一块绿地，有成群的各种鸟雀在栖息。”

老人的话语充满了诗意。他的谈吐与气度完全相配。

山顶上的游人很多，余玮和老人没待多久便离开了。转过身时，余玮的眼光越过红山上密密的树林，朝东看见了天边的博格达峰。

“您跟王洛宾很熟悉吗?”余玮有意这么问老人。

“当然。我一直称呼他为先生，我跟他一起编导过歌剧。”老人骄傲地说。

余玮想，这位老人的文化修养该有多么高深。

“先生是个了不起的人！他的音乐像星辰一样灿烂。他记录、改编、创作的每一首歌曲都跃动着他静默的心灵，闪耀着他晴朗的思想。

“先生的歌，让我体会到‘大道至简’的哲理。”

余玮很享受老人优美精湛的语言。他和老人走到一处凉亭中，靠坐在长椅上。

“在我个人的音乐记忆中，洛宾先生的歌是我最初的印象。”老人说，“先生的歌，平实而优雅，简单又富有寓意。他耗尽心血挖掘、整理和传播民谣、民歌，使大西北沉淀了千年的音乐展现在世人面前，成为人类的财富。他也是自盛唐以来，让西部民歌走向全国乃至走向世界的第一人。这一点是毋庸置疑的。”

余玮和老人四目相视，余玮微笑着点头，眼神和嘴角流露出崇拜和敬仰。

公园的音箱里播放着马头琴曲《在那遥远的地方》，一只蓝色的蝴蝶落在老人的琴盒上。

“王洛宾生活在乌鲁木齐，他一定来过红山吧?”余玮问老人。

“是的，他常来这里散步。但他最喜欢骑自行车穿行在乌鲁木齐的大街上。先生 80 多岁时，出门依旧骑自行车，在乌鲁木齐人印象里的，正是骑在自行车上的王洛宾——一顶礼帽、一条短裤、一件红色T恤。”

听完老人的讲述，余玮的心里泛起一阵温情和自豪，他好像真的看见王洛宾在红山上散步、思考，在乌鲁木齐的大街上骑车行游。从这一刻起，他将它作为一件很重要的事情记在心里面。

“据说，王洛宾在牢狱中仍在写歌?”余玮问老人。

“王洛宾一生中有19年在狱中度过。”老人长叹一声，“但这不妨碍他成为一个时时坚持理想和尊严的人。当年看管他的狱警说，背砖时，别人背20块砖，他却要背28块，他这样做是不想让别人说知识分子的闲话，所以干活时就多干一点。即使在狱中，他囚衣下的心里依旧流淌着音乐。他有位狱警朋友，时常去牢房看他，顺便给他捎点吃的。有一次朋友又来看他，王洛宾让朋友再来时带些稿纸，别带吃的，因为他要写歌。为写歌，他用自己省下的窝头换狱友的歌。监狱里来自各地的囚犯中，有一些人很有文化，会唱很多民歌，王洛宾渴望将这些民歌及时搜集起来。在那个年代里大家都在饿肚子，他请人唱歌，人家唱一半就不唱了，说肚子饿了，唱不动了，王洛宾就把自己的窝头给人家，请人家继续唱完，这边唱着，那边记录着，一有空，他便潜心整理、改编。监狱里什么人都有，有被诬陷的无辜者，也有偷窃的、奸淫的、过失犯罪的刑事犯。他们哼唱的歌也是五花八门，有深沉怀恋的，有猥亵放荡的，有咏叹历史的，只要觉得有用，王洛宾就赶紧记下来。王洛宾每次跟探监的儿子分别握手时，总会把一张写满歌的纸叠好递给儿子，带出牢狱。王洛宾曾说过：‘我心中有架钢琴，在日日夜夜弹奏乐曲，手指断了，心还在弹，没有人能使我离开音乐。’理想是具体的、艰难的，与现实息息相关却又超越现实的，王洛宾一生将传播民歌作为自己的理想和信仰!”

老人说到这里，禁不住热泪盈眶。余玮有些惶恐，但很快平静了下来，他静坐着等待老人的心绪慢慢平复。余玮知道，这样的时刻是神圣的，让它自然来临，自然消失。

“其实，王洛宾的牢狱之灾对他未尝没有帮助。”余玮冒昧地说，“牢狱中，他的情感郁结，行为被约束，但思想摆脱了浮躁与诱惑，达到宁静和纯粹的境界，这似乎是一种安排，他遵从了这个安排。牢狱中，那么多的人汇集在一起，那么多的歌曲汇集在一起。”

老人没有反驳余玮，他默认了这个观点。

凉亭旁，有位中年妇女在卖烤香肠和雪糕，四周围了很多人，大多是些情侣和孩子。此时已是中午了。

“走，小伙子，一起去吃午饭。”老人起身对余玮说道。老人的邀请让余玮有些难为情。萍水相逢，老人像是把余玮当成了故交。或许，老人是想找位听众。

老人在走出公园的路上，话语滔滔不绝，依旧是关于王洛宾的逸事。余玮在想：老人和王洛宾之间该保持着怎样厚重的友情！他一路上都在虔诚地倾听。

虽是七月酷暑，但林荫下清凉干爽，路旁有苍郁的马尾松，偶尔有灰色的松鼠在树干上蹿来蹿去，还有鸟鸣声萦绕在头顶。

红山公园的斜对面有家川菜馆。他俩走了进去，里面的食客很多，老人跟店主很熟悉，见面便亲切地打招呼。老人点了菜，还点了店家自己泡的枸杞酒。老人有言在先：酒菜钱是他的，让余玮勿虑。两大杯红艳艳的枸杞酒先端了上来，酒香四溢。

“王洛宾一生爱酒，一高兴就喝酒，喝了酒就要唱歌，终生未变。有一次我俩高兴，在红山夜市吃锅贴，你猜我们俩喝了多少酒？你肯定想象不到，大瓶的古城特曲，我们俩喝了整整 7 瓶，喝完后潇潇洒洒地走了回去。”酒香让老人把话题转到了他和王洛宾的饮酒故事上。老人先举起杯，余玮也跟着举杯，碰杯。

一大口白酒入肚，老人的话题又跳回到囚徒时的王洛宾：“王洛宾在监狱里完成的几十首民歌署名艾依尼丁，这是个维吾尔语的名字，意为富有者。可他富有什么啊？他什么都没有了。他连他的名字都没有了，连他的名字都不能用了。他富有什么？他富有精神。他富有支撑他精神的音乐。他是一个音乐的富有者、灵魂的富有者、理想的富有者。他在牢狱中是囚犯,也是音乐家。他走出牢狱,便是殿堂级的音乐大师!"老人的情绪激动了起来,"王洛宾是有大使命的人,他的使命来自对音乐充满敬畏的痴迷,来自对音乐所保持的持久信仰。为此,他漠视苦难。他本人曾这样说起他牢狱中的经历:'我很幸福,为什么幸福?我坐了十几年的牢,我出牢狱的时候带着三个厚厚的音乐笔记本。我一生追求的是音乐,如果我在监狱外面,恐怕花几十年的时间也收集不到这些民歌。狱中来自各地会唱歌的犯人,他们代替了我,他们代替了汽车轮子,而我有机会能见到他们,如果没有这种机会,可能有些民歌现在已经失传了。'"

余玮和老人喝了很多酒。老人的情绪达到了高潮,他的言语更加具有感染力,充满了悲怆和欢跃、宽恕和深沉的爱。余玮想,蒲松龄收集神鬼故事是在自己的茶摊上,而王洛宾整理、创作民歌是在牢狱之中,同样都了不起。

老人突然站了起来,全不顾周围人惊讶的眼神。"王洛宾行走在寂寞荒凉的、充满想象力的西部之路上,"老人像是在朗读,"以朝圣者的虔诚与热爱之心,自民间发掘、创作了上千首民歌。这些歌大多数展现的是普通百姓中的人和事、情与理,表达普通百姓质朴、厚重的感受。

"王洛宾写过《在那遥远的地方》的牧羊姑娘卓玛,写过《高高的白杨》里埋在树下的美丽新娘,写过《半个月亮爬上来》里藏在纱窗后的玫瑰姑娘,写过《在银色的月光下》里骑马互逐的爱人,写过《小白鹿》里动人漂亮的哈萨克族少女,写过《黄昏里的炊烟》中的毡房,写过《沙枣花儿香》里头插红花唱歌的老奶奶,还写过《青春舞曲》里逝去的如水流年……他歌唱他平常的所见,歌唱他细腻温暖的情感,他通过歌曲洞察人间的爱与愁,他的千首民歌汇作一条宽广温情的河,河水里流淌着苦难与理想,文化与良知,迷茫与坚守。"

老人说完这些,餐馆里掌声雷动。老人端起满满的一杯酒,一饮而尽。

"刚才所说,是我写给王洛宾先生的一篇纪念文章的片段。"老人落座,兴奋得像个孩子。

第三章　布谷鸟翅膀上的花

翌日早晨，余玮有意到红山公园跑步，希望能在旧地碰见昨日偶遇的老人，却没有见到他。余玮沿着公园错落交织的路径来回地跑，仍然没有发现老人的踪影，这让他有些失落。而在之后的日子里，余玮再也没有遇见过这位熟知王洛宾的老人。

公园里一些孩子在荡秋千，欢笑声荡漾在红山上空。一些老人在放风筝，风筝飞到很高很远的地方。有位老人收回了自己的风筝，那风筝是手工制作的，是只粉红色的蝴蝶，蝴蝶的触角是两根烤弯了的竹篾，端部粘接两朵红色的花。还有一些人在跳舞，是那种妩媚又粗犷的西域舞蹈。余玮感觉除他之外的人皆是欢愉自在的，这些欢愉的情绪并没有感染他，他还没有从失落中走出来。

走出公园，他没急着赶回宿舍，而是随意走在大街上。

比起北京，乌鲁木齐的街头景象更有特色。乌鲁木齐的街道很宽，骑自行车的人很少，几乎看不到摩托车，人们要么待在机动车道上行驶的汽车里面，要么走在宽宽的人行道上面。这座城市的人衣着很讲究、很时尚，那些乡下来的人也是如此，穿戴更加用心，像是为走亲戚而准备的。没有人随意穿着拖鞋懒散地走动，好像人们从未有过这种想法。人们的个子普遍很高，特别是那些姑娘，就像是花园里高高昂起头来的玫瑰花一样，美丽只是表象，她们散发出的一种高贵与华丽更加摄人心魄。她们的眼睛是动人的，像清澈的溪水一样，把一种可人的情绪传递出来；她们的微笑是迷人的，像皎洁的月光，把清爽的光辉溢洒出来。

余玮在马路边一个名叫塔城冰淇淋的小店里买了冰淇淋，这是他吃过的最美味的冰淇淋，他对这种冰淇淋迷人和香醇的口感赞叹不已。店主说，这是一种哈萨克族风味的冰淇淋，完全按照哈萨克族人的制作工艺做成，香料均取材于水果或者鲜花。

余玮走到红山地下街，它由几条连着一个圆形露天广场的地下通道组成，像太阳的形状。他漫步经过一些地毯店、工艺品店、点心店、花店、衣店和玉器店。他在一家玉器店前停了下来，欣赏里面温润的和田美玉，有一块形如石榴的红皮籽玉，让他惊叹不已。店主说，他连着去了那位维吾尔族老人家三次，软磨硬泡后才得到了这块镇店之宝。

“真像颗石榴，红红火火的！”余玮赞叹道。

隔着一家艾德莱斯丝绸店的玻璃窗，余玮看到几位头戴艳丽花帽，满头皆是细细长辫子，身穿艾德莱斯丝绸长裙的少女在店里面缝制裙边和熨烫衣领。店里有个高高的衣架，上面挂着各种色彩绚丽、鲜艳张扬的艾德莱斯丝绸。余玮被这种独特的丝绸深深吸引了，禁不住驻足观赏。

而余玮真正了解艾德莱斯丝绸已是他到新疆10年之后了。那一年春天，余玮负责勘察设计玉龙喀什河水利枢纽工程，正是在这条出产和田美玉的长河之滨——一个名叫吉亚乡的村子里，找到了艾德莱斯丝绸的源头。这座位于丝绸之路上的古老村庄里，村民世世代代制作这种魅力无穷的丝绸。余玮在位于村子正中央的艾德莱斯丝绸博物馆里，看到了这种神秘丝绸的介绍。

西汉时期，张骞通西域，开辟了丝绸之路。丝绸之路起于中国西安，一路向西，跨越高原峡谷，穿越沙漠盆地，深入中亚腹地，通连欧洲。东西方文明在这条大道上接触、撞击、整合，交融而出生机勃勃的崭新文明，而艾德莱斯丝绸正是其中之一。

艾德莱斯意为扎染，指根据设计图案的效果，用线或绳子以各种方式绑扎布料或衣片，放入染液中，绑扎处因染料无法渗入而形成自然特殊图案的一种印花方法。也可将成形的服装直接扎染。扎染分串扎和撮扎两种方式。前者图案如露珠点点、文静典雅；后者图案色彩对比强烈，活泼清新。当地人给艾德莱斯丝绸起了“布谷鸟翅膀上的花”的雅号，暗喻它能带给人们春天的气息。

艾德莱斯丝绸之渊源，跟一位中国公主有关。《大唐西域记》记载：在很久以前，瞿萨旦那国（古代于阗国，在今新疆和田）并不懂种桑养蚕，国王听说东方的邻国中国精于养蚕织丝，便遣使求取。中国视丝绸制作为商业机密，严令边关禁止桑树与蚕种出国。为此，瞿萨旦那国国王想到了一个绝妙的办法。他谦逊地下聘礼，恳请与中国皇帝联姻。中国皇帝本来就有与邻国交好的意愿，答应了瞿萨旦那国国王的请求。国王派遣了声势浩大的迎亲使团，临行前特意嘱咐大使：“你代表我亲自对中国公主说，我国素来没有桑树和蚕种，恳请公主能带些过来，自己做美丽的丝绸衣裳。”公主听了后，秘密找好桑树和蚕的种子，将它们藏在帽子的夹层中。迎亲使团迎接公主返回边关时，检查人员对使团人员进行了彻底搜查，唯独慑于公主的高贵身份不敢搜查那顶藏有桑树和蚕之种子的帽子。就这样，公主带着这份绝密礼物进入瞿萨旦那国，住在后来建有麻射寺的地方，做好大婚的礼仪准备后被迎入王宫，而桑树和蚕之种便留在这里。阳春至，种下中国桑树；蚕月临，开始采桑养蚕。公主刚到瞿萨旦那国时，桑树尚未长成，只好用其他树叶喂养幼蚕。公主封为王妃后，将一项制度刻在巨石上：严禁伤害桑蚕。蚕蛾破茧而出后，方可取茧做丝。有人胆敢违反此令，神明必不庇护他。王妃随后为蚕神专门建造了麻射寺。如今，寺院里有几株枯死的桑树，据说是王妃当初所种植。直至现在，该地仍不许伤害桑蚕，凡杀蚕偷取蚕丝者，第二年就禁止他养蚕。

小时候，爸爸从蚕农那里弄来一些蚕让余玮养，家里没有桑树，余玮便用榆树叶养蚕，蚕也能吐丝结茧。余玮对公主用其他树叶养蚕的记载深信不疑。但他对瞿萨旦那国蚕蛾破茧后方可取丝的规定有些不解，不过很快就理解了：瞿萨旦那国信仰佛教，这项制度源于佛国对万物生灵的怜惜。

穿过地下通道，余玮来到露天广场，左手边是家婚纱店，橱窗里模特戴着的白色尖顶女士帽子余玮第一次见到：尖尖的帽顶上有个白色绒球，帽檐边的一圈绒绒的白毛与之呼应，帽盖上还绣有金色的云形纹饰，简直就是个艺术品。穿这样一身婚纱的新娘该有多美啊！余玮不由得这样想。

猛地，他被一首熟悉的歌吸引，正是那首《在那遥远的地方》。他看到了一家音像店，那首歌正是从立在店门口的大音箱里传出来的。他走进了音像店，一眼就看见了店内贴着的《在那遥远的地方》的磁带海报，海报上有位老人的大幅彩色照片：他面容清瘦，头戴宽边礼帽，戴着眼镜，留有胡须，穿着红色上衣，怀抱一把木吉他；他微微昂起头，深情凝望远方。照片上的老人正是王洛宾。余玮在货架上找到了那盒磁带，买了下来。

他紧紧握着磁带，怕丢了似的，跑步回到宿舍，小心地揭开塑料纸，打开磁带盒，取出磁带，然后拿出他在大学里一直用着的随身听单放机，将磁带放入单放机，戴上耳机，摁下播放键，歌者演唱的《在那遥远的地方》直叩心灵，让人如醉如痴。余玮细细看了磁带目录，A、B 面全是王洛宾创作的歌，共有 24 首。他一口气听完了这些歌曲，甚至中午在楼下的餐馆里吃饭时也在听。

下午，余玮正在宿舍洗衣服，有人敲了敲门，走了进来——门是半开着的。

“你好，你就是燕博文吧？”

来人是个小个子。他双目如炬，头发微卷，单肩背着一个黑色的双肩背包。余玮判断他就是燕博文。

“是的，你是新室友？”

“我叫余玮，周五下午到的，听管理员说你是周五上午报到的。”

“对，我这两天回家去了。噢，你在洗衣服，真勤快！”

余玮初见燕博文，觉得很亲切。这两天来，一个人的寂寞让他在心里面盼着燕博文的到来。他俩热情地握手，就像是山冈上两只初遇的大黑蚂蚁互相用前足触碰对方一样。

燕博文微笑着，放下背包，打开床上的包裹，开始铺床。燕博文的床铺好了，余玮的衣服也洗完了。不过是两三件衣服，洗衣服更多的是为了消磨时间。

燕博文是新疆人，毕业于新疆大学，这两天是周末，便回家帮父母干一些农活。他的家在乌鲁木齐南边一个叫苏拉夏的村庄，车程不过60多公里。有条河流经村子，河边长满了白杨树、白桦树和榆树，那条河叫苏拉夏河。余玮还未及问他，他就主动告诉了余玮。

余玮听燕博文讲苏拉夏河，想起了黄河。自从他15岁离开家到外地读书，见到或听到除黄河之外的河，哪怕是一条溪流，他总会想起黄河，想起流过故乡和自己心上的黄河。这已成了一个习惯。

余玮的家在几千里之遥的一个村庄，清明节时，村口黄河边上，枣花盛开，整条河和村庄都浸泡在浓郁的花香里了。爷爷带上自制的鱼钩，叫上余玮，找一处河湾，悠然地坐在小凳上钓鱼。那些馋嘴的鱼闻到枣花香会游到水面下，那正是垂钓的好时机，每次总会有收获。爷爷做鱼的方法很简单，将鱼洗干净后，直接放入那个黑漆漆的砂锅里面煮，不用泉眼的水，而是用黄河水。将河水盛在水盆里，澄清后倒入砂锅煮鱼。鱼煮熟后，撒盐，放入葱段，让奶奶用清油泼一小勺红辣椒面倒入鱼汤。爷爷做的鱼，余玮每次吃都觉得鲜美无比，回味无穷。每年六七月黄河发洪水时，会有很多黄河鲤鱼被洪水打晕，浮在河面上，白花花的，一片连着一片。这样的时候，村里的人会奔走相告："淌洪鱼了！淌洪鱼了！去捞鱼喽！去捞鱼喽！"男人们拿着铁叉，背着背篓，女人们拿着锅、盆，兴奋地朝黄河边拥去。家里的老人则会死死地看住小孩，坚决不让他们靠近河岸，怕被河水冲走了。接下来的好几天，家家都在享用金色的黄河大鲤鱼。洪水退去，经常有鱼搁浅在河岸上的水坑里，余玮发现这样的水坑后，会叫上妹妹，拿上家里的那个大大的洗衣盆，脱掉鞋子和外衣，只穿一条短裤，跳进水坑，兴奋地捞鱼，泥水溅得满身都是，像个泥猴一样。

燕博文很健谈，人很爽快，从背包里拿出他妈妈做的一大瓶牛肉酱让余玮吃。余玮第一次吃到有这么大颗粒牛肉的美味肉酱，里面还掺有玫瑰花。这让他想起了妈妈，妈妈用自己酿制的酱油表面的那层浮油泡制的萝卜干也好吃，里面也掺有玫瑰花。奶奶曾这样给余玮说过，饭菜做得好的女人，必是个心灵的人，做什么事情都是又好又快的。余玮想，燕博文的妈妈也应该是和妈妈一样的人。

宿舍里一下子充满了快乐的笑声和有趣的话题，它们就像打开房门时的穿堂风一样令人爽快，两天来堆积在余玮心头的郁闷一下子飘走了。

晚饭后，余玮提议到大楼后面的院子里走一走，散散步。

大楼后面的院子很大，至少有两个标准操场那么大，前天余玮去总务科时就注意到了。院子被一条南北向的路分成两半，西侧院子里有三排二层高的楼房，总务科和后勤科在第一排，勘探队和测绘队在第二排，档案室在第三排，有个独栋的三层楼是汽车队，还有一个锅炉房，锅炉房很大，连着洗澡堂。东侧院子的南端是个花园，北端也是个花园，中间是个花坛。那个三层的圆形花坛正对着大楼后门，花坛顶层是花池和喷泉，池子里面有各色金鱼，其余两层是环状的花园，花园被八条对称的径向台阶均匀分割，里面种着各色花朵，有芍药、郁金香、薰衣草、格桑花、大丽花，还有几种叫不上名字的花，这些花分别种在隔开的花坛里。花园有了花与泉，一下子灵动了起来，而这灵动的美正是花园设计师心思的展现。花园的四周长着高大的白杨树、榆树、苹果树、松树和茶条槭，还有几棵小的银杏树，估计栽培的时间不长。园子里用碎瓷砖铺成几条随意的小径，小径之间的空地多是草坪，也有几块长有草莓和蓖麻。花园里还散布着十几个矮矮的灯柱。

在花园里的小径上，他们发现了散落在地上的昆虫尸体，以那种灰色的、笨笨的蛾子和翠绿色的像蜻蜓一样的蚊子居多，还有一种蚕豆大小的黄褐色甲壳虫。这种甲壳虫在余玮家乡的田地里有很多，每年夏收完，它们成群结队地在空中横冲直撞，发出低沉的“嗡嗡”声。这种甲壳虫呆呆傻傻的，很容易捉到，余玮经常捉住很多只后用双手轻轻地捂着，它们在手心里躁动不安，挠得手心直痒痒。这些尸体在灯柱的周围尤为多，密密麻麻地铺了一层，想必是每夜扑火的结果。夕阳下，尸体的翅翼和甲壳闪着明亮的光泽，灰色的泥土是它们的背景。生命稍纵即逝,这些飞虫历经一场扑火的游戏后生命便结束了。

“这些飞虫以失去生命为代价,夜夜扑火,何其辛苦,何其执着啊!”余玮触景生情,心里泛起一阵怜悯。

“我们只看到辛苦和执着。或许扑火的历程对它们而言,充满了快乐与某种神秘的召唤。”燕博文捡起一只死去的甲壳虫,“正是它们天生扑火的习性,导致了这样的结局。”

“而人就要比飞蛾强得多,不光有飞蛾扑火的执着,还有经历很多次撞击与燃烧后的思考,会吸取教训,学会变通,变得从容谨慎。”余玮联想到了人,接着燕博文的话头补充道。

燕博文点了点头,又摇了摇头:“你说的只是一部分人。你现在以某种情理思考飞蛾扑火的道理,体察一厢情愿的真理,而其实还有另外一部分人一直像飞蛾不停地在扑火。”

“是啊,”余玮笑了,“我习惯于用自己的标准判定人的行为,凡事一定要理论出是与非,现在来看,并不全是这样。”

“试想一下,如果这些飞蛾如猫狗一样谨慎,这世界或许就少了飞蛾扑火的热情和可悯了。而恰恰是它们扑火的习性,才使我俩今天能有机会感叹生命在偶然与必然之间的奥妙。”

“对的,”余玮觉得燕博文是个很有思想和见地的人,“明天就会有灯火出现了,它在等着我们去扑呢!”

余玮说完大笑了起来,燕博文也跟着会心地大笑。

第四章　尾巴向右甩起的小蝌蚪

“你就是今年新来的实习生啊。”

“你来过乌鲁木齐吗?”

“我们听说你来了。”

“哦,中国水利水电大学,我有个亲戚家的孩子也在那里读书。”

“你学过计算机绘图吗？还得请你教教我呢。”

“叶清扬是你校友,可他不在,出差了。”

“乌鲁木齐挺不错的,你会适应这里的,并且会喜欢上它的。”

“你去过食堂吗？得用饭票才可以用餐。”

当处长展玉明把余玮带到水工设计处一所给同事们做介绍时,同事们大多离开了座位,向余玮挤了过来,至少有 20 个人迅速地在他身边围成一圈,问这道那。

余玮开始有点紧张和激动,呼吸变得急促起来,目不暇接地望着一张又一张面庞。挤着空一一回复了后,展玉明又把他带到了二所做介绍,二所只有 4 个人,其他人外出做项目勘测去了。三所有十几个人在,其中有位中年男子热情主动地向他伸出手来,自我介绍道:“你好！我叫徐海平,欢迎你,余玮。”徐海平戴着眼镜,个子在一米八以上,“希望你能留下来。”

余玮有些惊讶和迷惑,他听不懂“希望你能留下来”的意思,以为徐海平说错了。

三所的办公室里一共有十几张桌子,每两张摆放在一起,是那种老式的木制桌子,和余玮爸爸的办公桌一个式样,只不过余玮爸爸的是棕褐色,而这里的是深黄色。余玮被安排在了三所,他的办公桌靠过道一侧。水工设计处共有四个所，现有在编86名员工，余玮正是第86个，每年都有人或调走，或离职，去年有两个年轻同事离职去了北京。余玮这才明白了那句“希望你能留下来”的意思。

整个上午，余玮出出进进。他到科情室领取了十几本设计规范和设计手册，又到资产部领取计算器、三角尺、圆规等器材，还到工会领了一个保温杯。当余玮把这些物品摆放在办公室里分给他的柜子中时，他觉得这里有了自己的一席之地，他有种主人的感觉。十年寒窗或许就是为了今天，能有一块自己的领地，凭着所学的技能和体悟出来的文化独立养活自己，并且滋养自己。而现在，他的目标是养活自己，期望用不了几年，他可以做到从容自如地面对生活。他在想，自己就像一粒蒲公英的种子，随风飘落在这里，而在这里他感受到了一种温暖的归属感和希望，他会把这个希望埋在心里，就在这里发芽、开花，结出新的种子。当然，这种感受的根源是他所依靠的西部水电院，也就是妈妈常说起的“单位上”。“单位上”这个字眼在妈妈的心目中一直迸发着迷人的、让人羡慕的光彩。当年五舅舅大学毕业被分配到了南方石油管理局，妈妈总说“啥时候我的余玮才能像舅舅一样端上铁饭碗呢”！

中午下班时，徐海平叫余玮一起去食堂吃饭，告诉他饭票要自己到财务科买，食堂的饭比外面的要便宜得多。他还建议余玮下午买饭票前最好预支一个月的工资，新来的员工大都这么做。

下午刚上班，余玮到财务科预支了一个月856元的工资，这让他始料未及——比爸爸425元的工资高出一倍多。爸爸的工资从1969年当民办老师时的5元钱增加到1977年转正后的37.5元，再逐年增加到现在的425元。爸爸的工资已经让妈妈很满足了，支付了家里绝大部分的开销，当然最主要的是五个子女读书的费用。余玮想，如果妈妈知道了，她该有多高兴啊！他想马上把自己的工资额告诉妈妈。整个下午他一直沉浸在喜悦中，这种流淌在他脸上以及脚步中的喜悦让别人以为他是个时时充满欢愉的人。而实际上，他是个会莫名惆怅的人，他已经望着红山上的落日余晖惆怅了好几回，说不清是因思念家人或者是感叹什么，是那种没有任何由来的惆怅。余玮从书柜取出上午领来的所有书籍放在办公桌上，逐一在扉页上工工整整地写上自己的名字和当天的日期，他觉得这是件神圣的事情。当他写完时，他突然发现徐海平在很近的地方看着他。

“余玮，你的字写得不错！”

“谢谢徐工，您过誉了。”

“你领的这几本设计手册编写得非常好！平时多翻一翻，可让你受益终生。”

“多谢徐工指点，我一定用心研读。”

“我这里正编制一份设计文件，有一部分内容想请你来做，可以吗？”

“我十分乐意去做，就怕做不好。”

“你能做好的。具体地讲是编写一个计算书，然后根据计算结果用计算机绘图软件绘制几张图纸。”

“好。”

“那本蓝色书皮的计算手册里有类似的算例，你可以参考它去做。不理解的地方随时来问我。”

徐海平说完，翻开那本手册，找到一个设计算例，又给余玮交代了几句注意事项后回到了自己的座位上。

余玮不知道自己是否能顺利完成徐海平交给他的工作，但他知道这件事对他很重要，与未来别人对自己的看法息息相关。余玮既担心又兴奋，但更多的是兴奋，他决心把徐海平交代的工作尽全力做好。他想起几天前，班车启程时，爸爸在路边朝他挥手，大声喊道：“儿子，到了单位上要好好工作！”

余玮花了三天时间完成了徐海平交代给他的工作。白天，他几乎忘记了喝水，晚饭后便去办公室继续白天的工作，好像有种力量在牵引着他。晚上回到宿舍时，燕博文已睡着了。这项工作深深吸引着他，他喜欢前因后果的推理与水落石出的演算，这让他乐在其中。这项工作他本可以早一些完成，但因计算过程中出现了错误,他用橡皮擦、用笔涂了好几次,纸面有些脏乱。他不愿意把这样的计算书交给徐海平,这是他在西部水电院做的第一份工作,必须尽心做到自认为尽善尽美的程度。他将计算书用铅笔重新誊写了一遍,为使字迹清秀挺拔,他削好一大把铅笔,誊写中只要笔尖变粗,他便另换一支铅笔。他希望自己做的计算书能像一份笔迹工整的试卷,让人赏心悦目。这份计算书,他写了 36 页。而用计算机绘图的整个过程则要顺利得多。毕业设计时,指导老师说当下正是手工绘图转向计算机绘图的起步阶段,用人单位急需掌握绘图软件的毕业生,为此,老师要求所有的图纸必须用计算机绘制,余玮正是在做毕业设计时掌握了绘图软件。

星期三下午,当余玮把计算书和打印出来的六张图纸交给徐海平时,徐海平看了他一眼,笑着点点头:“还不错!我找人来复核。”

徐海平草草翻了翻计算书,翻到最后一页时,手指着页脚说道:“把名字签在这里,写上——计算者:余玮,1999 年 7 月 18 日。”

“还有这里,”徐海平指着图纸上的设计者签署栏,“设计者签你的名字。水电院的设计文件大多是四级签署:设计、复核、审核、审定。也有二级签署和三级签署的,一些重要的文件需要五级或六级签署。你这次做的设计文件是五级签署,最后一级审查者是水工专业院副总工程师。”

余玮有些惶恐,他跟西部水电院签合同之前曾打听过设计院的工作流程。新来的见习生要从简单的工作入手,慢慢由易到难。先在有经验的人的指导下做项目,具备独立工作能力后再做专业或者项目负责人。他早就做好心理准备,从最简单的工作入手,从琐碎的工作做起,慢慢提升自己。

“一般情况下不会让实习生做这类设计的。”徐海平接着说,他扶了扶鼻梁上滑下的眼镜,“去年离职的两个年轻人专业能力很强,只可惜辞职了。我是想让你试试,不试又怎么知道行不行呢?”

徐海平笑了笑,笑容里像是藏有一丝试探和期望,这一点,余玮能感觉得到。

周四整整一天，余玮在用计算机绘图软件绘制地形图，而在这之前，地形图大多由工程师手工绘制而成。这几年，西部水电院全面推行计算机绘图技术。他边绘图边在心里牵念昨天送出去的设计文件。他在想，文件里的错误多不多？有没有考虑不周全的地方？而对自己正在绘制的六张图纸，他是有信心的。

大二的制图课他很感兴趣，每次交的制图作业他都用心绘制，总期待老师把他的作业评为优秀，挂在绘图教室里展览，而这样的机会却很少。他时常对照展出的作业范本自查作业的不足之处，有时专门问制图老师自己到底在什么地方做得不好。老师说，他制图最大的问题是线条不够流畅，修改的地方太多，尽管已经用橡皮擦去了，但这掩盖不了他的缺点。制图跟绘画一样，讲求胸有成竹。为此，他努力克服自己的缺点，但收效甚微，一直觉得是个遗憾。大三学习计算机软件制图时，他欣喜地发现，软件可以掩饰他的制图缺点。

下午下班前，当他把绘制完的地形图图纸交给徐海平时，他松了一口气，但随之在心里涌出一种急迫的情绪。他渴望见到那份昨天交出去的设计文件，渴望见到审查意见。他像个刚刚走出考场焦急等待考分的学生。

当天晚上他做了一个梦，梦见他做的设计文件一团糟。

周五下午，展玉明通知余玮去总务科领劳保用品。当他把衣服、鞋子、水壶及其他一些劳保品领回来放到宿舍返回办公室时，他看见了桌子上放着的已经审定完了的设计文件。

余玮周三交上去的计算书用铅笔写在西部水电院的专用双线计算稿纸上，深灰色的工整文字和数字一行行写在浅绿色的双线之上，像是个军阵。这是计算书最初的样子。余玮现在看到的计算书上密密麻麻地画满了红色、蓝色及黑色的小点儿，像是一个个尾巴向右甩起的小蝌蚪，每一个数字的右上角都有这样的小点儿。那些计算错误的数字用红笔画掉，在其右上角用红笔写上修改后的数字，这些修改后的数字会有蓝色的小点儿点在右上角予以核对确认;如仍有错误,则用蓝笔画掉红色数字,写上修改后的数字,蓝色数字有黑色的小点儿点在右上角再次核对确认;如还有错误,则用黑笔画掉蓝色数字,写上最终修改后的数字。这些修改的痕迹像是天空中浓淡相间的云彩,有种神奇的气韵在流动。刚开始他为自己计算书中出现的错误而不安,但这种不安瞬间被内心迸发出的深沉赞叹所淹没——原来严谨、苛刻的校审之笔竟然能绘出如此浪漫而充满生命力的画!

余玮绘制的六张图纸上,仍遍布红色、蓝色及黑色的小点儿。他觉得这些图纸,就跟除过草后的菜园一样充满了生机。在计算书和图纸的末页,是好几份的"校审记录卡",这些"校审记录卡"由各级校审者分别填写,把对设计文件的意见系统地整理出来。余玮被其中的一份"校审记录卡"迷住了!他从未见过这么工整、秀气、舒展的钢笔字,从未见过这般不做作、不掩饰、潇洒飘逸的钢笔字。他迫不及待地翻到最后,看到了署名:英中杰。他想起,在人事科看到的那篇《红山下的五楼》的作者正是英中杰。他不由得起身,双手拿起这份"校审记录卡",像是捧着一颗宝石,欣赏它、赞叹它。从优美的文字里,他能感受到这位校审者深厚的文字功底和谦虚的性格。他在想,这位英中杰,该是位什么样的人?

徐海平不知什么时候走到了余玮的身边。

"这钢笔字好看吧?"

"简直太棒了! 这是我见过的最美钢笔字。英中杰我知道他的。"

"哦,你刚来水电院,怎么会知道英总呢?"

"我入职报到时,在人事科见过他写的文章。"

"是的,英总是个文理兼修的人,他的学识与风度堪称工程师的典范。他是清华大学60年代的毕业生。"

"哇哦!"

"英总三年前就退休了,他现在被单位返聘。之前他是水工专业的院副总工程师。"

余玮没有再应答，他静听徐海平的讲述。

“英总的专业技术水平在西部水电院是首屈一指的，他还是水利部专家库里的知名专家，”徐海平喝了一口茶，“一些重要水利工程设计文件的审查总少不了他。他的摄影水平也相当精深，《新疆日报》和《西部画报》上经常有他的摄影作品出现。

“他有四个孩子，两男两女，两个女儿分别考取了清华大学和北京大学，一个儿子考取的也是清华大学，另一个考取的是上海交通大学。几个子女的作业，从小学到高中都由英总自己辅导。子女读大学时，他还辅导他们的《高等数学》呢！说起《高等数学》，英总有个爱好，喜欢做《高等数学》的练习题，在办公室里，除了工作外，他一定是在做数学题。

“这些年，他一直在自学英语，他们那一代人多数学的是俄语。”徐海平对英中杰很了解，“他的几个孩子都在海外留过学，有两个定居在美国，为了在美国带小孙子，英总自学英语。别看咱们这些人把英语一直学到大学毕业，可真正比得上英总的英语口语功底的人并不多。

“这是他们那一代人的普遍特点，做什么事情总是很认真，能让人感受到一种始终不渝的精神。没有什么事情能难得住他们。

“英总家有一把大刀，我前几年去他家时看见的。那把大刀是他年轻时练习武术用的，他们那一代大学生追求的是文武兼修。他曾讲过，他在清华读书时连着几天不吃饭，专门进行饥饿训练，为的就是能在毕业后适应水利勘察设计时恶劣的自然条件。那个年代里，整个国家物资匮乏，野外勘察时常在无人区，住的是牧民废弃的羊圈、牛圈，有时还与狼群相遇，甚至与残匪相逢。那时勘察大队是有民兵的，配步枪和子弹。有一次英总所在的水文组与六匹狼相遇，他们躲在羊圈的窑洞里整整五天五夜，直到勘察大队派来搜救的汽车队赶到才得救，水文组的六个成员靠一天的干粮硬是坚持了下来。即使野外工作无危险发生，如后勤补给不及时，挨饿也是常有的事情。”

“英总一定是个强壮的人？”余玮好奇地问。在他的想象中，英中杰该像挥锤打铁的嵇康那样——野性与儒雅并存。

“哈哈,算你猜对了。英总高大壮硕,不胖,走路挺胸阔步,满头银发,是个学者气很浓厚的人。”

第五章　苏拉夏

余玮从星期五下午开始工作，一直到星期六深夜才将校审后的设计文件修改完毕。他答应燕博文星期天去苏拉夏，去他家做客。这几天的相处，让他俩亲如兄弟。

早上9点钟，他俩在红山站乘坐开往苏拉夏的公交车出发了。

去往苏拉夏要经过达坂城风区。那里是一处巨大的风力发电厂，高高的风力发电机一直布设至山脚。余玮想起了“沉舟侧畔千帆过”的诗句。真如一千条白帆！不，比一千条还要多，至少有一万条！

公交车驶过发电厂，左拐进入一条向东的沙石路，路的左侧是山，右侧是一条河。燕博文告诉余玮，这条河就是苏拉夏河，沿河谷旁的土路行三四公里，便可到达苏拉夏。

余玮问燕博文：“苏拉夏的汉语意思是什么？”新疆有好多地名，多是蒙古语的音译，乌鲁木齐便是，其含义为“优美、迷人的牧场”。

燕博文顽皮地笑了：“苏拉夏，你一定要知道它的故事和它的意思！”

以前，这里住着一个财主，他有一千头牛、一千匹马、一千只羊和一千峰骆驼，可他一直觉得不够多。他一直盘算着一件事：把年轻漂亮的女儿嫁给另一个财主的儿子，以求得到一百只羊的彩礼。而美丽的姑娘却喜欢上了一位英俊的牧羊人，两人发誓相爱一生。财主知道后，把女儿锁在一间屋子里看管起来。一个黑夜里，勇敢的牧羊人把心上人从屋子里救了出来，一起逃往他乡。财主发现后，恼羞成怒，急派打手去追捕。这对恋人逃到一处险峻的山顶上，牧羊人不慎从山顶滚入山谷，他拼命往山顶上爬，不幸的是迷路了，他爬到了另一座山顶上。牧羊人望着对面山顶上掩隐在丛林中被打手捉住的心上人大声呼唤。两人相望长泣，日复一日，年复一年，最后各自变成了一棵松树。他们的故事感动了许多人，也感动了长生天，为了让他们能日日夜夜看到对方，长生天让山顶上的树变成了草，只留下这对恋人变成的两棵松树。而长生天也惩罚了财主，将他的数千头牛、马、羊及骆驼变成了山谷里造型奇异的巨石。再后来，长生天让两棵松树长在了一起。人们为了纪念这对恋人，将两棵松树起名情人树，山谷起名为情人谷。苏拉夏便是“情人谷”的音译。还有人说那位牧羊人的名字叫“苏”，美丽少女叫“夏”，“苏”的手拉着“夏”的手，一直再没有分开过。

苏拉夏的故事很动人。余玮好奇地问燕博文：

“山顶上真的只有两棵松树吗？”

“对啊，整个苏拉夏只有两棵松树，就长在山顶上。山谷里的巨石形态各异，你心里想着什么它们就像什么。”

余玮不再言语了，因为车窗外的景色吸引了他。

他看到河边草地上的几峰骆驼在好奇地望着公交车。草地靠山脚的一侧全是浓密的白杨树，山坡上长满了灌木，一直蔓延到半山腰。那座山高耸入云，山顶上是浮着的白云和湛蓝的天。降下车窗，泥土的清香和绿草香扑面而来。苏拉夏河的水量很大，村民用石块砌成拦河的水坝，将河水引到河谷周边的平地上，形成大片的湿地，各自被用杨树枝条做成的栅栏圈起来，里面长满了草，长得至少有齐腰高。燕博文告诉余玮，这些草秋天收割后晾干作为牲畜冬季的草料。

公交车越往山里走，两旁的植被越丰茂，房舍也越来越多。公交车经过一道用石块和白杨木修成的牌楼式简易大门，大门上刻着三个大字：苏拉夏。大门和题字有些年头了，散发出古朴的韵味。公交车往前走了不远，在一个大院子前停了下来，院子门上挂着一块竖向的匾额，写着：洛水乡苏拉夏村委会。余玮低头看了看手表，已是十一点了，公交车在路上走走停停，耽误了不少时间。

所有的人都下了车,往不同的方向散去。虽是盛夏,苏拉夏却很凉爽,山里就是这样。余玮随燕博文拐入一条土路,继续朝前走。

土路两边是土渠,里面长满了杂草,点缀着粉色的野牵牛花和黄色的苜蓿花;渠的两边各是一排高高的白杨树,时有喜鹊的叫声传来,树上有它们的巢。土路向山脚曲折蔓延,通向一片开阔的田地,地里长着青稞,青稞快要成熟了,黄澄澄的穗子垂下来,藏在茂密的枝叶间。中午时分,没有一丝儿风,一股一股慢悠悠的慵懒气息弥漫在周围。走出这片田地,再走过两户人家,便是燕博文的家了。

燕博文家正在为燕家三代以来的第一个女孩举办百日宴。这个女孩子的降生,让燕家欢天喜地。她是燕博文哥哥的第一个孩子。

这一天阳光明媚,地里的青稞成熟在即,正是举办宴会的好日子。院子里摆了至少有十张桌子,有木制的八仙桌,有折叠式的圆桌,还有两张小桌子拼成的大桌子。凳子、椅子也是各式各样的,有木制的椅子,有折叠椅,有长条板凳,还有塑料凳子。这些都是临时从各家借来的。院子里以男人居多,他们聚在树荫下抽烟、喝茶、聊天,大声地谈论着庄稼的长势,牛、羊的数量和村子里各家的琐事。从这些男人口中,余玮知道了苏拉夏的一些事情:有位酿青稞酒的老人,每年酿五大缸酒,每年养五头吃酒糟的猪。老人酿的酒大都被乌鲁木齐人买走了。老人今年快八十岁了,身体依旧硬朗,一次能吃一公斤肉,喝半公斤酒。老人靠酿酒的技艺,给三个儿子盖了新房,娶了媳妇,他本想着将他独家的酿酒技艺传给儿子,可三个儿子嫌累、嫌脏,没有一个人愿意学。今年苏拉夏河发洪水,把老谢家河边的草场冲毁了,他家牛、羊今年过冬的草料得花钱买了。还有乌鲁木齐一家婚纱摄影公司正在跟村主任商谈,在苏拉夏河边开设婚纱摄影基地。

院子靠大门的一角,挂着刚刚宰杀的三只羊,两只剩下一条后腿和脊椎骨,另外一只基本是完整的。旁边有个大大的烤炉,烤炉边一堆柴火烧得正旺,那是在烧烤肉用的木炭。几个孩子在一个大人的指导下将红柳枝削制成烤肉签子，只需把一端削尖即可，红色的树皮就留在签子上。另一个墙角，有一个土坯砌成的炉灶，灶膛很大，里面炭火在熊熊燃烧，上面架着一口大铁锅，敞着口，里面炖着羊肉。一个中年女人用铁勺不停地舀起肉汤，再浇回锅里，这叫“吊汤”。“吊汤”可以去掉羊肉的腥味，还可以使羊肉汤变成牛奶状的乳白色。

正房的门是开着的，刚进门处，摆着一张桌子，上面放着一本由红纸正面对折成页的、用粗线装订成的记账簿。桌子上还放着两个碟子，一个里面放着糖果，另一个放着散装的香烟。一位中年男子在记账。

厨房的门也是敞开的，屋子里以女人居多，她们一边聊天，一边炒菜。厨房的屋檐下，支着一张长形桌子，桌子上放着一个大大的杨木菜板，两个女人在切菜，切好的菜放在塑料盆里待用。

燕博文和余玮在厨房里炸牛肉丸子，这是他俩硬从燕博文妈妈手里夺过来的活计。他俩的到来让燕博文全家很高兴，特别是他妈妈，一位和善的始终微笑着的妇女。燕博文妈妈比余玮妈妈小两岁，属马。她有张安详而喜庆的脸，一双聪慧的眼睛，举止很得体。

调制好的牛肉馅儿盛放在一个铁盆里面，燕博文熟练地用手将馅儿从大拇指和食指圈成的圆孔中挤出来，两只手轻轻揉几下，揉成肉丸，放入油锅里。余玮负责炸丸子和捞丸子。在家里，妈妈有时候也炸肉丸，这些活一般都是妈妈和大姐、二姐做，余玮会闻着香味溜进厨房，躲在妈妈的身后，挑妈妈刚刚捞出来的丸子吃，时常烫伤嘴。燕博文的妈妈没有女儿，燕博文自然成了妈妈的帮手，厨艺很不错，而余玮不会炒菜，也没有做过饭。

下午2点钟左右，宴席备好，可以开席了。

余玮和燕博文一起帮着家人张罗酒席，这让燕博文妈妈很过意不去，不过余玮却很乐意这样做。不一会儿，燕博文的嫂子抱着女儿出来了。余玮刚来的时候，婴儿正在吃奶，吃完奶便睡觉了。婴儿的妈妈是位圆脸、大眼睛的农家少妇，脸上洋溢着喜庆的光彩。这样的相貌，余玮奶奶看了准会说：“不错的姑娘、不错的姑娘!”

婴儿在妈妈的怀里,像粉红色的花朵。她的衣服是粉色的,鞋子是粉色的,垫在身下的小床单也是粉色的。她的脸颊是粉红色的,小手是粉红色的,嘴唇也是粉红色的,像是粉红色石榴籽。她的眼珠黑油油的,滴溜溜地转动,简直是个可爱的小天使。余玮听妈妈说起过,肤色粉嘟嘟的婴儿,长大后准是个白白净净的漂亮孩子。

余玮觉得婴儿在打量着自己。她仰面躺在妈妈的怀里,圆圆的脑袋微微歪向一边,专注地看着余玮,眼光里有高兴和期待。余玮睁大眼睛,微笑着盯着她看。她“嗯呀”叫了一声。

“看,她在叫你呢!”

她妈妈笑着对余玮说。

余玮不由得伸出手来,想要抱抱这个美丽的婴儿。

她妈妈将手臂伸开,把婴儿递给了余玮。余玮将她轻轻地抱在怀里。她可真轻啊! 身上散发着婴儿特有的奶香。

余玮轻轻地捏着她的小手。她的手柔软而细腻,像块玉那么细润。

余玮轻轻地摇着婴儿,对着她亲昵地发出“姆——嘛”“姆——嘛”的声音。她咧开嘴,憨憨地笑着回应。

“飞飞真乖,喜欢跟叔叔玩!”她的妈妈在一旁,欢喜地说。

“噢,你叫飞飞啊,你是从天上飞落下来的吗? 你是个小天使吗?”

余玮知道了她的乳名。

婴儿笑得更欢了,伸出肉乎乎的小手,把手指塞进嘴巴吮吸着,红红的嘴唇泛着光泽。余玮将她的手轻轻地拉出来,说道:“飞飞不咬手指,手指上有虫虫。”

燕博文在一旁笑了:“没看出来噢,你不光会抱孩子,还会逗孩子啊!”

“算不了什么的,老家那里的小孩子多,抱习惯了。”余玮回答道。

余玮非常喜欢孩子,他有吸引孩子的地方。有一次晚饭后,他跟表姐家3

岁的小外甥一起待了不到两个小时，孩子跟他便已形影不离。晚上该睡觉了，小外甥哭着闹着要跟余玮一起睡觉，不愿跟自己的妈妈睡觉了。余玮喜欢孩子，他尊重孩子纯真、神奇、自在的状态，觉得跟孩子在一起，能获得身心的放松和回归。

“飞飞的大名儿叫什么呢？”余玮抬头问她妈妈。

“还没起好呢。起了几个名字总觉得不好。”她的妈妈说。

“余玮，你给飞飞起个名吧。你在报社兼职当过记者，写过稿件。”燕博文建议道。

余玮想起了老家屋檐下的燕巢，想起那些雏燕儿在老燕子的召唤声中学习飞翔的场景，想起雨前成群的燕子掠过麦田觅食的场景。

余玮对燕博文的请求没有推辞，他对自己喜欢做的事情从不推托，很认真地答道：“叫她燕宇飞怎样？天宇的宇，或者雨水的雨？”

“燕宇飞！燕雨飞！都不错。”燕博文高兴地对着他的哥哥，一位面貌和善的男人说，“大哥，你选一个名字。”

“让你嫂子选。”哥哥一脸笑容，把目光转向他的爱人。

“天宇的宇吧。愿我的飞飞将来能像燕子高高地飞向天空！”妈妈深情地注视着女儿，幻想着婴儿能朝着众人所祝福的光明之路走去，“我的飞飞就叫燕宇飞了！”

婴儿在余玮的怀里，使劲地蹬腿，挥动着胳膊，咧开没有牙的嘴巴，兴奋地“嗯呀”“嗯呀”地叫着。她在欢悦地笑，眼睛眯成了一条缝。

余玮心里很高兴，尽管这于他而言是一件小小的事情，但他能感觉出来燕博文一家喜欢这个名字。而在心里，他祝愿这个可爱的婴儿能如其母所愿。

宴席上，喝的是散装的白酒，正是村子里那位老人酿的青稞酒。余玮只喝了一杯，因为燕博文跟他说好了要一起去苏拉夏河边走一走的。这自酿的酒的确香醇绵长，虽出于山野，但自有酒本来的真味，这是最为难得的。

酒宴在继续，余玮和燕博文去了苏拉夏河。

苏拉夏河两岸密密的白杨树把这条河隐藏得严严实实。河里有很多巨石,它们形态各异,人们在心里想着它们像什么,便看着像什么,真如传说里所说的那样,像牛,像马,像羊,像骆驼。河水时而被这些巨石分开,时而汇合,河流因此时而舒缓,时而湍急。河谷里没有现成的路,余玮和燕博文在这些石头间跳来跳去,沿着两岸较为平坦的地方向河谷深处行进。遇到宽一些的支流,他俩就搬动倒伏在河谷的白杨木搭在巨石上走过去;遇到枯木倒伏密集的河段,他俩选择躬身从枯木下面钻过去,或者从上面爬过去。俩人走到两块巨石前停了下来。这两块石头像两只骆驼,体积一般大,像兄弟俩。他俩口渴了,直接趴在地上,把嘴贴近河水,像牛那样喝水。河水清澈见底,冰洌甘甜。两个人各自坐在一块巨石上休息。余玮看着清澈蜿蜒的河水,随口吟道:"沧浪之水清兮,可以濯吾缨;沧浪之水浊兮,可以濯吾足!"

"沧浪之水洌兮,可以解吾渴!"燕博文笑着顺接道。

余玮知道,燕博文知晓屈原的《渔父》。"屈原是个纯粹的理想主义者,从不苟合,也不妥协。他所说的'举世皆浊我独清,众人皆醉我独醒'正是这个意思。"

"是的,理想主义者无不艰辛痛苦啊!"燕博文指着一块伤痕累累的树干。

"所以渔父认为屈原没必要'深思高举':他的思想和行为高标独立,致使他远离朝堂,招来流放之祸。"

"屈原和渔父其实是两种处世态度的代表,屈原是奉行儒家所提倡的'道不同,不相为谋'的代表人物,而渔父则是奉行道家所说的'不凝滞于物'处世之法的典型人物。"

"两种处世态度要是能糅合在一起就好了。"

"是的,王阳明就把它们很好地融为一体。"

"何以见得?"

"王阳明所说的'心即理',指内心与生俱来的是与非、善与恶的判断即大道,是良知,也是理想;所说的'事上练'是通过有效的行动去践行大道,实现理想，而行动是‘不凝滞于物’的；所谓‘知行合一’是对良知和行动二者关系的总结——知与行是合在一起的，不可分割的，如果分开，知与行便没有了实际意义。”

“有道理。一些人心存理想，却在行动上拖延或不懂得变通，理想最终随之消亡，而实现不了的理想便不能再称作理想。”

燕博文说完，朝山上望去，手指着群山之巅，朝余玮喊道：

“你看，那里有两棵松树！”

第六章　梅好

下午，余玮和燕博文返程回乌鲁木齐。公交车行至苏拉夏村村口的大门时，被一群穿着花花绿绿鲜艳衣服的人拦住了，他们是来苏拉夏徒步的。苏拉夏河谷是一条经典的徒步线路，很多人节假日选择来这里徒步、健身，乌鲁木齐有多趟发往苏拉夏村的公交车。

上车的人群里，一位姑娘吸引了所有人的目光。

她乌黑的双眸像沉静的潭水，她弯俏的眉毛像私语的燕子，她顺直的乌发像跃动的溪水，她圆润的脸颊像绽放的牡丹花，她微翘的嘴唇像醉人的红酒。她身材颀长，举止优雅，像棵亭亭的白杨树。她散发出来的迷人气息，瞬间溢满整个车厢。她简直如太阳一般耀眼！

“梅好，来我这里坐。”

她的同伴在叫她。她俩坐在了余玮和燕博文的前排。

梅好的名字落在了余玮的心里，也许连他自己都不知道。而关于这个美丽的姑娘，就在半个小时前，她已经焕发出高贵的光彩。

“梅好，我每次看你，你总是走在我前面，总是把那句‘快走’的话抛给我。你简直是头山羊！”李琳这样说梅好。徒步结束了，梅好和她的同伴李琳来到一棵白杨树下，铺开一张塑料软垫坐在上面休息。一条石子路就在她俩的脚下，一头通往苏拉夏河谷的深处，一头连着不远处的公路。这条石子路伴行着苏拉夏河，正是那条著名的徒步线路。

“哈哈哈，我更愿意你把我比作鹿。以后多跟我走几次就不那么费劲了。”梅好递给同伴一块巧克力。

“好吧，你这头美丽的鹿！”就在李琳接过巧克力时，一匹马从眼前走过，马背上坐着一个战战兢兢的女子。一些牧民把自家的马牵到这里供游客骑行，收取一些费用，他们的生意在周末和节假日期间尤为火爆。

石子路的尽头是一小段陡坡，马走到这里时，突然一个趔趄，伴随着一声惨叫，女子从马背上摔了下来，额头正好撞在一块石头的角上，顿时血流不止，女子发出痛苦的呻吟。正在附近休息的游客们围了过去，七嘴八舌地谈论着坠马事件的经过。有几个人蹲在伤者的旁边，将她的脑袋摆正，垫了一块户外用的小坐垫让她枕在上面，有个小伙子取下套在手腕上的飞巾，压在她的额头止血。人群外，一位牧民骑马朝村委会旁的卫生所飞奔而去。

梅妤和同伴起身疾步奔向人群。

"请大家让一下，我是医生。"梅妤高声喊道。人群迅速让开了一个豁口。

梅妤仔细观察了伤者，摸了摸她脖颈侧的颈动脉，轻声说道："不严重的。"接着从背包里拿出两袋纱布，撕开一个包装袋，将里面的两块纱布取出来，把其中一块递给李琳，"你先拿着，一会儿撕成条做绷带。"另一块对折后拿在手上。她微笑着对那个止血的小伙子说道：

"可以拿走飞巾了，那上面有汗液，并不干净。我这里有纱布。"

小伙子取掉飞巾，血又流了出来。梅妤将纱布轻轻按在那女子的伤口处。

"李琳，你先摁着。"她对同伴说道。她拿过李琳手中的纱布，将它扯成布条，打结，做成绷带，娴熟地将伤口绑扎好。

接着，她叫来几位女士，一起将伤者轻轻挪动，让她平躺在地上。

"大家散了吧，由我俩守着就可以了。她已经没大碍了，一会儿救护人员就到了。"梅妤望着围观者，平静地说道。她的额头渗出细细的汗珠，美丽的眼睛一眨一眨的。

梅妤将另一袋纱布打开，把纱布用矿泉水浸湿，擦洗干净了伤者脸上的血渍，随后把用过的纱布放入包装袋，装在背包里。

第七章　慕士塔格峰

晚上 10 点，余玮和燕博文回到西部水电院时，太阳依旧高高地挂在天边。

上周五，西部水电院通知：所有实习生下周一赴塔什库尔干河水利枢纽工程外业项目部进行勘测实习。这是自西部水电院成立以来从未改变的一项制度。这项制度要求所有员工亲历水电工程现场进行地形测绘、水文资料收集等外业工作，规定勘测实习期为一年。西部水电院主要承揽水库枢纽、引调水、灌溉排涝、河道整治、城市防洪、水土保持及水文设施工程的勘察设计业务。其中，水库枢纽、引调水此类工程所在地大多在野外，须进行艰辛的野外勘测作业，以获取工程设计的基础资料。

周一早上 7 点半，所有参加勘测实习的实习生在大楼大门前集合，统一由一辆商务车送到火车站，走南疆铁路先到喀什，再走中巴公路抵达项目部所在地——喀什地区塔什库尔干县。同行者一共十人，带队的人叫盛良玉，一位 30 来岁的皮肤黝黑的精瘦男人，他是这个项目的总设计师。几天前，盛良玉从塔什库尔干河水利枢纽工程外业项目部回来，参加西部水电院的职称评定论文答辩会议，答辩结束返回工地时兼做了这些实习生的带队人。直到在列车的车厢里，余玮才完整地知道了今年新分配来的实习生总共有九名，有一人考取了研究生没有参加工作。这九个人分别是规划设计处的欧建国和郑文华、水工设计处的苗玲玲、机电设计处的谢雅宁、经济设计处的卢笛、机械设计处的乔勇和夏雨荷、环保设计处的燕博文和余玮自己。乌鲁木齐距喀什 1500 公里，火车整整走了一天一夜。早上 9 点钟，他们到了喀什。盛良玉说，喀什有家锡伯族饭馆，早上供应锡伯族大饼和奶茶，味道非常好。

来这家饭馆吃早餐的人很多，屋子里坐满了人。不大一会儿，人们吃完早餐，陆续离开座位，他们十个人都有了座位。余玮从盛放在笸箩里已经切成八分之一大小的锡伯大饼判断，饼子的直径足有半米。饼子上星星点点、或大或小、微微鼓起的焦黄色烙印证明它是由发酵的面制作而成的。这种饼子有两层硬币那么厚，但并不显得单薄，厚度刚刚好，估计是为了适应它的较短的烙制时间。大饼有股香气飘出来，并不是葱花或者其他调料的香味，而是麦香。饼子软硬适度，有嚼劲却不觉得费力，口感极佳。配锡伯大饼的是大碗的奶茶，微微泛着红色，上面漂着一层薄薄的奶皮。余玮知道锡伯族人善骑射，不承想他们的早餐做得如此精致、味美。他因此多吃了一些。

用早餐时，余玮从盛良玉的口中知道了西部水电院“飘大厢”的经典故事。“飘”指像树叶一样飘荡在狂风中，“大厢”指敞篷卡车的车厢。“飘大厢”具体指西部水电院的员工以敞篷卡车为交通工具，来回奔波在外业勘测崎岖的路上，颠簸的卡车像狂风中飘荡的树叶，人在“大厢”里像炒锅里乱蹦的豌豆。几年前，西部水电院给外业项目部配备了越野车和商务车，换掉了卡车，这种艰苦的勘测作业条件才得以彻底改变。盛良玉说，他那时“飘大厢”回到驻地时，满身是厚厚的沙土，沙土钻入衣服，粘在皮肤上，很容易就能搓出小泥丸来。碰上工期紧的项目，在寒冷的冬天里也要做外业勘测。余玮想，盛良玉黝黑的肤色该是那个时候形成的吧。

早餐过后，去塔什库尔干县的车还未到，盛良玉带他们去游览盘橐城。盘橐城距饭馆不远，他们走着就去了。

他们穿过两条小巷，来到一处开阔地。树木掩映之下，一座城堡显现出来，盛良玉指着一堵破损的土墙对大家说：“那就是盘橐城。盘橐城原是西域古国疏勒王的行宫，汉代名将班超以盘橐城为大本营，扫平北匈奴势力，完成了统一西域的伟业，重新打通了丝绸之路。盘橐城的命名极为形象，‘盘’为盘踞之意，‘橐’为布袋之意。盘橐城地处要塞，形如布袋，后世又称盘橐城为‘班超城’。盘橐城破败后，维吾尔语称之为‘埃斯克沙尔’，意思是‘破旧的城。’”

“那个最大的雕像，就是班超。”盛良玉显露出恭敬的神态。

在盘橐城，余玮见到了班超的履历。履历的末尾，这段文字深深触动了余玮：

> 班超一生留下了许多故事、传说和成语。世人熟知的成语有燕颔虎颈、投笔从戎、孤立无援、代马依风、万里封侯，以及不入虎穴，焉得虎子和生入玉门关等。后世关于班超的评价不胜枚举，宋朝诗人陈普盛赞曰：“三十六人抚西域，六头火炬走匈奴。古今参合坡头骨，尽是离披见鹘鸟。”而最能展现班超忠勇和艰辛的，当属其胞妹班昭之言：“会陈睦之变，道路隔绝，超以一身转侧绝域，晓譬诸国，因其兵众，每有攻战，辄为先登，身被金夷，不避死亡。”

一个多小时后，车辆到了，盛良玉一行人赶往塔什库尔干县。

喀什市距塔什库尔干县约 300 公里，汽车却走了近 9 小时。

塔什库尔干县地处帕米尔高原，全县平均海拔 3200 米，而喀什市坐落于克孜勒河与土曼河两条大河的河谷绿洲之上，海拔只有 1200 多米，两地的海拔差达 2000 米，爬升段集中在中间 60 多公里的险峻山路上。山路时而蜿蜒于巨石嶙峋的洪积扇上，时而穿过洪流滚滚的盖孜河，时而悬于百丈陡壁之上，多处仅容单车通过。汽车像蜗牛缓缓爬行。时至 7 月，正是洪水期，泥石流频发，山路冲毁惨重，正是在这里耽误了行程，汽车足足走了 5 个多小时才走完这段山路。山路的末端，地势一下子开阔起来，高山好像突然跑到了很远的地方，那些没有来得及跑离的山，山势变得很平缓，缓缓的山坡彼此柔柔地连在一起，坡面上是连绵不绝的草地。这里是典型的高原草场，遍布着成群的牦牛、马、羊还有骆驼，处处充满了生机。从这里开始，中巴公路顺着地势在绿洲蜿蜒延伸，像条飘带。飘带起点的南侧是白沙湖。白沙湖原是一段宽浅开阔的高原河，每年春夏两季冰川消融，水流充沛，便形成了湖。秋季水量骤减，湖底露出水面，河流变成了千条溪流汇入盖孜河。后来，这里修建了布伦口水电站，水库大坝将河水聚在一起，形成了白沙湖。白沙湖的周围是白沙山，褐色的山体被白沙所覆盖，大风吹过，白沙山会发出雄浑的响声，故白沙山又称为“响沙山”。他们路过这片高原湖时，正是湖面最宽广的季节，沉积在湖底的白沙与山体的白沙连成一体，白沙湖像一大盆牛奶。飘带起点的北侧，是被誉为“冰山之父”的慕士塔格峰。山上无数条倒挂的冰川如飞流直下的瀑布一样，又像是老人胸前的银须随风飘动。余玮看到这座山时，屏住了呼吸。眼前的慕士塔格峰所展现的狂野之美和这种美所激发出来的想象力是无边无际的，他冥想自己是来自雪山的一粒卑微的冰屑，历经万千遭生与死的劫难才化身为人。他想用烈酒点燃自己，让自己化成一大片蓝色火焰，让灵魂乘着火焰飞临这座山，叩拜这座山，亲吻这座山。与慕士塔格峰遥遥相望的是公格尔峰，它是西昆仑山脉的第一高峰，海拔 7649 米，山峰像极了金字塔。与之紧紧相连的是公格尔九别峰，它们山体相连，像一对姐妹。汽车绕过一道弯，来到了另一道弯，一片深蓝色水域展现在眼前。这片水叫喀拉库勒湖，慕士塔格峰的影子就在它的湖心里，十几只白天鹅在湖面优雅地游动，一群群野鸭子也学着天鹅的样子游移。汽车经过时，一群野鸭子先飞了起来，紧接着其他的野鸭也跟着飞离了湖面。湖水边是深绿色的草甸，草甸靠近公路的地方，有几处毡房，毡房顶的烟囱冒着浅蓝色的悠闲的烟雾。不知何时，公路的左侧出现了一条河，这河便是塔什库尔干河，河两岸长满了一直延伸到山脚下的紫色的野花。汽车行游在随意起伏的绿色画廊中，清爽的高原的风和野性的富有诗意的景让余玮兴奋起来。眼前的景色是他从未见过的，他觉得这是个圣洁的地方，而他则是一个内心无比虔诚的朝圣者。

汽车沿着塔什库尔干河畔的中巴公路继续西行，河谷变得越来越宽，越来越浅，渐渐地变成了一片宽阔的草原，河水被草原隐藏在草丛里面。突然，一座山顶上的城堡出现了。它便是石头城。塔什库尔干的意思正是“石头城”。它背靠巍峨雪峰，前临宽广草原，一种雄浑苍劲的气势迎面扑来。来塔什库尔干县之前，余玮在办公室里的一本书《新疆河流水文资源》中读过关于这个中国最西边县城的介绍。石头城是县城最著名的地方，它被考证为距今1300 多年的朅盘陀国都城，它也是古丝绸之路经过帕米尔高原的最大驿站，大唐玄奘法师取经东归时曾在这里驻足瞻仰过。

汽车驶过石头城，正前方是一个广场，一只巨大的鹰的雕塑飞入眼帘。广场中心矗立着一座白色的塔，那只鹰就立在塔尖上。它便是“帕米尔之鹰”！雄鹰在塔吉克族传统文化中被赋予深厚悠长的象征意义。由塔吉克族先民远古时期的鹰崇拜所诞生的塔吉克族民俗文化中，诸如鹰笛、鹰舞、鹰的传说和谚语这些文化基因已深深浸透于他们的血脉里。塔吉克族自称为“鹰之民族”。

西部水电院塔什库尔干河水利枢纽工程外业项目部的驻地就在帕米尔之鹰旁的雄鹰宾馆内。

第八章　帕米尔之鹰

雄鹰宾馆是一栋面朝东的二层楼，有个很大的院子，院子中央有个花园，里面开满了格桑花。整个宾馆住的都是西部水电院的职工。一楼北侧的一间大库房被用作食堂。项目部有自己的厨师，负责给全体成员做饭。一楼和二楼各有一间大会议室，做办公室之用，各专业的工程师集中在一起办公，其余的房间是员工的宿舍，两人一间。算上余玮他们十个人，项目部共有四十余人。宿舍是事先安排好了的，余玮和乔勇被分在了一个房间。

外业项目部根据不同的专业进行分组，余玮他们九个实习生都被分在了测绘组。通常情况下他们是根据所学的专业被分到诸如水工组、规划组、环保组等专业组里的，这次将他们全部分配在测绘组，是为了测绘实习之需，这也是个惯例。

盛良玉带着他们九人走进雄鹰宾馆时，引起了一阵不小的轰动。正在办公室工作的员工们纷纷走出来，在走廊里围着他们，看着他们，争相询问他们的名字，热情地介绍自己是某某专业的，名字叫什么，那场景像是在相互识别失散很久了的兄弟姐妹。有几个专业今年没有分配新员工来，那些专业的人只能在一边羡慕地看着。正是在这样的场合，余玮见到了水工组的叶清扬、张旭东和郑小南。叶清扬是水工专业的组长，虽长相很普通，但有一种俊逸、自信的气质显露出来，像是美玉由内而发的宝光在漫射，这让他在众人之中挺拔出众。其他两人是组员。叶清扬于 1993 年毕业，张旭东和郑小南同是 1997 年毕业，早余玮两年。

晚上，叶清扬说水工组要给余玮接风，四个人去了一家塔吉克族人开的饭馆吃清炖羊肉。这家饭馆就在广场旁边。看得出来，组长很高兴。

鲜美的羊肉肥瘦相间,配以洋葱为佐菜,荤与素的香味交汇,让人垂涎欲滴。

叶清扬先举杯:“欢迎新同事余玮,在帕米尔高原上。”

“谢谢叶工,谢谢张工,谢谢郑工。”

余玮初次跟同事小聚,稍有些惶恐,但这种情绪很快消失了。他很真诚地感谢同事,喝完了杯中的酒。

“余玮,夹那块带肩胛骨的肉,按塔吉克族人的习俗,这是给客人吃的。你是初到,吃掉它!”叶清扬指着一大块羊肉。

那可真正是一大块肉,余玮推辞说肉太多了,大家一起分着吃才好。而三位同事坚持让他一个人吃,说:“多吃才能多干!”这是余玮头一次听到这样豪气的话。那块肉在餐碟里快要放不下了。

“这几天外业调查时,一家牧民的狗总跟着我,我走到哪儿,它便跟到哪儿。我走路时,它紧随我左右,我休息时,它就蹲在我身边,吐着舌头‘呼呼呼’地喘气。”张旭东边吃边说。

张旭东的嘴唇薄。奶奶曾说过,嘴唇薄的人,嘴巴巧。张旭东说完,郑小南也跟着这样说。他们俩这几天是一起外出调查的。

“帕米尔高原上地广人稀,遇见陌生人会觉得很亲切,想必狗与人也是同理。”

叶清扬的推理让众人很信服,大家就狗的话题又共饮一杯。

“余玮,毕业时朱曦院士还给你们上课吗?”

“上课的。毕业时朱曦院士还给我们致辞了。”

“朱曦院士是位勤奋的学者,整个中国水利水电大学就数他培养出来的博士多!”

这件事余玮是不知道的,这是他头一次听说。

“你们去动物园仍然不买票吧?不知道动物园后门的那个矮墙加高了没有?”叶清扬问余玮。

“哈哈哈，没有呢！看来中国水利水电大学的学生去动物园逃票是个传统啊！”余玮笑道。

出中国水利水电大学的南门，不过两站路就可以走到北京动物园的后门，后门附近有一处藏在爬山虎里的矮墙，很多学生都知道。从这里很容易就翻墙进去了。

“噢！原来你们俩看动物是免费的。来来来，为了免费的动物园，再饮一杯！”

这是张旭东的提议，是个不错的饮酒由头。

“昨天上午在乘车去工地的路上，迎面来了一辆皮卡车，老远看那挡风玻璃像是碎了，黑洞洞的。我当时纳闷，没了挡风玻璃，司机还能把车开得飞快，真是能耐大！两车靠近时，才发现那皮卡车的挡风玻璃上满是厚厚的冻结了的冰雪，那黑洞是雨刮器刮出来的。”

郑小南说起了他昨天的见闻。这让余玮很诧异，7 月的天气，山里竟然会有雪！

郑小南告诉余玮，中巴公路有段路在海拔 5000 米以上，那里即使在夏季也时有暴风雪降临，不足为奇。他接着说道，那是辆从阿富汗经由红其拉甫口岸过来的皮卡车，车里坐着大胡子的阿富汗人，车头上还绑着两只带毛的野牛角。

“在这里，山上积雪终年不化，山里还有雪鸡呢。”叶清扬插话进来，“前几天测绘组的人测量地形时，捉住过两只。”

“雪鸡?!”余玮很好奇。

“是的，山上的确有雪鸡。这种鸡生活在 3000 米的雪线之上，吃虫子、雪莲籽和其他中草药的茎和籽。长着红嘴、红爪，有呱呱鸡那么大。常年生活在雪山里，飞翔的本领基本退化了，依靠踩着其他动物的蹄印寻觅食物。将它们围堵在松软的雪地里，爪子陷在雪地里是根本逃不掉的。那天，几个年轻的测量工人把一群雪鸡围在雪地里，捉住了其中的两只。”叶清扬说着，夹了一块洋葱在嘴里,“听说,牧羊人捉住雪鸡后,要立即折断它们的脖子,取出鸡喉里的嗉囊,泡入白酒。那嗉囊里全是名贵的中草药。”

“当天晚上,测绘组在食堂偷偷地清炖了那两只雪鸡。组长周波派测工叫我去品尝。我吃了一块鸡翅,筋道得很!骨头硬硬的,米黄色,像是温润的黄玉。”叶清扬讲得津津有味。

“噢,对了,我跟周波已经说过你要去测绘组实习,让他多照顾你。”叶清扬看着余玮,嘱咐道。

“谢谢叶工,我敬您一杯酒!”余玮举杯感谢叶清扬。

“你太客气了,应该的。来来来,大家一起喝!”

大家酒兴正酣。

“谁在说我呢?”

一个声音从包厢外面传进来,一个身材魁梧的男人走了进来。

“哈哈哈,正说你呢,你就到了!”叶清扬起身,其他三个人离开座位,看着来人。

来人正是周波。叶清扬约晚餐时,周波还没有从工地赶回来,叶清扬给他发了晚上聚餐的短信。山里的工地上手机没有信号。周波回到驻地,料理完手头的事,就立即赶过来了。

“小伙子,你就是余玮?叶工前几天给我说起过你呢。”说着话,周波伸手跟余玮友好地握手。

众人重新落座后,叶清扬继续对余玮说道:“在测绘组,要虚心向周队长学习。测绘是基本功,千万不可小视。”

余玮知道叶清扬当着周波的面有意这么说,遂举杯对周波说:“以后还请周队长多指教,我敬您。我先干为敬!”

“是个豪爽的人,有水工组的风范。”周波赞道,举起杯中酒一饮而尽。

“多看,多问,多体会,多实践,测绘是很容易掌握的。”周波看着余玮,轻松地说,“测绘组的工人多是些爽快的人,只要虚心地问他们,他们会毫不保留的。”

“噗——”周波长长地吐出一口气，“今天多亏了那位叫阿吉木的塔吉克族雇工，否则真要出危险。”

测绘组分成三小组，每小组五人。第一小组组长是周波，由他做司镜（操作测量仪器的技术人员），助手田建军负责通过对讲机指挥李东宁、黄志龙和阿吉木三位跑地形（测量用语。测工手持棱镜杆站立在测绘地形所需要的特征点，供司镜采集测量数据）的工人进行测量作业。项目部的工人少，在塔什库尔干县和周边的乡镇雇了十几名雇工，这些雇工有的被聘为司机，有的被聘为厨师，多数人经测绘技能培训后被聘为测量工。阿吉木是位塔吉克族测量雇工。

周波开始讲述今天一番不寻常的经历。

“测绘组这几天连续测量水利枢纽近50平方公里的区域地形，区域内的海拔均在3800米以上，最高处接近5000米，是一处很大的冰川。”周波吸了一口烟，又徐徐吐了出来，“今天，测绘组接着昨天的测点开始测绘。天气很好，没有风，也没有云，是个做测量的好天气。我看了一眼仪器表盘，海拔4300米。在高海拔地区进行测量作业，体能消耗大，测工隔一会儿便要休息，进度比常规项目要慢得多。”

周波夹了一口菜。余玮给他添满了酒。

余玮想象作业区的景象：裸露的、破碎的岩石和沉积于高山峡谷内一直延伸到山顶的冰川；深蓝的天空、强烈的阳光、冰川上蒸腾的水汽和冰川前缘凸出来的冰舌；冰舌在消融，雪水汇成溪流，顺着山谷流向山下的塔什库尔干河。苍穹中，几只山鹰在飞翔。

“我计划工作到下午1点半休息，吃点干粮，喝些热水。”周波喝了一大口茶水。测量所在地为无人区，午餐只能将就了。即使附近有饭馆，大家也很少去，主要是为了节省时间，争取早点收工。另外可以省下外业津贴。

“快1点钟时，对讲机里突然传来一个声音：‘麻烦了呀，李东宁他掉下去了！’听得出来，那是阿吉木的声音。他说汉语像外国人讲话。”周波紧张地擦了擦额头，“我的心里‘咯噔’一声，赶紧呼叫李东宁，可任凭我怎么喊，就是听不见他的回复。我又呼叫阿吉木，希望知道到底发生了什么事情，同时用镜子（测量仪器的俗称，全称‘全站型电子测距仪’）的镜头对着之前看得见李东宁的地方搜寻。”

“你看见李东宁了吗？”郑小南盯着周波问。

“什么也看不见！”周波喝了口茶，看了一眼郑小南，“对讲机里阿吉木气喘吁吁地回答说李东宁掉到雪洞里了，他正在向李东宁的方向靠拢。我在镜头里看见了身穿橘红色外业服的阿吉木，他正在那个巨大冰川延伸出来的冰舌上朝下狂奔，途中摔倒好几次。我有了明确的判断：中午时分，冰舌表面的冰层融化，变薄，李东宁一定是掉进脚下的冰缝了。”

叶清扬紧张地看着周波。

“我用对讲机通知黄志龙，让他朝阿吉木靠拢。我和田建军也朝着阿吉木的方向冲去。阿吉木那里离我有2公里路，正常情况下很快就能赶到的，可在高原上，只不过跑了一小截的路，便已上气不接下气了。心里越紧张，两条腿越僵硬。”

“周波，别急，慢点说。”叶清扬递给周波一支烟，帮他点着了。

“我俩赶到时，被眼前的景象惊呆了！”周波夹着烟的手指竟然有些发抖，“李东宁的大半个身子栽在了冰缝里面。他面色苍白，一脸困倦。再看旁边，阿吉木和黄志龙手脚并用，不停地挖除李东宁周围的冰碴，已经掏出了一个不小的洞。李东宁的腿仍陷在冰缝里，已经挖到膝关节的位置了。”

周波重重地吸了一口烟。余玮发现自己的手紧握着茶杯，指节都发白了。

“洞穴容不下所有的人，我和田建军换下阿吉木和黄志龙，用棱镜杆（全站仪棱镜杆）扎碎李东宁脚下的冰渍，再用手掏出来。阿吉木用双手不停地搓揉李东宁冻僵了的手。冰渍清理完毕，我们齐力把李东宁拖出了冰缝，把他背到不远处的一块露出冰舌的巨大岩石上。李东宁冻得瑟瑟发抖，已经说不出话来了。他长时间身处寒彻的冰缝里，身体已开始失温，衣服也湿透了。阿吉木脱掉李东宁的衣服，熟练地用双手反复搓李东宁的胸口和小腹。我们给李东宁喝了随身带着的热水，脱掉他的鞋子，用手搓他的双脚。至少有一个小时，李东宁才慢慢恢复了过来。

“从冰川到停在公路边的依维柯车，少说得有 5 公里，我们几个人轮换着将李东宁从山上背了下来。整个路途，阿吉木背的时间最长。组里其他人的体力不济，比不了常年生活在高原上的塔吉克族人。”周波眼睛湿润了，“每到陡坎或者转弯的地方，他总会走得慢一些，对背上的李东宁说：‘抱稳了，小李。马上就过去了。好了，好了。’”

周波赶来饭馆时，已是晚上 10 点钟。此前他将李东宁送往县城的医院，检查完身体并无大碍后才脱身出来。走时，周波邀请阿吉木晚上一起聚餐，阿吉木却很真诚地推辞了，说他妈妈已经做好晚饭了。阿吉木家住在中巴公路边的达布达尔乡，勘测组的依维柯车返回驻地经过时，阿吉木便下车回家了。

吃过晚饭，已近午夜。余玮看见月光穿过云层，照在帕米尔之鹰上，反射出淡幽幽的光芒。他想象中的阿吉木很友好，跟所有的塔吉克族人一样——眼窝很深，眼神清纯明亮，略带弯钩的高挺鼻子，像山鹰的喙。

第九章　两坨冰块

“我爱帕米尔高原,”余玮对燕博文和乔勇说,“这是个圣洁的地方。”

燕博文会意地点点头,乔勇没说什么,他将脚下的一个石子踢飞,石子落在不远处的山坡上,翻滚几下停了下来。外业项目部把他们三个人分在了测绘一组,组长正是周波。

当他们三人扛着棱镜杆,在塔什库尔河河谷的草地上跑地形时,余玮内心不由得发出赞叹,河谷、草地和雪山一览无余地展现在面前。山风没了遮拦,徐徐地、温柔地顺着缓缓的山势流下来,滑过脸颊,清清凉凉的。在草地上,他们看见了一处低矮屋舍,石砌的墙体和杨木的屋顶筑成方方正正的房子。房门朝东而开,屋顶中央开天窗,通风透光。院墙用石块干砌而成,牧民将石块较平整的表面砌筑在墙体外侧,这些石块相互交错、咬合,形成或曲或直、或长或短的特殊线条,组合成某种神秘的符号,非常耐看。院子很大,与房子正对的是牛棚羊圈,房子侧面是个牛粪垛。牧民每天早上背着大背篓在草地上捡牛粪,将捡到的湿牛粪做成牛粪饼晾晒干后堆成牛粪垛。牛粪是牧民取火的燃料。此刻,阳光洒在屋舍上,一种静谧的气息在流动。

“真安静。”燕博文说道。他们相互离得并不远,彼此之间讲话可以听得见。测量地形时,要求测点之间的距离控制在 10 米左右,他们仨交错走动,将棱镜杆立在远处周波用镜子可以看得见的地方。

“安静得连个鬼都没有!”乔勇抱怨的情绪从他到项目部的第一天就有了,余玮跟他住在一个房间,能时时感觉得到,“这就是勘测实习啊,怎么跟山里的羊一样到处跑来跑去的!”

的确如此,他们三个人扛着棱镜杆已经连续这样工作一周了,像是高原上的羊群一样每天早出晚归。羊群早出晚归为的是多吃草，多长膘，而余玮他们这些实习生和测量工人，为的是每天能多测量一些地形数据，早点干完工作早些回去。西部水电院的人，特别是那些已经成家的人，没有人愿意在外地多待哪怕一秒钟的时间，只要工作结束，会在最短的时间内回到乌鲁木齐。

余玮因为那句“我爱帕米尔高原”而带来的愉悦心情变淡了。关于这种乏味的工作，余玮并不是没有自问过，勘测实习的第三天他便觉得所做的工作简单、枯燥，莫说是高校的毕业生，就连中学生也是完全能胜任的。他曾思考过勘测实习的意义。其一是项目部部长所说的为了体验并传承西部水电院的勘测文化，体悟测绘数据的来之不易。其二是理解地形图与实际地形的异同，进而能正确利用地形图做设计，这是叶清扬告诉他的。他没有想出第三条勘测的意义，也就没有再想。而今天，在听到乔勇的那句抱怨后，他觉得乔勇的话是有道理的，如此无休止的简单重复的工作，做它的意义究竟何在？更何况这些工作从专业分工上讲就不该他去做。他感到不解又无奈。

余玮知道，在乔勇看来西部水电院的勘测工作是简单的，是无须太多思考的，甚至说是卑微的。这种想法，余玮也有，即使从未有人给他提示过，在走进测绘组的第一天便已产生，并滋生出一种若隐若现的不满情绪。

就在这个时候，一场矛盾爆发了。

“乔勇，你的测点跑得太稀了，都快到 30 米了。”对讲机里，周波喊道。

乔勇恨恨地往回走了几步，唠叨着：“这种地形点差几米能影响什么？”他并没有对着对讲机说。

没过几分钟，对讲机里又传来周波的声音：“乔勇，你跑这么密做什么？”

“你不是嫌我跑得稀吗？”这次乔勇用对讲机回答周波，“我这不是在按你的要求做吗？”

“乔勇，你不识数吗？你不知道 10 米是多长吗？”对讲机里传来周波的斥责声。

"你才不识数呢!"

对讲机里保持了短暂的沉默。周波突然说话了:"乔勇,你要是不想干就回去,别在这里犯浑!"

"早就不想干了! 这么弱智的活。你不就是一个工人头儿吗,有什么了不起的!"乔勇愤愤地埋怨,或者说是在咒骂。乔勇没敢把这句话通过对讲机喊出去,周波自然没有听见,但周波在心里一定听见了。过去听见过,现在正在听,将来也会听得见。而对于他们这些毕业生而言,或许理想与现实总难以并肩而行。

乔勇像是为自己积聚已久的怨气和委屈找到了一个发泄的目标,但他对这个目标心存怯意,不敢当面造次。而他跑测点的距离却明显比之前要准确得多,这一点变化,余玮和燕博文都看得出来。

整个上午的测绘过程有些沉闷。中午休息时,按惯例大家要凑在一起吃干粮。但今天,周波没有用对讲机通知大家靠拢,只是让助手田建军用对讲机告知大家中午休息半小时。余玮他们三个人凑在一起休息,没像往常一样轻松地聊天说笑。一只高原蜥蜴探头探脑地出现在前方,这种蜥蜴有食指长,背上长着铁锈色的斑纹,余玮这几天经常遇到。乔勇悄悄拿起一个石块,狠狠地朝它砸去,石块击中了它。它在那里挣扎。这只无辜的高原蜥蜴成了乔勇发泄怨气的牺牲品。

下午的测绘工作进行了没多久,一大片泛黑的浓雾顺着山坡飘了过来,那浓雾似乎飘移得并不快,但随着迎面的凉风变成"飕飕飕"的冷风,那雾像着了魔一样,迅速笼罩了山坡、草地和塔什库尔干河。

对讲机里周波大声喊道:"暴风雪来了! 大家朝我靠拢,集中在一起!"

话音刚落,余玮就感觉到大风裹着雨滴狠狠地砸向脸颊,眼睛几乎睁不开了。他抹了一把脸上的雨水,看清了眼前的景象。雨滴在狂风中翻腾,像是大海里受到惊吓的沙丁鱼群;飞沙与走石横冲直撞,肆无忌惮地洗劫所能触及的一切。余玮看到不远处的两位同伴踉踉跄跄,拄着棱镜杆在风雨中艰难前行。余玮依稀能看得见2公里之外的周波。他和田建军各自挥动着橘红色的劳保衣向他们三人示意。对讲机里周波大声呼叫：

“余玮，你们三个走在一起！不能掉队！你看得见我和田建军吗？我去迎你们！”

“收到！收到！我们在一起！我能看得见你们。”余玮急促地回答周波。他猛地意识到他们五个人的命运已紧紧联系在一起。

雨滴很快变成了雪粒，把脸打得生疼，而这不过是短暂的感觉。很快，脸颊变得麻木了，只感觉到有雪粒打在脸上，却没了痛。风越来越凶猛，行进越来越艰难，余玮不知道暴风雪会持续多久。少年时，他曾遭遇过一次暴风雨。当时他和爸爸正在麦田里干活，不知什么时候，当头突然聚拢了一大团乌云。让人感到奇怪的是，周边的天却是晴朗的。转眼间，狂风大作，电闪雷鸣，雨滴瓢泼般倾泻而下，父子俩瞬间就被淋透了。爸爸望着茫茫大雨，欣喜地说："这阵雨来得正好，今年的麦子准能有个好收成！"并安慰余玮说阵雨来得快，去得也快。余玮当时没有一点恐惧和不安，完全把那场经历当成一次奇幻之旅。而在今天，他感到了恐惧——四周白茫茫一片！他已看不到周波的橘红色衣服了。他的全身早就湿透了，衣服上结了一层冰壳，那是雪粒在风力的挤压下形成的。所幸的是，他们三个始终在一起。

“余玮，你们在一起吗？回复！”周波焦急地呼叫。

“我们在一起。我们看不见你！”

“我就在你们的前面。你们走山脊线，别失了方向。我就在你们前面！回复！”

“收到，我们去找你！”

风雪中，他们看到了前面一处凸起的石崖，心里一阵激动。这处石崖他们在测地形时路过。过了石崖，再下一个陡坡，便离周波架设镜子的地方不远了。三个人摸索着绕过石崖，在半山坡上，他们看见了周波和田建军。他俩手脚并用，正迎着风朝前爬。

“周——波——,田——建——军——”仨人一下子兴奋起来,大声呼喊起来,竟忘了使用对讲机。周波他们依旧在爬行,但很快就抬起头,站起身来,冲着他们挥动手臂。

前方橘红色的衣服,像两团燃烧的火焰,是那样的亲切,那样的温暖。热血涌满脸颊,余玮早已泪流不止。而在这之前,他曾嘲讽过这种橘红色的劳保衣服土得掉渣。

测绘组的人终于凑在了一起,他们挤在一块巨石的背风侧,像是几只风雪中的羔羊。

暴风雪中,五个人靠拢在一起,静静等待暴风雪结束。一个多小时后,暴风雪结束了。压在山顶上的厚厚云层渐渐变薄,最后变成了几丝轻飘飘的云彩消散了,高原蓝罩在帕米尔高原上。湿冷的空气里弥漫着土地和青草的香味,一只老鹰箭一般俯冲下来,抓起一只老鼠后又腾空而起,最后落在一块巨大的岩石上。远处那座屋舍的房顶上,青烟在升起。余玮站起身来,觉得两个衣兜里沉甸甸的,伸手进去,拿出了两大坨冰块——那是灌进衣兜里的冰雪。

镜子上包着一层塑料布,田建军在暴风雪来临前就把它保护起来,一直抱在怀里。这时,对讲机里传来司机的声音:

“周波,周波,雪停了。你能看到我吗?收到回复!”

依维柯车一直停在中巴公路边上。暴风雪中,司机只能从对讲机里的呼叫声中知道他们五个人已经会合,但具体地点未知,只能焦急地等待,偶尔通过对讲机相互联系一下。

“能看到,能看到。我们马上去你那里。”

五个人赶到依维柯车旁时,司机已经在公路边的平地上燃起了一堆火。

周波是个爱说笑的人,而在今天那场看似平常的矛盾爆发后,他一直是一副严肃的样子,在火堆旁烤衣服时,极少讲话。烤完衣服,周波只说了一句话:“上车,回!”

第十章　千锤万凿出深山

“我听说周波和乔勇闹矛盾了？”有一天傍晚，叶清扬问余玮。

余玮如实告诉了叶清扬那场矛盾的始末。

叶清扬没有评说那场矛盾，只是这样说道：“我知道你们是怎么看待勘测实习的，我曾经也和你们一样。很多毕业生都摆脱不了自以为是的魔咒。”

“我们天天和测工们在一起，做一些本该由他们完成的工作。”余玮说。

“他们是谁？我们又是谁？他们是工人，我们这些人算什么呢？算是知识分子吗？是知识分子就高人一等，就不该付出简单、琐碎的劳动吗？我们这些人是有职业名称的，叫作工程师，是教科书上称为手工业者的人，或者是民间所说的匠人。我们不能沾染抱怨、冷漠和自以为是的书生习气，这种习气像个插在头上的草标，很难看！”

余玮沉默不语，他在为刚才讲述的那场矛盾中称呼周波为工人头儿懊恼不已。

“周波交朋友讲信用，对待钱财讲廉洁，分配奖金情理兼顾，测绘队的工人都信任他。周波在测绘队里就像个与士兵同甘共苦的将军，他说做什么，大家便跟着做什么，没有人唱反调。在寂寞无助的无人区做测绘，即使大家劳苦困顿到极点，只要周波振臂一呼，工人们都能振作精神，鼓起干劲。他靠什么鼓舞大家去努力工作？绝不是靠几句口号和额外的野外津贴，而是靠相互间设身处地的关爱，靠在患难环境里一天天积累起来的逾越骨肉的感情。测量工人用卑微的双脚走过险山恶水获取测量数据，勘测过程中危险如影随形，周波没有置若罔闻，而是去迎接同伴，带给大家温暖和希望。周波是位能唤醒真情的人，有他在，大家的力量就能自觉凝聚起来，这股力量，没有经历过常年野外测绘的工程师们是无法想象的。虽然他时常显得粗暴，但或许粗暴是一种有效的管理方式。”叶清扬这样评价周波。周波跟叶清扬同龄，技校毕业，比叶清扬早五年参加工作，去年新任测绘队队长。余玮能感受得到他俩真诚的友谊，但难以想象这友谊是怎样建立起来的。在西部水电院，测绘队的工人和各业务处的工程师大多像是隔着一条河的两类人。

余玮看着夕阳中的帕米尔之鹰，思及为人处世的一些箴言，他想起了一句诗：“千锤万凿出深山，烈火焚烧若等闲。”他听懂了叶清扬的话语：人的性情可以被千锤万凿，也可以被世俗日渐玷污。所谓万千的锤与凿，是一个人历经艰难困苦后仍能发自肺腑地对平常人、平常事付出热爱。

“周波之所以能得到队长的职位，是因为热爱，因为热爱而获得认可和尊重。”叶清扬诚恳地说，“很多人常说自己是给水电院干活的，这句话是不准确的。我们努力工作，是为了水电院，但同时也为了热爱自己，为了自己的生存和发展。我们绝大多数人不是那些非富即贵的人，可以很轻易安身立命。我们必须要付出艰苦的劳动。把艰苦的付出当成磨砺心志的必要过程，修炼灵魂，提升人格，强大内心，最终在平凡中获得尊严和尊重。

“水电院的前辈们立下测绘实习的规矩，正是要让新人能热爱琐碎的事情，在平凡中沉下心来，体会出‘热爱’二字对个人、对水电院的意义。”

叶清扬和余玮是在雄鹰宾馆的花园旁说这番话的。晚霞落在格桑花缤纷的花瓣上，闪着金光。一群黄嘴红爪的黑鸟“呼啦啦”地飞回来，落在院子里一棵高大的白杨树上。这种高原上的鸟觅食归来，只在白杨树上休憩。

第十一章　赶巴扎

中秋节到了，项目部放假一天。

外业勘测尚未结束，预计在九月底，赶在国庆节前能收官。余玮来到塔什库尔干县已满两个月，叶清扬、张旭东和郑小南要比余玮早到半个月，周波比叶清扬来得还要早，已逾三个月了。余玮等九名实习生的肤色已跟山里的塔吉克族牧民没有太大差异，而实际上牧民比他们要更白一些，因为塔吉克族人是白种人。

午饭后，余玮约乔勇和燕博文去赶巴扎，巴扎是集市的意思，当地人每周五有一次大的赶集活动。集市所在地是条名叫石头城的路，整条路都是。他们走到巴扎时，这里已是一派人山人海、车水马龙的热闹场面。路上摆满了各种物品，大多是些常见的日用品，也有余玮从未见过的。他看到了一副精美的马鞍，一位长须老人坐在一旁的小木凳上，戴着塔吉克族人特有的黑绒布制成的绣着花纹的高筒帽，跷着腿，抱着膝盖，一脸悠闲的微笑。余玮起初并没有认出它是马鞍，他是看到一旁的马镫后才判断出来的。余玮家也有一副鞍子，是那种简易的驮运东西用的鞍子，方头方脑的，完全比不了老人的这副骑手用的马鞍。这副马鞍全身包着厚厚的褐红色皮革，皮革抛过光，油亮亮的。前鞍桥高高翘起，像个昂起的马首，其正面用铜钉钉成两侧对称的云形纹饰，正中间嵌一块圆形的米黄色鹅卵石，周边用铜钉钉成一圈圆形的纹路，做成太阳光芒的样子；后鞍桥的纹饰及制作手法与前鞍桥几乎一样，唯一不同之处是黄石头改成了用铜钉钉成的石榴花花样；鞍脊上没有任何纹饰，全是素面。余玮相信，每个人看到这副马鞍都会想起昂首嘶鸣的骏马。老人的凳子下面放着几条马鞭，鞭杆儿用细条的皮革编织而成，鞭梢是个好看的花结儿，握把儿竟是用连着羊蹄的羊腿骨做的。余玮惊奇地欣赏着这副马鞍，这副马鞍是出自老人之手吗？余玮问老人，可老人不会讲汉语，只是微笑着。余玮指指马鞍，又拍拍老人的手，老人明白了，微笑着点点头。余玮心里默默想道：这位老人每钉一根铜钉，每抛光一寸皮革，都要花费几许心血，都有几许热爱在驱遣，他的心念全在马鞍上。而正是这呆拙的心念，让马鞍除去实用功能外，还可慰情。而在老人的心里，一定有一匹骏马在蓝天白云下的草原上自由驰骋。余玮忍不住朝老人跷起大拇指，模仿当地人的习俗朝老人深深鞠躬。老人起身，右手放在左胸前躬身还礼。离开老人，他们继续朝前走，突然传来一个声音："朋友！朋友！过来嘛，吃瓜！"余玮看到右前方有人在喊他。余玮看清了那个人，他叫热西提，是前些日子认识的。

一个月前，余玮吃完晚饭后出去散步。就在帕米尔之鹰附近的一个路口，他看见一位头戴花帽的维吾尔族男子在卖瓜，西瓜、甜瓜都有。地上铺着一张红色的绣花毯子，男子和他的两个孩子坐在上面。地毯旁是一堆瓜。余玮走了过去，那男子很热情，从一个已经切开了的西瓜上切下一瓣瓜递给余玮，说道："朋友，先尝一下嘛！"余玮没见过如此大块的尝品，之前所见到的充其量是小拇指般大小的小瓜条。他有些不好意思，但禁不住那男子的邀请，还是拿过来尝了一口。男子看着他，笑着说道："吃完嘛！吃完嘛！"

脆甜脆甜的西瓜，味道很好。余玮想，反正是要买的，索性吃完了。

余玮笑着对他说道："朋友！味道好！你嘛，帮我挑一个。"

男子很快挑好了西瓜，称好后正要往塑料袋里装，余玮止住了他，说道："朋友，切好了我带走。"在他切瓜的空当，余玮拿出兜里小筒装的奶糖，剥开后给两个小孩子各一块。两个孩子一个四五岁，另一个两三岁，一个是女孩，另一个是男孩。两个孩子羞涩地笑着，口里噙着糖，很开心的样子。余玮提着袋子正要走时，男子拿来一个甜瓜便要往余玮手里的塑料袋里装，任凭余玮怎么推辞，男子始终不答应，余玮只好接受了他的美意。余玮索性席地坐在地毯上，拿出切好的西瓜送给两个孩子吃。男子握住余玮的手，自我介绍道:“我叫热西提。朋友,你呢?”

“我叫余玮,来这里出差。”余玮答道。就这样余玮认识了热西提,往后只要余玮路过他的瓜摊,热西提总要让余玮吃完瓜再走,每次余玮都要和热西提的两个孩子玩耍好久。后来余玮都不敢去热西提的瓜摊了,因为热西提总是请他免费吃瓜。有时余玮出钱买他的瓜,他称也不称,挑出瓜直接装袋,豪爽地说:“朋友,给我一块钱就行!”

今天在巴扎上见到热西提,余玮高兴万分。热西提依旧是那么热情,早已拿着一块瓜迎了上来递给余玮,他的两个孩子也围了过来。瓜摊旁,站着一个穿红色长裙的女人。“他们……你的朋友吗?”热西提看见了燕博文和乔勇,转身拿了两块西瓜送给了他们俩。

“哈哈,你的朋友很多啊!”燕博文笑道。

“我和热西提算是老朋友啦!”余玮拍拍热西提的肩膀。这个动作是他学热西提的。

在新疆,不同少数民族的人见面有这样一个共同的礼节:女人见面相互拥抱,行贴面礼;男人见面把右手抚在左胸前,行抚胸礼,互祝平安。

热西提搂着那个女人的肩膀,向余玮他们介绍:“我老婆,茹仙·古丽。”

他的妻子笑着点点头,轻轻地将丈夫的手挪开,很礼貌地说:“你们好!”她依旧依在他的身上。

茹仙·古丽梳着两条大辫子,长得快到膝间了,两条眉毛又浓又密,连在了一起,长长睫毛下大大的眼睛里散溢出晴朗的光彩。

“朋友,下个月我的货车要到了,我要跑运输了。”热西提兴奋地说,“挣钱给我老婆买电动摩托。以后嘛,就不卖瓜了。”

想到以后很难见到热西提了,余玮抱起了那个年龄小的男孩,他喜欢那双乌溜溜的圆眼睛。

辞别了热西提,他们继续朝前走。街上有很多驴车,这是一种靠毛驴牵引的架子车,车体的前端,斜向竖起两根在端部交叉在一起的方形木棒。余玮猜测,这交叉着的木棒应该是驾车人赶着毛驴飞奔时的扶手。而他只见过驴车慢悠悠行走的样子,不过是随意做这样的猜想罢了。余玮看到一位老妇人用她的一只大白鹅交换了另一位老妇人的两只公鸡。

正午,正是赶巴扎的高潮期。马车、三轮车、手推车或急或缓地在人群的缝隙中穿行;小贩的兜售声、小孩的哭叫声、羊儿的咩叫声、驴子的号叫声、马儿的嘶鸣声混合在一起,一同融入正午的烈日里。在巴扎的一角,支着几张简易的桌子,旁边停着一辆三轮车,一个胖乎乎的中年男人在做酸奶刨冰,有很多人围着看,不时发出阵阵叫好声。

三轮车里放着一大块冰,足有半个车厢大,上面盖着一层布,布的下面覆着一张草席。那人用尖刀不停地来回刨冰块,把刨下来的碎冰装入一个有把手的小铁盆里,用勺子从一个大铁盆内舀出自制的酸奶倒进去,再淋上蜂蜜,精彩的场景出现了。只见他猛地上扬小铁盆,把刨冰、酸奶及蜂蜜的混合物扬起来足有两米多高。反复上扬几次,酸奶刨冰便做好了。三人各自要了一碗,一大口酸奶下肚,一股清凉之感由口入胃,随之袭遍全身,酸爽过后,酸甜的奶味在口中回荡。

三轮车上的冰块是冬天从河里采集回来的,在冰窖里一直储存到秋季,作为制作刨冰的原料。这个风俗是吃酸奶刨冰时燕博文介绍的。

石头城路与小巷的交岔口,是个临时的屠宰场,牛、羊等家畜现杀现卖。在这里,他们看见了厨师王勇军和勘测组的几个工人在买羊肉。今天是中秋节,晚上外业项目部要改善伙食,做清炖羊肉。王勇军在十几头拴着的羊中选好了三只肥羊,让羊群的主人——一位哈萨克族的小伙子宰羊。余玮听人说哈萨克族人宰羊的速度极快,便特意掐表计时。从杀羊到剥皮,再到将羊卸成肉块,堆放在剥好的羊皮上,羊群的主人只凭一把刀刃食指长的匕首,用时不足一刻钟。

第十二章　女人就像一座坚固的城

中秋节的晚餐很丰盛，每人可以分到一大块羊肉，其他的鸡、鸭、鱼肉任意取食。

晚饭后，叶清扬约余玮、郑小南和张旭东一起去散步，出楼门时，碰见了燕博文和其他几个人，众人便走在了一起。已是晚上9点，太阳还没有落山，月亮已经高高地升起在天空。

一行人朝石头城的方向走去，途中谈论着有趣的见闻。太阳西沉，月亮越发明亮了，高悬在石头城之上。城墙脚下的草地里很多条宽窄不一、时隐时现的银色光带在闪烁，那是游走在草地里的塔什库尔干河。

“千年石头城，多少人不远万里来一睹它的风姿！今夜，我们去石头城如何?”叶清扬建议道。

“同意！我早就想去了!”余玮一直想去这座寂寞荒凉的城，从他见到它的第一眼起。

他们走过一条小巷，穿过一片白杨树林，来到了一座高丘前，石头城就矗立在高丘之上。从这里仰望石头城，它越发高耸了，它已和山丘融为一体。

“我觉得人很渺小。”燕博文说。

“能体察到渺小是可贵的，它可以让人心生敬畏，进而谦恭地思考。”叶清扬说。

“我们爬上去。”余玮走在最前面。

夏雨荷爬得很费力，乔勇拉着她。她是个纤弱的姑娘，扎着马尾辫，总是若有所思的样子。项目部只安排夏雨荷、苗玲玲和谢雅宁三人出过半个月的外业，其余时间都让她们整理测量数据。

他们沿着破损的石阶走到了城墙根下。月光里，石阶清晰可见，它们未经修补，保留了远古的样子，余玮觉得就这样很好。而大多数的景点是被高高的围墙圈起来的，像是关起来供人观赏的狮子。石头城是荒城，保留了狂野自由的秉性，让观者顿然体会到一种苍凉的境界。沿城墙有几处豁口，他们沿着迎面那个最大的豁口进入石头城内。

初入城时，脚下遍布石块，部分城墙已损毁倒塌，清冷的月光下，仍可以透过残垣断壁想象出石头城昔日雄伟宏大的景象。

“当心脚下，”叶清扬说，他的声音在幽静的石头城里显得很唐突，“地上的石块很多，当心崴脚。”

他们走过废墟堆，前面是条上坡的土路，泛着淡淡的光。

“我们朝前走，到高处去。”燕博文走在了最前面。

路边形态各异的巨石、高低不一的城墙、偶存的一些佛龛基座以及脚下被山风吹得极为干净的道路散射出某种神秘的磁场，将这些造访者严严实实地包裹起来，并把一种久远孤独的思绪注入来者的内心，略加品味，竟是一种久违了的乡愁，好像回到了千年前的故乡。这是余玮的一种奇特感受。他爬上城内的一处高台，看到不远处一座基本完整的角楼，与之相连的城墙上还保留有垛口，角楼之外，该是外城了。那些纵横交错的矮墙在冷冷的月辉中像浓密的灌木林，估计是当年普通百姓的居所。

“余玮，你脚下的城楼当年马可·波罗可曾来过?”燕博文站在一处空地上，望着余玮。燕博文的身后是一道孤立的墙体，墙体上有凹进去的拱形窟，余玮路过时，曾仔细端详过。

“他一定来过，他来中国的一个主要目的就是探察元朝的国防。如此要塞，他一定是做过记载的。”余玮手指着燕博文身后的墙体，继续说道，“我敢肯定，玄奘法师自印度归来时，一定在你身后参拜过。你身后是一处佛龛，盛唐时，必供奉着佛祖。”

“这里正是玄奘法师在《大唐西域记》里所记载的朅盘陀国都城。”叶清扬抚摸着那堵墙,“玄奘法师还在这里举行过法会呢!”

路上,叶清扬讲了朅盘陀国的建国传说。

从前,波利剌斯(古代波斯国)国王迎娶了汉朝公主,庞大的迎亲队伍回程到达这里时正逢战乱,出进的道路皆不通。为确保公主的安全,迎亲队伍将公主安置在一座孤峰上,此峰极为陡峭高峻,需搭着云梯才能上下,孤峰周围有卫兵昼夜巡守。三个月后,战乱平息,迎亲队伍立即踏上归国路,不料公主已怀有身孕。使臣惊恐万分,对属下说:“国王命我们迎接公主,正值这次战乱,只能在荒野驻留,我们时刻提心吊胆。所幸的是仰仗国王道德感化,兵乱已经平息。正准备回国,公主却怀了身孕。想到此事我就忧惧万分,担心死无葬身之地。大家应该查出首恶,或许可暂免一死。”一番喧闹的调查之后,终究无人能查清事实。这时公主的侍女对使臣说:“大家不要再互相猜忌了,这是天神与公主交合之故。每天正午,就有一男子从太阳中乘马来此与公主相会。”使臣说:“即使如此,这怎么能洗清我们的罪名?回国我们必然被杀,留在这里,国王也会兴兵来伐,进退维谷,如何是好?我们不如暂且滞留国外,拖延时日。”于是众人便在孤峰上筑起方圆300多步的宫室,宫殿周围筑起城墙,并立公主为王,设置官职,制定法令。不久,公主产下一子,容貌秀丽。从此,母亲代为处理政务,由其子做了国王。这位国王能凌空飞行,操控风云,威德普闻,声名远扬,邻邦外国,莫不俯首称臣。国王寿终之后,葬在都城东南100多里外大山中的石窟里。尸体风干后,至今没有腐坏,看上去像一个睡熟的干瘦之人。人们不时给他替换衣服,敬献鲜花,表达对国王的敬意。国王的子孙世代相承至今。王室后裔因为他们的先祖——母亲是汉朝人,父亲是太阳神,自称为至那提婆瞿呾罗,即唐朝人所说的汉日天种。该国王室成员,相貌像中国人,头戴方冠,身穿胡人衣服。

“‘筑城以卫君,造廓以守民。’想想看,就在这里,”叶清扬说,“曾经有数千人在筑城。”

关于石头城,有文字记载的历史达两千多年,但其明确的修建年代无可考。这个记载于《大唐西域记》中的故事打动了余玮。他望着一处断壁，感慨道："那个战乱年代里，万千军民，为了坚固的城池、幸福的家园，该是凭着怎样痴狂的热爱之心在修建这座石头城啊！"

"正是这份热爱之心才使这石头城千年不倒！"叶清扬说，"想象一下，两千多年前，脚下的丝绸之路上，有多少商旅走过，有多少人仰望石头城，有多少人走进石头城，有多少人在城中享受人间温暖。"

叶清扬一定是想自己的妻子和女儿了。

"叶工，你女儿几岁了？电脑屏保上我见过她的照片。"

"3 岁了。"叶清扬一脸的笑容，月光下像朵盛开的花，"在家的时候，我没有一天不抱她，没有一天不高高地举起她，带她飞翔。"

"我喜欢看她悬在半空的脸，兴奋的欢笑，额头的软发，因为大笑而越发深嵌的酒窝，还有她的乳牙。"叶清扬的这些话像是泉水，缓缓流出来，"我时常能看到我的笑容映在她的眼中。"

"她 2 岁多时我就带去爬山，大多数时候我让她坐在我的肩头上。有一次碰上阵雨，我将她扛在肩上跑出山谷，整整 6 公里。她头顶着我的衣服，不停地说，爸爸小心，爸爸小心！"叶清扬谈到自己的女儿，话更多了，"我带她去捡玛瑙，带她去探险，带她去森林里采蘑菇。你知道，这些事情因为有了她的参与而变得有趣和意味深长，记忆犹新。"

"当然，这一切，我要感谢我的妻子，是因为有了她。"叶清扬沉默了一小会儿，在他的眼中，有一轮月亮在升起，"我们这些人要出外业，有时候时间会很长，我们需要一个牢靠的后方，而女人就像一座坚固的城！余玮，等你有了妻子，你将体会到这一点。"

月光下，叶清扬坐在一块石头上，用手捋过黑发，眼睛亮亮的，里面有深情的思念和幸福，还有因为幸福而生发出来的感恩之意。

他们走到石头城的最高处，月亮就在头顶上，月下的塔什库尔干河美如仙境，辛劳的外业勘测作业者在这里获得短暂的休整，人们因此神驰于一种深沉宁静的境界里。就在这里余玮想起了爸爸和妈妈,默念他们一定正在月光下想念自己。

余玮有两个姐姐和两个妹妹,大姐余瑛是成都一家医院美容科的大夫,二姐余璇是兰州一所中学的音乐老师,大妹余玫在兰州大学读大三,小妹余玥今年刚考入湖南大学。五个孩子的名字中都有一个立玉旁。玉比君子,玉佑平安。这个“玉”字蕴含着爸爸对五个子女的无限期望和祝福。如今,家里只剩下爸爸和妈妈。从余玥去县城读高中算起,爸爸和妈妈两个人过中秋已是第四个年头,这是余玮第一次想到这件事。他想起自己还在读初二时,就在大姐去县城读高中第一年的那个中秋之夜,妈妈切开月饼,喃喃自语道:

“八月十五啊,人再难聚齐了!”

这是一句多么可怕的预言!余玮在今天又一次深深体会到了。他想起了很久以前家人齐聚度中秋的场景。妈妈至少要蒸两个月饼,一大一小,尺寸并未相差多少。妈妈说大的是给月亮娘娘的,小的是给玉兔的。蒸锅里有两层篦子,大的放在下层,小的放在上层。月饼表面的图案由妈妈精心设计。用碗倒扣在月饼中间压出一个圆,再用半个碗边在圆的中部压出一条弧线,把圆分成两部分,一半像蛾眉月,另一半像残月,在蛾眉月内用小镊子捏出一棵树的形状,妈妈说那是桂花树;用带齿的镊子在月饼的边缘捏出一道道的条状装饰纹,这是月光;在月饼的表面粘上用细长面条拼成的小花,有红的,有黄的,还有绿的,花儿的位置是随意的,但个数一定是十朵,然后在月饼表面涂上混有姜黄粉的清油;末了,擀一张大大的、薄薄的面皮盖在月饼上面放在锅里蒸。蒸月饼的面粉,是当年的新麦子磨成的。妈妈说,中秋节正是粮食归仓时节,给月亮娘娘孝敬新麦子做的月饼。月饼蒸熟后,妈妈揭掉面皮,露出黄灿灿的图案,它正是妈妈心中的月亮。等到晚饭后月亮升起时,拜月仪式开始了。在木盘里摆放好月饼、瓜果和香烛,端出来放在院子的正中央,木盘里还放着一个装有泉水的碗。全家人跪在地上,点香叩拜月神,礼毕后,将月饼及瓜果各掐小小的一块放在碗中,这些祭品有的漂在水面,有的沉入碗底。爸爸双手举起碗，用力将碗中的水和祭品朝屋顶上方的天空抛洒，水和祭品洒落在屋顶上。拜月结束后便可以享用月饼和水果了。新麦子做成的月饼有股麦香味，胜过所有调味品的味道。

自余瑛去县城读高中那年起，每年的中秋妈妈要蒸好多月饼，切成小块，捎给在县城里读书的孩子。

今夜，就在石头城里距月亮最近的地方，余玮想起了这些，他回到宾馆，信手写下一首打油诗：

上天垂丹霞，明月出其间。
清辉照昆仑，五色何其鲜。
我心归故乡，青鸟翔我前。
金风掠田野，新麦磨成面。
我娘千遍揉，蒸成新月亮。
盼至月当空，摆席院中间。
瓜果与月饼，另加一碗泉。
摆陈于木盘，供于明月前。
家人齐跪地，焚香拜月仙。
祭品逐一掐，集于碗中泉。
我爹捧起碗，仰泼至屋面。
月饼切小块，瓜果享庭院。
月华千万里，我心驰故园。
人生多如寄，行游又一年。

第十三章　一封家书

外业勘测一直持续到十月中旬才结束，帕米尔高原的大雪打乱了塔什库尔干河水利枢纽工程外业项目部的工期安排。

回到乌鲁木齐的第二天，展玉明将叶清扬和余玮叫到他的办公室，郑重地说："余玮，从今天开始，叶清扬就是你的实习老师了，你要用心跟他学。叶清扬，你要尽心教他。"

当展玉明说完这句话时，余玮像得到了一件意外的礼物那么高兴！他知道西部水电院有给实习生安排实习指导老师的制度，但不知道展玉明给他指定了叶清扬为师，这个安排正是他梦寐以求的。他像有了一种依靠。他当天中午就把这件事告诉了燕博文。

在塔什库尔干河水利枢纽工程外业勘测结束前的半个月，西部水电院就成立了项目设计部，为这个项目的施工图设计做好了前期准备。水工专业技术负责人是叶清扬，余玮是水工专业的成员之一。叶清扬他们一回到乌鲁木齐，便立即开展施工图设计。依照惯例，设计项目部全体人员集中在一个大会议室办公，为了能腾出有效的加班时间，晚餐统一由食堂供应。设计项目部要求全体成员周一至周五晚上加班两个小时，周六全天加班，周日休息，如果设计任务紧张，周日也要加班。

用张旭东的话讲，水电院的设计任务没有不迫在眉睫的，没有不需要加班的。水电院下午 7 点下班，加班餐 7 点半结束。一部分人晚餐后在大楼后面的院子里散步、聊天，半个小时后去加班，也有一部分人直接去加班。叶清扬和余玮都有饭后散步的习惯，通常他们走在一起。叶清扬不像多数人那样在散步时还讨论专业设计的事情，他会说一些关于国际形势的、关于股市的、关于足球的事，他最熟悉的是关于兵器的知识，叶清扬每年都订阅《兵器百科》杂志。

施工图设计刚开始时，部分专业的进度安排要靠后一些，工作节奏宽松，随着项目的推进，专业之间的衔接越来越紧密，相互间的制约因素越来越凸显，各专业的工作节奏随之越来越紧张，晚上两小时的加班时间远不够工作之需，项目部的成员每天都要加班到深夜，有时候甚至通宵达旦。有些职工的家属晚上会带着孩子来办公室，等着加班结束后和爱人一起回家，实在等不及，便带着孩子先回。

叶清扬的妻子叫杨琴，是红山中学的语文老师，晚上经常会带着女儿朵朵来找叶清扬。

杨琴站在办公室的门口，将躲在身后的女儿推到前面："朵朵，快看爸爸在哪儿？"

"在那儿呢！爸爸，爸爸！"

朵朵眼尖，一下子就看见了叶清扬，冲了过去。

"朵朵来了！"叶清扬把女儿抱起来，让她坐在自己的膝盖上，亲了亲她的额头，指着电脑屏幕，"这是谁呀？"

"是宝宝，是我！"

"宝宝怎么会在电脑上？"

"那是我的照片，妈妈告诉我的。"

"宝宝想爸爸了吗？"

"想了。"

"哪儿想的？"

"这里想的。"朵朵手指自己心口的位置，咧嘴笑着，露出了几颗小奶牙。

"爸爸的这里也想宝宝。"叶清扬学着女儿的样子，也指着心口说。

"朵朵，来妈妈这里，爸爸要干活。"杨琴在喊她。

"不去！"朵朵不情愿，赖在爸爸身上不走。

“不去不去，朵朵玩一会儿再走。”叶清扬顺从了女儿。

“总是宠着她。”杨琴微笑着。她退到楼道里，在那里等朵朵出来。

陆续来了好几个孩子，楼道里开始喧闹起来，朵朵蹿出办公室，迅速潜入热闹的人群中。孩子们把楼道当成了游乐场，玩得昏天黑地，每个孩子都浑身是汗。玩兴酣畅的孩子们即使已经口渴了，也不愿意去喝水，除非家长硬拽过来把水杯递到嘴边才急急地喝几口。孩子们疯玩的过程中，总有孩子要跟着家长先回家，与同伴分开。起初，一大群孩子并不在意一两个孩子的离开，当剩下的人越来越少时，就变得难分难舍了，有的孩子会为此大哭起来，直到家长们说好第二天再聚才肯罢休。没有人愿意加班，但加班无意中让水电院的孩子们聚在一起，成就了他们的快乐，他们的童年记忆将与父母加班的辛劳相伴。

有一天加班已经很晚了，一个浑厚的声音传来：“都忙着呢？辛苦了！”

说话的是位 40 多岁的阳刚男人，剑眉上扬，眼睛深邃有神，鼻梁高挺，挺拔地站在众人间，给人一种很干练的感觉。

“林院长来了。院长好！”很多人站了起来，向他问好。

“加班的得有五十几个人吧？”来人扫了一眼办公室。项目总设计师盛良玉迎了过去，和他握手，介绍道：“林院长，有五十五个人在加班。”

“不少人呢！这是个大项目，同志们很辛苦。加班餐做得怎么样？”

“四人一组，配四菜一汤，很丰盛。”盛良玉回答道。

“那就好！大家得吃好，吃好才能有劲干活！”院长说着话，看着周围的几个人，余玮恰好就在旁边。

“你是今年新来的年轻人，我有印象，中国水利水电大学毕业，叫余玮。我看过履历表。”院长看着余玮。

“院长好！”余玮赶忙回答。

“他是水工专业，是我们组的人。”叶清扬介绍道，“干活很用心，也能吃苦！”

“不错,他还是你的校友呢。好好培养他!”院长伸出手来,跟叶清扬和余玮分别握手。

院长又跟盛良玉和几位专业技术负责人谈了一些关于项目进度和存在问题的事后才跟大家道别。这期间,余玮听清了一件事:林院长让盛良玉尽快上报项目慰问奖的人员名单。

有一天,叶清扬特意向余玮说起了这位林院长。

他叫林雨生,西部水电院的一号人物。

林雨生只有小学学历。1972 年,他 18 岁时随其父从江苏来到新疆,成为水电院的一名钻探工,1998 年任西部水电院院长。

叶清扬说:“林雨生上任第一年便给员工集资建房,还给近五年来的员工建起了两栋中青年知识分子住宅楼。这件事反响很大,惹得不少外单位的人垂涎欲滴。还有一件事说起来很多人都不相信,他家的电视是儿子今年上大学后才买的。林雨生的儿子高考成绩名列新疆理科第二名,也有人说是第一名,考取了清华大学。”

“林雨生能走到设计院院长的位置,并非偶然,而是必然的。”看得出来,叶清扬很欣赏林雨生,“他知道员工需要什么,能真正为员工着想;他尊重知识,重视教育。就凭这些,足以证明他是一个文化底蕴深厚的人。林雨生的教育程度不高,但不妨碍他成为一个有文化的人,而有一些人虽历经高等教育的过程,却只是得到了知识,并未获得文化,因为这类人没有从知识中获得启迪和觉悟。文化是什么?文化是发自真心地热爱自己、温暖他人的力量,是因为热爱而衍生出来的一种自觉的、基于现实更高层次的追求能力。所有人都能看得到,林雨生靠文化的力量最终得到了他该有的馈赠。”

那天下午,余玮接到门卫室的电话,叫他取邮包。在一楼门卫室隔壁的库房里,他看到一个写有自己名字的胀鼓鼓的邮包,立即就猜出里面装着的是那条羊毛被子。回到宿舍,他从邮包里抽出被子,一封信掉了出来,一封认认真真用俊秀钢笔字写在粗糙稿纸上的家书:

余玮儿：

近来工作愉快吧！

好长时间没有通信了，繁忙的公务填补了思念的空白。八月初，你大姐从成都来信说你去南疆出差了，余玥的信中说没有接到你的信和电话。

今年学校突击扫盲，家里的蔬菜大棚基本靠你妈一个人在操劳，大棚里的菜又多又新鲜。前一个星期给你姥爷家捎去了些，现在你妈念叨着要亲自再送一趟菜。大棚里的蔬菜长成后不能储藏，必须尽快处理掉。昨天割了几捆韭菜给了学校的食堂。昨晚气象台预报的中雪黎明前兑现了，足有半尺厚。清晨，明澈的霞光中，大棚外面覆着厚厚的“棉被”，而里面依旧是一片生机勃勃的绿色。

中央电视台第一套节目晚上7:00新闻联播后就是天气预报。你在北京读书时，我总要留意北京的天气，现在你到新疆了，我的视线又移到乌鲁木齐了。成都的、兰州的、长沙的天气都记在心中，因为你们五个人在那里。我明明知道这属于爱管闲事的范畴，但确如你妈妈说过的那样——心不饶人。我曾不止一次地琢磨过你的工作、学习、生活等方面的情况，琢磨完就不由自主地跟你妈妈叨叨：这个娃娃这一阵子怎么样？一方面你实实在在是二十几岁的人了，咱们这里比你小的好几个小伙子都结婚了，我们都盼着你能早日成家；另一方面，觉得你还是个不成熟的毛头孩子，好多事情容易感情用事。每当看到电视上报道的或听别人说起的车祸、歹徒行凶、疾病这类事件，就连新闻中看到中国南海上空外国飞机故意找碴儿的事情，我都马上会想到你们几个人的安全，随之是你们的健康，跟同事、领导的人际关系，各人的婚姻等等，没有一样不想的。你的肠胃不好，肠炎经常反复，你妈常常念叨，你自己要重视。现在是高科技时代，身体上的病都可以用先进仪器查清楚，你要定期去医院检查身体，尤其是肠胃，千万不能嫌麻烦，凡疾病都要早发现，早治疗，会事半功倍。

我的前半生是和贫穷、没有地位为伴的，我把我的向往和追求全部寄托在你们五人身上，其中对你尤其寄予厚望。你考上了大学，得到了工作，我觉得我的灵魂也伴着你徜徉在校园、在明亮的办公楼里，我枯萎了的心获得了巨大安慰和幸福。参加工作与在校继续学习相比较，利弊都有，驾驭得好，在工作中的进步会大一些。理论跟实际在具体工作中结合后，才能变为真正的知识，不能轻视任何一方，感性知识和理性知识都重要。在学校花了那么多精力学到的东西要经常翻一翻，不能借口工作忙而放弃了理论学习。到了工作单位，管理上没有学校严格，纪律上没有学校严明，指令上没有学校权威，稍稍不留神，时间就流失了，这是极大的浪费。一天结束了，算算时间是怎样被花费的；一天开始了，计划这一天都要做些什么，做得是否有意义。现在是你扎根的紧要时期，这一点要自知。我希望你在每天的劳累之后有充实之慰。实际能力、真才实学固然重要，学历、职称也不能忽视，它是社会对一个人的认可标志，它是信封上的一张邮票。我一贯要求你们要重视文凭、职称，绝不是哗众取宠。

为人父母能看到子女们有一份正经的职业，诚然是一件好事。当下的社会，孩子们生活在花花世界里，父母唯一担心的是孩子学坏。孩子造不下福倒还可原谅，千万别闯下祸，惊心动魄的例子让人悚然。村上刘宝的儿子大学毕业后骗父母的钱，吸毒贩毒，被逮捕后家里花了两万块钱，费了九牛二虎之力才把儿子从狱中保释出来。人除了爱自己外，第二就是爱其子女，甚至爱子女超过爱自己。父母如果对子女还是一味溺爱，没有半点防范之心，更大的骗局必定能得逞。刘宝的儿子出狱后又骗父母说自己在社会上混得多好多好，需要家中暂时支持，家里变卖了粮食和房子，借债凑钱，最后儿子把刘宝骗到省城，说是给他找了一份好工作，结果见面拿上钱就跑了，把刘宝一个人丢在了那里。而当时蒙在鼓里的妈妈听说儿子干得好，整天高兴得喜笑颜开，现在房子没有了，夫妻俩只好搬到了女婿那里住，在村子里连头都抬不起来。

以上所涉及的事情（未涉及的当然还有一些）希儿子尽量注意，对有些问题还可以来信说明你的意图。

妈妈说新疆冷，这条羊毛被子她又加了一些羊毛进去，保暖，给你寄过去。

祝：愉快！

爸爸

1999年11月19日

这封家书余玮当时在宿舍里只看了两遍。晚上，他把原来的被子对折起来铺在床上当作褥子，换上了羊毛被子，他闻到了被子上熟悉的淡淡的油烟味道。几天后，在一个夜深人静的夜晚，他取出家书来，又认真、细致地读了好多遍。

第十四章　千禧新年

塔什库尔干河水利枢纽工程的施工图如期在12月底完成了，随之而来的是新年——跨世纪的千禧新年到了！夜晚，红山公园举行迎新年灯光秀，各色灯光在红山之上变幻，红山变成了一条彩色的龙。乌鲁木齐到处都在放礼花，西部水电院也在放礼花，夜空中的焰火像是各色的花朵，把乌鲁木齐变成了花海。路口和公园里，有各式各样绚丽多彩的冰灯，明艳的灯光中，那冰雕看着是暖暖的，甚至是炽热的。这座城市，以前所未有的仪式来迎接21世纪的第一个新年。

燕博文回家了，宿舍里只剩下余玮一个人，他本要找乔勇聊天，可随之打消了这个念头。最近乔勇和夏雨荷经常在一起，两人在热恋中。余玮决定出去走一走，看看新年时这座城市的夜景。楼道里，他碰见了欧建国和郑文华，他俩也要出去逛街，三人便结伴而行。

走在大街上，他们强烈地感受到了新年在如何感染着这座城市，改变了它寻常的样子。天气很冷，但路上的人群熙来攘往，人们高声喧哗，像是约好了一起出来感受内心的兴奋之情，一种只有在公共场合下才能表达的感情。地摊上、店铺里、商场中挤满了人，不一定有什么令人好奇的东西在吸引着人们，人们就想在这个特别的新年里能凑在一起——就像冬天里在海滩上晒太阳的海象一定要挤在一起。他们随着人流去了红山，登上了红山顶，仰望耀眼的红山塔。有几个看似学生的人在卖孔明灯，引来了好几对恋人纷纷购买。一对恋人买了一红一绿的一对孔明灯，他俩先小心地打开那个红色的灯罩，女孩托起孔明灯，男孩点燃火种后，与女孩一起托起来，火苗燃烧了一会儿，灯罩里充满了热气，变得鼓鼓的，两人小心翼翼地放开手，那灯微微摇晃着飘了起来，飘过他俩的头顶，飘过树梢，飘过红山塔，最后一直飘得又远又高。不一会儿，那个绿色的孔明灯也飘到了空中。他俩双双合起手掌，举到眼睛的位置，朝着红灯飘去的方向微笑着，一定是在祈祷一个美好的愿望。有一种点燃后直冒火星的烟花，这是孩子们最喜欢的，几个孩子拿着点燃的烟花舞动成大大的圆环，比谁的圆环更大。还有几个商贩在卖热腾腾的炒板栗。人们欢笑着、喧闹着，一种自然而生的激动情绪在人群里蔓延。余玮觉得自己很幸运——正在跨越千禧之年！

回到宿舍，余玮的情绪依旧是兴奋的。他隔着窗户望见了红山，望见了红山塔。他突然想起了在红山遇到的那位老人，想起了老人酒兴中礼赞王洛宾的激扬神情，他仿佛看到王洛宾正行走在红山上，在他的身上发出太阳般的光明和温暖。在这个寒冷的夜晚，他再次感受到暖意。他历事尚浅，却碰到了很多值得尊重、感激的人。他在读高中时，学校食堂的饭经常是夹生的，他患上了慢性肠胃炎，总也医治不彻底。有一次，在县城每三年一届的“黄河文化节”上，他碰见了一位老妇人。她主动跟余玮说话，说他的气色不好，推断是胃肠道有炎症，并叫余玮随她去拿药。余玮去了老人的家，老人给了他14包自己炮制的中药散，只收了很少的一点钱。余玮吃完老人给他的药后，好长时间肠胃炎都没有犯过。上大学时，朱曦先生教授他《理论力学》课程，他每次都带着朝圣的心去听课。朱曦毕业于西南联合大学，是中国水利水电大学唯一要求给本科生授课的中国科学院院士。余玮给别人说起自己有位院士老师时心里总是骄傲的。某一次的《文学修养》选修课上，任课的闵老师没有如往常来到阶梯教室，进来的却是朱曦先生。先生歉意地说，闵老师病了，由他来代课。先生接着风趣地解释说闵老师是他的夫人。在那节课上，朱先生深情讲述了“建安风骨”，最后还说起他和闵老师合写的诗集。在讲完诗集中那句“夜深客至茶一杯”时，朱曦先生的滔滔话语戛然而止，收起讲义，在走下讲台前，朝着数百名学生深深鞠躬。毕业后来到西部水电院，他庆幸叶清扬成了自己的实习老师，他能时时体察到叶清扬倾囊相授的师长风范。

他在塔什库尔干河水利枢纽工程的设计实践中快速提升自己的专业水平，并掌握了叶清扬教授的从不求甚解到精益求精的学习方法：先全面、粗略了解工程设计所涉及的专业知识，整理出与之相关的关键知识点，再查阅工程算例，找到设计规范的依据，进行缜密的分析和归纳，最后进行详细设计和检算。叶清扬说，缜密的分析和归纳是工程师的职业灵魂，一旦拥有它，工程师就会自然而然地顺应心灵的指引和召唤自觉前行。叶清扬叮嘱余玮务必要进行设计总结，做详尽的工作笔记，养成积累技术的习惯。但让余玮惶恐的是叶清扬跟他始终保持一种极为平常的关系，不给他表达感激的机会。

在西部水电院，叶清扬是唯一一位做过所有类型水坝结构设计的在职工程师，也是独立编制水电行业坝体结构通用设计软件第一人，这个软件在业内被广泛应用。只此一项设计软件成果便足以让余玮和很多工程师仰视。而叶清扬只是把它当成自己众多兴趣中的一项。

“用软件减轻人工枯燥的重复工作，让设计变得轻松些并能得到同行的认可，这是我付出精力、编写设计软件的动力。”叶清扬说。

“是的。但那个过程是艰辛的。”余玮说，“并不是所有愿意付出的人都能把事情做得完美。有的人做事难免敷衍。”余玮用过其他几款设计软件，个别软件在一些关键技术环节的处理上明显露出草率的痕迹。余玮知道那并不完全是软件著作人能力短板所致，更多的是因为他们缺乏深入探究的执念，缺乏对软件使用者设身处地的思考。

“是这样的。我的性格是要么不做，要做就要做到自己能做到的最好程度。搞技术怎能敷衍？”叶清扬高声说道，很快地，他的神情从严肃转入一贯的安定，“这可能还与个人爱好有关。通过构思、算法、代码的演绎，最终实现期望的结果，就像登山者历经千难万险终于到达了山顶。这个过程很让人享受，可慰情遣兴，亦可训练心灵。”

而在余玮看来，这只是一种表象。他更仰慕流淌在表象之下的一种鲜活的、源于敬畏和热爱的心理状态，这种状态是余玮从叶清扬的一段话语中体会出来的。

叶清扬曾给余玮说过，每个人都有属于自己的使命。使命就是内心自然萌发出来的某个触动心灵的念头。这个念头明确地展现了它的结果，而这个结果正是人内心所期盼的。有的人很早就能觉察到某个念头，有的人则要晚一些；有的人会持续保存某个念头，有的人只是在短暂的时间内感知它。但无论怎样，于每个人而言，触动心灵的念头一定出现过，内心一定感受过。开始，人们按照念头做事的劲头会很大，但随着困难的接踵而至，这种劲头会慢慢衰减，甚至消亡，好像总有一双看不见的大手在阻碍着念头的实现。但这一双手其实是在凿磨人心，让心灵更加纯净，从而让人获得一种持久的力量和信心。这种力量一定是存在的，只不过时弱时强罢了，因为它与念头是相伴相生的。人与人的差异在于有的人能顺从这种力量的指引，实现念头，有的人则误解了这种力量的本义，放弃了实现念头的想法。有很多伟大的人正是因为能顺从念头的指引才成就了一番伟绩。比如大唐玄奘法师对内心所萌生的西行取经念头的实践的意义，在某种程度上讲远远超过了由他取回的真经所阐释的佛学对人的启迪。普通人则依靠朝着念头预期的结果不停地奔跑来激励自己。

叶清扬说，这种力量的根源是敬畏和热爱。敬畏能让人体察卑微，脚踏实地；而热爱能让人获得长久不衰的坚持力。

窗外，红山塔越发明亮耀眼，已近午夜了。突然，一阵密集的礼花爆炸声从夜空传来，像是滚滚的雷鸣声，夜空忽如白昼一般——二十一世纪到了。余玮在宿舍里踱来踱去，摁压不住心中的欢呼。

第十五章　香港文景报

2000 年，西部水电院南京设计处从乌鲁木齐临时抽调包括余玮和燕博文在内的二十多个人去南京做江苏大明河水利枢纽项目设计。他们在南京待了一个多月，每天大多数的时间集中在宾馆的会议室里做设计，只有饭后偶尔出去散散步。南京正是酷热难耐的暑天。出差回来时已是 7 月底，乌鲁木齐的天气也很热，但空气干爽，不像在南京只要走出宾馆，整个人便被溽闷的潮气包裹起来。

“余玮，有人打电话找你好几次了，叫你一定回电话。”

上午，余玮刚到办公室，徐海平就交给他一张便条，上面有个手机号码。这是香港《文景报》北京办事处郝林记者的电话，余玮很熟悉。他大学兼职做记者时就跟着郝林做采访、写稿件。

1997 年香港回归那年，余玮读大二。有个周末，他和几个同学在一家大学生兼职中介机构登记了自己的兼职意愿，并留了联系电话。余玮留给大学生兼职中介机构的是宿舍楼的电话。余玮所住的 19 号宿舍楼，是中国水利水电大学最大的一栋宿舍楼，住着两千多名学生。宿舍楼共有三部电话，设在一楼楼门入口处的传达室内。传达室的两块玻璃窗格做成了推拉门形式，有电话打进来找学生时，传达室管理员问清学生所在的宿舍号后会接通设在宿舍的传呼器，叫学生来接电话，被呼唤的学生蹿出宿舍，一路飞奔，跑到传达室外隔着推开的窗户缝报上自己的宿舍号和姓名，管理员根据接听记录让学生接听放在室外窗台上的某部电话机。19 号宿舍楼的电话很难打进来。想想看，两千多人只有三部电话，电话线路的繁忙程度是可想而知的，想要打通电话，对方除了要不停地按重拨键外，还得靠运气，须在前一个电话刚挂断时恰好拨电话才可打通。有时电话即使拨通了，管理员放在窗户外面，会被守在窗户旁专门等电话的学生摁掉，等着自己的电话打进来。19号楼的三部电话机旁，经常挤满了接听电话或等电话的学生，特别是中午放学和晚上的时间。

这件事过去了很久，余玮渐渐淡忘了，直到有一天午饭后，宿舍里的传呼器突然响了：

“是667宿舍吗？余玮在不在？有电话找他。”

“在！”“在！”“在！”

几个室友和余玮一起冲着传呼器回应着。与此同时，余玮冲出宿舍，以最快的速度狂奔至传达室。

“喂？”余玮已是气喘吁吁。

“你是余玮吗？”电话里传来的是一个男声。

“我是。你是……？”

“我是香港《文景报》的记者。你能帮我写个稿件吗？”

传达室旁的声音很嘈杂，他只大致听清楚了稿件的内容，他以为是学生会的某个社团找他写稿件。

“可以的。”余玮没有犹豫，答应了对方。

“好的，我在朝阳区朝阳门外大街的联合大厦A座，你能来这里面谈吗？你打车过来，车费我给你报销。”

余玮有点蒙，原来不是学生会找他。

“不好意思啊，刚才没听清楚。你是谁啊？”

“我这里是报社，想找你写篇稿件。”

余玮明白了，但他不知道报社的人是如何找到自己的。电话里那个人自称是香港《文景报》的记者，名叫郝林。余玮答应郝林下午课后去找他。

余玮极少打车外出，要么乘坐公交车，要么乘坐地铁。下课后，他在学校南门拦住一辆俗称“天津大发”的出租车，直奔联合大厦。

中国水利水电大学在海淀区,距联合大厦并不远,打车不到15分钟就到了。余玮乘坐电梯到了联合大厦A座12楼,按照电梯间驻楼层公司指示牌找到了郝林所说的报社——香港《文景报》北京办事处。报社的前台由过道改造而成,深蓝色玻璃背景墙上贴着"香港《文景报》北京办事处"十个红色大字。报社名牌的设计很有特点:"香港"二字横向书写,"文景报"三字竖向书写,"香港"二字的横排宽度与"文景报"的单字宽度相同,远看像是四个竖向的字;"香港文景报"五字的正下方是横向排列的"北京办事处"五个字;"香港文景报"为笔墨浓粗的手写毛笔字,"北京办事处"是印刷体的仿宋字。进入前台左拐前行几步至尽头处,再右拐进入一个过道,左侧是一排办公室。第一间是阅览室,摆放着几个书架和一张大大的茶几,里面有人正在书架前翻阅报刊。第二间是主任室,门虚掩着。第三间是会客室,有几个人在轻声交谈。第四间是财务室,门开着,里面有位50来岁的女士,花白的短发,正在桌案前专注地写着什么,估计是会计。过道右侧是一个大办公室,里面摆放着八张插屏四座组合式办公桌,人没坐满,只有十来个人。在这间大办公室里,余玮见到了郝林。他面容清瘦,目光清亮,人很精神,有三十来岁。

郝林先给了余玮打车的12元钱。

"是这样,我前几天采访了一家企业的总经理,要给他写篇稿件做宣传。"郝林用纸杯给余玮接了一杯水,"这里有他的个人材料,你可以参考。稿件要突出他的个人成就,同时宣传企业的规模、影响力和由他研发的产品的特点。"

余玮听郝林介绍时,粗略阅读了被访者的材料。他叫张为文,是位铸造专家,早年主持铸造车间树脂砂技术改造研究,在同行业中以最短的时间达到了树脂砂工艺要求的技术指标,在行业内显露头角。他现担任国家863计划"3D打印关键技术与装备研制"项目首席科学家,创立了国内某著名的三维打印企业。张为文是位典型的依靠技术成长起来的企业家。

"我试一试。"余玮看过材料后觉得自己对稿件有把握。

“很好，稿件 3000 字左右，三天后交稿。”郝林快人快语，“你下午还有其他事情吗？如果没有，你先看看材料，下班后去负一楼的餐厅吃饭。”

“可以的。下午就一节课，我是上完课才来的。”余玮没有拒绝。

“对了，稿酬 150 元。”郝林又补充了一句。

余玮的心里一惊。这么多钱！爸爸的月工资是 400 多元，妈妈已经觉得很高了。他暗下决心，一定要用心写这篇稿件。

郝林让余玮坐在对面的空位上，从挎包里拿出一个采访机给余玮，让他整理录音内容，作为稿件的参考资料。他自己从抽屉里取出一份稿件，很认真地审读，不时用笔修改。

座位上放着一个硬纸做的简易文件夹，上面印有香港《文景报》的介绍。香港《文景报》创办于 1958 年，是一份发行海内外的商业财经类大报，是在中国内地发行量最大的香港报章，是中国政府特许在内地公开发行的报章，也是香港特区政府指定刊登法律广告的有效刊物。

吃晚饭时，郝林告诉余玮他正是在那家大学生兼职中介机构得到的余玮的兼职自荐材料，那天他打了好几个兼职者的电话，要么是电话占线打不通，要么是打通电话对方婉言谢绝，余玮的电话他连续重拨了六次后才拨通。郝林说，如果第六次电话仍打不通，或者打通后余玮也推辞，他就自己写这份稿件。

余玮知道了郝林在成百上千的求职者中唯独找到自己的过程，整个过程的各个环节似乎充满了必然。

当天晚上，余玮在自习室里反复阅读材料，构思稿件，觉得思路明朗后开始动笔，稿件没有写完，已近午夜 12 点了，自习室和宿舍楼要熄灯关门了。他匆匆回到宿舍，拿着一张凳子来到楼道尽头的窗台前，趴在窗台上继续写。凌晨 1 点，余玮写完了草稿。他打算第二天抽空誊写后发传真给郝林，当时觉得心里一块石头落了地。

第二天的课程不算多，作业也少，不到晚上 9 点，余玮就写完了作业。他开始誊写稿件，没写多久，他的情绪低沉了下来，有些灰心。他不满意自己的稿件，觉得稿件就像个没有生命的木偶。他决定重新写，并非全是为了稿件能在郝林那里顺利过关，而是他自己不喜欢。他最初读完张为文的介绍材料，心里就有一种敬仰之情，但一直未将这种感情融进稿件里面，客观地讲，是心里一种敷衍、急躁的情绪在作祟。他静下心来，根据材料把张为文假想成了朱曦院士，很快，一种发自内心的崇敬之情涌现出来，他一口气写完了稿件，写了近3500字。第三天中午，他在机电学院对面的研究生宿舍楼里找到了公用传真机，花了2元钱，把稿件发给了郝林。郝林在电话里说，本周五下午，他在海淀区离中国水利水电大学很近的一家公司做采访，采访结束后来学校找余玮，并嘱咐余玮别吃晚饭。

周五下午放学，余玮没有去食堂吃饭，待在宿舍里等郝林。没过多久，郝林来了。

在一家饭馆里，郝林点完菜后从背包里拿出一个纸盒，从里面取出一个蓝色的传呼机。

"余玮，这个传呼机送给你。"郝林很高兴的样子，"你的稿件写得不错，我几乎没有修改便发给编辑部了。"

"谢谢！"余玮心里也很高兴，他庆幸自己重新写了那份稿件。

"我交了一年的传呼费，以后联系你就方便了。"郝林说出了送余玮传呼机的意图，"稿酬给你200元钱。"

"之前说是150元的。"余玮澄清了一下。

"之前是150元，现在是200元。"郝林真诚地笑了，"你别客气，拿着，这是你应得的。"

"谢谢你！"余玮接过了传呼机和钱。学校的一些学生有传呼机，不过只占很少的一部分，也有的学生带手机，而那是极个别的人。宋玉龙的一位同乡就有一部手机，此人经常组织在学校的大礼堂放映电影，宋玉龙会叫上同宿舍的人在大礼堂门口协助他的同乡售票，售票结束后可以免费看电影。节假日期间，宋玉龙的同乡还会租大巴，组织学生出去旅游。用宋玉龙的话讲，他的同乡更像个生意人。

“郝记者，香港《文景报》我第一次知道。我上次在报社看过它的介绍。”余玮想更多地了解这家报纸。

“香港《文景报》在两岸政界和商界的影响力是很大的，香港总部报社社长是全国政协委员。北京办事处有四十多个人。”郝林把话题转到了北京办事处，“报社的人出出进进，并不固定，有的人辞职走了，有的人应聘来了。你知道，做我们这一行的，认识的人很多，视野很开阔，有了好的去处，都是要另谋高就的。”

“我在这家报社当记者已经三年多了，算是老员工。”菜已经端上来了，郝林还点了啤酒，“在这之前，我在湖南常德市一所中学当老师。”

“我爸爸也是老师。”余玮说。

“噢，那曾经是同行了。”郝林又要了一包餐巾纸。菜已经上齐了，俩人边吃边聊。

“教师是个稳定的职业。”余玮给两个杯子倒满啤酒。

“是的。如很多职业一样，教师也是个按部就班的职业，要做的事情都是规定好了的。我刚上班就任初一的班主任，一直把那班学生带到初三毕业，他们毕业了，我却留在了原地。就在那个暑假我突然想，不出意外的话，我就要这样三年一轮回循环往复地走过我这一生了，顺利的话会当上教研室组长、教务处主任，然后可能会当上校长。这是我能清楚地看得见的结果，就像能看到并体会四季轮回的场景一样。这一切并没有什么不好，甚至说是很好的，然而，我的心里突然涌出一种莫名的慌乱情绪，这种情绪肆意蔓延，最终转化成一种惆怅中的不满情绪，我突然想辞职了！

“一旦有了这个念头，便放不下来了。这种情绪完全占据了我的内心。最终，就在那个暑假我留给了父母一封信，跟一个要好的同事说了一声便到了北京。”郝林喝了一口啤酒，微笑中略带倦意，“所幸的是我的大学同学在北京，刚到北京的那一个月，我跟他挤在出租房里，直到我自己租到了房子。房子是合租的，过道里都摆着床。”

“北京是个文化和商业中心，有很多机遇。”余玮想起了一位老师的话。

“的确如此，北京的就业机会多。第三天我便按报纸上的招聘信息应聘到了一份文书的工作。安顿下来后，我刻意留心各种招聘信息，半年内，我换了不下五家公司，最终去了香港《文景报》。”

郝林喝完了杯中的啤酒，余玮又给他加满了。

“我之所以能在报社工作这么久，是因为我在报社看到了方向，准确地说是在付豪那里看到了方向。”郝林补充道，“付豪是香港《文景报》北京办事处的负责人，比我只大一岁。他原来也不是记者，是公务员，辞职后来北京，先是在一家广告公司做事，谈成了几单利润肥厚的广告业务，后来瞅准机会承包了香港《文景报》的一个广告专栏，去年他被香港《文景报》总部聘为报社的北京办事处主任。

“不瞒你说，我就是想按付豪的创业之路走下去，也像他那样承揽一家知名报纸的广告专栏，实现给自己打工的梦想。”

第十六章　选择是艰难的

大学期间，余玮一直在报社兼职写稿件。有时候，郝林会带他去采访，被采访者基本是企业的总裁或者董事长，他们中的一些人是实至名归的企业家，而有些人并非稿件里说的那么优秀，多是沽名钓誉者。郝林经常把余玮推荐给其他记者，其中就有付豪。付豪说话语速很快，能在很短的时间里对稿件的内容和写作思路予以分析和指导，校审稿件时总会提出让人佩服的修改意见。有一次，郝林对一个版面设计修改了好几次均不满意，付豪看过后建议增加标题内容，将标题分成两行，一行字体缩小，另一行字体放大，变换标题颜色，将标题置于版面正中位置，如此一来，整个版面格外引人注目。兼职期间，余玮还认识了朱会计，就是余玮第一次去报社看到的那位花白头发的女士，报社的记者们都叫她朱姐。

大四那年，郝林曾问过余玮的打算，意欲让他留在北京，留在报社。这件事情余玮之前就考虑过，但总是在犹豫中。在大四的一次“卧谈会”上，室友们谈论起所学的水利工程专业，有人说这个专业一点儿也不好，在学校时学业繁重，参加工作后有做不完的计算、画不完的图纸，打算放弃它，毕业后不会从事水利工程行业。有人反驳说，不要轻易放弃自己的专业，专业再不称心如意，它也是养活自己的依靠，就像人的双手。那场辩论进行了很久，就在辩论结束后，余玮决定签约去西部水电院。

今天，当他知道是郝林在找自己时，整个上午，他始终在琢磨一件事情。余玮曾告诉过郝林自己签约西部水电院的事情，但当时只是随口说起而已，郝林只凭这一点线索找到自己，一定是有要紧的事情要说。他在想，郝林找自己所为何事？他似乎猜到了郝林的意图。

他本想中午下班后给郝林回电话，但直觉告诉他通话时间一定短不了。下午下班后，他在一个公用电话亭拨通了郝林的电话。

通话时间的确很长，但归结起来就一句话：来香港《文景报》北京办事处。

余玮告诉郝林，三天后给答复。

关于西部水电院和《文景报》，余玮并不是没有对比过。

西部水电院像块旱涝保收的田地，人们在田地里春播秋收，依靠庄稼养活自己。而香港《文景报》像一片丛林，丛林里隐藏着猎物，人们靠捕猎为生。碰上雨水充沛的年景，猎物种群飞速扩大，人们能捕获充足的猎物来养活自己；反之，则猎取甚微，食不果腹。工作一年后，余玮已经熟悉了西部水电院的工作流程和内容，正在他循规蹈矩地前行时，郝林的召唤让他猛地停了下来，回想起另一种选择。他想象自己能在香港《文景报》幸运地争取到很多企业的广告业务，获得丰厚的收入，获得机遇，最终能像付豪那样拥有自己的公司。想到这里，他兴奋不已，但冷静后，又左右为难，犹豫不决。第二天中午，余玮把这件事告诉了叶清扬。

叶清扬对此事的态度是理性的，他问余玮："你是因为水电院收入低，还是觉得工作不顺心？或者就是在意气驱遣下的辞职？"

"是为了另外一个选择才辞职。"余玮细细想了一下，回答道。

"这算是转行了，要彻底从零开始做起。"

"也不完全是转行，毕竟以前在报社实践过。"

"你属于为了新目标敢于实践和学习的人，这个需要勇气。"

"我一直想能有自己的公司和团队，就像付豪一样。"

"你做好失败的打算了吗？私企不养闲人，更不养懒人。"

"想过，但没有深入思考过，不如意时再做打算或许也不迟。"

"这种事情谁都做不到未卜先知。有一点是必须认清的：入一行，先让自己变得值钱，而不是急功近利去赚很多钱。"

"是的。我想趁着年轻，出去拼一拼。"

“有好几次，林雨生问起过你。他对你的印象很不错。”

“他竟然知道我！”余玮有些感慨，“如果郝林不给我打电话，可能就不会让我这么纠结。”

“你不用这么想，有人欣赏你正如有人会嫉妒你。遵从自己内心认为正确的判断，用自己喜欢的、向往的方式度过一生。”叶清扬冷静地说，“选择是艰难的，它最终靠自己定夺。”

的确如此，在这件事情上，别人的意见仅供参考，就像水坝结构设计过程中收集到的一些参考资料，是否采用，全靠自己的判断。但设计过程中的正确判断可以依靠坚实的理论知识、丰富的实践经验和执着思考的能力，而在对西部水电院和香港《文景报》二者所对应的未来的选择上，却几乎无章可循。

要么留在西部水电院做一名靠技术养活自己的工程师，放弃做记者的念头，要么朝前走一步，去报社——他不止一次想象能通过艰苦的努力和绝佳的运气，变成像付豪那样的人，成立自己的公司，站在梦想中的位置上。

已是深夜了，余玮静静地躺着，极不平静地反复思量。

第二天早上，余玮告诉叶清扬自己的决定：去北京。说完后，他如释重负，但隐约中似乎有种轻率的意味从内心渗出来，或者说是一种伤感。

叶清扬听了后并无意外之感，说道：“和我的判断一样。”

当天早上，上班之前，余玮赶往火车站买火车票。未来几天的卧铺票都已售完，余玮决定先去兰州，再从兰州到北京。中午，余玮打电话告诉郝林，他已决定去北京，不几日便可到。

下午下班后，在一家湘菜馆里，叶清扬和燕博文为余玮送行。

“余玮，到北京好好干，混好了去找你讨酒喝！”仨人都喝了不少酒，燕博文的这句话余玮记得最清楚。

半夜里，余玮口干舌燥，醒来找水喝时，才发现窗帘没拉上。透过窗户，他看见了夜色中的红山塔。

第十七章　工程师更加适合你

余玮到北京已是晚上。在火车站附近一家快餐店，郝林递给余玮一张名片：《新圳报》北京办事处主任记者——郝林。

“这是我的另一个身份。”郝林比一年前瘦了一些。

“这家报纸的总部在深圳。”郝林说，“以后咱俩负责《新圳报》的广告版面，当然我和你还去香港文景报做事。明天我带你去见付豪，我给他说好了的。”

关于在《新圳报》兼职的事情郝林在电话中没有给余玮说。现在余玮明白了，郝林急需一位助手。

余玮租住的房子在通州，离朝阳区较远。第二天很早余玮就起床了，倒了三趟公交车到达香港《文景报》北京办事处。报社里的大部分人余玮都认识，见面时互相热情地打招呼，他已经有一年多的时间没有来报社了。朱姐听到了余玮的声音，从会计室里走出来，惊奇地看着他。

“小余，你好啊！”她微笑着，轻声说。

“朱姐您好，好久没见您了。”

朱姐疑惑地看着他。

“朱姐，我从单位辞职了，来这里了。”

“噢……是这样啊。”朱姐愣了一下。

这时，郝林走了过来，他和余玮一起去了付豪的办公室。余玮填完了一张表，付豪签字后便办完了入职手续，比西部水电院要快捷得多。薪水也要高过西部水电院。

余玮跟其他人一样，要经常查阅海量的企业信息，甄选出有推介价值的企业进行采访报道，收取企业广告费用。不久前，一位名叫杨漪的记者争取到了一家知名企业连续半年的广告业务，得到了一笔不菲的收入，这让很多人羡慕。而这样的好运气并不常见，通常情况下，企业只做一期的广告宣传。在余玮做完一项广告业务后，他禁不住感慨：报社收取的广告费真高。但他又想或许本来就该这样，广告宣传对于企业而言，是必不可缺的。

过了些日子，余玮买了一辆二手自行车，每天骑车上下班。

一个周末，余玮联系到了在北京的六位同学，相约在一家川菜馆聚餐。那家饭馆他们都很熟悉，就在中国水利水电大学旁的净土寺市场里。聚会时，余玮见到了宋玉龙。宋玉龙毕业后去了沈阳，现在也辞职来北京了，比余玮要早半年，在北京的一家公司做施工监理。余玮大学同班同学共二十八人，毕业后留在北京的同学有五位，包括两位考取本校研究生的同学。毕业生的留京指标很少，能留下来的同学都是各方面表现优秀的人。

留在北京的同学有一位在落户手续办理完毕后就辞职了，换了好几家公司，总觉得不如意，打算年底考研。没有辞职的两位同学也打算年底考研，等研究生毕业后再进行择业。听宋玉龙说，有四位被分配到外省的同学在为年底的考研做准备。

宋玉龙说：“去年 7 月 16 日，我去单位报到，摸着楼梯栏杆上厚厚的尘土，看着整层楼里没几个人，心想，啥破单位，大学白上了，难道就在这里混一辈子吗？”

宋玉龙所说的是沈阳一家水电施工企业。

“年底，我拿到年终奖，给人事科留了一份辞职书，就直接来北京了。”大家都在听宋玉龙讲他的经历。

“施工监理怎么样？”余玮问。

“不怎么样，我不喜欢。先干着，挣学费准备考研。或者改行做自己喜欢的。”宋玉龙喝掉了杯中的啤酒。他是个率性而有主见的人。

宋玉龙对眼下的工作并不满意，仍处在对未来的探求中。余玮心里暗问自己，做一名报社记者就是自己所期望的吗？

余玮在报社上班一月有余，他已完全熟悉了报社的情况。通常两三个人为一组，各组的采访宣传业务相互独立，互不干扰，各组之间的商业信息相互保密，这可能是报社里员工人际关系平淡的原因，就像住在一栋楼里的居民，即使是邻居，也很少来往。个人争取到企业的广告宣传业务后，报社按规定收取版面费，个人按分配比例得到提成。客观地讲，报社是一个公平的平台。在香港《文景报》，员工争取到广告业务靠的是个人的能力，偶尔是运气，没有业务就没有收入，没有业务就会被淘汰。报社遵循的是丛林法则。报社没有臃肿的管理机关，会计和前台接待由专人负责。郝林身兼人事管理和出纳，付豪除了负责报社的日常事务外，仍努力争取广告业务，做采访。余玮最欣赏的是报社精练的机构设置与管理制度，不适应的是人与人之间近乎陌生的关系。

余玮依旧不能明确当下的状态是否是自己期望的，或者相信这是苦尽甘来前的一段磨砺期。离开乌鲁木齐前一天的那个晚上，他曾认为到了北京后会更加肯定自己对未来的判断，会在一种稳健的状态中逐步看见、触摸到自己的目标。而事实上，他没有静下来的时间去思考自己的处境与心境。他一个多月以来似乎都处在紧张状态：不停地适应，不停地尝试，不停地期望，不停地失望。他完全被这种状态裹挟着朝前走。聚餐中他没有说太多的话，他仔细地辨听其他人的话语，试图从中获取一种客观理性的思考，但是始终没有得到。因为大家都在同样的状态中。

晚上回到住所，余玮在小区的公共电话亭里拨通了余瑛的电话。辞职的事他一直瞒着家人。

余瑛着实吃了一惊，过了好一会儿电话里才传来她沉重的声音：

“父母知道吗？”

“家里人我只告诉了你。”

“你为什么不跟我商议？做事这么轻率！”

“当下辞职的人又不止我一个，我就是想出来自己闯荡一番。”

“就你能！”

“大姐，你别急呀！”

“哼！我不急，等着父母急吗？”

“大姐，别告诉父母。”

“你就瞒吧！看你能瞒到什么时候！”

余瑛说完便挂了电话。余玮愣了好久。余瑛的态度让他有些茫然和紧张，而今晚的聚会已让他的情绪处在彷徨之中。

深夜，余玮的传呼机响了，是余瑛发来的信息：

“既然到北京了，就好好工作，别顾虑太多。有事给我打电话，晚安！”

余瑛必是一直没有睡，她是在安慰余玮，也是在为刚才的冲动致歉。

余瑛的话让余玮心头一热。余瑛比余玮大四岁，余玮跟大姐无话不谈，却唯独把辞职的事情先斩后奏了。

时间过得很快，中秋节过完是国庆节。国庆节后天气转凉，早晚骑车须加件外衣才行。国庆节早上，他的传呼机里收到了叶清扬发来的信息：“梱庭多落叶，慨然知已秋。珍重！”那天，他高兴了好久。

有一天下午下班了，余玮待在办公室没有回去，他有份采访策划书还没写完。一个小时后，他完成了策划书，拿起背包，准备回去。

经过会计室，门是开着的，朱姐走了出来，笑着问道：

“余玮，不急着回去吧？”

“朱姐，您找我有事？”

“我这里有些东西，能帮我搬到楼下吗？”

“没问题。”

余玮进了房间，朱姐把门关上，递给余玮一杯水。

“余玮，请坐。”朱姐一点也不着急的样子。她盯着余玮，依旧是微笑着的，但透出一丝极为严肃的神情。她低声说道：“有件事，我想了好久。”

"什么事,朱姐?"余玮有些紧张,他不知道朱姐要给自己说什么事。

"我儿子跟你一样大,你还在报社兼职时给你说起过的。"朱姐平静地说,"我听说你是从一家设计院辞职的,它叫什么名称?我想应该是家不错的企业。"

"公司全名叫西部水利水电勘测设计院,建院于1957年,比香港《文景报》还早一年。"

"噢,是家有积淀的企业。我今天想说的是你已经完全熟悉记者的职业了,当然更熟悉工程师的职业。我猜想关于两种职业你是做过比较的。在这家报社,我见过很多记者,当然包括你。这些天我把你跟他们做过对比,我总认为工程师更加适合你,尽管我不能准确表述其中的理由,但我始终这样认为。"朱姐认真地盯着余玮,用微笑遮掩她郑重的态度,"对某些事情的判断是不需要繁杂推理的。我对是否说出我的想法犹豫了好久,最终在今天我决定亲口对你说出来。"

"我希望重逢时,听到你关于水电工程师的职业识见和成就。"朱姐停顿了一下,深情地说。

余玮若有所思地点点头,随着朱姐的话语进入冷静的思考中。

骑车回通州住所的路上,余玮看到了数台挖掘机正在拆除几栋旧楼房,前几天看着还好好的,如今变成了废墟。他想到,用不了多久,会有新的楼房建成,会有新的居民搬进去,而有很多居民并不知道这里曾经的样子。迎面凉爽的秋风吹过脸颊,他的大脑一下子变得很清醒。

第十八章　一件忘不掉的倒霉事

这件事余玮只给燕博文说过，是他辞职来北京途经兰州时发生的一件事。

那天到兰州时已是下午了，余玮在火车站买到了第二天下午去北京的卧铺票，住进火车站附近的一家旅馆。旅馆是按床位收取住宿费的，要比宾馆便宜。离开乌鲁木齐时，他把身上的大部分钱寄回了家里。

旅馆的房间是个三人间，并排摆着三张床。房间空无一人，中间的床上堆放着一条毯子，床头柜上放着一只黑色的手提袋，这张床有人在用了。余玮躺在靠窗户的床上休息。过了一会儿，有人打开房门走了进来。余玮跟他打了招呼，那个人说话瓮声瓮气的。

傍晚，余玮吃完饭回来，有些困了，冲完澡准备睡觉。他有些口渴。杯子里还有半杯水，他拿起来几口就喝完了。睡前，他看见那人靠在床头看电视。

醒来时竟然是上午 11 点了，窗帘是拉着的，缝隙里有阳光照进来，这一觉睡得真沉，至少睡了 12 个小时！他从未这样沉睡过，余玮心里暗想。他突然一惊，警惕地看了眼自己的背包，背包还在，又看了眼旁边的床，床是空的，那人的手提袋仍然在床头柜上。余玮松了口气，在床上赖了一会儿，开始起床。

穿裤子时，他心里“咯噔”一下，裤兜里的钱包不见了！钱包里有身份证和近 400 元钱。余玮的钱包一直装在裤兜里，这是他的习惯。他跳到旁边的床上一把拉过那个黑色的手提袋。里面是空的，这是那人使的障眼法。

余玮匆忙穿好衣服，冲下楼梯，在总台询问那人的去向，得知他凌晨已结账走了。余玮查到了他的身份信息，可有什么用呢？

余玮回到房间，懊恼极了，狠狠地将那个黑色的空包摔在地上。

他看见了自己的水杯，猛地想到：一定是昨晚喝的半杯水里有迷药！

所幸的是,那人只偷走了余玮的钱包,其他物品未动。那本随身带着的《传习录》还在背包里,书里夹着一个纸包,里面有几张一寸的照片。那是他办理入职手续时用剩下的,一直夹在书里当书签。余玮拨通了燕博文的电话,让他火速补办加急身份证,并寄去了照片。

半个月后,余玮收到了燕博文寄来的身份证,一张住址是乌鲁木齐的身份证。余玮丢了的是在大学入学时办理的住址在北京的身份证。

这次失窃事件后,余玮意识到自己丢失了一件极为重要的东西——那张伴随他五年的住址在北京的身份证。这件事他每想起来一次,皆为自己的疏忽大意和霉运懊恼不已。

今天,他听了朱姐的话后,回到住所,又想起了刚刚过去不久的失窃事件。而这一次,一股懊恼的伤情过后,他的大脑冷静了下来。他回味着朱姐说过的每一句话,回味着朱姐看他时真诚严肃的神情。

他望着窗外的夜色,长叹一声。他想起了爸爸和妈妈,在刚刚过去不久的中秋节里,他却未曾想起。那天,他忙着赶写一个稿件,很晚才休息。而在今夜,他满怀愧疚与不安,想起了远在千里之外乡下的爸爸和妈妈。他有意让他的思绪飘出窗外,飘出北京长长的街道,飘过无数的城市与村庄,来到黄河边一处亮着灯光的屋子里,那里只有爸爸和妈妈在。他想起了去年春节时大姨给妈妈哭诉自己的儿子从县财政局辞职去深圳打工的事情,他记起了大姨说过的这句话:“就在几天的时间里,我的头发白了一半!”那天,大姨紧靠着妈妈,脸色苍白,涕泪俱下,痛不欲生。而妈妈只能陪着大姨流泪,用一些毫不奏效的话安慰大姨。余玮从未见过一个人可以悲痛到这种程度,他同情大姨,但在心里并不难过。如今,他想,那个悲痛欲绝的人该是妈妈了吗?

他做出了一个决定,他要回到西部水电院。

香港《文景报》是光鲜明亮的,依靠它余玮可以见到许多功成名就的人,知晓他们不平凡的经历和成就。余玮这一生或许会以他们为榜样,获得一种难得的力量,得到跟他们一样的耀眼名利;或许他将跟大多数人一样,只是以那些成功者作为自己毫无价值的炫耀资本，迷惑别人，麻醉自己。而西部水电院是灰土土的颜色，但它是土地的颜色——温暖可依。它是几代人在戈壁上筑起的一座城。很多人依赖这座城得以生存，同时又尽全力让它变得更加坚固牢靠，他们在这座城里辛勤劳作，绘制出造福万民的水电设计图纸，一张张图纸最终变成矗立于大地上的水电工程，灌溉万亩良田，治理千条大河，点亮千家万户，给人们带来希望和光明。余玮觉得自己回到西部水电院所做的每一件事情，都是用触觉能感受得到的。想到这里，他的心胸渐渐开朗起来。而在此时，他的心里却有一丝怅然若失的情绪，这情绪来自他对香港《文景报》的不舍，就像几个月前他离开乌鲁木齐，系牵着西部水电院的心思。

当他在这个深夜里理清了所有思虑后，他闭上双眼，他的心中再没有迷茫和犹豫，而是充溢着一种安详的感觉。一年前，他走出中国水利水电大学的大门，以一个实习生的身份走进西部水电院，幸运地得到了很多人的指点，迅速成长，稳步前行，而在一件似乎是必然要发生的事件之后，他重回北京，为了潜埋于心中的另一个梦想。如今，当他离开北京，要返回乌鲁木齐的时候，他已是一个在徘徊中找到了方向、具备了成熟思想的人。他放弃一个梦想的同时又坚定了另一个梦想，这样不算糟糕。余玮想。

第二天中午，他拨通了林雨生的办公室电话。他给林雨生编造了一个再常见不过的谎言——父母不同意自己辞职，他要回到西部水电院。林雨生耐心地听他陈述。

“余玮，你先回来，回来再说。”

林雨生只是这样简单地回复了他。

第十九章　分房子

“你回来我们欢迎。”院长办公室里，林雨生对余玮表明了自己的态度。这是余玮没有料想到的。在从北京返回乌鲁木齐的火车上，余玮一直琢磨林雨生那句“回来再说”的含义，难道他是要以此为由处罚自己，起到对其他员工的一种警示作用？或者另有深意？他想，如果真要处罚自己，他会果断离开，另谋出路。那天回到乌鲁木齐已是晚上 10 点了，他为自己的疑虑专门向叶清扬问询，叶清扬说他多虑了，林雨生绝非余玮预想的那样。晚上在宿舍里，他和燕博文做过很多种猜测，猜测林雨生对他此次返回西部水电院的态度，却唯独漏掉了事实。

很多年后的一天，余玮明白了“回来再说”的含义：稳住余玮，有意留给他思量的机会和时间。

“按照人事管理规定，你无故离开单位三个月之久，属于自动离职。”林雨生说这句话时，神情极为严肃，但随即轻轻地笑了，说道，“单位考虑让你按社招人员办理入职手续，试用期满考核合格，你将恢复正式员工的身份。”

“谢谢林院长……”

“噢，这段时间单位正在分房子，你去一趟总务科。我这就打电话过去。”林雨生安排完这件事，摁了电话的免提键，拨通了总务科的电话。

分福利房的事情，余玮在去年年底时就听到风声了。

1999 年 8 月，西部水电院新建的两栋中青年知识分子住宅楼竣工了，办理完中青年员工入住手续后，余有 3 套房子，西部水电院将余下的房子通过抓阄的方式分配给了当年新入职的员工。乔勇、卢迪和欧建国凭着好运气分到了新房子。这些入住新楼的中青年员工将一批老旧的楼房腾了出来，听说要分配给余玮这一批新员工，然而只是风传，直到余玮辞职时也没有实施。

西部水电院总共有18栋住宅楼。1至5号楼修建于20世纪70年代，是同样楼型的四层楼，每套面积只有40多平方米。6至9号楼建于80年代，是六层楼，每套面积不超过70平方米。剩下的10至18号楼建于90年代后，是六层楼，每套面积从70多平方米到120平方米不等，其中，17、18号楼便是刚刚建成的两栋中青年知识分子住宅楼。“红山的塔，友好的货，五楼的房子年年盖。”“友好”指乌鲁木齐著名的友好商场，“五楼”专指西部水电院。这句顺口溜乌鲁木齐很多人都知道。

余玮分到了8号楼顶层的一套55平方米的房子，这栋楼建于1989年，已经有十多年了。余玮听叶清扬说，有一部分领导因为余玮辞职的事情不同意给他分房子，是林雨生力排众议，争取到余玮的分房资格。新分的房子要等到原住户搬走后才能腾出来，余玮他们依旧住在大楼的宿舍里。

2001年3月初的一天，余玮拿到了房间的钥匙。

当天下午下班，余玮去了自己的房子。那是一套南北向的一室两厅的房子，进门左侧是餐厅，右侧是卧室，与卧室并列的是客厅，客厅有个大大的阳台，客厅的门正对着小小的厨房，客厅与厨房中间是洗手间。房子的布局很紧凑，一应俱全，余玮对它很满意，并不觉得它小。

余玮在房子里走出走进时，迅速做出一个计划：周末找粉刷工将陈旧的屋子粉刷一遍，让屋子亮堂起来。他决定给卫生间安装淋浴器，这样就可以在房间里洗澡，而不用去外面的公共浴室了。他很喜欢那个小小的洗手间，里面有抽水马桶，有洗脸池，有镜子，过些天还会有淋浴器。他还打算买厨具，让厨房恢复功能，自己做早餐吃。他可以在厨房煮牛奶、做稀饭、熘花卷、拌凉菜，虽然他只会做这些，但让他充满了向往之情，因为在这所房子里他将足不出户就可以吃到早餐，获得一种自食其力的满足感。他还要买张新床，让起居变得很正式。

晚上，余玮将自己的计划在电话里告诉了妈妈。妈妈很兴奋，不厌其烦地询问每一个细节，对余玮的想法很赞同，并说暑假就跟爸爸来乌鲁木齐，还嘱咐余玮不要买窗帘，她要自己做好带到乌鲁木齐去。

周六上午，就在红山下的西大桥桥头，余玮雇了一个30来岁的粉刷工，谈好了400元的劳务费。在西大桥桥头，平时集聚着一群手里拿着涂料刷子、抹子等装修工具的民工，他们或蹲着，或靠在栏杆上，用一种讨好的眼神看着来往的人群，希望能被雇主看上，求得一份装修的活儿。只要有雇主止步于桥头，立即会被“老板，装修吗”的声音包围起来。余玮带着这个人去了房间，他在房子里走了一圈，向余玮提出要多加100元钱才愿意干，原因是墙面上涂有一层1米多高的油漆，铲掉它需要支付额外的费用。余玮想，自己的月工资1000元，扣去各种名目的费用和每月300多元钱的房贷后，余下的就只有280元了，虽说手头有点积蓄，但自从有了房贷后明显感觉生活拮据了。余玮跟那人商议了很久，希望他能按谈好的价格干活，但终是没有谈妥。余玮又去了一趟西大桥，这次，他看上了一位靠蹲在灯柱下的50来岁的民工，他不像其他人那样主动围在雇主跟前自我推荐，就在灯柱下默默等待，偶尔抬头看看旁边讨价还价的雇主和其他民工围成的人群。这个人不如别的民工那么年轻，那么强壮，一点儿也不引人注目，像一匹老马。余玮走到了他跟前。他起身，瘦瘦弱弱的。

“你好，你能粉刷房子吗？”

“能，多大的房子？”

“50平方米的，是个老房子。你要多少工钱呢？”

“400元。”

“工费太高了！300元。”

“老板，300元太少了，你给我350元吧。”

余玮没再讨价，带他去了房间。

他和刚才来过的那位民工一样，也在房子里出出进进地打量了一圈。

“噢，墙面上的油漆得铲掉。”那人看完后嘟囔了一句。余玮想，他该加价了。

“是的，这层油漆是要铲掉的。”余玮跟着强调了一句。

那人看了余玮一眼，欲言又止。余玮装出一副平常的神态，那人终是没有说出那句话来。

“最好能找个铲子，水泡不透油漆，必须用铲刀铲掉这层油漆。”那人用手摸了摸漆面，自语道。

余玮想起来了，厨房里放着一把老旧的菜刀，是原住户留下来的。余玮拿来菜刀，递给他：“这个咋样，能用上吗？”

“这个好使，用它砍漆皮最好了。”

“好吧，那就开工吧。”余玮笑着对他说。

“老板，我吃完饭再干活。你得先给我 100 元。”那人讲话时，总是透出一种憨憨的气息，这让余玮觉得很亲切。

“好吧，我也要吃饭，一起去吃。”余玮掏出 100 元钱给了他。

这个人姓吴，余玮叫他老吴，老吴叫余玮老板。

老吴的饭量很大，他一点好拉条子（新疆拌面的俗称）就对店主说另加两份面。余玮吃拉条子只加一份面，除非是饿极了才加两份面。余玮吃到一半时，老吴已经吃完了面条，有意剩了一些拌菜，他在等另外加的两份面。老吴吃完了新加的两份面，大口喝着饭馆里免费的茶水，他至少喝了三杯后余玮才吃完饭。

下午，余玮按老吴的要求去华凌家具城买泥子粉和涂料，老吴留在房子里铲墙皮。

余玮在华凌家具城顺便问询了厨具、淋浴器、床和餐桌的价格，他计划等老吴把房子粉刷完毕便去采购。余玮回到房间时，老吴正在用菜刀砍漆皮，声音很大，一点儿也没觉察到余玮的到来。窗户是开着的，老吴只穿了一件单衣，满头都是汗，眉毛和头发上粘了一层白白的粉尘。老吴干活很卖力。周日上午，余玮和燕博文一起把宿舍的一张桌子和两把椅子搬到了房间，作为老吴粉刷房子之用。下午，余玮又去了房间，老吴已经打好了泥子底，准备刷涂料了。周一下午下班，余玮约了燕博文一起去看房子。房子已粉刷完毕，老吴正坐在椅子上抽烟休息。地面已经打扫干净了，垃圾堆放在餐厅靠大门的墙角。

整个房子很亮堂，比余玮想象中的要好得多，正是他想看到的样子。

燕博文也打算粉刷房子，他对老吴的手艺很满意，余玮把老吴推荐给了燕博文。老吴很高兴。给老吴结账时，余玮多付了 50 元钱。

第二天下午下班，余玮快速吃完饭，拿着中午就买好了的拖把和水桶去房间打扫卫生，他曾计划周末再来打扫，但已急不可待了。他想周末便买好家具，从宿舍搬到自己的房子里住。

余玮足足花了三个晚上才把房子打扫干净，单是清扫卫生间，就花了他一个晚上的时间。最后一个晚上，他配制了一桶消毒液对房间进行消毒。厨房和卫生间的墙壁上贴着瓷砖，他用消毒液将两个房间的墙面全部刷洗了一遍。窗台、炉台、洗菜池、洗脸池、抽水马桶、地板以及一些外露的管线也做了彻底消毒，这是余瑛在电话里专门交代过的。晚上回到宿舍时，他满身都是消毒液的气味，以至于燕博文打开了窗户透气。

周末到了，余玮和燕博文去华凌家具城买家具。燕博文的房子也已粉刷完毕。

华凌家具城很大，生活所需品一应俱全。

他们先到三楼买床。大厅里摆设着样式繁多的床，着实让人喜欢，但价格昂贵，他俩舍不得花那么多的钱买床。负一楼有档次低、价格便宜的床，这是一直跟在身后的那位搬运工告诉他俩的。搬运工看出了他俩的心思，提供了这条关键信息，否则他俩真要失望而归了。

他俩去了负一楼。这里的床档次明显比三楼的低，他俩选了好久，各自选了一款价格低廉的单人床。负一楼也有卖餐桌的，是那种折叠的圆形餐桌，价钱比红山市场里卖得要便宜，他俩轮番跟店主砍价，一直砍到店主叫苦不迭才停下来。燕博文说,能便宜一分是一分,省下来的就是自己的钱。

一楼卖卫浴品,各种淋浴器的价格从低到高,差异很大,这让人很难选择。价格高的质量好,功能多,但花钱太多;价格低的凭眼观就觉得质量差。余玮有自己的主意,他建议就买名牌货里的低端品,它的基本性能和高端品的几乎是一样的,无非就是附加的功能少一些。这个经验是他在中国水利水电大学小树林跳蚤市场买单放机时得来的,名牌单放机的低端货价格低,但播放性能跟高端品几乎是一样的。燕博文很赞同余玮的观点,有了这个原则,俩人很快就买好了淋浴器,并照此原则在二楼买好了煤气灶。餐具是现成的。西部水电院为纪念塔什库尔干河水利枢纽工程,特意在景德镇定制了一批陶瓷餐具,每个员工都有一套。

这次采购的货品,除了奶锅不一样外,剩下的俩人一模一样。俩人选的奶锅是同一款式,燕博文看上的是那个银灰色漆面的,余玮喜欢黑漆面的,因为曾祖母有个黑漆漆的小砂锅,余玮打小就看惯了的,觉得很亲切。店主说,黑漆面的工艺复杂,价格要贵五块钱,余玮和燕博文装出不解的样子跟店主就工艺问题争论了好久,最后余玮多付了 3 元钱买了这个黑漆面的奶锅。

新买来的床比宿舍的床要宽,床垫铺上去小一截,余玮把劳保品里的那个羊皮褥子铺在上面,补齐了空缺的部分。床单也比床小,他用西部水电院发的红山商场购物卡买了一条宽大的白色床单,上面有草莓的图案。

过了几天,余玮给房间安装了电话。他想,迟早是要装的。

第二十章　狂风吹不倒犁尾巴

余玮喜欢住在自己的房子里，喜欢顶楼空旷而安静的环境。

早晨，阳光洒进窗户，处处溢满冰凉清新的空气。余玮早早地就起来去楼下跳绳。跳绳是他在塔什库尔干县跟叶清扬学的，他每天跟着叶清扬一起跳，养成了习惯，即使出差也带着跳绳，可以随时随地跳。7 号楼和 8 号楼之间是一块大的空地，空地被分成三个场地。东侧是乒乓球场地，场地里有八个乒乓球台，中间是两个塑胶地篮球场，西侧是个门球场。余玮第一次来 8 号楼看房子时就发现了这里的篮球场。他想，这是个跳绳的好地方。

篮球场里有一层未及清扫的不厚也不薄的雪，余玮扫出了一块空地，开始跳绳。阳光依旧明亮，没有一丝风，场地四周的榆树、松树、茶条槭和苹果树静静地沐浴着西域三月的阳光，却不是那种慵懒的样子，像是一群早操前静立做准备的小学生。余玮喜欢被这些树木和头顶的阳光包围着。他和阳光是运动的，而树木是静止的，他时时能感受到树木静谧的气息。一只黄嘴的黑鸟落在了苹果树上，在枝头跳来跳去，时而把尖尖的嘴伸进翅膀下梳理羽毛，时而将尾巴翘起来在枝头来回晃动着身子，时而张开翅膀对着阳光鸣叫，时而抖动脑袋朝着跳绳的余玮看。这一切让余玮觉得很惬意很享受，他沉浸在一种私密的快乐中，在私密中他看见了自己沉静的心。

他跳完绳，就在家属院门口的黄河路早市买了半公斤新鲜牛奶，回到房间，倒入奶锅烧开。然后，他快速地冲澡，冲完澡后牛奶是微烫的，刚好可以喝。他喜欢新鲜的、带着青草香的牛奶味道，觉得牛奶中蕴藏着旺盛的能量。

就在 3 月底，余玮接到西部水电院的生产任务令，让他担任一项水坝加固设计项目的水工专业负责人。项目总设计师仍是盛良玉。在进行塔什库尔干河水利枢纽工程勘测设计的那段时间，余玮跟他已经很熟悉了，每次见面都要打招呼。在一次闲聊中，余玮得知他是欧建国的实习指导老师。余玮非常愿意做这个项目的水工专业负责人，他自认为这是一件有着特殊含义的大事——西部水电院对他已不计前嫌。从北京回来的半年时间里，他没再担任过任何项目的专业负责人，他自认为西部水电院对他存有戒心。为此，他为人处世更加小心谨慎。他对上级安排给自己的工作从不敢懈怠，全力以赴地做，刻意表现出积极的样子。他对自己离职的事情一直心怀不安，总觉得别人用异样的眼光看待自己，尽管叶清扬认为他这么想完全是多余的。

项目所在地位于北疆阿勒泰地区的阿尔泰山里面，那里隐藏着一座重要的地下水力发电站。这座水电站秘密修建于20世纪50年代，由当时的苏联人设计。水电站运营40多年后，坝体多处开裂，严重影响其发电和调洪功能，水利厅委托西部水电院进行坝体加固设计。由于一些特殊的历史原因，项目部所能收集到的发电站技术档案资料很少，这让水坝加固设计工作变得异常艰难。为此水电院成立了由各专业的院副总工程师组成的专家团队，对加固设计方案进行全面、详尽的分析和论证。

正是在这期间，余玮第一次接触水工专业的院副总工程师楼春芳。楼春芳让余玮对水坝进行结构检算和安全评估。这项工作花去了他每天绝大部分的时间和精力，完全占据了他的思考空间，即使在梦里，他依旧被这项工作牵引着——他好几次清晰地梦见自己陷入坝体加固设计的思考中。20天后的一个深夜里，余玮做完了坝体的结构检算和安全评估，他深感所历曲折而漫长，但在他看来，所有的付出都是值得的。

水坝结构检算和安全评估伊始，他就被这项工作吸引，萌生出一股强烈的探究愿望。他厘清工作思路，很快便有了一个清晰的构想，相信自己可以按部就班地完成所预想的工作。而随着工作的深入，困难接踵而至，让他心余力绌、裹足不前，陷入焦躁的境地。他习惯性地通过散步，或者跳绳调节心境，让自己恢复到安静的状态。而正是在安静的状态里，本苦思冥想而迟迟未有结果的他有思路悄然降临，豁然开朗。而每在这样的时刻，他在心里总会默念“山重水复疑无路，柳暗花明又一村”，坚信这句古老诗句里蕴含的关于求索的哲思。

答案就隐身在某个角落里，它感应到探求者的心念却不愿轻易露头。它像个淘气包偷偷地望着探究者，非要等探究者历经崎岖思考，内心趋于宁静时才肯溜出来。

那天夜里，当他写完评估报告的最后一个字时，他突然想起了自己少年时代的牧马往事。

余玮少年时的伙伴是一匹跟他同龄的枣红马。枣红马雄健高大，马首总是高傲地昂起。那时余玮的个子很矮，还没有枣红马的身子高，但枣红马从来不欺负他，只要他想骑它，它便乖乖站着，等他爬到马背上坐稳了才走。枣红马在山里吃草时，不像其他的马儿，没吃几口草便到处乱跑，枣红马就待在一个地方吃草，吃饱了便站在草地上休息。枣红马偶尔会发脾气撒野，跑得很远很远，余玮怎么追也追不上，而枣红马要么远远地望着他，要么跑得无影无踪，余玮又急又气，却一点办法也没有。这样的时候，余玮便在山坡上等枣红马，或很快，或很久，枣红马会自己回到余玮的身边。余玮的这个生活经验是那时曾祖母告诉他的。

他似乎感觉到，少年时牧马经验里蕴藏着的哲理，在自己成为一名工程师后重现。

余玮根据检算和评估结论，判断坝体设计是有缺陷的。在和叶清扬讨论后，叶清扬也认同这个观点。余玮随即向楼春芳做了详细的汇报，整个汇报过程楼春芳听得很仔细。楼春芳听完后若有所思，他自语道：“这件事须请教英总。”

这是余玮第一次见到英中杰。他年逾六旬，眼睛深邃明亮，有种活跃的思维在眼睛里闪烁。

英中杰听完汇报并不觉得意外，他从书架里找出了几本老旧的苏联设计规范，对楼春芳说："让余玮再按苏联规范算一算，看看结果如何。"

英总提供的规范里密密麻麻做满了字迹工整的批注。余玮觉得它们是有生命力的，因为字里行间映射出使用者思考的印记。

余玮按英中杰的要求重新进行了结构检算，依据新的检算结果，判定坝体设计是安全的。当得出这个结论时，他有种无师自通的体会：人对事物的认识水平是不断提高、不断完善的，旧版的规范是依据人们当时的认知水准编写的，相对于现行的规范存在考虑不周、尚未研究清楚的地方。而现行的规范相比于将来的规范，亦必是如此。工程设计就是在不断总结、不断深入研究中逐渐趋向完善的。

坝体结构安全评估工作完成后，项目组部分专业人员和测量工人到水电站现场进行调查和测绘。按照专业分工，余玮负责查明坝体裂缝的尺寸、位置，初判裂缝发展趋势。另外，他还要根据水工专业拟定的设计方案，带领测量工人在坝体上按要求粘贴用于测量坝体变形规律的应变片，用仪器采集变形数据。

现场调查和测绘持续了半个月，这段时间，项目组成员住在山里一栋三层高的楼房里。这栋楼叫将军楼，已有 40 多年的历史了，当时住着一位少将，由他指挥建造这座地下发电站。余玮和楼春芳住在一个套间，余玮住在外间，楼春芳住在里间。余玮跟楼春芳变得熟悉起来。楼春芳是个幽默、健谈的人，跟他在一起总是有一种愉快、轻松的气氛在萦绕，余玮能时时体会到这种感染力。楼春芳是湖南人，1952 年出生，和余玮的妈妈同岁，比妈妈小一个月；楼春芳的儿子比余玮小三岁，在成都的一所大学读书。楼春芳当过农民，当过钳工，还当过中学老师，大学毕业后被分配到了西部水电院。他的爱人是他的大学同学。这些事儿大多是楼春芳自己告诉余玮的，只有少部分是余玮从其他人口中得知的。他还得知楼春芳是叶清扬的实习老师，这是楼春芳在谈起几年前的一个水利工程设计时说起的。有一天，楼春芳带余玮乘车去阿勒泰市水利局收集水文资料，路上在一家餐馆里吃饭，余玮故意吃得快一些，他想把楼春芳的餐费结了。楼春芳看出了他的心思，预先止住了余玮，说话声很轻，但气势俨然："余玮，你莫动。听我说。"

余玮看到楼春芳眼中的严肃神情。

"你的工资有我的高吗？"楼春芳这样问余玮。这让余玮不知所措，他不明白楼春芳为何要这么问他。他继续说："等你的工资高过我的时候再请我吃饭也不迟。"

余玮依旧不懂这句话的意思。

"这两句话是我的实习指导老师英中杰给我说过的，我今天把这两句话说给你听，也希望你能记住，并且照着去做。你刚工作，很缺钱，有很多花钱的地方。这种场合，没有你付钱的份儿。"楼春芳语气更加坚定，还有些霸道，"这句话也是英总说过的。在水电院的水工专业，这是个吃饭的传统，你要记住。这个传统我给很多人说过，给叶清扬也说过。"

余玮明白了楼春芳的话。他觉得楼春芳的话像是一大口烈酒，狂饮而下时全身传遍火辣辣的快感，快感过后，留下来的是装满心间的温暖。

在那天去阿勒泰市的路上，楼春芳给余玮说起一句湖南老家的谚语："狂风吹不倒犁尾巴。"楼春芳解释说，犁尾巴指耕犁的把手，它的根基是重重的犁铧，犁铧深扎在土地里，再大的风也吹不倒它。这句谚语警示一个人不论在何种境况下都不能丢了手艺，丢了谋生的根本。余玮跟爸爸犁过地，爸爸称耕犁的把手叫犁把子。

司机赵富强的年龄比楼春芳还要大几岁，他在听到楼春芳这句话时大笑道："余玮，你要记住，你的老总楼春芳是当年放弃副院长位置的人！"

在楼春芳30多岁时，他放弃了副院长的位置，理由是副院长的职位不适合自己，做技术更适合自己。

"狂风吹不倒犁尾巴。"这句话楼春芳说完后余玮就记在了心里。自此，余玮总能在一些特定的场合想起这句话，体会到一种倔强的、野性的、生机勃勃的力量。这句谚语已讲了千百年，已不再是简单的修身律和价值观，而是一个不可忽视的真理，不仅需要人们用大脑去理解，更需要让它时时占据内心，与血肉融为一体。

返回乌鲁木齐后，余玮按楼春芳的建议，将现场实测的裂缝标注在坝体的平面图上，参照所采集到的坝体变形数据分析坝体开裂原因，同时建立数值模型做理论验证。楼春芳所建议的是一种科学的研究方法。余玮期望坝体的开裂原因能完美地被理论证实，然而，理论计算结果与实际情况却大相径庭，他多次修改数值模型，可计算结果总是不能完全验证坝体开裂之因，几十页的计算书像一本蹩脚的产品说明书，显得顾此失彼。这让他焦虑不堪。他所期待的是完美的理论验证和顺理成章的加固设计，而不是山穷水尽的窘况。余玮向叶清扬求教。

"'天地气机，元无一息之停。然有个主宰，故不先不后，不急不缓，虽千变万化而主宰常定，人得此而生。'"叶清扬认真听完余玮的疑惑，却未做正面回答，"'身之主宰便是心，心之所发便是意，意之本体便是知，意之所在便是物。'这是王阳明关于'主宰''心''知'和'物'的著名论断。"

这是《传习录》里的话。余玮点点头。

叶清扬笑着看了一眼余玮，停顿了一下，又说："人的主宰是自己的'心'，'心'对事物直接的本能的反应谓之'知'，即'良知'。我们所要做的是遵从'良知'的指示，坚定地前行。这个前行的过程便是'物'。'物者，事也。'即'事上练'或'致良知'。唯有经过'事上练'，人才能获得处理事务的方法，而同时，'心'亦达到'不先不后，不急不缓'的从容、高效境界。"

"对的。"余玮欣赏这番解释。

"你切勿急躁，让心静下来，回归到蓄势待发的状态，然后把所有的计算参数、边界支撑条件及坝体所承受的力重新整理，逐一分析这些影响数值模型的因素。"叶清扬继续说道，"一名工程师需要拥有抛开陈旧思路的果敢。好比与其修补一件破旧衣服，不如重新裁剪，制出一件得体的衣服来。重新清理、审视计算要素，其实是让计算回归到零点，这样做至关重要——此零点非彼零点,它意味着一个崭新的开始。这个开始因为历经艰苦思考的淬火而充满希望。”这番高明的说理令余玮陶醉。

“‘知而不行,只是未知。’这是王阳明关于知行合一的精辟解读。母校的‘知行’校训正源于此。”叶清扬说起了中国水利水电大学的校训,这让余玮重拾信心。

余玮在叶清扬的指导下重新进行计算,缜密地分析分项计算结果。在一个阳光灿烂的午后,他找到了理论计算结果与实际情况存在偏差的主要影响因素:岩体在特定的地质构造条件下自身弹、塑性模量和温度变化引起的变形对坝体的影响。他在计算模型中计入这些影响因素后,计算结果与实际情况极度吻合。余玮永远不会忘记灵感闪现时的美妙感觉:就在他找到坝体开裂影响因素的前一刻,灵感闪电般在脑海中映现,然后他抓住了它,得到了“主宰”的回应。

理论验证完坝体裂缝成因后,接着是制定坝体加固的措施和绘制加固设计图纸,这正像是瓜熟蒂落后的采摘工作。这项工作是迷人的,能让人沉浸在挥洒自如的创造和享受中,像是某种奖赏。

4 月底,坝体加固设计结束了,在将设计文件交给文整工厂的那一刻,余玮觉得自己所有的才智被掏空了,已没有一点儿再去思考的欲望。在那个晚上,独处高楼,他的内心空灵,达到宁谧的境界。他记起了故园的一幕:苹果采摘完了,只剩下空荡荡的树冠,一股轻微的风都可以让它摇摆起来,或者说是舒展开来。阳光投射在每一根枝条上,枝条反射出慵懒的光芒;树叶倔强地挂在枝头,等着变成通红的时刻。他喜欢看到苹果树抛掉重负后那种静谧、自在的姿态。顶楼的月光没有一丝遮挡,洒在阳台上,也洒在书桌上的那本《传习录》上,他想起妈妈说过她要做窗帘,但他觉得房间没有窗帘的样子也很好,这样月光可以随意进出。他突然想起几天前叶清扬莫名地问他是哪一年出生的……

第二十一章　菲仕得餐厅

5月到了，红山掩映在绿树红花中。红山本是一座荒凉的石头山，20世纪50年代起，乌鲁木齐人在红山上义务植树造林，花了近十年的时间，抹去了荒凉，种出了花草树木，把红山变成了一片森林。春夏之交，红山是最鲜活的：丁香花开了，空气中弥漫着浓郁的丁香花味道。榆钱儿沉甸甸地压在枝头，它们总抢在榆树叶之前长出来。芍药花越来越浓艳，一团一团地挤在花园里，园子分明关不住它们了。马尾松新发针叶的末梢抽出了花穗子，正在开花，红褐色的花球像是枸杞，常有松油渗滴出来。银杏树上落满了“蝴蝶”，那是它的叶子，这种古老的树红山上本是没有的，是从外地新移植过来的。中国水利水电大学有一个银杏园，里面有数不清的银杏树，每年毕业季，到银杏园拍照留念已成了毕业生的传统。红山塔像位俊俏的牧羊女，看护着郁郁葱葱的花木——花木像是羊群。

5月的第二个星期天是母亲节，正是在这天，总务科的孔桂香跟余玮说好了要见一个人。

半个月前，总务科的孔桂香向叶清扬打探余玮的年纪，说她的表妹待字闺中。西部水电院每年分配来的小伙子和姑娘一直是红娘们热捧的，这些红娘和她们的“眼线”遍布在水电院的各个地方，没人能逃离他们的眼睛。

孔桂香和余玮约好中午在红山路的天桥下等那个姑娘。孔桂香告诉余玮，她是位医生，比他小一岁，就在红山医院工作。在他俩闲聊时，孔姐眼前一亮，笑了起来：“喏，她来了。”

太阳将斑驳的光影投射在人行道上，也洒在正朝着他俩走来的那位姑娘的身上，她走到了他俩跟前，像是一缕清凉的风。她看了一眼余玮，只在一瞬间，露出只有余玮才能察觉出来的一丝惊讶神情。而余玮非常肯定：自己一定见过她。他想起来了，在苏拉夏见过她，似乎还记住了她的名字。余玮的喉咙发出一声只有他自己听得到的叫喊声。他呼吸急促。他敢肯定，她正是他在苏拉夏见到的那位姑娘。他屏住呼吸，甚至不敢眨一下眼睛，生怕眼前只是个奇幻的梦境，或者她并不是她。他深吸一口气，随之眨了一下眼，她就站在他的眼前。

她朝前迈出一小步。

"姐姐好！"她跟孔桂香打招呼。

"梅好好！这是余玮。"

没错，她正是梅好，梅好正是她的名字！

她只是微笑着，不时抬眼看着余玮，似乎在等待他的问候。男士该先问候女士的，这是一种礼仪。她看出了他的慌乱，她在等待他的心绪平复下来。余玮没有恋爱过，他显露出失礼和慌乱的样子。

"你好！"这是余玮说给梅好的第一句话。他本要说出她的名字，可是没能说出口，"梅好"两个字会让他再次陷入慌乱，而从今往后这两个字将深深刻在他的心里。他第一次以恋爱的理由走近一位姑娘，并且是一位曾经邂逅过的引人注目的姑娘，他的心里涌出一种幸福的感觉。

"你好啊！"梅好依旧微笑着。她穿着一件素雅的浅绿色衣裙，脚上是一双带红边的黑色皮鞋，鞋带斜向十字交叉。估计公主的鞋子就是这个样子，余玮这样想。

"红山的花开了，我们去红山吧。"余玮建议道。就在前一天，余玮和燕博文已经周密策划了今天的约会。燕博文给了余玮很多建议：带姑娘去余玮自己熟悉的地方，就去逛红山公园；不要紧张，要热情大方，多谈一些姑娘喜欢的话题；到了吃饭时间，带姑娘去环境优雅的、有特色的地方用餐。红山公园旁边有家名叫菲仕得的餐厅，环境和菜品都好。"菲仕得"是英文"first"的音译，余玮知道这家餐厅，但没有进去过。

余玮和梅妤登上了红山。在红山公园大门口，孔桂香说家里还有些琐碎事情要办理，借故回去了。在俩人经过王洛宾的塑像时，余玮跟梅妤说起了那位拉小提琴的老人，说起了王洛宾。梅妤说自己生活在乌鲁木齐，却并不了解王洛宾，但很喜欢唱王洛宾的歌，王洛宾的很多歌曲在新疆家喻户晓，说着情不自禁地哼唱起那首《在那遥远的地方》。余玮把老人讲过的关于王洛宾的故事说给梅妤听，余玮能感受得到，梅妤很喜欢听他的讲述。

快到红山塔时，梅妤不敢朝前走了，露出胆怯恐慌的神情。梅妤告诉余玮，自己恐高，从来不敢去高的地方。她惊恐的神情让他心生爱怜。

走下红山，出了红山公园，正是午饭时间，他们去了菲仕得餐厅。

这是家装修设计极具现代风的西式餐厅，供应西点、西餐、冷饮还有烤肉。他俩各自点了一份意大利空心面、冷饮和几串烤肉。烤肉是梅妤点的，余玮本来要点牛排的。

“有个医学的常识我总是不明白。”余玮一直不明白血压为什么会有低压与高压的区别。在他看来，血管是个封闭管路，血液对血管壁的压强值应该是恒定的。“人体血压为什么不是同一个数值，而是有低压值和高压值?”

“是这样，心脏通过收缩让血液以高压力状态流过血管，这时血管壁的压强值就是高压值；血液以低压力状态回流至心脏，此时血管壁的压强值便是低压值。”梅妤说着话，举起右手，先握成拳头，然后再打开，这样来回展示了几次，“你看见了吗？我的手就像心脏，握紧时把血液以高压状态喷射出去，伸开时，血液以低压状态回流。”

余玮听懂了。他看到梅妤的手白润修长，是那般精巧！当她把手掌展开时，食指、中指、无名指和小拇指紧贴在一起，没有一点空隙。余玮记得曾祖母说过，这种手形是极好的：指间无缝，聚财、守家。

“高压的医学术语叫收缩压，低压叫舒张压。”梅妤又补充道。

“嘿！你这么一说，我完全懂了！”余玮看见有丝骄傲的神情在梅妤眼中闪过。

"听同事说,在红山医院有位医术精湛的医生,号称'神手'。"余玮问梅好。

"你说的是东方悦主任,她就在我们科室。"冷饮上来了,梅好喝了一小口。余玮看到杯沿上留有淡淡的唇印。

"东方主任的外号原来叫'一把抓'。经她查体过的肿瘤,其良恶性的初断结果基本是准确的。去年,肿瘤学会为了表彰她,给她送了一面题字为'神手'的锦旗。"

"那不成神医了吗?"

"世间是没有神医的,即使有,那也是熟能生巧后具备一种大概率准确的感知能力和判断能力的医者。这是东方悦主任自己说过的一句话。我一直跟着她学习乳腺肿瘤的治疗。也有东方悦主任确诊不了的身体疾患,仍需要根据检验结果做判断。"梅好的话让余玮心生敬意。他想象中东方悦是位谦虚、理性的医者,而梅好终会具备和东方悦一样的品质。

"你真幸运,能有这样的老师!"余玮羡慕地看着梅好,他已把梅好当成了一位朋友。

"你也有实习老师吧?"梅好像个小学生。她这样问他,生怕余玮没有实习老师。

"我有实习指导老师。"余玮给梅好讲起了叶清扬,说叶清扬是西部水电院唯一一位做过所有类型坝体结构设计的在职员工。他说起了英中杰漂亮的钢笔字。最后他还说起楼春芳,说起"狂风吹不倒犁尾巴"的谚语。

余玮说起这些人的时候,梅好一直在专心聆听,有时忘记了吃饭。他能感觉出来,她跟自己一样对这些人深怀敬仰之意,这让他心中泛起一丝自豪之感,好像这些人的事迹代表着自己的某种荣耀。

阳光斜照进来,照在方格子的桌布上,也照在空着的饮料杯子上,他俩已经聊了很久。两人又各自加了一杯冷饮。窗户半开着,丁香花的香气飘进来,弥漫在空气中。一只蜜蜂飞进来,落在窗台的绣球花上,它的翅膀反射出红色、蓝色、橙色的光线。余玮说，他小时候在野地里捉住大黄蜂，拔掉毒刺，给后腿系上细线后放开。大黄蜂刚开始还扯着细线飞来飞去，不一会便不飞了，落在地上用嘴咬细线，有时会咬断细线，逃了去。梅妤说她家养过一对鹦鹉，一只蓝色的，一只绿色的，有一天雄鹦鹉趁笼子门打开的机会飞走了，只留下雌鹦鹉。梅妤妈妈将鸟笼子放在窗外，雌鸟不停地叫，雄鸟飞回来绕着笼子徘徊。最后，妈妈将窗户打开，把笼子放在屋子里，吸引雄鸟飞进屋子，等雄鸟飞进屋子里，关上窗户，捉住它，把它俩又关在了一起。他告诉她，他家以前养过一对大白鹅，有一天要杀公鹅时，母鹅扇动着翅膀，"嘎嘎嘎"地大叫着，疯狂地冲过来保护公鹅，全然不顾人们的阻拦，还啄伤了爸爸的手。她说起她家养的一只大花猫，从三楼跳到地下竟然毫发无损，还优雅地在草地上走来走去。他告诉她，他家的大白猫蹲在屋檐下突然腾空而起，捉住落在电线上的麻雀，然后稳稳地落在地上，叼着麻雀藏身于麦田里；还说起大白猫在一个晚上便吃掉了十几只蝈蝈，那些蝈蝈是余玮从野地里捉来的，就散养在菜园子里。她说她家的画眉鸟每年都孵几窝小画眉鸟出来，妈妈常常为送不出去小画眉鸟而发愁。他说他家屋檐下的燕子每年只孵一窝小燕子，小燕子长大后就自己飞走了。

梅妤说起了她的爸爸和妈妈。在她读初中时，爸爸所在的工厂招工，许多职工托关系把孩子招进工厂，成了正式职工，并以此为荣。梅妤的父母并没有这么做，梅妤清楚地记得爸爸当时这样对她说：

"梅妤，你当然要继续读书。供你读书，是我和你妈妈天大的事情，你读完初中，要继续读高中，然后考大学，学一门技术，哪怕是最冷门的技术，将来你要依靠这门技术养活自己，完全自立。在你的一生中，有些事情你可以独立做主，我们不做干预，而有些事情你必须要听父母的，因为这些事情只有父母能看得清楚。

"就业可以耽误几年，但教育绝对不能耽误！跟周围的同学相比，你是个漂亮的女孩，这是你的优点，也可能是你的致命的缺点。因为你漂亮的容颜，你得到一些东西要较其他人容易得多,但得到容易,失去也容易,这一点,你要清楚。一个人唯一可以依赖的是良好的教育,这个是永恒的。通过教育,你得到的不光是专业技能,更多的是融入血液的良好教养。这种教养,在我看来,女孩的比男孩的更加重要,因为土地是母性的,民族的根源是母性的,一个女性没有受到良好教育的国家和民族是没有希望的。"

梅好的爸爸初中毕业后便在八一钢铁厂做工,他羡慕受过正规高等教育的大学毕业生,他知道教育对于一个平民百姓意味着什么。

事实很快就证明了爸爸和妈妈的做法是对的,工厂后来大裁员,裁掉的大多是当年招工进来的人,这些人都追悔不已。余玮给梅好讲起了自己的爸爸和妈妈,讲起自己的农村生活,讲起农民供子女上学的不易。他俩像是家人一样在一起回忆一段经历,这让彼此觉得很亲切,一点儿也不陌生。

余玮说,他曾在红山医科大学的一座大理石石雕上看见过一段优美文字,读完后心中顿时升起一种庄严肃穆之感。

梅好笑了。她说,那是矗立在自己母校教学主楼前的一组著名医者的雕像,背面的文字是世界医学协会所确定的医师宣言,也叫《日内瓦宣言》,其文源自古希腊一位叫希波克拉底的医师的医学誓言。学校要求每个学生都要牢记于心,说完后梅好流利地背诵出来:

当我成为医学界的一员:

我郑重地保证自己要奉献一切为人类服务。

我将会给予我的师长应有的尊重和感谢。

我将会凭着我的良心和尊严从事我的职业。

我的病人的健康应该是我最先考虑的。

我将尊重所寄托给我的秘密,即使在病人死去之后。

我将会尽我全部的力量,维护医学的荣誉和高尚的传统。

我的同人将会是我的兄弟姐妹。

我将不容许年龄、疾病或残疾、信仰、民族、性别、国籍、政见、人种、性取向、社会地位或其他因素的考虑介于我的职责和病人之间。

我将会保持对人类的最大尊重。

我将不会用我的医学知识去违反人权和公民自由,即使受到威胁。

我郑重地做出这些承诺,自主地并且以我的人格保证。

“我想我该给你鼓掌才对!”余玮赞叹道。

第二十二章　一个小手炉

燕博文很关注这次约会。他听完余玮和梅好见面所谈话题的大致描述后，说道："你们似乎不是在恋爱，而是在讨论，在思考。这样的女孩，你一定不要错过。"

"红山医院附近有家豆花鱼庄，你明天中午请她吃鱼。谈恋爱需要趁热打铁，不能凉下来。"燕博文建议道。

第二天早上一醒来，余玮就给梅好的传呼机留言，邀请她中午一起吃豆花鱼。梅好答应了，余玮高兴了整整一个上午，他期盼着中午时分的到来。

红山医院和西部水电院离得并不远，只有三站路。下班后，余玮匆匆赶到豆花鱼庄，迅速扫视一遍，并没见到梅好。他松了一口气，走出餐厅，朝医院的方向走去。他想早一点见到梅好。

他见到了梅好。梅好穿着一件红色格子长裙，是那种裙摆很大的裙子。黑色紧身上衣的领边、袖边嵌着用裙摆同一布料做的花边，扎马尾辫的发带也是用红色格子布做成的，她依旧穿着那双带红边的黑色皮鞋，肩挎一个暗红色带黑色条纹的小包。他迎着她微笑着快步走了过去。在她露出了笑容时，他突然想起了红山上空的圆月亮。他悄然涌出一股骄傲的情绪，因为他看到很多路人的目光被梅好吸引了过去。

梅好在用小勺吃豆花时建议余玮平时多吃些豆制品，这样对肠胃好。他说今后早餐就多喝豆浆。她告诉他买来的豆浆要煮沸三次后再喝，这是她妈妈的做法。余玮说，明天就去早市买豆浆，煮沸三次后喝。

每一天，余玮都盼着中午的到来，他喜欢跟梅好共进午餐。每一周，他盼着周五的到来，这样他就可以在傍晚跟她去红山散步，能跟她待得更久一些。

6月1日是梅好的生日。中午，余玮买了一束火红的玫瑰花，插在一个水晶花瓶里，寄存在非仕得餐厅。他预定了生日蛋糕，特意让蛋糕师写了“生日快乐！”和“儿童节快乐！”两行字，他要在梅好下班后跟她一起过生日。梅好平时下午下班后直接回家，周五可以晚一些回家，这是经妈妈允许的。在前一天，梅好征得了妈妈的同意，和余玮共进晚餐。这天，就在晚餐后去车站的路上，俩人走得很近，他和她的手指碰在一起，接连碰了好几次，他在犹豫中牵住了她的手。她有些紧张，但没有拒绝他。梅好的手柔软细润，暖暖的，握在手里像握住一杯微烫的茶，或是一个小手炉。曾祖母有个滑溜溜的铜质手炉，小时候的冬天，曾祖母在炉膛里面放入烧红的木炭，叫余玮捂在怀里。

6月中旬的一天，梅好告诉余玮，她和几位同事要到上海参加一期业务学习。

“什么时候去啊？”余玮问。

“后天。星期三。”

“要去多长时间啊？”

“两周时间。”

“这么久？”

“也不算太久，我很快就会回来的。”

“这些日子我们一直在一起。”

“是哦，你不觉得腻吗？”

“不觉得，我喜欢这样。”

“我也一样。”

“早点回来。”

他深情地望着她，将她鬓角的一缕头发轻轻地捋到耳朵后面。

梅好那天早上乘飞机前往上海。中午，余玮茫然若失，心里空落落的。他想，如是往常，他和梅好一定是在一起用餐，随意谈论着什么。他俩在谈论时经常发出会心的笑声。他开始想念她了，想念她微笑的样子和她温暖的手。他盼着两周的时间能很快过去,能见到她。

梅好和余玮没有手机,各自有个传呼机,但只能在本地使用。这让余玮有些抓狂,要在平时,他会在传呼机上给她留言。

周五,余玮碰见了燕博文。

燕博文装出一副惊讶的样子,眼睛故意睁得大大的:“怎么一个人了?重色轻友的家伙!”

“怎么可能是呢?我不是那种人!”

“是吗?你不是,那我是咯。”

“这可是你自己说的。”

“我见过她。你俩经常在红山车站碰面。那么漂亮的姑娘,不重色轻友才怪!”燕博文重重地拍了一下余玮的肩膀。

“我怎么没看见你?”

“你怎么会看见我?你的眼里只有你的小情人。”

“谢谢夸赞,这些天她出差了。”

“怪不得只你一个人呢。最近这些天都见不着你。”

“这不见着了吗?”

“以后见你看来需要预约!”

燕博文对余玮一顿数落。

“难得你落单啊,走,去啤酒广场。”

“好。”

那天,燕博文没有喝多少啤酒,而余玮喝了不少。他回到房间,看到了床头柜上的水晶相框,里面是梅好的照片,那是梅好临行时给余玮的,是一张在草原上骑着马的照片。余玮在背面写下了当天的日期:2001 年 6 月 19 日。他看着她的照片,想起不久前的一个周末,他俩在动物园的狮虎山上看到一头老虎在悠闲散步,梅好说那老虎是在笑呢,然后模仿老虎笑:她咧开嘴,露出牙齿,睁圆了眼睛,嘴巴发出“呼呼”“呼呼”“呼——”的声音。两人当时乐得哈哈大笑。余玮咧开嘴，学了学老虎笑，可没有笑出来，他越发想念她了。两句古诗涌上心头："花落六回疏信息，月明千里两相思。"他拿起相框，来到书桌前，打开日记本，反复地默写"花落六回疏信息，月明千里两相思"，直到写满了正反两页纸才洗漱休息。

星期天，乔勇和夏雨荷结婚，余玮应邀参加婚礼，其他同一届来的几个人也都去了。婚礼上，乔勇和夏雨荷沉浸在幸福中，这让余玮更加想念梅好——他想象梅好穿上婚纱以妻子的身份跟自己站在一起。婚礼现场，余玮把所有的女宾跟梅好一一比较，他发现没有谁能比得了梅好，比得了她美丽的容貌，比得了她优雅的举止，比得了她风雅的谈吐，比得了她温柔的气息。这种骄傲的感觉过后，他觉得自己很孤独，而在孤独中想念梅好让他变得更加寂寞。

婚礼现场的人里面，寂寞的人不止余玮，燕博文很早就陷入了寂寞中。他失恋了。

燕博文的女朋友远在东北，是个朝鲜族女孩。他们俩通过网络认识，相恋了至少有一年的时间。他俩的相识充满了诗意。那天，燕博文在腾讯公共聊天室闲聊，有位 QQ 名叫"坐看云起时"的人邀请他私聊，燕博文的 QQ 名叫"行到水穷处"，两人的名字出自同一首诗。燕博文爽快地接受了对方的邀请。对方是个女孩，比燕博文小一岁，两人在网络上一见如故，很快陷入热恋中，每天都聊到很晚。燕博文经常在余玮面前夸赞"坐看云起时"的睿智。两人在一起聊天常常妙语连珠。燕博文将他们的聊天记录打印出来，装订成册，让余玮看某些有趣的对话。余玮感知"坐看云起时"的确是个聪慧的人，很博学，古诗词的积淀很深厚。余玮从聊天记录中看到俩人经常能猜到对方的说话内容，真正达到了心有灵犀的境界。就在刚刚过去的 5 月份，燕博文请年休假去了东北跟"坐看云起时"见面。"坐看云起时"真人比照片还令燕博文满意，可"坐看云起时"却不中意燕博文，对他日渐疏远。燕博文个子矮，身高只有 1.58 米，这正是疏远之由。燕博文沮丧至极！回到乌鲁木齐后，有好长一段时间燕博文沉默寡言,人也消瘦了一圈。宽慰的话余玮给燕博文讲了很多,可失恋的伤痛只有自己清楚,单凭几句宽人心的话是无法抚平的。有一天,燕博文告诉余玮,他要考研究生。繁重的考研复习是唯一能抚平内心的办法。尽管如此,失恋后的孤独经常纠缠燕博文。燕博文在失恋后这样感叹:谈恋爱一定要面对面地谈,不能网恋。可这话也不一定对,芦笛就通过网络认识了一个女孩,那女孩在乌鲁木齐,两个人好得形如一人。

燕博文的孤独是无期的,只要想起失恋往事,孤独便会悄然而至;而余玮的孤独是有期的,很快会因为梅好的归来而消散。

两周的时间终于到了,那天是星期四,下午 5 点钟,余玮拨通了梅好办公室的电话,这是临别时梅好说好了的时间。

"喂,你好！请找梅好。"

"哦,梅好出差了,不在的。"

"谢谢。"

余玮挂掉电话时,刚刚还高高升起在心头的热情一下子消失。怎么会没回来呢？他问自己,猜想梅好没有回来的原因。该不会是航班晚点了吧。过了一会儿,他又打电话过去,他想,梅好或许能晚点回来,可她还是不在。他有些着急,即将下班时他继续打电话找梅好,她依旧不在。他挂掉电话立即又拨了回去,他问跟梅好一起出差的同事是否都没有回来,当对方说都没有回来时,他这才放下心来,但依旧情绪低落。

接下来的几天里,他每天都给梅好的科室打电话,上午和下午都打,以至于接电话的人听得出他的声音,知道他要问什么。

这几天,余玮发现自己陷入慌乱的猜想中。

梅好生病住院了。她一个人躺在病房里,形容憔悴,歪着头盯着看输液器里的液体一滴一滴地注入她的血管,窗台上摆着几束花,不过没有一束是送给她的,周围没有一个她认识的人。她睡着了,像一朵静静安睡的莲花。

或许梅好已经回来了,却在故意躲着他。曾经有一次,他俩约好在菲仕得餐厅吃午饭，余玮等了好久仍不见梅好来，他急得坐立不安，一会儿走出餐厅张望，一会儿回到餐厅左顾右盼，就在这时，梅好从餐厅的一个角落笑着走了出来。她一直躲在一旁看他着急的样子。她解释说她突发奇想，就是想看看他着急的样子。难道这次梅好是故意要让余玮体验想念、焦虑、孤独之苦吗？

只要见不到梅好，这类猜想能随时随地冒出来很多。

每个夜晚，他都能想起梅好临别时满眼的温柔，想起彼此紧握的双手，想起梅好说话的神情和声音。这些记忆像冰下的水流冷彻全身，让他陷入抑郁中。

一周过去了，一个周五的下午，就在他准备再次打电话时，电话响了。他有种直觉，快步走过去接起电话。

“喂！”

他一下子就听出了话筒里传来的正是梅好的声音，梅好回来了！他觉得自己的心都要跳出来了！

第二十三章　一道闪电照亮了寂静的红山

“你真行,全科室的人都知道了!”梅好的脸上泛起淡淡红晕。她睁大眼睛盯着余玮。

“对不起,”余玮轻声低语,“我盼你盼得心慌意乱!”

“我如果再晚来几天,全医院的人都要知道了!”

“这么些天不见你,怎么长这么好看了呢!”他移开话题,声音满含温柔。

“你比之前瘦了一点。”她回了他一个温暖的微笑。

“你也是。”

“有人在弹琴。”

“琴声里浸满思念。”

“恰有我俩在聆听。”

“梅好,这琴声像只游荡的白鹭。”

“这穿过黄昏的徘徊之声!”

“每个黄昏他都在这里弹琴。”

“每个夜晚她都能听见琴声。”

“琴声里有分别时温柔的眼和牵着的手。”

“她夜夜孤独。”她抬眼望着他,等着他的回应。

“孤独彼此望得见。”

“孤独中爱恋的火苗映照出孤独的影子。”

“孤独像隔着千万光年的满天星。”

“余玮!”梅好声音轻柔,“闻到花香了吗?”王洛宾塑像周围摆满了各种花。

“是玫瑰香!”

“在我的心里,还有一对联翩飞舞的蝴蝶。”

“翅翼带动花香一起轻舞。”

“余玮,你听!”

“清风掠过杨树梢的声音。”

“像悄悄话。”梅好只沉默了几秒钟,她顽皮地盯着余玮。

“在说什么?”

“什么都说,欢愉地说。”

“梅好,看这遍山的月光。”

“还有星光和月彩。”

“曾经你不在的一个清晨,我登上红山。”他紧扣她温暖的手。

“清晨的红山洒满霞光。”

“而一个人的红山更让我思念。”

“你像个孩子。”梅好咧着嘴笑。

“我朝着你的方向望去。”

“晨风轻摇草尖的声音——那是我回望你的声息。”

“我在梦的清波里不忍醒来。”

“梦中的温存让你迷醉?”

“还有你的光彩。”

“我也有过这样的梦。”

“在黄浦江畔?”余玮一双深情的眼睛盯着她。

“梦里有并蒂的青莲和藤花上的月光。”

“醒来时,想起我们湖中荡舟的场景。”

“泛舟在红花绿树间。”

“湖面生出阵阵涟漪。”

“湖水像是在呼吸。”

“就像是你现在的声息。”

“我想你，即使我们就在一起。”夜风吹过，轻柔地吹起她的长发。

“我也是，即使你就在我的对面。”他柔声回应道。

他俩走到红山顶，正是月上柳梢的时分，琴声缠绕着红山塔。

西域夏夜的风有一丝凉意，他俩手牵在一起，紧紧依靠在一起，月光下，像一对斜倚的白莲花，彼此间呼吸的声息像是花香，融汇在周遭的清芬中。突然，他转过身，迎面抱住了她，亲吻她的唇。她一动也不动。

她任他亲吻，她回吻他，像夏夜的风和风中的杨柳。他拥揽住了她，将她的美、香、灵魂与肉体揉碎了含在口中，像饮醇醪般细细品味。她迷人的色、香早就征服了他，他为此沉醉在一种幸运和骄傲中，生怕失去俘虏的身份而跌入绝望的深渊。就在这个夏夜，他的魂魄被她吮吸了去，并和她的魂魄交融在一起朝红山塔走去，那里有飞舞的萤火虫，如殷勤的青鸟。

夜深了，月光惊醒一只夜莺，它叫了一声，飞出树冠，像一道闪电，照亮了寂静的红山。

第二十四章　各人都要奔命

“你的胡子扎着我了。”

从那天起，梅妤经常这么说。

有一天中午，余玮告诉梅妤，他的父母暑假要来乌鲁木齐。

“再过几天就是暑假，你很快就能见到爸爸和妈妈了。”梅妤替余玮高兴。

“估计没有这么快。他们要把家里的事情安顿好了才能动身。农村不比城市，家畜和庄稼都离不开人。”

暑假过去一个月时，余玮的爸爸和妈妈来到乌鲁木齐。来之前妈妈在电话里说，三个窗帘已经做好了，是用妈妈买的布料自己裁制的。

那天上午 11 点，余玮赶到火车站时，火车已提前半小时到站。他正四处张望，着急地寻找时，听到有人喊他的名字。他听出来了，是爸爸的声音。

余玮循声看去，找到了蹲在车站行包房墙根下的爸爸和妈妈。

爸爸和妈妈黑瘦黑瘦的，完全不是余玮在春节时看到的肤色红润的面容。紧张的夏收季，农民在赤日下不辍劳作，恨不得把吃饭的时间都用来收割庄稼，体能消耗极大，吃得反而简单，农人劳累得干瘦枯黄。妈妈穿着一件黄褐色带小碎花图案的衬衣，越发显得憔悴，余玮看到妈妈的手背是焦黄色的，像烧焦了的树皮。余玮有好几年没有参与夏收了，他已淡忘了夏收期农民的肤色，而眼前的爸爸和妈妈，让他的心中掠过一丝不安。他有种愧疚感，他觉得自己的工作、生活状态跟父母的相比，一个在天上，一个在地下。

爸爸说，他们出站没有看到余玮，妈妈很慌乱，但他自己很冷静，坚定地说：“不要乱跑，就在行包房旁等，儿子一定会在这里找到我们。”

余玮叫了一辆的士，这让妈妈很生气，她坚持要坐公交车，两人争执不下,直到余玮为此急得涨红了脸,眼中噙满泪水时,妈妈才依了他。在出租车上,妈妈一直唠叨不休,好像乘坐出租车要花光她身上的最后一分钱一样。即使下了出租车,她仍在不停地抱怨这件事,余玮不再跟妈妈理论。妈妈责怪爸爸不帮她说话,把怨气撒在了爸爸身上,幸亏爸爸也不作声。

出租车直接开到了8号楼楼下,刚进楼门时,妈妈问余玮:"我在电话里嘱咐你今早买菜,你买了没有?"

"俺娘交代的事情我哪敢忘?我买了很多很多菜。那些菜都在巴巴地盼着您呢。"余玮读过一篇文章,文章的主人公把自己的妈妈叫俺娘,他很喜欢这个称谓,自某一天后就一直称呼妈妈为俺娘。而他一直称呼父亲为爸爸,他觉得这个称呼有种年轻的意味。

一进门,爸爸和妈妈放下行李,把几个房间巡视了个遍,又把三个房间的窗户仔细打量一番。妈妈说:

"窗帘的尺寸正合适,几个房间跟我们在家时所想的一模一样。"

妈妈的针线活儿做得极好,她会缝制各种样式的衣服,几个孩子从小到大的衣服都是由妈妈做的,余玮读大学时穿的那套西装就是妈妈做的。妈妈在缝制窗帘的那天,打电话让余玮把各个房间和窗户的尺寸量好告知她。当时余玮不懂妈妈要各个房间的尺寸何用。他现在明白了。妈妈是要根据房间的大小和布局选择几款漂亮图案的布料,把房间装饰成她想象中的样子。

淡蓝色的印有兰花图案的窗帘挂在了客厅,淡粉色的印有梅花图案的窗帘挂在了卧室,淡绿色的印有竹子图案的窗帘挂在了餐厅。妈妈不停地问:"这颜色怎么样?这图案怎么样?配不配这房间呢?"

"我觉得客厅配上蓝色调显得宁静、沉稳,卧室配上粉色调显得温馨、浪漫,餐厅配上绿色调显得清新、健康。"余玮这样赞美妈妈做的窗帘。他想,这些话妈妈不一定全能听懂。妈妈没有上过一天学,所识的一些字是爸爸教的。但也不一定,余玮又这样想:发自肺腑的赞美之词本身就是优美的,而优美的东西人们大多会理解并接受,更何况是妈妈。余玮见过妈妈写的字,跟字帖上的字一模一样！他记得当时家人就此事讨论过，爸爸说这源于少数人一种天生的高超模仿能力，而这种模仿力其实是灵慧的外显。比如妈妈做刺绣、布玩具，还有点心，只要她看别人做过一遍，便能学会，甚至比别人做得还要好。在曾祖母90岁寿诞时，妈妈绣了一幅猫戏蝶的枕头套给曾祖母，见过的人无不称赞那只憨态可掬的猫，特别是猫的眼睛，就跟活的一样。

妈妈对挂在卧室的梅花窗帘最满意。她说，花里面她最喜欢梅花。说到这句话时，她突然想起了什么，从行李包里掏出一对枕头套，上面绣着梅花和喜鹊，这是妈妈得知余玮分到房子后抽空绣的。

“余玮，上班时间到了。”爸爸提醒道。

“我请过假了，可以晚一些去单位。”余玮不愿离去。

“噢，我只顾这几个窗帘了，把做饭忘了。”妈妈才想起吃饭的事情。

厨房里，妈妈对余玮买的灶具很满意。她边做饭边说：“厨房用具就是要买好的，得结实耐用。”妈妈特意拿起那个小奶锅，“哦，这小奶锅，咋跟小砂锅那么像！”

“你可看得真准！我就是照着那个样子买的。”余玮得意地回答。

“啧啧啧！你的这套餐具真好！款式好，图案好。摸着手感好，质量一定好。花多少钱买的？”妈妈对西部水电院发的那套餐具赞不绝口。

“这是单位发的，是为了纪念一个水电工程专门在景德镇定制的。”

“景德镇在哪儿？它是个啥地方？”

“景德镇在江西，那里是全国烧制陶瓷最好的地方。”

“怪不得这餐具越看越惹人喜欢呢。”

妈妈说着话，猛地又想起了什么：“余玮，你把我的包拿来。”

妈妈从包里掏出两块抹布来。抹布用三层棉布缝衲而成，是专门用来洗碗的。

妈妈很快做好了饭菜。余玮吃了很多。他看到妈妈总盯着自己看。

余玮吃完饭就去上班了，临走前，教了爸爸淋浴器的使用方法。

晚上回到房子,余玮看到爸爸和妈妈已经换上了干净的衣服,换下的衣服晾在阳台上。妈妈已经做好了饭在等着儿子回来,做的是凉面和荞麦粉。爸爸告诉余玮,做荞麦粉的荞麦仁是从老家带来的,做荞麦粉所用的细箩也是从老家带来的,妈妈生怕乌鲁木齐买不到。

“俺娘,您可真能!半个家都让您给搬来了!”余玮突然想拥抱一下妈妈,但这个礼仪在老家是没有的,他只是感激地摸摸她的肩头,这是余玮和妈妈之间一种最亲昵的感情表达方式。

这种荞麦粉做起来费时费工。先把荞麦仁用水泡两小时,泡软后拿酒瓶将其碾碎;把碾碎了的荞麦仁放在细箩里,边加水边用手不停地搅动,细箩底下接着盆,淀粉汁流入盆内,渣滓留在细箩上;把淀粉汁倒入锅内边用文火熬煮,边不停地搅拌,这样做出来的荞麦粉吃起来韧劲儿好;最后将熬制好了的浆状物盛入碗内,凉了后切成条儿,加入调好的料汁便可以食用了。

余玮未及洗手,抓起来就吃。他已经很久没有吃过荞麦粉了。

晚上,爸爸和妈妈住在卧室,余玮睡在客厅的钢丝床上。前几天,余玮买了一张钢丝床,没有再买被子,因为他有一张毛毯。余玮读大学时把毛毯从家里带到北京,如今又辗转到了乌鲁木齐。余玮还有个崭新的羊皮褥子,是西部水电院的劳保用品,刚好铺在钢丝床上。

第二天中午余玮回到房子时,妈妈拉着他到卧室,掀开床单:妈妈已经做好了一条新褥子。妈妈在早市上买了棉絮和布料,还买了一把剪刀,针线是妈妈随身带着的,用了一个上午的时间,做好了褥子。原来的床垫已经被妈妈垫在钢丝床上了。妈妈说那个羊皮褥子太薄了,睡着不舒服。

下午,余玮约好梅好在红山车站见面,梅好带来了她家的照相机。第二天是周六,余玮要带爸爸和妈妈去红山,他特意跟梅好借了照相机。

周六早上,妈妈早早就蒸好了花卷。余玮看着擦洗锅灶的妈妈:“俺娘,您真能耐!连花卷都蒸出来了。”

“一个农村人,有啥能耐?酵头是我从老家带来的,面粉是我在早市买的。”

“您竟然把酵头也带来了！还带啥宝贝了？”

“就这些了，家里新做的菜板太大，不好带，要不就给你带来了。”

“我这里有菜板。”

“买的菜板，能有自己家做的好？那是用枣木做的，厚厚实实的，你爸爸用砂纸把面儿磨得光光的。”

余玮用力摸摸妈妈的肩头。

余玮没有买蒸锅，但这难不倒妈妈。她用碗将电饭煲自带的篦子支在炒锅里，每次蒸 7 个花卷，一共蒸了 4 笼。

他们三人去红山时，妈妈把花卷装在背包里，当作午餐。背包里还有洗好的西红柿和黄瓜，也是妈妈准备好的。

红山的所有景点余玮都很熟悉，他已经来过很多次了。余玮已不再对那些景点感到新奇了，但爸爸和妈妈，特别是妈妈显露出极大的兴趣，不停地问这问那。当他们看到红山塔时，余玮告诉父母这座塔镇着一条龙。妈妈立马肃穆起来，露出很虔诚的神态，就要拜那红塔。余玮止住了她，说山上有大佛寺，到那里再拜不迟。红山顶上，妈妈看到了林则徐的塑像，问余玮：“这位老人是谁？”

“他是林则徐，是咱们中国的禁烟英雄。”

“什么烟？”

“大烟，也叫鸦片。清朝时外国人故意让中国人抽大烟，把身体抽得病怏怏的，打不了仗，干不了农活，咱们中国差点亡国。林则徐在广州的虎门海滩上，把从外国人和大烟贩子手中收缴上来的几百万斤大烟全部烧掉，告诫中国人不要再抽大烟。”

妈妈露出崇敬的神情，凝视着雕像。

“后来皇上听了奸臣的话，把 60 多岁的林则徐发配到了新疆伊犁。在伊犁，他兴修水利，开垦良田，多种粮食让老百姓有饭吃。他还提醒伊犁的将军要提防俄国人,他们时时都想要抢夺中国的土地。”

“他是个好官。”妈妈感慨道。

“这个人跟包拯一样,也是个清官,老百姓都叫他‘林青天’。”

“他活了多少岁呢?”

“75 岁。”

“唉,走得太早了!这么好的人老天爷就该让他多活些年。”

距林则徐雕像不远处,是左宗棠的雕像。这尊铁褐色的花岗岩雕像是最近才落成的,左宗棠戴官帽,穿官服,不像林则徐是一身便服。

妈妈说:“这个人应该是个大官。”

“是的,他叫左宗棠。新疆就是他收复的。”

“你知道吗?左宗棠收复新疆时已经快 70 岁了,他是抬着一口棺材与入侵者决一死战的。”余玮继续给妈妈解说。

“这是个硬气人!”

“左宗棠收复新疆之后,又赶到福建去抗击入侵的法国人。”

“他得过 70 岁了,很老了。”妈妈感慨道。

“72 岁了。”余玮回答妈妈。

“他打败法国人了吗?”妈妈问。

“他打败了法国人,但清朝政府下令全线撤军,跟法国人议和。左宗棠上书朝廷试图改变辱国之举,却未能如愿,最终清朝政府给法国割地赔款。左宗棠因此抑郁而死,时年 73 岁。”

“老天爷也不让这个硬汉子多活几年,心事未了就走了,真正是个劳心奔命的人!”妈妈说道。

他们瞻仰完左宗棠的雕像,已是中午了。就在旁边的亭子里,三个人吃了花卷、西红柿和黄瓜后朝山下走去。走不远,便到了大佛寺,妈妈见到大佛,跪倒在地,磕头祈祷。事后,余玮问:“俺娘,您刚才祈祷什么呢?”

“祈祷咱们家人都平平安安、顺顺利利的。你们参加工作的多挣钱,还在上学的好好读书。我还祈求佛爷保佑你能找个好媳妇!”

“佛爷听得见您的祈求吗?”

“咋听不见?心诚则灵。”

“俺娘还知道心诚则灵,什么是心诚则灵?”余玮故意问妈妈。

“就是按着心里想的去做,总有一天,心里想的就会变成真的。”妈妈认真地说,“各人有各人的命,我的命就是供你们读书,能找份好工作。你们的命就是好好读书,好好工作。各人都要奔命,奔自己的命,不奔命又来这世上做什么呢?你刚才说过的那位叫左宗棠的人,当那么大的官,不也是在奔命吗?”

“俺娘,您要是读了书准是个有学问的人。”

余玮想起了每年过年妈妈都要做的一件事。妈妈先做好多类型的面点,有各式花卷、馒头,还有油炸果果。这些面点按式样不同分别用来供奉天上众神和祖先的神位。文神的神位摆在第一位,前面摆放外形像书一样的12个大花卷,其余神按顺序排列,前面摆放着其他式样的供品。余玮只能分清文神的供品是书形花卷,妈妈却能把各种供品分得很清。每年除夕夜跪拜完众神后,妈妈总要满意地对孩子们说一句这样的话:

“妈妈的劲儿是凑足了,剩下就看你们几个的了。”

离开大佛寺,他们径直朝大门走去。出了大门右拐不足百米,便是红山商场。余玮要带着父母去红山商场买衣服。妈妈说城市里消费高,衣服比乡下要贵得多,再说她的衣服有好多,还没有穿破呢,反过来劝余玮不要乱花钱,将来花钱的地方有很多,要攒钱娶媳妇。但不管她如何推托,都拗不过余玮,终是答应了去商场。

红山商场款式繁多的衣服让父母眼花缭乱。爸爸和妈妈碰到看得上的衣服,细细地打量着,以裁缝师的眼光审视着每一个细节,一起低声点评。看到不合适的衣服,只是扫一眼,便不再看了。有几次余玮看到父母的确喜欢某件衣服,试穿后很合适,但问过价格后便说款式不合适,态度坚定地离开了。逛了好久，一件衣服也没有买上，这让余玮很着急，也很生气，以至于好几次低声地争吵起来。最后在打折区给妈妈买了一件绛红色带白色小花的短袖衬衣。给爸爸买的那条裤子是原价商品，妈妈并没有反对。回到房间，妈妈将新买的衣服穿在身上，继续问爸爸和余玮好不好看。

晚饭时，爸爸和妈妈俩人互使了好几次眼色，最后是妈妈先开口："余玮，明天叫你对象来家里吃饭吧？"

"这才认识多久你们就要见人家了。"

"这跟时间长短无关，合适的就是合适的。"

"你们也太着急了吧。"

"急！当然急！这次来说是看房子，其实是想看看你的对象。你大姐在电话里告诉我们你在谈对象时，我俩高兴得跟什么似的。这次来了，一定要让我们看看你对象！"

一旦开了口，妈妈便一股脑儿地说出了憋在心里很久的话。

吃完饭，余玮给梅好的传呼机留言，言明妈妈的意愿。时间不长，梅好回信息了："好的。明天中午红山车站见。"

第四天中午，妈妈做好了饭，还有凉拌荞麦粉，穿着新买的衬衣在等余玮和梅好。中午下班余玮接梅好时，老远看到她拎着一袋水果迎面走来，穿着那件她最喜欢的有向日葵花图案的裙子。

午饭后他俩在同去上班的路上，梅好说："你妈妈做的荞麦粉真好吃，可惜我没敢多吃。"

下午下班余玮刚进门，就看到爸爸和妈妈异常高兴。妈妈一见面便说道："她是个好姑娘，做你媳妇正合适。"

妈妈借机又说起余玮辞职的事情。

爸爸则说起梦的话题。他说只要梦见余玮，总是余玮童年和少年时的样子。来乌鲁木齐的这几天爸爸明白了：余玮读完初中便离开了故乡，留在他脑海里的只是儿子年少时的印象。妈妈也附和着爸爸的话，说她梦见的儿子也是这样。

晚上，余玮刚刚躺下不久，听到爸爸和妈妈起来的声音。爸爸和妈妈走进客厅，打开了灯，来到余玮的床边。

“余玮，还没睡着吧？明天我们就回去了。”妈妈说。

“什么！明天回去？”余玮一下子从床上蹦了起来。

“是的。回去的火车票我们来的时候就订好了。”爸爸说。

“这才来几天就要回去。不行，我明天去退票。”余玮急了。

“你看，我们就知道你不愿意，所以才提前订的票。”妈妈也急了。

“俺娘，咱们不急，慢慢说，把票退了再待些日子。”余玮缓和了下来。

“不行啊，家里的猪、羊、鸡都等着我们回去照看呢，还有地里的庄稼。临走时把家托付给邻居，说好就看管十天时间的，各家有各家的事情，怎能让人家一直照看呢？那么大一个家，人哪能离开那么久呢？”妈妈说着话，闪着泪花。余玮的眼泪也流了下来。

第二天，余玮送父母去了火车站，一直将父母送到车厢里。就在他要下车挥手作别时，妈妈流下难以割舍之泪，对余玮说道：“儿子，你结婚时我和你爸爸就来了！”

火车和父母走了，驶出乌鲁木齐，穿过戈壁和高山，路过一个个村庄，再进入一座座城市。到了火车终点站后，爸爸和妈妈再倒两趟班车便会到达位于黄河边上的家园。这一路的行程，将花去两天的时间。

回到单位，余玮的情绪无法平静，他给梅好的传呼机留言：“父母今天上午回老家了，真想让他们多待几天。”梅好给他回了这条消息：“别伤感，他们还会来的。下班后，到红山商场给你选剃须刀去。”

第二十五章　生日聚会

这些天，燕博文很高兴，他的考研成绩出来了。他大半年的工夫没有白费，如愿以偿地考上硕士研究生了。

这些天，余玮情绪低落，梅好一直不愿意理睬余玮，对他冷冰冰的。起因是在一次聚会上，余玮自大、轻浮、虚夸的表现——事事显露出他无所不知、自认为见解独到。梅好对他的言行保持缄默，没做任何提醒与劝诫，只是改变了对余玮的态度，就像对待陌生人一样。余玮很快意识到是自己的轻狂让梅好失望，他为此懊悔不已，但任凭他百般解释，梅好始终对他敬而远之。他陷入一种焦虑和懊恼中。余玮将这件事告诉了燕博文，燕博文问：

“我只问你一句话，你已经无法离开她了吗？”

“是的，已经离不了了。”

“那就不要放弃。”

“唉，可她不理我。”

“哦，让我想想。”

燕博文想出一个主意。燕博文谎称过生日，邀请梅好和西部水电院几个要好的朋友参加生日聚会，聚会的主角表面上是燕博文，实际却是余玮。燕博文和其他几个人将在聚会上不露痕迹地赞赏余玮，以重新唤起梅好对余玮的好感。燕博文还说，如果梅好应邀参加聚会，说明梅好依旧是喜欢余玮的，并告诫余玮在聚会上一定要低调、要真诚，但不失自信。聚会的地点特意选在了菲仕得餐厅。

梅好答应了参加燕博文的生日聚会。在去参加聚会的路上，余玮跟梅好说起一些有趣的话题，梅好只是简单地回应了几句，不像以前那样高兴地说个不停。在走进菲仕得餐厅时，梅好突然挽起了余玮的胳膊，这让余玮很感动。

参加聚会的燕博文、欧建国、郑文华、苗玲玲、谢雅宁、芦笛、乔勇和夏雨荷已经提前到了。这是燕博文特意嘱咐过的，是为了展示西部水电院员工的良好教养，以此重新唤起梅好对余玮的好感。这几个人里面，梅好认识燕博文、郑文华、乔勇和夏雨荷，其他几个人是第一次见。

燕博文戴着生日桂冠，接受大家的生日祝福。这个生日的秘密除了燕博文和余玮外，还有郑文华知道。燕博文故意把话题转移到余玮主持完成的那个坝体加固设计项目上："余玮，你看到了吗？阿勒泰地下水力发电站的坝体加固设计项目刊登在《中国水利报》上了。"

余玮在《中国水利报》上看到过这个项目的报道。这个项目余玮曾给梅好说起过，当时他还说起了楼春芳和叶清扬，表达了对他们的感激之情。

"我不太清楚，回去我找找那期报纸。"余玮装作不知道。

"我们处长说，在一次院长办公会上院长专门说起过余玮的名字。"郑文华接过燕博文的话，继续说道。这件事是否属实，余玮并不知道。但他觉得郑文华是故意这么说的。

"不可能吧，我不过是个小小的画图匠！"余玮谦虚地回答道。

"画图匠怎么了？西部水电院还不是靠我们这些画图匠支撑着的。"乔勇插话进来。他说话时总容易激动。

"你们是画图匠，我便是瞧病的郎中。"梅好本要接过余玮的话，却被乔勇抢了过去，现在轮上她说话了。

"画图匠！郎中！这俩名字好！"苗玲玲歪着脑袋，看了余玮和梅好一眼，好像这两个名字是专门给他俩起的一样。

"我也觉得这两个名字有意思，像是卡通人物的名字。"谢雅宁估计看过不少卡通剧，"梅好，你该换成那种圆圆镜框的眼镜，那样会更像郎中。"

"除了梅好是郎中，我们剩下的人都是画图匠。"燕博文深情地说，"再过十年,我们这一批来的九个人,将有一些人不再是画图匠,或者调到机关成为一名清闲的职员,或者成了领导,但总有人会留下来当画图匠。有的人是因为喜欢画图而成为画图匠的,有的人则是因为依赖画图谋生而成为画图匠的,而余玮,你一定属于前一种,我敢肯定。”

梅妤坐在余玮身旁,吃了一小口意大利空心面,若有所思。她微微转头,看了一眼余玮。

“可不能因为你的一句话挡了人家当领导的路子。”郑文华说,“你们别不信,院长在办公会上真的说起过余玮。”

“我还是画图吧,把当领导的机会留给乐于当领导的人。”余玮幽默地说,而他所说的至少是他当前的心思。

“你们信吗?余玮和梅妤在很早以前就见过,”燕博文突然转移了话题,“这是余玮亲自给我说的。他俩年前在苏拉夏见过,坐在同一辆车上,还是前后排座位。”燕博文隐去了自己当时也在苏拉夏的情况。

“苏拉夏!情人谷!这个地方我去过。”谢雅宁说,“是个很美的地方,山上有两棵长在一起的松树,叫情人树。”

“天哪!”苗玲玲尖叫了一声,“还真有这样的事情!”

“这就叫千里姻缘一线牵!”夏雨荷说,“姻缘是安排好了的。”

“来来来,为了在同一辆车上,也为了我们的友谊,干杯!”郑文华有张能说会道的嘴,他不失时机地建议。

“这就叫十年修得同船渡。干一个!干一个!”燕博文随声附和。

余玮看到梅妤羞得满脸通红,却没有不高兴的样子。就在大家共同喝了一口啤酒后,余玮感觉到他的脚被梅妤轻轻地踩了一下。

“才不跟你渡呢!”梅妤悄声说道。

“不过,作为朋友,我真心告诫你几句话。”燕博文很真诚地对余玮说,“木秀于林,风必摧之。在水电院为人处世低调、谨慎为妙。你还是收敛些的好,否则迟早会让你陷入困境。”

燕博文说这句话是有深刻意味的。过不了多久,他就要离开西部水电院,去南京大学读研究生了。这句话燕博文曾给余玮说过几次,而他在今天又重新讲起,像在嘱咐一件很重要的事情。

“感谢你善意的提醒,我在工作中,一些事情的确处理得并不妥当,不觉察中便冒犯了别人,触动了他人的利益,回想起来还是做事中随性的成分太多,事后总是觉得欠考虑。”余玮有感而发。他比不了燕博文的成熟和稳重。燕博文很少对技术水平差或者投机取巧的人显露出轻视的神态,他表现出很有耐性或者是麻木的样子,让对方感觉不到丝毫的压迫感。余玮有时会模仿燕博文的处世态度,但总是学得不像。

“我天天这样无休止地干活,经常加班,有时觉得很无趣。”夏雨荷平时是个沉默的人,但她今天讲出了这样一句道出很多人心声的话。

“怎样无趣的?”乔勇看了她一眼,似乎有一点不满意。

“无趣就是苍白与木然,一种近乎麻木的状态。”夏雨荷回答道。

“夏雨荷说的麻木我曾经有过同感,正是在我失恋的那些日子里深刻感受到的。”燕博文接过夏雨荷的话,“我觉得做什么都没有意思,人像没了灵魂一样,失去了精神支撑,直到我决定要考取研究生,开始一种新的生活。我有空就看书、复习,为考研做准备,连去洗手间的时间都不放过。慢慢地我觉得艰苦的学习能给予我积极的力量和旺盛的精神,它让我深刻感知在学习中探求未知的乐趣,我甚至觉得大学时没有学好某科课程是件好事,因为自学让我获得自信。在我考完研究生入学考试后,我觉得没有什么可以难得住我。感谢那些逃课的日子!”

“这是我听到的对逃课最精彩的解释!”芦笛端起酒杯,“来,来,来,大家为了逃课干一杯!”

“我完全让学习填满我的业余生活,起初是强迫自己这么做,后来我渐渐喜欢上了这样的生活。它吸引着我,召唤着我,我为它倾注了全部的真情,因为在这样的生活里我不光获得了知识,而且获得了自律,自律让我高效地活着。我的书桌上有本《王阳明大传:知行合一的心学智慧》,当复习功课劳累时,我会习惯性地翻阅这本书,书中'事上练'的思想蕴含着实用的哲理:一个人提升自己非是靠几句格言就能达到的,而是要以格言为指引,在具体的行为或者深刻的思考中'事上练',在'事上练'中将格言的哲理植根于内心,达到引导行为的自觉状态。"

燕博文动情地讲述他的考研经历。余玮觉得考研的历程已让他蜕变得更加理性和强大。

"说得好,"余玮赞叹道,"人不能没有真心热爱的业余生活。我一直打算利用业余时间自修岩土工程,参加国家注册岩土工程师考试,考试用书都买齐了,可只看了几眼便弃之脑后了,现在看来,是没有在有效的复习过程中培养出对岩土工程的热爱之心。从今天开始,我要以燕博文为榜样,每天都要坚持复习,坚持'事上练',让自己达到燕博文所说的自觉状态。"

这次聚会后,余玮和梅妤和好如初。余玮像是得到了一件失而复得的珍宝那般高兴。他甘心努力变成梅妤欣赏和喜欢的那种人,已把她当成了一面镜子。他喜欢在这面镜子里看到自己改变的样子。

第二十六章　梅好不会离开你

“你走路的样子变了，”梅好对余玮说，“不像以前那样一颠一颠的，像只金钱豹。”

梅好说，一个男人挺胸抬头稳稳地走路最有风度。

余玮的确改变了不少，每次出门前要将头发梳理得整整齐齐，对着镜子检查自己的鼻孔，隔些日子，会用小剪刀修剪鼻毛。他每天洗衣服，身上总有阳光留在衣服上的清香。他每天刮两次胡子，他浓密的络腮胡须让梅好吃了不少苦头。他刻意穿白色的袜子，每天都洗得干干净净，而之前，他的袜子要么是黑色，要么是灰色。

他俩见面时，她第一眼总是快速打量他一遍，他知道她在审视他。她时常整理他的衣领，整理成她喜欢的样子。他也打量她，他在看她笑起来像月牙似的眼睛。在他看来，她无论穿什么衣服都那么得体。梅好的肩包不大，里面的小物件一应俱全，有小镜子、口香糖、餐巾纸、巧克力糖果，还有报纸——用来垫在公园里的椅子上。一个周末，他俩坐在水上乐园的长椅上说情话时，放在身边的肩包被人偷走了。每当说起这件事时，她的弟弟梅平总会故意这样问：“你俩到底在说什么要紧的事儿呢，连小偷拿走肩包都觉察不到！”

梅平说得没错。实际上他俩只要在一起，就会忘了周围的一切，就像世界只有他们俩一样。

2002 年 8 月底，燕博文要去南京大学入学报到。临行前一天，几个朋友相聚在一起欢送燕博文。聚会结束，在送梅好去车站的路上，余玮问梅好：“亲爱的，我们该结婚了吧？”

“你喜欢哪个数字?”梅妤却这样问余玮。

“我最喜欢9,源自一首名为《九月》的诗。”

“说来听听。”

“拥吻相随,不问时驰。”

“很好,我喜欢数字6。”

“我突然想到了一个有趣的日子。”

“什么日子?”

“9月16日。”

“如何有趣?”

“你的生日是6月1日,倒过来就是16。我想我俩可以在9月16日领结婚证啦!”

“你真狡猾。”

“第一次在红山顶上,我就下决心娶你为妻。今天,我也说出了你的意愿。”

“可我没有说。”

“你刚才已经说过了,你问我喜欢哪个数字。”余玮故意这么说。

“你真会狡辩。”

“难道9月16日不是个好日子吗?”

“非常好,我俩早点去。”

“去之前还需到单位开证明。”

“你连这个都知道,预谋好久了吧?”梅妤“哼”了一声,努了努嘴巴。

“当然,从见到你的那一天就开始预谋了。”

“我真的有那么好吗?”

“真的好!在我的心里,你是天上的月亮。”

“摘到她可不那么容易!”梅妤轻轻打了他一拳。

“还不算摘到吗?”

"你觉得呢?"

"天,好坎坷啊!"

"领结婚证前还要去妇幼保健站婚检。"梅好提醒道。

"那要赶在9月16日之前去,明天我俩一起去。"

"好,就明天去。"

"明天上午我们从红山站乘车一起走。"

第二天上午,他们各自请假一起去了妇幼保健站,很快便做完了体检。体检结果下午才能出来,俩人商定由余玮取回体检单。下午,结果出来了。血常规检查结果显示:余玮患有肝炎!体检大夫很严肃地说:"从化验指标判断,你的肝炎非常严重!"余玮简直不能相信这个结果。每年4月西部水电院都要组织全员体检,而当年的体检结果显示余玮并未患肝炎。他慌乱无比,找到一家公用电话,打电话把这个消息告诉了梅好。梅好在电话里好久都没有说话,她一定也不愿意听到这个消息。

"下班后见面再谈。"梅好安慰了余玮几句,最后这样对他说。

在从妇幼保健站回到西部水电院的路上,余玮的情绪坏到了极点,他为自己患有肝炎而懊恼。他读中学时就知道这是个危险的疾病,班上有位同学的爸爸先是得了肝炎,不多几年成了肝硬化,最后发展为肝癌病死了。他的情绪越来越坏,甚至达到了绝望的境地。他一想到很快便会到来的9月16日,便悲不自胜。而就在昨天,他喜上眉梢,为能约定神圣的婚姻而欣喜若狂。他不停地想象梅好成为妻子后自己能获得的幸福感、幸运感和归属感,他甚至想到了未来的孩子。而在今天,这扫兴的悲伤让他身心疲惫、黯然销魂。他嫉妒那些拥有妻子的男人。他叹了一口气,看到一片干枯的树叶离开树枝,旋转着落下。突然,他下定决心:即使梅好愿意跟自己在一起,他也会主动离开她。他伤心地想,他会因为身患肝炎而失去梅好。

"亏你想得出来!"下班后,当余玮告诉梅好这个决定时,她脱口而出。

"这样有何不可?我俩只算是刚刚开始而已。"他一改往日的热情,变得冷冷的。

“怎么,我们只算是开始吗?”

“是的,我这么认为。”

“我对你倾注了我的深情,而你却这么说!”

“我知道这是个很麻烦的疾病,你比我更懂。”

“你知道什么!”

“我一位中学同学的爸爸就是得肝病死的,我不能拖累你,真的。”

“亏你还接受过高等教育,这么无知!”

“可这是事实。”

“根据你的体检结果,须进一步检查是否有传染性,然后确定具体的治疗方案。你所说的只是部分肝病患者的病情演变情况,难道世上所有得肝病的人都不活了吗?”

“你在安慰我。我是自愿的。我俩是因为我才要分开的。”

“别这样说!”

“别的事情都可以商榷,唯独这件事情我俩没有商量的余地。我离开你是对的。而你所倾注的深情,会珍藏在我心里。”

“我信你这句话。但我要说的是——梅好不会离开你!”她抱住了他,“你什么都别讲,只听我说。明天早上再去医院复查,如是真的,我们找最好的医院给你看病。”

俩人分开后,余玮独自去了红山。他拿定了主意——离开梅好,不能拖累她。他不想看到她终其一生守着一个病怏怏的人而辜负了美丽年华。他坐在长椅上,脑海里突然浮现出这样的景象:在离开梅好多年后,他独自一人在病床上,生命垂危。在生命的最后日子里,他多么希望能再见到梅好,听到她幽默机智的话语,多么希望能和她一起在红山散步、聊天,因为聊得太专注连小偷偷走肩包都觉察不到。但在被病痛折磨的短暂的一生中,他甘心永远不看见梅好。他想,梅好的丈夫必是高大帅气、睿智优雅的。而他们的孩子,最好是个跟她一样美丽的女儿,将出落成一位引人瞩目的漂亮少女。在她女儿的婚礼上,他因为缺席而不能亲自给予新娘子祝福,但这件事他会一直记挂在心里。他又想,如果病魔忘记他,让他成为一位老人,他会以一个陌生人的身份,刻意在某个机缘巧合的日子里看到梅好孩子的孩子,看到跟他一样变成老人的梅好牵着孩子走过红山,听见她和孩子欢快的笑声。他的内心或许会在哀伤中备受煎熬,但仍为自己当初离开梅好而无悔,因为在他的心里珍藏有梅好的深情。他独自品味这份深情时,心中的遗憾则会慢慢消失,逐渐充满安宁和幸福。他想到,自己是一个在农村长大的孩子,历经一番努力考取了大学,学得了谋生技能,独自一人来到新疆,幸运地得到了很多人的关爱和帮助。他付出了很多,也得到了很多。他得到了前辈的指引,得到了师长的教导,得到了同事的尊重,他的内心充满了爱与希望,特别是这一年多来,他认识了梅好,得到了梅好的深情,尽管一年多的时光相对于一生显得那么短暂,但短暂并不能减轻深情的分量,这份深情足以陪伴他病中的一生。想到这里,他的内心释然了,却泪流不止。

他回到房间,看到了电话机上的来电显示,是梅好家的电话号码。他拿起电话,又放了回去。他回到卧室,躺在床上,泪水又涌了出来。

不一会儿,电话铃响了,是梅好的电话。

“你去哪儿了? 给你打了好几个电话。”梅好是很着急的语气。

“去红山了。”他淡淡地说。

“怎么不回电话? 这么晚了,也不怕从红山上掉下去。”梅好有些生气。

“掉下去才好呢。”余玮淡淡地说。

“别再乱说! 你这个样子真让我伤心! 一个大男人,一丁点事儿就让你成了这个样子!”梅好生气了,她提高了语调。

“早点睡觉,明早我在楼下等你,一起去医院做急查,当时就能知道结果。”梅好的情绪缓和了下来。

这一夜,余玮反复思量他在红山上所做的打算和假想,他甚至想一走了之,去另外一个梅好找不到的城市。

早上醒来时,他第一眼便看到了梅好的灿烂笑容。梅好的照片一直放在床头柜上的水晶相框里。

上午 11 点,急查结果出来了。

“谢天谢地,虚惊一场!”在医院门诊楼大厅里,梅好看着余玮的化验单,长长地出了一口气,像卸去了一件重负。

“你真好!”余玮深情地看着梅好。她比他还要高兴。梅好的兴奋劲儿像是取代了余玮该有的激动,他的内心反而很平静。

“哼! 昨天惹出我那么多的不开心。”

“我错了,我罚我今天背着你走完红山的 99 级台阶。体检也会有误诊吗?”

“有,但是极少。我想你今天该去买张彩票。”

“好,一定去买。中奖后一人一半。”

“不,全部都是我的。”

“胃口真大!”

“那是自然,不光是奖金,还包括你。”

“那是我的荣幸。”

“这件事需要庆祝一下,为了我们。”

“还去菲仕得。”

“真服你,只认这一个地方。”

这一天,他和她不过分开半个上午和一个下午的时间,他却度日如年。他为自己昨天的假想暗自发笑,庆幸终是一个假想而已,而这个假想,他不会给任何人讲起,包括梅好。他每隔一会儿都会想起梅好的那句话:“梅好不会离开你!”每想到一次,他都渴望见到她,尽管下班后就能见到她。

第二十七章　不忌不忌，大吉大利

这个周末，梅好约余玮去她家吃鱼。梅好爸爸托朋友从赛里木湖捎来几尾高白鲑，早上刚刚送到家。这已不是余玮第一次去梅好家了，事实上，自某一天起，他已被梅好家的温暖所吸引，非常乐意跟梅好的家人在一起。他已把梅好家当成了自己的家。

“大馋猫，这么早就来了。”开门时，梅好冲口而出，接过余玮手中一袋新鲜的玫瑰香葡萄。这种葡萄梅好最喜欢吃。

梅好穿着那件印有卡通老虎图案的家居服，长长的头发用条红色发带松松地扎起来，发带落在她的肩上。

“新鲜的玫瑰香，我在早市上买的。”

“周末也不睡懒觉，还去逛早市。”

他俩说话的空当，梅好迅速剥了一颗葡萄，喂给余玮吃。在她的手指碰到嘴唇时，他感觉到了她指尖的温暖，像是触碰到一缕阳光。他也剥开一颗大大的葡萄，喂进了她的嘴里。

他抬起头，看到了她温情的微笑。

“好吃，玫瑰的味道真浓！”

“路上堵吗？”

“不算堵，车开了两站后就有了座位。”

“是余玮来了吗？快进来。”

梅好妈妈在客厅里喊道。

他俩沿着过道朝客厅走去。余玮熟悉和喜欢这座房子里的一切。奶黄色的沙发，牡丹花图案的地毯，古色古香的实木家具，还有梅好生活中点点滴滴的东西：立柜顶上一个小猪造型的存钱罐，过道墙壁上一张梅好13岁时画的松鹰图，还有几张贴在电视柜玻璃门上的照片。在沙发拐角的一个小茶几上，放着一摞杂志，那是梅好闲暇时的读物。梅好的卧室里挂着一把小提琴，梅好说，她偶尔会拉琴。

"余玮来了，快坐。"她妈妈从沙发上起身，示意余玮坐下。

"余玮来了。"她爸爸听到了声音，从阳台来到客厅，边走边说。他是个司机，身材高大，一头乌发，50来岁，双目有神。他只初中毕业，却会好几门技艺，做过木工、钳工和电工，后来当了司机。有很长一段时期，司机是个很不错的职业。他刚才在阳台上抽烟。

"单位忙不忙？"

"有点忙，最近在做一项引水工程设计。"

"年轻人忙点好，可以练就真本事。另外，有活干说明单位效益好。"

这是她爸爸一贯的观点。

"那也不能一直忙，该休息就得休息。"她妈妈起身离开沙发，反驳了丈夫一句。她端着一个分成六格的圆形托盘，里面的干果不多了，要去餐厅再拿出一些，"余玮，你叔叔就知道干活是最好的。"她微笑道。梅好在厨房洗完水果，装满了一个平底儿的玻璃盘，小心地放在茶几上。

这个茶几是用果木制作的。桌面由两整块有着漂亮纹路的桃木拼接而成，上面凿刻有两圈闭合的回形纹凹槽，桌边做成了波浪形状；茶几的四条腿朝外鼓着，是模仿鼓凳腿做的；桌腿与桌角连接的地方，嵌有雕刻成云纹的牙头，那牙头随桌腿朝外鼓着，像是垂下来的帘子。茶几旁还配有几把小木椅，人坐在上面稳稳当当。这套家具有三十多年了，常年的擦拭，让它泛着温润的油光。听梅好爸爸讲，这个茶几花了他整整三个月的时间才做成，比他做一个衣柜的时间都长。家里的书桌和餐桌也是爸爸制作的，书桌带有两扇小门，抽屉藏在门后面。小门和抽屉的拉手都是木制的，做成了细长的菱形，像鱼儿一样。

“叔叔，我听说您过去制作过很多玩具？”余玮递给梅好爸爸一小把洗好的葡萄，认真地问道。

“是的，三个孩子的玩具都是我做的。”爸爸说着话，从电视柜里取出一只木制的青蛙。那青蛙做得惟妙惟肖，身上用浅绿和深绿色油漆涂成条纹状，眼睛特意涂成了红色，漆面磨掉了好多。这个青蛙陪伴过三个孩子的童年。

梅好的姐姐梅娅是西安一家律师事务所的律师，前年结婚，丈夫是一位公务员，只在春节和国庆长假时从西安来看望父母。梅好的弟弟就在八一钢铁厂上班，刚刚工作不久。他是个老实本分的人，对人很热情，叫余玮大哥。

“我做的玩具有很多，”梅好爸爸很高兴，又从柜子里拿出一个“猴子上树”的玩具和一把木制手枪，这手枪估计是特意给梅平做的，他遗憾地笑了笑，“好些都送人了。”

“现在买的玩具虽然样子好看，但比不了我做的结实耐用。”梅好爸爸自豪地说。

“嘿，你可真行！连做玩具的事情都给孩子炫耀。”梅好妈妈接过丈夫的话，但并不是真的责怪丈夫。她经常在话语中称余玮是孩子。

梅好妈妈比余玮妈妈大一岁。她在一家毛纺厂工作了 20 多年，工厂破产后，便成了家庭主妇。她 15 岁初中毕业后，跟着姐姐从河北老家来到新疆。她的姐姐是新疆医科大学的老师。她经常在话语间感激姐姐将自己从农村带出来，否则也是个在土地上辛苦劳作的农民。她的手很巧，最拿手的本领是用彩色的线给毛衣缝制各样鲜活生动的图案。梅好的一件毛衣上就有妈妈用几样彩线缝制出的一枝梅花。梅好妈妈极爱干净，客厅里的垃圾桶像餐具那么洁净。梅好在嗑瓜子时，将垃圾桶放在膝盖上，一手扶着桶，一手把嗑完的瓜子皮扔到桶里。

“常给你父母打电话吗？”妈妈将梅好穿旧了的一条牛仔裤裤管剪下来，打算做成一双护袖，她嘱咐余玮，“孩子们都不在身边，要多问候父母。”

“我每个周末都给家里打电话。前几天给父母各买了一件衣服寄了回去。”

“这样很好。梅好工作后攒了半年的工资，给我买了一件皮大衣。我有很多衣服的，多得都穿不过来，可她还是要买。”

梅好给余玮说过，爸爸常年在外，家里的事情都由妈妈一人料理。

“妈妈，你又说！”梅好深情地看了妈妈一眼。

“不说了。”妈妈微笑着，继续问余玮，“你父母都好吗？”

“都挺好。前些日子我姥姥病了，妈妈隔三岔五地去照料她，有时候在姥姥家要住几天。”

“老人家多大年纪了？”

“今年该有 81 岁了。”

“真是高寿！我的老妈妈——梅好的姥姥今年有 86 岁了。”

“比我姥姥大五岁呢！”

“老人家的病好些了吗？”

“好多了，调养一段日子就会好。”

“你妈妈最近该是很忙的，操了不少的心。”

“昨晚刚打过电话，”余玮说，“秋收在即，家里有干不完的农活。我们几个孩子都建议父母少种一些地，可他们每年都一分不落地全部种上了。他们热爱土地，就像疼爱自己孩子一样。对他们来说，让土地荒芜是一种罪过。

“去年春节，家里人都聚齐了。有一天该吃晚饭时，爸爸却不见了人影，邻居家里也找不见。妈妈说爸爸一定是去小东沟了，家里的几块田地在那里。过了一会儿，爸爸回来了，他果然是去了小东沟。当时大妹余玫这样感叹：‘那几块田地除了田地本身的意义之外，还是爸爸的感情寄托。即使是在荒凉的冬天，爸爸也要去看一看、走一走的，唯有这样心里才能踏实。’爸爸有一把精巧的小锄头，春、夏、秋三季，从学校下班回家的第一件事便是拿着这把锄头，在地里锄锄草、松松土。余玫说，在学校里爸爸是学生的班主任，在地里面，爸爸是庄稼的班主任。”

"农民都是种惯了地的。梅好的两个舅舅每年也要在所有田地里种上庄稼。"护袖做成了,妈妈拿在手里比画着,很满意的样子,她继续说,"老家还有满山的枣树,都需要人去打理。"梅好妈妈很熟悉农民的生活,她经常回老家看望自己的父母。

"我外公家也有很多枣树,每年秋天打枣儿的日子里,脖子会痛好几天。"余玮说,"我小的时候,跟着外公打过枣儿,仰着头,举着竿儿,只需不长的时间,脖子就会变得僵硬。"

"对的,我做电工那几年,干完一天的活,脖子也是僵硬的。"爸爸深有体会,他接过了余玮的话。

"大哥来了。"正当他们说话时,梅平从他的卧室走出来,他昨天上的是夜班,刚起床,"你一来,家里准做好吃的。"

"你大哥一个人在乌鲁木齐,比不了你是在家里的。"妈妈这样回答。她要去准备午饭了,余玮跟着要去帮厨,她硬是不让,说只会添乱,最后以余玮和梅好饭后洗碗为条件将这对恋人挡在厨房外。

梅好妈妈很快就做好了一桌丰盛的饭菜,那条肥美的高白鲑摆在桌子的正中央。余玮喜欢在梅好家里吃饭,一家人在餐桌上有说有笑的,开着一些无伤大雅的玩笑。在梅好家,没有人会单独吃饭,总是等着人到齐了才开餐,有时候梅平会来得晚一些,梅好妈妈便晚一些做饭,等儿子回来。梅好家每个人吃饭所用的是不同样式的碗。爸爸用的是一个纯白色的大碗,妈妈用的是一个有青花边的小碗,梅好用的是一个印有卡通熊图案的小碗,梅平的碗上有只狗的图案,梅娅的碗上印有三只猫。余玮的碗是梅好专门给他买的,是个大碗,上面也是一只卡通熊的图案。梅好家每次吃饭前,每个人都要喝一碗妈妈自己做的酸奶,桌上有盛着白砂糖的碗,每个人根据口味不同自行取之。梅好爸爸吃饭时要喝一瓶啤酒,这是他多年的习惯。他说喝啤酒解乏。梅平从不饮酒,余玮会陪梅好爸爸喝几杯。

吃饭时,妈妈先说话了。

“体检误诊的那天晚上，我们都在牵心那一夜你是怎么熬过来的。”她看了一眼余玮，给他夹了一块鱼肉。

“也没什么……”

余玮不知该如何回答时，梅好说话了：“还说没什么，他那天晚上一个人去了红山。”

“这些体检的人，一点儿也不负责任。”爸爸有些不平。

“不过万幸，一切都好！”妈妈这样说，看了丈夫一眼。

“过去的事情就不说了。”爸爸和余玮碰杯，各自喝了一口啤酒。

“叔叔，关于我俩的婚期我想征询您和阿姨的意见。”

“这个事情你俩定，我和阿姨听你们的。你父母有什么意见吗？农村兴看吉日。”

“我父母说城里的规矩好，节假日都是好日子，不忌不忌，大吉大利。”

“这话说得好！国庆节就要到了。”

“那就国庆节吧，在大家都过节的日子里！”妈妈说。

“真好，国庆节！”爸爸应和着，高兴地和余玮碰杯。

商定完这件大事，好像婚礼的喜悦提前到来一样，每个人的脸上都溢满了幸福。

饭后，余玮和梅好去厨房洗碗，这是之前说好了的。妈妈没再阻拦，帮着他俩把碗筷收在厨房里。

余玮把空的碟碗放在洗碗盆里，梅好按妈妈的要求把吃剩下的菜倒出来合放在两个盘子里，把腾空了的几个碟子也放在洗碗盆里。在余玮要洗碗时，梅好止住了他，提来暖水瓶往盆里加了些开水，将水调温了后才让余玮洗。他每把一个餐具用加入洗涤液的水洗干净后，她便从他的手中接过来，用清水冲洗干净，放在大理石面的厨台上，然后再接过他手中的另一个餐具。他俩的手和胳膊经常触碰在一起，在她的脸靠他很近时，他会轻轻地吻她一下。

洗完碗筷,他先用浸有洗涤液的抹布把炉台擦洗一遍,她紧接着用另一块清水洗过的抹布又擦洗一遍。他俩随后还把厨房的地板擦干净了,将垃圾装在一个大的塑料袋里,提出来放在厨房门口,等外出时扔到院子里的垃圾桶里。最后,他俩用放在厨房窗台上的香皂将手洗干净。在他伸出手时,她给他的手上打好香皂,洗手时,他俩相互用香皂水洗彼此的手。走出厨房前,梅好抓了两片卤牛肉塞到了余玮嘴巴里。

余玮喜欢他俩心心相印的、令人愉悦的相处。在梅好家他俩一起洗过衣服,尽管他只是负责晾晒的活儿。他俩乐意围在洗衣机旁边,坐在小板凳上愉快地交谈。他俩曾被妈妈指派出去买菜,回来的时候才发现没有把菜买齐,只能再次出去买菜。

他俩来到客厅时,梅平故意大声嚷嚷:“快快快!你俩洗碗怎么这么久?都等着打扑克牌呢!”

第二十八章　带上你的新娘

2002年9月16日,是余玮和梅好领取结婚证的日子。他们俩本可以就近到天山区民政局申请结婚,余玮建议去达坂城区民政局。梅好问他理由何在,余玮说因为他每听到那首《达坂城的姑娘》时,总会想起梅好大大的眼睛和乌黑的马尾辫,他觉得达坂城是个有趣的地方。梅好答应了余玮,他俩倒了三趟公交车才到达坂城区民政局。

20天后,10月5日夜,余玮一夜未眠。10月6日清早,他要去八一钢铁厂家属院迎娶自己的新娘。这场婚礼,余玮请叶清扬做总策划兼司仪。这个角色叶清扬之前从未担任过,但他并未推辞。

这天阳光灿烂,新房窗台上大朵大朵的蝴蝶兰在盛开,这两盆蝴蝶兰是叶清扬和杨琴夫妇赠送的新婚礼物。这是余玮和梅好一生中最重要的一天,这一天也是个有趣的日子。

依新疆的习俗,接亲车队不能走回头路,往返路程须是两条不同的路线。按叶清扬制定的婚礼策划案:车队出西部水电院家属院东门,经黄河路和红山路进入乌鲁木齐东外环路城市高架桥,北行抵达八一钢铁厂家属院。返程时沿八钢路进入天山路,南行进入黄河路,进西部水电院西门。这本是个完美的规划,但车队返程行至天山路时碰到了意外。前方火光冲天,一处楼房失火,消防队封闭了前方的道路,车队被挡住了。车队绕行进入一个叫水墨河村的村庄。村庄有条南北向流淌的河,叫水墨河,河流两旁长满了白桦树和杨树,村民的屋舍集中在河的西岸,河上有座老的石拱桥,供村民出行。听梅好爸爸说,这里原来只住着几户人家,20世纪60年代从山东来了一批逃荒者定居于此。村子里的路是土路,车队经过时尘土飞扬,12辆黑色的红旗轿车变得灰头土脸。车队驰过石拱桥来到河东岸，叶清扬让车队停了下来。他站在桥头，对着车队大声喊道：

“烦请大家下车清洗车辆。”叶清扬的身边是女儿朵朵，她穿着一件白色的纱裙，他风趣地说，“余玮今天娶的是城里的姑娘，可不是村姑。大家把车洗得锃亮锃亮的，我们的迎亲车队要一尘不染地进入乌鲁木齐。”

“说得对！”人群应和着，大家纷纷走向河边，取水洗车。余玮正要和司机一起洗车时，叶清扬走过来了。

“余玮，你今天身份尊贵，让别人洗车就行了，你是新郎官！”叶清扬说，“看看这景色多美，挽起你的新娘，赏风景多好！”

余玮这才发现，水墨河边风景如画。

白桦树的枝条柔柔地垂下来，在秋风中悠然摇摆，像一首柔美的乐曲。白杨树则是另外一种姿态，所有的枝条齐刷刷朝上伸展，紧紧地拢着树干，像是在积蓄一种向上的力量。还有一些低矮的灌木，周身长满红色的圆叶，像是一簇簇花朵。鸟雀藏身在林荫中，叽叽喳喳地鸣叫，晃动着脑袋看着地下金黄色的落叶，像是在欣赏倒立着的秋树。天空是深蓝的颜色，它的影子把河水染成了墨色。余玮突然明白了这条水墨河名字的由来。多么有诗意的名字！

他挽着身穿白色婚纱的新娘，在河边漫步。摄影师悄悄地跟着他俩，不停地按动快门，这样才能拍到绝美的照片。他俩在河边发现了一块巨石，其纹理很奇特，像是个巨型的麻花。余玮知道这种叫页岩的岩石，它本是平行的层状构造，眼前的这块巨石必是在强烈的地质构造中被挤压成了这个神奇的模样。梅好兴奋地指着这块巨石，问余玮：“你看它像什么？”

“像根木头。”

“我看像颗卷心大白菜。你看那一圈圈的纹路。”

“这个比喻贴切。”

“你看那棵倒伏在岸边的树，再看看它的树根。”

“像两个人,像两个依偎在一起的人。”

“我也这么认为。”梅好认真地回答道。

就在他俩在河边看这看那,窃窃私语时,叶清扬冒了出来:“嘿! 余玮,带上你的新娘,该去结婚了!”

叶清扬有时很严肃,有时很幽默。

虽说路上耽误了些时间,但并未延误婚礼吉时。就在红山大酒店,他俩的婚礼开始了。

“各位嘉宾,大家中午好!

“今天接亲返程时,偶遇火情,道路封堵,归期延迟,但我们依然顺利回来了。我突然想到,这场火其实是一个征兆,一个吉祥的征兆,因为火给人类带来温暖和光明,它是希望的象征。于今天的这场婚礼而言,则象征着红红火火!”

叶清扬热情地向嘉宾问好。这是他第一次主持婚礼,但并不慌乱。叶清扬应邀在全国各水电设计院和高校做过很多次技术讲座,早已具备沉稳自如的主持风格。

叶清扬的开场词赢得了嘉宾的一片叫好声。

“美女妖且闲,攘袖见素手。顾盼遗光彩,长啸气若兰。恭喜余玮得此佳人! 也祝福余玮和梅好新婚大吉,百年好合!”

叶清扬继续他深情的婚庆致辞。他是个文理兼修的人,余玮读过叶清扬的一本散文集:

“爱是一种源于敬畏和热爱的语言,用这种语言可以寻求内心所期望的东西。每个人都渴望得到爱,因为爱可以驱散寂寞和荒凉,可以温暖彼此,可以照亮未来的路。我们对爱深信不疑,因为爱孕育了一种长久不衰的力量,因为爱可以让我们的内心强大,因为爱可以让我们获得一种从容自在的状态。

“希望每个人都能得到爱,并珍惜来之不易的爱!

“……

“最后，请爱你们的父母，因为是爸爸和妈妈给了我们爱与生命。”末了，叶清扬这样结束了他的主持词。

婚礼上，林雨生也来了。年轻人的婚礼上，西部水电院通常会派工会主席或其他副院长到场祝贺，林雨生大多不会亲自参加。这件事是后来叶清扬告诉余玮的。余玮和梅好给林雨生敬酒时，林雨生举起酒杯说道：“小伙子，不论遇到何种境况，坚持做技术。”说完，尽饮杯中酒。在放回酒杯时，林雨生说了这样的一句话：“你住在 8 号楼。暂时住着，等有了新一些大一点的房子再给你调换。”

余玮听懂了林雨生说的第一句话，他之所以听得明白，是因为已经有很多人给他表达过这个观念，并且他从内心接受了这个观念。这些人里面，有中国水利水电大学的朱曦院士，有楼春芳，有叶清扬。而第二句话，他并未听懂真意，只把它当成了一句随口说出来的戏言。在一旁的叶清扬却替余玮高兴，他已看明白林雨生对余玮的偏爱。叶清扬了解林雨生，林雨生答应过的事情，迟早会兑现。但叶清扬不知道的是，林雨生已经向余玮传递过这偏爱了。就在一周前，林雨生特批余玮向西部水电院借款 15000 元以应举办婚礼之需，余玮当天便拿到了借款。

晚饭后，闹新房的剧目开始了。来闹新房的人大多是些年轻人，他们推选郑文华为“闹新队”队长。郑文华拿过象征着指挥权的一根棍子，对梅好说道：“婚礼结束时我交代给你的事情当耳旁风了吗？怎么满屋子除了你和伴娘，一位女生都不见呢？”说完，用棍子打了余玮的屁股。

“现在就打电话，让医院未婚的女大夫、护士来新房，否则，还打你心爱的丈夫。”郑文华说着话，又打了余玮一下。

闹新房是婚礼必须有的过程。新房闹得越热闹，婚后过日子越和谐幸福，这是新疆的习俗。

梅好立即打电话邀请她的几位女同事来新房，在她们到来之前，郑文华和“闹新队”的队员制定好了闹新房的规矩和节目。规矩简明扼要，闹新房期间新郎和新娘的所有行动必须经过队长的允许,否则,要么队长亲自动手,要么由队员用棍子“教训”新郎。

闹新房的第一个节目是“昭告天下”。余玮背着梅好,梅好一手拿着铁盆,一手拿着擀面杖,逐一叩开单元楼道里各家的房门,给房主人分发喜糖,随之敲击铁盆,发出“当”的一声悦耳声响,并大声喊:“我们结婚了,我们好幸福!”有时喊得声音不够响亮,队长的棍子就会打在余玮的身上。在给一楼的住户送完喜糖后,余玮背着梅好在一群人的簇拥下沿着院子走了一圈,边走边敲铁盆边大声喊:“我们结婚了,我们好幸福!”引得8号楼很多住户打开窗户朝外张望。

回到新房,由梅好倒茶,余玮端着茶盘给每个人都敬上一杯茶水。队长说这是要让新人践行礼节。队长准备了很多有趣的节目,每一个都惹得众人捧腹大笑。

所有节目结束后,队长郑文华一反刚才的凶狠表情,笑着对余玮和梅好说:“闹新房至此结束,所谓闹新房,就是要闹出个热闹劲儿,我们所有的人祝福你们生活得热闹、快乐、幸福!刚才有得罪之处,还请见谅。”

“另外,送上燕博文从南京寄来的贺礼。他特意嘱咐要在闹新房结束时再拿出来的。”说完,他从身后变戏法似的拿出一个镜框。那是一幅苏绣,上面绣着浓艳的牡丹花和几只蝴蝶。

这天晚上,余玮与梅好以夫妻的身份躺在一张床上。在这之前,梅好有时因为晚上错过末班公共汽车会留宿在余玮的房子里,晚上梅好住在大卧室,余玮则睡在客厅的钢丝床上。他曾想跟她睡在一起,但被她拒绝了。即使这样,他也觉得很幸福,这间房子因为有了梅好而溢满女性的柔美,而他因此更加尊重她。就在9月16日领取了结婚证的那天,他俩互拥着躺在一起,梅好温柔地望着余玮,认真地说道:“亲爱的,我们等到结婚那天晚上,行吗?”

“好吧,我听你的。”

就在今夜,在他们盼来的大婚之夜,当一轮硕大无比的圆月高悬于红山之上时，一种来自两个人心里的美妙力量——更期待、更圣洁、更恒定——就像燃烧的火焰，让一切都跃动起来：月光跟着河水游走，如素绢飘拂。河边柔软的草地上，有流水滑过水草的声音，河边还有一棵飘香的杏树。一只白色的猫蹿上了杏树，抖落千朵万朵花瓣，夜空霎时变成了花瓣的颜色。花瓣落满了草地，草地上铺了一层柔软的地毯。草地渐渐变成了白色、粉红色和红色……越来越多的花瓣……像一场花瓣雨……越来越多的花瓣……草地柔柔软软的……

白猫突然自空中落下，划出一道白色弧线，落在柔柔软软的草地上。它先是打了个滚儿，然后跳起来捕捉那花瓣和月光，暗香跟着它涌动不止，草地随之剧烈晃动起来……它筋疲力尽沉沉睡去后，却和月光、花瓣、暗香、草地融为一体了……

梅好在余玮的怀里睡着了，柔软的身体，如美玉般温润细腻。月光下，他深情凝视着妻子，心中涌出的幸福感让他说不出一句话来。他在梅好那声颤抖的、撕心的低吟中，深深体会到了一个女人为了爱与幸福而冒险承受的锥心痛苦，这痛苦结束了她的处子之身，迎来了一名妻子对幸福的期盼和坚守。他知道，从此以后，这所房子因为有了梅好变成一个温暖的家。这是个新筑的家，正是自他离开故乡之后便不懈追寻的家。

第二十九章　负数起家

余玮和梅好喜欢深秋时乌鲁木齐明亮的略带寒意的清晨，霞光满天的黄昏和星汉灿烂的夜晚。他们喜欢路边古老苍劲的榆树，繁密枝条间跳跃的新疆歌鸲，还有让环卫工人苦恼不已的秋雨和街道上缤纷的落叶。听人说红山夜市要改建，建成整齐的商铺。梅好说这样做简直是多此一举，把人间烟火的味道全部破坏掉了。她喜欢露天的啤酒摊位和人力车牵拉着的小小店铺。梅好说那些移动着的店铺像吉卜赛人的大篷车。这些“大篷车”的主人多是姑娘和小伙子，他们每天热情地给路人兜售各种商品。有一位“大篷车”的主人——浑身戴满饰品的小伙子，每天第一个到达夜市，又最后一个离开夜市。他不像其他人那样高声叫卖，只是微笑着站在自己的“大篷车”旁等候顾客。在他的“大篷车”里，商品陈设得很有情调。那些美丽的玉石或摆在造型奇异的小块胡杨枯木上，或搁放在从戈壁捡来的奇石上；那鹰笛则挂在墙壁上，鹰笛后面是张塔吉克族男人的油画。红山星光夜市上还有很多年轻的歌手，几个人组成一个乐队，在这条街上深情歌唱。余玮和梅好每天都会来这个夜市。

梅好说她喜欢顶楼安详的气息，好像只住着他们俩一样。顶楼的周围没有任何遮挡物，他俩随时都可以看见红山和红山塔。每天早上，9 号楼顶楼有人放飞鸽子，鸽哨声在空中回旋。这种声音让人觉得时空安详、宁静。但在周末的早上，梅好会蒙上被子，懒懒地咕囔一句：“这些鸽子，周末也不睡懒觉。”然后继续睡觉。当她赖在床上问他是该起床还是继续睡觉时，他说如果她双手的手指头加起来是双数就起床。她伸出美丽的双手，故意弯下右手的大拇指，让他数手指头。在余玮从早市买菜回来的路上，他会高兴地想到还有一个人守在家里。而当他打开房门看到熟睡的梅好时，他会在心中感慨，生活充满期待和温情，皆是拥有梅好之故，他会涌出一种感激之情，感激她成为他的妻子。

每一天，梅好会把所有的房间巡视一遍，连阳台也不例外。余玮说花豹就有每天巡视领地的习惯。梅好则回答说："对，我就是只大花豹，每天还要巡视你。"当他递给她一杯温的蜂蜜水时，她总要说一句："宝贝，谢谢你！"喝蜂蜜水是梅好的建议，她讲了蜂蜜水的很多好处，而在他看来，这些好处并不重要，重要的是她喜欢。他做好早餐等她梳洗完一起享用，他每天听到梅好那句"又吃多了，撑死我了"的话会觉得很受用。早餐有时候是一碗鸡蛋羹，梅好会用小勺沿中间分开，吃掉一半，留下另一半给余玮。切分鸡蛋羹的中线不偏不倚，精准无比。

每个周末的下午，他俩会大扫除。余玮提着水桶，桶里先加入清水，然后掺入洗涤液，里面放块抹布。梅好端着水盆，里面装着清水和另一块抹布。余玮先将床头、窗台、茶几、电视柜、书桌和洗脸池擦洗一遍，梅好随后用清水洗过的抹布再擦拭一遍。厨房的灶台和窗台每天都要擦洗的，不包括在周末例行的大扫除范围内。隔一段时间，他俩会清洗马桶。地板是每天都要用拖把清洗一遍的。床头柜上放着一只布老虎，那是余玮给梅好买的。还在恋爱时，有一天梅好说她有一个愿望，希望能有一天在大街上遛老虎，谁能送她老虎就嫁给谁。当天余玮就在红山商场给她买了这只布老虎。这只布老虎的眼睛是用玻璃做的，炯炯有神，身上的斑纹用绒线织成，与真的老虎极像。梅好用一块专用的干净毛巾擦拭老虎，擦完后会对着老虎脑袋，学老虎笑：咧开嘴，露出牙齿，睁圆了眼睛，嘴巴发出"呼呼""呼呼""呼——"的声音。

婚后，梅好妈妈有时会造访他们的新家。她是个爱干净的人，会将各个房间的犄角旮旯都清扫一遍，特别是厨房，在经过她的清洁后，一点油烟味都没有。晚上，梅好会留妈妈住在家里，梅好专门给妈妈买了一个洗脚的木盆，余玮将洗脚水调温后叫妈妈先洗脚。

每天中午，余玮先回家做饭，随后梅好才到家。而在婚前余玮除了会煮牛奶、热豆浆、熘馒头之外，其余烹饪的活儿都不会做。用余玮妈妈的话讲："余玮这些年只顾读书了，连厨房的边都没有沾过。"余玮在婚后学会了炒菜、做饭，因为他是心甘情愿的。他的烹调技能基本都是跟楼春芳学的。在余玮看来，没有楼春芳不会做的菜。他目睹过楼春芳从宰杀到烹制红烧甲鱼的全过程。楼春芳说，这道菜把五花肉跟甲鱼炖在一起才好吃，他一边操作一边给余玮讲解烹制的细节。听楼春芳讲解烹饪，比听他谈论水工专业的技术要领更引人入胜。楼春芳似乎对烹饪有种极为好奇的心理，他总想做出绝好的菜肴博得家人对他的赞誉。楼春芳还酿造白酒和葡萄酒，白酒每年要酿好几回，红酒只在每年的秋天酿制。楼春芳是个豪气的人，时常用自己酿的酒来招待朋友。

余玮第一次做红烧排骨时，在电话里问楼春芳："楼总，红烧排骨怎么做?"

"油下锅了吗?"

"还没有。"

"好吧，我说，你用笔来记。"

"准备好了，您说。"

"先把排骨剁成小段，凉水入锅用水焯一下，撇去血沫，去掉腥味。"

"嗯。"

"将焯水后的排骨捞出来放在漏勺里，控干水分，否则热油遇到水会溅开，烫着人。

"另外，如果油锅起火，不用紧张，盖上锅盖即可灭火。"楼春芳继续说道。

"然后呢?"

"锅内加入油，烧热放糖，不停地搅拌让糖溶化，最好加入冰糖，这样红烧出来的肉颜色鲜亮。等冰糖起泡沫时加入排骨，迅速翻炒，炒焦排骨表面，锁住排骨的香气。

"放入葱、姜、干辣椒、大料和花椒粒改用文火继续翻炒，直到炒出调料的香味，最后调入红烧酱油上色，加入水炖之，收汤关火后撒入切好的香葱段出锅即可食用。”

楼春芳给余玮详细说明做菜的每个步骤，并对烹饪原理进行解释。余玮迅速用笔记下来，按所记录的步骤做菜。如余玮已经将油加入锅里，楼春芳则会快速地告诉余玮烹调方法。有时在余玮炒菜的过程中，楼春芳会打来电话，补充未交代清楚的内容。

在余玮炒菜时，梅好经常悄悄溜进厨房吓唬他，然后把做好的菜放在餐桌上边品尝边等着他做好下一道菜。

下午下班两人一起回家，梅好会包饺子或者是馄饨作为晚餐。由她配制的馅料，鲜美多汁，余玮每次都要吃很多。梅好还会烙煎饼，是带肉馅儿的那种小圆饼，这些都是妈妈教给她的。

每个周末，他俩会去北园春蔬菜批发市场买菜。那里的蔬菜价格低，种类多，他们买足够一周吃的菜储存在冰箱里。碰到一些从未见过的蔬菜，梅好会买那些她认为长得好看的。有一次他俩碰到一种叫“冰草”的蔬菜，像多肉类的花卉，梅好说这种菜长得可爱，就买了一些，回到家的第一件事情便是催余玮给楼春芳打电话请教冰草该怎么烹制。楼春芳说冰草适合做凉菜，调汁很关键。那次楼春芳在电话里教余玮调制了一种芥末味的调味汁。

楼春芳给予他俩的帮助并不只是教授做菜。有一次余玮在外地出差，西部水电院后勤科的一位工作人员找到梅好，说楼下住户家的水管漏水，需要截断旧的水管，换上一截新水管，因水管切口的一端设在余玮家的洗手间，换水管时需要家里留人开门。梅好爽快地答应了，但那人的一个要求惹恼了梅好。他说新换的管子在余玮家的要长一些，在楼下的要短一些，所以需要梅好支付换水管的大部分费用。梅好说又不是自家的水管坏了，何来维修费用，可那人蛮横不讲理，偏说理应如此。梅好争不过他，便在下午请假到了西部水电院打算找院领导讨个说法。梅好在找院长办公室时恰好碰见了迎面走来的楼春芳。楼春芳问梅好所为何事，她如实相告。楼春芳请梅好在他办公室稍候,说由他来处理此事。楼春芳拨通了后勤科科长的办公室电话,心平气和地责问西部水电院的服务部门为何要如此跋扈,为何要在一个女子面前要威风,为何不能为外出工作的员工创造安逸的居家环境,为何要给西部水电院抹黑。楼春芳说到最后,已没了笑容,面色阴沉,像笼罩着一团乌云。这件事余玮刚出差回来梅好便告诉了他。梅好说,楼春芳平时见面都是微笑着的,待人从来都彬彬有礼,她从未见过他震怒的样子。当然后勤科再未提及维修费用的事情。

婚后的日子里,梅好会为一些琐碎的事情责怪余玮:“我说过洗完袜子后要洗手,我说了有一千次没有?”

“亲爱的,你说了有一千零一次了。”余玮这样回答梅好。

婚后的一天,余玮告诉梅好他还欠一位亲戚2500元钱,那是他支付房子首付款时所借的。梅好睁大了眼睛,盯着余玮问:“你买房子的钱不让家里补贴一些吗?”

“大学毕业就是自立的开始,我没有打算拖累父母。”

“哪怕是补贴一点也好啊!”

“可我说不出口。”

“你可真够自立的!”

“人贵自立,自己的困难自己解决。”

“好吧。”

“谢谢你的理解。”

“看来我俩不是白手起家,而是从负数起家!”

梅好皱了一下眉头,但很快又舒展开了。

当年年底,他俩还清债务后,结余有8520元钱。那天晚上当他俩清算出这个数字时,梅好格外高兴,兴奋得像个孩子一样。她特意打电话把这件事告诉了妈妈。余玮坐在一旁听她激动地讲述这些钱是如何来之不易时,他泪水盈眶,而她只顾打电话,并不曾注意到。梅好打完电话后,意犹未尽。她满怀希望。她知道对于他们这样“负数起家”的人来说,未来的生活将会充满困难,但那不过是些凭双手可以解决的,甚至是令人愉悦的困难。他们将会在不经意中珍藏这些困难,并从中获取一种从容的、坚定的、充满温暖的尊严。婚后第一个年底的家庭财务核算结果,表明了一个不错的结局,更是一个良好的开端,他们两个人已经牵手踏上一条通往新生活的路,他们将会齐心合力,满怀热情地实现当前一目了然的目标——争取来年把银行的房贷提前还掉,做到无债一身轻。余玮感动于梅好理性而热情地为未来一年所规划的一切。他想,如果他还是单身一人,那么未来和现实可能没有太大的区别。

第三十章　名利是未可把控的

两年过去了,好多事情发生了。它们看似是孤立、无规律的,相互间却存在时间上的顺承关系,环环相接,像是已经安排好了的。

余玮的婚礼促成了伴郎欧建国和伴娘李琳的婚礼。李琳是梅妤的高中同学。欧建国和李琳在余玮的婚礼上初次认识,一年后,还是在红山大酒店,举行了他俩的婚礼。

苗玲玲考取了上海一所大学的研究生,离开了西部水电院。大家都看得出来,她是追随在上海的男朋友而去的。后来听谢雅宁说俩人分手了,原因是男友早有新欢,而之前苗玲玲一直被蒙在鼓里。苗玲玲研究生毕业后,卖掉了西部水电院分给她的房子,一个人去了北京。

燕博文研究生毕业了,他想去武汉一家水电设计院工作,特意打电话征询余玮的意见。余玮不建议他再去设计院,理由是之前他曾在设计院工作过,而全国设计院的情况大同小异,还不如换一种工作环境。两个月后,燕博文在电话里告诉余玮,他已有了一个计划——由他自己、一位西安籍的室友和另外一位做环保材料的私人企业主联合,依托西安华清园林设计院设计资质,在南京成立一家设计分院。室友的爸爸是西安华清园林设计院的副院长,人脉很广。他们三个人将以这家设计分院为依托,与施工方及环保设备厂家组成联合体,主要经营园林工程设计和园林施工总承包业务。在成立设计分院后不久,他们承接了一项园林工程设计项目,这无疑是个不错的开始。

郑文华调到行政办公室,成了一名普通的科员,半年后当上了行政办公室副主任。余玮曾这样评论郑文华:至少等到评上工程师职称后再调走也不迟啊。梅妤却说,郑文华一看就不是做技术的人,天生是要走仕途的。

林雨生兑现了他的承诺，在余玮婚后第二年给他调换了一套大房子。有人调离了水电院去成都工作，腾出了12号楼一套近100平方米的房子。这套房子有很多人惦记着，他们皆比余玮早几年参加工作，资历比余玮老。但林雨生力排众议，坚持将房子调换给了余玮。

“水电院再不改掉按工作年限论资排辈的陋习，必将失去上升的力量。”林雨生在院长办公会上这样说，“凭业务能力，余玮是获得拥有这套房子资格的最佳人选。就此事而言，我坦然接受任何人的质疑和监督！”

那年春节前置办年货时，余玮在红山路天桥上花6元钱买了两张“年年有余”大红色剪纸，找到一家装裱店，花了60元钱将两张剪纸装裱上两个画框，一个挂在了自家客厅里，另一个送给了林雨生。

2004年，根据企业改制要求，西部水电院脱离水利部，改制为企业，与位于杭州的京杭水利水电勘测设计院合并，成为其子公司，全称为京杭水利水电勘测设计院西部分院。不过人们还是习惯于原来的称谓——西部水电院。这是一件意义深远的大事，它意味着改制后的西部水电院成为自负盈亏的企业，有一些员工对此抱着悲观的态度，认为西部水电院改制后会连员工的工资都发不起，但事实并非如此，改制的当年，员工的收入就有了大幅提升。梅好在当年年底感慨：要是能早几年改制就好了，这样家里的积蓄会更多一些。

改制后的西部水电院对从院机关到各业务处室，再到诸如文整、后勤各部门进行了大规模的调整。精简部门，分流人员，重新任命部门负责人。有一段时间，一楼大厅的告示牌上贴满了公示材料。

盛良玉担任规划设计处处长。余玮参与过盛良玉担任总体设计师的几个水利项目，他非常认可盛良玉的技术水平。

徐海平主动要求调到了计划部，任主任级科员。他之前担任水工一所所长。

楼春芳曾就此事跟余玮说过自己的看法：“可惜了！技术做得好好的，为什么一定要去机关呢？”

“在机关整天忙碌于一些琐碎的事务性工作，我本人是不愿意这样做的。徐海平能升到计划部的领导岗位自然是好的，可位子只有一个，哪是随随便便就能得到的？他是个有抱负的人，可偏偏以丢了技术为代价去实现，我不赞成。”楼春芳自己不愿意放弃技术，故希望徐海平也不要放弃技术。

展玉明不再任水工设计处处长，被聘为水工专业院级副总工程师，他的职位由副处长侯耀祖接任。侯耀祖上任的第一天，余玮和他在楼道里迎面相遇，余玮正想跟他友好地打招呼，侯耀祖却只是威严地看了余玮一眼，微微点头示意。余玮感受到了迎面一股高冷的气息。侯耀祖两年前由人事部调任水工设计处副处长，这期间，他并不显示出傲慢的态度。当天晚上，余玮把这件事告诉了梅妤，梅妤轻轻地叹了口气，说道：“别往心里去，有些人就是这个样子，拥有了权力便滋长了傲慢情绪。”

“新领导和员工总需要磨合一段时间。和领导保持距离未必不是好事。”她用这句话来宽慰余玮。

在侯耀祖任水工设计处处长之前，林雨生找叶清扬谈话，要他辞去水工设计处总工程师职位，担任水工设计处处长，但叶清扬婉言谢绝了。叶清扬给余玮说起过这件事：

“一个人要想成为合格的领导，首先要有当领导的愿望，内心对领导的职位充满期待，想干事，敢担当。其次要善于观察人，要会琢磨人的特点和心思，因为领导要时时跟不同性格的人打交道，必须了解人，必须会用人。对于西部水电院的领导而言，还有一个要求，那就是要会琢磨事儿，需要了解勘察设计的过程、难点及解决问题的思路，这是一个苛刻的条件，没有扎实的勘察设计从业经历是不会具备这个能力的。在我看来，合格的业务处领导必须具备这三个条件，缺一不可。我喜欢琢磨事儿。我可以连续几天不休息把一项水工设计的每个细节、每一处难点琢磨得很透彻，用计算书和设计图纸清晰地表达出来。这种状态让我痴迷。我不是不会琢磨人，只是无法自如处理情和理之间的取与舍。另外，我的内心并不对领导的职位充满期待。

“人有一点名利心，也属正常。但要知道，名利的背后或明或暗地隐藏着不安与乞求，这皆因名利是个未可把控的东西，不一定能得长久。而名利之外的东西，比如爱情，可得永年。”叶清扬习惯地点燃一支香烟，抽了一口，“每天回到家里面，看到杨琴和朵朵的微笑，我总会有种别无他求的幸福感，因为她们俩让我内心充盈。我所渴望的温情她们都给了我，这样的满足感让我沉醉。

“所谓幸福，是一家人的一种有趣的状态。不管境况如何，它时时充满吸引力，时时唤醒为之付出的自觉力量。”

在余玮看来，这正是他认识叶清扬以来的一贯感受。叶清扬夫妻俩走在一起，必是卿卿我我的，自成一团情韵静美、融晴暖馨的阳光。

余玮和梅好每次跟叶清扬一家三口人相遇，总要凑在一起说会儿话。朵朵碰见梅好的第一句话总是那句：“阿姨是新娘子，阿姨最漂亮了！”在余玮和梅好的婚礼上，朵朵记住了梅好。梅好极喜欢朵朵，会教她各种好玩的手指游戏，那个叫“小松鼠”的游戏是每次必玩的。

梅好蹲下身子，和朵朵面对面，两人伸出双手。朵朵学着梅好的动作，一起说道：

“小松鼠。”双手大拇指、小拇指指尖相碰，其余三指分开，指尖向上。

“点点头。”食指、中指、无名指的指尖依次相碰。

“雨来洗洗脸。”食指、中指、无名指依次绕圈转动。

“风来梳梳头。”双手五指交叉，立起、弯下三次。

“太阳公公一出来。”双手握拳，拳心相对。

“伸手又抬头。”双手手腕相靠，十指随之张开。

这个时候，杨琴会对梅好说：“你这么喜欢孩子，快点生一个出来！”

“余玮，不能只顾工作！”叶清扬附和着妻子。

“阿姨生个小妹妹，我带妹妹玩。”朵朵一脸很认真的样子，热切地望着梅好。

梅妤抱起朵朵，顶着她的额头，睁大眼睛，同样很认真地回答朵朵：“明天就生个妹妹出来。”

有一天早上起来，梅妤讲述了当夜的一个梦境：

梅妤在乌鲁木齐南山牧场的草地上散步，周围开满了各样花朵，有各色蝴蝶在飞舞，一只红尾巴的鸟儿落在了她的肩头。她正要捉住它时，鸟儿飞走了。梅妤追逐这只美丽的红尾鸟，一直到了一处溪流边上，鸟儿不见了，却看见一只卡通造型的小龙笑着向她跑过来，跳入她的怀中，“咯咯咯”地笑。这只小龙长着一对黄色的角，大大的眼睛，通红的身子，四个小蹄子不停地蹬来蹬去。

梅妤说她从未有过这样清晰的梦。余玮解梦道：“你一定是看动画片《小龙人》的印象太深刻了，所以才做这样的梦。”

“可它并不是龙，它的四只脚像是牛的蹄子。”

“牛蹄？那一定是麒麟，麒麟长着跟牛一样的蹄子。”

“可也有长着猫爪的麒麟。”

“亲爱的，那叫虎爪，长虎爪的叫瑞兽。”

过了几天，梅妤告诉了余玮一件事：“亲爱的，你要当爸爸了。”

随即，余玮给爸爸发了一条短信：“爸爸，妈妈！你们要当爷爷奶奶了！”他把这个天大的喜讯告诉了爸爸和妈妈。

第三十一章　我们一定会有个女儿

梅好直挺挺地躺在床上。余玮摊开被子，把她盖在里面，只露出脑袋，有时会把她的脑袋也蒙上，这时梅好会在被子里瓮声瓮气地说："快点打开被子，当心我挠你。"这是从怀孕后的某一天起梅好养成的习惯。

余玮也有一个习惯，是婚后养成的——他从来不在自己的床位那边睡觉，即使梅好值夜班只有他一个人在家。余玮醒来时的第一个动作是摸一摸身旁的梅好，如果她就躺在身旁，他会安然地赖一会儿床；如是她已起床，不在身边，他会习惯地喊一声："梅好，你在哪儿？"

"我在这儿呢！还能跑了不成？看看你那个惊悚的样子！"梅好总这样回答。有时梅好故意不回答余玮，余玮便会马上起来，连续这样紧张地问几声，直到听见梅好的回应。

梅好走路像只大白鹅，像要让全世界的人都知道她怀孕了。梅好妈妈说，肚子里的孩子一定是个女孩，看她扁平的大肚子和笨拙的走路模样便知。如是男孩，一定是尖尖的肚子和走路轻便的样子。对此，余玮深信不疑。他这个判断的依据则是梅好的那个梦：鲜花、蝴蝶、美丽的红尾巴鸟儿，还有那只卡通的大眼睛麒麟，这些都在暗示有位小女孩就要降临在家里了。

梅好的胃口极好，一个人一次能吃一盘红烧排骨和一条海鲈鱼，还不包括素菜和水果。大多数情况下，余玮做好一盘菜放在餐桌上，等他做好另一盘菜再端出来时，梅好已将之前做好的菜吃掉一大半。有一天晚上，余玮买了足足两公斤草莓。

"梅好，洗一半？"

"都洗了，吃不完的放在冰箱，冰镇了更好吃。"

余玮将洗干净的草莓盛在一个塑料盆里,撒上白砂糖,放在茶几上。梅好边看电视边吃草莓,余玮只吃了几颗便去了书房。他在复习注册建造师的课程,备战考试。

一个多小时后,余玮看书有些累了。他走出书房,来到客厅,坐在梅好身旁。客厅的灯是关着的,这是梅好看电视的习惯。电视上正在播放《探索·发现》,他俩都喜欢看这个栏目,余玮紧盯着屏幕,伸手去塑料盆里拿草莓。他没有摸着草莓,只是摸着了盆壁,他依旧盯着电视,继续在盆里摸索,一颗草莓也没有摸着。他的眼睛离开电视,将塑料盆拉近了定睛看,盆里空空如也,连草莓汁都没有了。

"嗬,这可是两公斤草莓,你一个人全吃光了!"

"亲爱的,你说错了,不是我一个人吃的。"

"我只吃了三颗。不能算上我的。"

"我也没说要算上你啊。"

"这不,还是你一个人吃的。"

"亲爱的,你还是说错了。"

"我说错了吗?难道是书里面的一堆概念题把我的脑子搞晕了?"

"嘿嘿嘿,你真傻!明明是两个人吃的。"

"哦——哦——哦!我懂了!亲爱的,对的,还有她。"

"你把手放在这里。感觉到了吗?"

"是的,她又在动,在用小脚丫踢你的肚皮。肚皮疼吗?"

"一点儿都不疼,就是感觉肚皮一跳一跳的。"

余玮把脑袋轻轻地贴在梅好的肚皮上,他生怕自己压着了腹内的胎儿。梅好一副慈爱、满足的样子,仿佛把他也当成了孩子。有一次他俩晚上看恐怖剧碟片,演到最紧张的情节时,梅好突然胎动不止,她心跳加快,胸口发闷,难受异常。余玮赶紧关掉电视,让她喝了一杯温开水,但仍无济于事。梅好在屋子里走了几圈,内心慌乱的状况并未改善。余玮打开一张名为《自然之声》的碟片，溪流声、鸟鸣声、蛙声还有蟋蟀的叫声缓缓流淌出来，腹内的婴儿一下子安静了，梅好也恢复了正常。

“你说神奇不神奇，我的肚子里一下子就出现了这么大一个婴孩！”梅好用手捋捋余玮的头发，让他的脑袋枕在她的腿上，两人相向而视。

“多年前，我离开故乡，像朵蒲公英的‘降落伞’一样漂来漂去，我不知道何处是落脚的地方，直到遇见了你，组建了我们的家。我那时才突然明白，我离开老家，终其目的是寻找另一个家。如今，我们很快会有自己的孩子，会看着她一天天长大，会践行养育孩子的过程，体会为人父母的辛苦与快乐。咱们的孩子降生后，这个家就更完整了！”余玮把脸侧转，他喜欢梅好身上的味道。

“你说咱们的孩子会成为一个什么样的人？也会跟你一样成为一名工程师，或者像我一样成为一名医生？她会长得更像谁？”梅好自从怀孕后经常这样问余玮。

“成为什么样的人，受诸多未能预知的因素制约，我们只能祝愿她成为一个大家喜欢的人、大家乐于接受的人，成为一个自食其力的人，拥有一份不错的职业，体面地活着。”余玮望着妻子，“她一定会长得像你，貌美如玉，光彩照人，就像我第一次遇见你时便眷眷不忘。”余玮时常说起他第一次见到梅好的场景。苏拉夏的邂逅一直让他念念不忘，即使梅好已经成了他的妻子。

梅好抚摸着余玮脖子后面理发过后新长出的硬硬头发，摸着摸着会用手背轻抚他耳根下的脖颈，那里的皮肤光滑细腻。她像在抚摸着一只猫。而余玮习惯性地将后背靠着梅好，说道：“给我挠挠后背。”

“又来了，你怎么跟只长了虱子的猴子一样？”

梅好说着话，把手伸进余玮的衣服里，挠他的后背。余玮扭动着后背，将后背最痒痒的部位移到梅好的手边，并紧紧顶着她的手，以增大挠痒痒的力度。但挠这边时那边痒，挠那边时这边痒，像真有痒痒虫子在身上爬来爬去。

等余玮的后背上满是细细的红印后，他俩又开始谈论肚子里的孩子。这样的谈论自从梅好怀孕后他俩经常进行，每次都能说好长时间。

当夜风吹进房间的时候，满屋子都是白丁香浓郁的花香。那几棵白丁香树就长在楼后的花园里，有三层楼那么高，透过阳台的窗户每天都能看到。月夜，白丁香树的影子映在客厅的白色墙壁上，像幅水墨画。

余玮握着梅好的手。她任他轻轻揉捏她的手，随他一个指头一个指头地揉捏，一副放松的神情挂在脸上。他们握着彼此的手，慢慢地、轻轻地拥抱在一起，忘情地亲吻。

那天晚上接下来的时间里，他又一次吻遍了她的全身，但他们只能亲吻拥抱，因为梅好肚子里的孩子已经长大了。当梅好告诉余玮还有一个月他就可以当爸爸时，他兴奋得睡不着，不停地盘算着预备的尿布够不够，衣服的大小是否合适。他想到，明天把婴儿床的栏杆用布条再缠绕一遍，免得硌着孩子细嫩的身体。他再次把旅行包里的物品在大脑里过了一遍，旅行包里装着梅好分娩住院期间的日常用品，就放在沙发旁。旅行包里有张清单，他一有空就照着清单查看里面的物品。梅好睡着了，但余玮还在琢磨迎接孩子出生的琐碎事情，他越琢磨越兴奋。白丁香树斑驳的影子在窗帘上轻轻地游动，他最后在某个时刻睡着了。

余玮被梦惊醒了。他用心回忆梦境，将梦境牢记在心里，想等待梅好醒了后告诉她。他醒着的时候，突然记起梦境中菩萨的相貌：圆脸、大眼睛、厚嘴唇，像妈妈，又像梅好。他反复回想到底更像谁一些，想着想着他又睡着了。

早上一醒来，余玮便把这个梦告诉了梅好。梅好很认真地听完后说道："余玮，我们一定会有个女儿。"

"我要当爸爸了。"他说。他自顾自笑起来，连着把这句话重复说了好多次。他快乐地品味着这几个字。

这些日子里，每当余玮想起梅好肚子里的孩子，他就会喜悦无比，甚至在内心有些沾沾自喜，好像他即将获得一份私密而美妙的礼物一样。然而他只是将这份喜悦埋藏在心里，不能像提前告诉别人自己的婚礼那样将自己即将做爸爸的消息泄露出去。他按捺住心中的欢喜，等待孩子出生的一刻。这些日子里，余玮每天会问孩子长到多大了。刚开始，梅妤说孩子只有拳头大小，慢慢地长成了两个拳头一般大，最后说有小浣熊那么大了。这些都是梅妤从体检的B超单上判断出来的。而在余玮的想象中，腹内的婴儿像根豆芽，先萌发出胖嘟嘟的子叶，再长出鲜嫩嫩的苗茎和真叶，在春天的阳光里一天一个样儿地快速长大。

在余玮知道他有个小浣熊般大小的女儿后，他无时不想着能早点见到她。

初夏的一个中午，余玮先是见到了梅妤，梅妤躺在病床上，刚从产房里被推出来。梅妤神情疲惫、痛苦，有些麻木。她的嘴唇干裂，几缕头发粘在鬓角上。梅妤本是信心满满地要顺产的，可费尽了气力却劳而无功，最后只能选择剖腹产，她为此尝尽了痛苦。梅妤看到余玮后，无力地眨了眨眼睛，眼泪顺着眼角流了下来。余玮握住了她的手，吻干了她的眼泪，吻了她干裂的嘴唇。

在病房里，梅妤的妈妈也到了，大家都在等着婴儿的到来。

接着，在半个小时后，护士送来了婴儿，真的是个女孩！她躺在婴儿床上熟睡。所有的人欣喜地看着婴儿，看她乌黑的紧贴着头皮的头发，看她微微肿胀的眼睛、粉红色的脸颊、有些褶皱的嘴唇，看她自然伸展开的举过肩膀的两只小拳头、脚心对贴在一起的两只小脚丫。大家都不能抱她，尽管都想抱起她，享受一种特别的快乐，因为她仍在熟睡。在婴儿醒来时，大家轮流抱着新生的婴儿，看她乌黑的眼珠好奇地转动——在眯成一条细缝的眼睛里面。余玮小心地、骄傲地抱起她，右臂托着她的脑袋，左臂托着她的身子，让她靠在自己的胸前。他欣喜地盯着自己的女儿看。而只一小会儿，她却大声哭了起来，声音洪亮，眼睛也睁大了。余玮在女儿的眼中看到了自己的影子，而他的眼中也一定有女儿的影子。他想到这一点时，内心涌出一种怜爱与珍爱混合的多元情感。这种情感像来自遥远天际的交响乐，刚开始只是一丝极细极细的音，渐渐地，音由远及近，越来越响，各种乐器将美妙的旋律合奏出来，这旋律正是在表达着亲切的、眷恋的、浓郁的爱意。这情感又像天边飞来的一群鸟雀,刚开始只是一丝颜色极淡的影子,慢慢地,影子由远及近,越来越浓,越来越大,很快变成了漫天飞舞的鲜活的鸟儿,翅膀在空气中有力的振动声和清脆的鸣叫声融合在一起,将生生不息的生命之光散射出来。余玮学着妈妈的样子轻轻地摇了摇怀里的婴儿,她的眼睛睁开又闭上,这样反复了几次,她又睡着了。她刚才必是跟她的妈妈一样,受尽了降生的磨难,疲惫了。

“真是个懒姑娘!”梅好笑着说。她的气力已经恢复了不少。

“就按之前商量好了的,叫她奇奇了?”梅好紧接着问余玮。婴儿的小床就在大床的旁边,她看着熟睡的女儿。

“就叫奇奇。这一年来,我俩总是做一些神奇的梦。”余玮说,深情地望着梅好,“奇奇,这个梦中的名字在今天变成现实了!”

女儿出生的当天,余玮从隔壁产妇那里讨了些捣碎的奥斯曼草汁液,涂在了女儿的眉毛上。奥斯曼草是新疆人对菘蓝的称谓,人们认为这种草的汁液有助于眉毛的生长。而关于这种神奇的生眉草,有个传说。很久以前,有位姑娘嫁到了很远很远的地方,妈妈因为想念她而哭瞎了眼睛。姑娘在自己当了妈妈后,决心把女儿嫁到离自己很近的地方。她听老人说,女孩的眉距决定了婆家的远近:眉距越近,嫁得越近;眉距越远,则嫁得越远。这位年轻的妈妈历尽千难万险找到了生眉的奥斯曼草,将奥斯曼草汁液抹在女儿宽宽的眉心上,女儿长大后两弯秀眉紧紧相连,果真嫁到了附近的好人家。且嫁出去的女儿常来娘家嘘寒问暖、恪尽孝道。

女儿出生的第二天,余玮跟护士学会了给婴儿洗澡,那是件需要细心而有趣的事情。余玮自己先用香皂洗干净双手,将浴巾铺开备用,一旁放好女儿的纸尿裤。他在小浴盆里先接入凉水,再加入热水,将手浸入水中测试水温,并不用温度计,感觉温热便好;他将婴儿床推到浴盆旁,给女儿解衣,裹好浴巾。他将左手轻轻伸进女儿的头颈下,自肩颈托起她的脑袋,右手拿浸湿的纱布擦拭她的额头、眼睛、鼻子和嘴巴,每擦拭一次都要在浴盆里用单手抓洗纱布。他用左手大拇指和食指盖住女儿的耳朵,防止洗头时水进入耳朵,右手用浸满水的小毛巾给她洗头。他去掉女儿的浴巾,左手托着她的后背。右手托起她的小屁股,抱起她放进浴盆,让她平躺在里面,左手依旧托着她的肩颈,让她感觉舒服一些,右手用浸湿的毛巾依次清洗她的颈部、腋下、小胳膊、小手、小腿和小脚丫,洗后背时用左手托着后背让她起身弯向已经伸到前胸的右手臂上,用右手扶着她,松开左手,左手拿毛巾清洗后背;他将女儿抱起来,放在浴巾上,迅速盖好浴巾,吸干水,再打开浴巾,用碘附轻轻擦拭肚脐,再拿干棉球吸干碘附,最后在全身擦涂爽身粉,穿好纸尿裤和上衣。他抱起女儿,将她重新放回婴儿床上。不到20分钟,洗澡便完成了。整个洗澡过程,最有意思的是给女儿穿纸尿裤——左手握住两只小脚丫,轻轻地把女儿的双腿和臀部提起来,将纸尿裤垫在屁股下,再放下女儿,系好纸尿裤的系带,穿好纸尿裤。每当提起女儿的小脚丫时,她总是睁大眼盯着余玮看,不哭也不闹,很友好的样子。余玮第一次体验到了为人父者亲于抚触而获得的满满幸福感。

在婴儿床的床头,系着一张淡粉色的心形纸牌,上面写着:

宝贝:梅好之女;

出生时间:2004年6月8日13:05;

重量:3.6kg;

身长:50cm。

助产士:米晓敏;

主管大夫:刘柳容。

余玮想,出院时要将牌子取下来,夹在那个专门的相册里。他要让女儿长大后知道是谁接生的她,谁是她的主管大夫。在这个相册里,还有几张B超检查单,那是女儿最早的照片。

第三十二章　宝宝带来的快乐

奇奇出生后，余玮父母便来到乌鲁木齐，跟儿子、儿媳妇在一起生活。他们从农村来到城市，在肥沃土地与林立高楼之间几经纠结后，最终离开故土定居他乡，这样做的唯一原因是毫无怨言地支援儿子，照看自己的孙女。

有这样两种别离：第一种是离开农村到城市生活，第二种是离开一个城市到另外一个城市生活。这两种别离的意义有天壤之别。前者离开的是家园，抵达的是一个彻底陌生的地方；后者离开的是某个城市的房子，抵达的是另一个城市的房子。所谓家园，是有房子、院子、土地、根系的地方，房子用来居住，院子用来守护，土地用来养育，根系用来思念。

梅好成为妈妈后，整天忙碌着。她给女儿喂奶，抱着女儿来回走动，哼唱儿歌哄女儿睡觉。女儿睡着后，她一有时间就去洗尿布。产后出院，梅好不再让女儿用纸尿裤了，她坚持用旧了的棉质内衣做女儿的尿布。这样的尿布绵软、透气，但需要不停地去清洗。洗尿布的活儿梅好做得极认真，她用肥皂把尿布洗干净后，再用清水洗两至三遍，直到洗完尿布的水变成干净清澈的水，隔几天还会用开水烫一次。尿布晾干后，梅好把一片片尿布叠成长条状，摞成一摞备用。梅好总是说余玮洗尿布太敷衍，一是用肥皂没有洗干净，二是用清水也没有漂洗干净，否则尿布上就不会有污渍印，晾干后也不会硬得像纸壳。梅好时常一手拿着自己洗的尿布，一手拿着余玮洗的尿布做对比："你闻闻你洗的，再闻闻我洗的。你摸摸你洗的，再摸摸我洗的。"洗尿布，是他俩争吵的原因之一。

梅好的奶水不足，需要给女儿补充奶粉。白天冲奶粉、洗奶瓶的活并不费神，而晚上在沉睡中强迫自己醒来好多次，这于任何人而言皆属不易。哺乳期刚开始的那些日子，余玮还能在晚上给女儿冲奶粉、换尿布，后来这些活儿慢慢地似乎天经地义地就变成了梅妤的。梅妤即使为了照看女儿一夜未眠，次日醒来面色苍白，但惺忪、肿胀的双眼一旦看到女儿，就会立即闪烁出慈爱的光芒。但她看到余玮时，则会显露出失望的神情。梅妤很少为这件事跟余玮争吵。而沉默比争吵更加令她伤心。

但所有的不痛快并不影响梅妤对女儿所有表现的新奇和着迷。

女儿放屁的时候梅妤会大笑不已："快听，宝宝放了一个大臭屁！"

女儿伸手去抓悬挂在婴儿床上的风铃时梅妤会兴奋不已："快看，宝宝会抓风铃了！"

女儿咧嘴欢笑时梅妤会高兴不已："快看，宝宝会笑了！"

女儿张嘴啼哭时梅妤会心疼不已："噢噢，宝宝不开心了！"

即使女儿在尿布上拉屎，梅妤也会惊奇不已："哎呀，宝宝拉臭臭了！"

女儿的每一个动作都像全新的演出。即使这些演出有的是重复的，梅妤也总把它们当作是第一次发生的事情。她对女儿所表现出来的耐性和痴迷是那么自然，这些耐性与痴迷在余玮看来几乎占去了她全部的注意力。她抓住白天一切可以利用的时间休息，目的只有一个，就是养精蓄锐，晚上照看婴儿。她所拥有的任何东西与她对女儿的爱相比，都显得无关紧要。

新年的晚上，他俩在争吵。他埋怨她顾不上搭理他，她则反唇相讥，责骂他睡成了睡神，一点儿也不帮忙照顾婴儿，反问他："难道孩子只是我一个人的吗？"她继续埋怨他变得自私自利，眼睛里永远看不到照看孩子的活，看不到她对孩子的付出。

半夜时，他俩压低了声音："医生说剖腹产三个月后的。"

"早就过三个月了。"

"这些日子太困了，我站着都能睡着。"

"这都多久了！"

"嘘！别大声，别吵醒了孩子。"女儿开始哭闹了，梅妤生气了，叹息声中透着无奈与愤怒,“这下你满意了!”

梅好抱起女儿在房间里走来走去,唱着那首《小燕子》:“小燕子,穿花衣,年年春天来这里……”每当女儿哭闹时,梅好总用这首歌来哄她。

女儿出生后,梅好和余玮的争吵渐渐多了起来,周期有长有短。但这一次争吵后,他俩足有半个月的时间相互没有讲一句话。某一天睡觉前,梅好给女儿喂完奶,把奶瓶放在床头。余玮拿过奶瓶,去厨房用刷子将奶瓶洗干净放回来。梅好没有看他一眼,她在折叠尿布,叠好后一条一条整整齐齐地放在婴儿床头的凳子上。两人依旧没有说话,房间里充满着沉默。

“别碰我!”余玮要凑近梅好时,她严厉地说。

“有什么意思!这日子不过了!”余玮缩了回去,回敬道。

“不过就不过!”

这是他俩这段日子唯一的一次对话。

几天后,有朋友从乡下捎来一只土鸡给余玮,他决定趁着鸡肉新鲜做大盘鸡。下午,梅好从爸爸怀里接过奇奇出去了。余玮在剁鸡块,他透过厨房的窗户看到梅好推着婴儿车朝院子外走去,正走到大门口的那棵高大的槐树下。冬天,这棵树上没有一片叶子,但枝干遒劲,在夕阳下闪烁着乳白色的光芒。曾在某一个金秋,他俩在院子里散步路过这棵树,俩人同时被它的明艳所折服。槐树一身耀眼的金色衣裙,在阳光和微风中轻轻摇摆,散发出一种恬静自在的气息,那气息感染着每一位驻足欣赏它的人。它的叶子,没有一处干涩的疵点,依旧鲜活,保存着初春时叶面上的细细茸毛和淡淡清香。梅好当时这样赞叹:“这棵树从容得简直跟智者的灵魂一样。”余玮补充道:“时光滑过树冠,不见涟漪,不闻声息,不做挽留。”

鸡炖在锅里了。它和鲜红的、肥厚的辣椒皮,翠绿色的、乳白色的葱段及新鲜的沙地土豆炖在一起,整个房间都弥漫着诱人的香味。余玮想起了自己和梅好第一次做大盘鸡的情形:鸡块是他用剁骨刀剁的,葱、姜、蒜、辣椒皮及土豆是她切的,那次由他主厨,她在一旁给他打下手,一边说话一边给他递着辅料，或者帮他往锅里加水。他俩在炒菜的空当，经常亲吻对方。大盘鸡的做法，亦是楼春芳教的。楼春芳曾在一次闲聊中说，家里不是说理的地方，而是讲情的地方。余玮突然想起了楼春芳的这句话。他的心中猛然涌过一阵强烈的悔意，觉得这段时间梅好对他的每一句埋怨都言之成理，由此意识到自己因为自私和懈怠在逐渐远离梅好。而梅好则像守在小马身旁的母马，一刻也没有离开过。当对与错毫无掩饰地显露出来时，他突然哀号一声，眼泪几乎迸射而出。他拭去眼泪，看到了手背上鲜红的血丝。巨大的自责和忏悔让他的心在滴血，这血滴由心脏蹿入眼睛，与泪水一起喷涌而出。他转身朝窗外望去，只望见了那棵高大槐树，却已看不到推着婴儿车的梅好。他在想，将来如果他不再是牵着梅好的手，而是独自一个人经过那棵槐树，内心该有多么懊悔与哀伤！表面上看，是他随意地抛弃了爱人，而在本质上是自己丢弃了自己，放弃了对爱的信仰和对母性的敬意。

妈妈在一旁洞察到了这一切。

她轻轻地说："梅好生了奇奇，她是你的贵人，也是我们家的贵人。——鸡肉做好了，还不叫她回家吃饭？"

他掏出手机，拟写了好几条短信，内容都写得很长，最终他给梅好发出了这条短信："亲爱的，回家。我做大盘鸡了。"

梅好并没有回信息，但没过多久便带着奇奇回来了。

那天晚上，天空飘舞着雪花。余玮和梅好早早就躺在了大床上。奇奇躺在大床旁的小床上早就呼呼地睡着了。

"别碰我。"

"对不起。"

"你不是不跟我说话吗？"

"对不起。"

"你忘了你以前是怎样对我的了吗？"

"对不起。"

“我容忍你仅仅是因为孩子吗?”

“对不起。”

“……”

紧接着,他用他的唇堵住了她的唇。

凌晨,余玮从梦中醒来时,他们的手仍紧紧地握在一起。他一动也没动,盯着梅好看了好久,想起了爸爸昨天晚上单独给他说的一段话:

“你知道,你妈妈是一位普通的农村妇女,没有读过一天书,这些年围着厨房的灶台,数年如一日地侍奉一家人的饮食,且不说压在她身上繁重的农活,而你听见她抱怨过一句吗?那些锅碗瓢盆,你妈妈每天洗了再用,用了再洗,日复一日,年复一年,重复做着一件再普通不过的事情,这件事难道只能肤浅地理解为天经地义的付出吗?其中,她一定倾注了深情,一定融入了更为深沉的爱的思量。你妈妈一定在平凡的付出中体悟到高深的爱意表达。但凡是人,都会有抱怨之心、抱怨之词,但是,能忍得下抱怨之气、吐得出平和之息的人该是多么值得尊重!抱怨来自对人、对事的局外之感,而你妈妈即使在所有人将自己视为家的局外人时,仍然将家视作自己生命中的一部分,并且自觉用尽全心让家充满温暖和吸引力。她依靠的是什么?是不离不弃的热爱之心。因为她爱这个家,爱这个家里的人和事情。只要稍微用心思考,是很容易得出这个结论的。余玮,在你的思维里,你觉得家里的哪一件事情少得了你妈妈,离得了你妈妈?这是事实。但家里少了她也未尝不可,这也是事实,只不过家必然会因为少了温暖而变得清冷,变得跟居所无异。家会因此而没有灵性,没有吸引力和归属感。

“她一生的付出没有报酬,大部分琐碎、困难的工作没有人会留意。

“在父爱与母爱之间,人们总是先想到母爱,这也是事实。奇奇长大后,她也一定会这么想。”

余玮突然明白了爸爸的意思。爸爸是在赞美妈妈,也是在赞美梅好。

雪一直在下,莹润的光芒透过窗户映照在屋子里,一种安静、柔和的情绪在缓缓漂流。余玮走到客厅，推开窗户，一股潮润的凉风迎面而来，夹杂着雪花打在额头上，像是在传递一种冷静的思绪。他又一次在自觉中严肃而痴迷地体悟自然的启示，聆听心灵的声音。他认同朱熹“格物致知”的理学思想，也赞同王阳明“心即理”的哲学理念，他时常将两位先哲的思想糅在一起领悟：“格物致知”实际是以内心潜在的是非善恶的判断为基础，被动地去感悟自然；“心即理”则是信奉内心与生俱来的价值标准，主动地去认知自然和社会。两派哲学的终极目标都是探寻生命的本义，只不过一派是被动的，另一派是主动的，而余玮更愿意主动地去体会和思考。他站在窗前，澄明的思绪踏着院子里压满厚厚积雪的树冠，登上极高的思想峰顶，飘到无垠的晴空。

他在心里再次仰望院子里的那棵槐树。树木的高贵之处，在于依靠阳光、空气和水，肆意野性地仰起头来，全力拥抱自己的时辰，努力生长，长成能承载起生命的样子。风雪或象征困难和险阻，但正是它们成就了树木不凡的品质。相比较于那棵槐树，余玮觉得自己比它要幸运得多，在他生活的每一个阶段，都有可以依靠的人和事，这些人和事以特有的方式鼓励自己去掌控生活。生活中出现过一些困境，但他面对困境从未有过力不从心之感，总能依靠源源不断的力量走出困境。在他看来，自己所历之事中凡是不能掌控的部分均源自懈怠和侥幸，用“自取其咎”来概括再恰当不过了。就在刚刚过去的一段时间，他自我麻痹地认为奇奇是可以站在墙根儿自己长大的，理所当然地认为喂养孩子是梅妤作为妈妈的义务，心存侥幸地认为梅妤的沉默是可以被无限制延长的，进而盲目自大地认为在家里面自己真的如草原上的公狮。现在，他在灵魂深处顿然觉醒，觉得一切虚荣的想法和行为都源自于隐藏极深的、不敢见得一丝光亮的、苟且于不劳而获的作秀，而这种作秀所消耗掉的时光和精力要是能自觉用于爱意的表达该多么有意义。他知道，当作秀不攻自破时，他终将失去这个得之不易的家。他知道，如果再不觉醒，再不去以心换心地思考梅妤默默付出的爱，他失去的不光是家，更是对生命本义的信仰。他的生命必然会因为缺失可依靠的爱而变得无所适从，同时，会因为缺失可付出的爱而变得漫无目的。

想到这里,他不由得打了一个冷战,一股冷气从脊背冒了出来,直顶脑门。他觉得自己差一点就变成一股荒原上游荡的风,野草不会挽留它,沙石不会怜悯它,牛马羊群不会信赖它。他最终只能带着无人知晓的哀伤扑打在荒原上,摔成碎片,不见一丝痕迹。惊恐之余,他庆幸这一次自己获得了冷静的只有自己知道的深度思考,这思考让他如醍醐灌顶。他真心感念梅好,感念从农村来到城里的父母,如抓住救命稻草那般去感念。

第三十三章　教你更高深的事物

奇奇 2 岁时,余玮打算在佳美轩住宅小区买一套新房子跟父母分开住,这个提议得到了岳父母的支持。余玮本是要按揭买房的,岳父母说贷款利息太高,不划算。这一代人大都没有贷款的理念,视贷款为大敌,总认为欠银行的钱是个沉重负担。岳父母借钱给余玮补齐了房款的缺口。但新房子大多数时间是空着的,因为祖孙三代人早已习惯一起吃住的生活。只有在节假日时,余玮和梅妤才偶尔带着奇奇去住几天。两套房子离得并不远,只有四站路的距离。

2009 年,奇奇满 5 岁了,余玮参加工作整十年了。这年春天,余玮卖掉了佳美轩小区的房子,在西部水电院家属院 14 号楼买了一套四楼的房子。13 号楼和 14 号楼只隔着一个花园,站在 14 号楼房子的客厅里,可以清晰看见对面 13 号楼房子的厨房和小卧室。在 13 号楼房子的厨房可以看见 14 号楼房子客厅窗台上的花。余玮他们搬进了 14 号楼,父母留在 13 号楼,正式分开了住,吃饭仍在 13 号楼。

一个天气晴朗的下午,奇奇在 13 号楼的小卧室里跟爷爷玩五子棋,恰好被梅妤在 14 号楼看到了。梅妤拿来小镜子,将太阳光反射到奇奇的眼睛上,奇奇先是惊讶地张望,紧接着在爷爷的提醒下,朝着 14 号楼客厅的方向兴奋地大声喊叫。

这年 9 月的一天,艳阳高照,是个星期一。余玮一上班就看到西部水电院大厅电子显示屏上一行耀眼的标语:热烈祝贺玉龙喀什河水利枢纽工程设计获中国土木工程詹天佑奖!这是中国土木工程领域工程建设项目科技创新的最高荣誉奖。这项工程的技术负责人正是余玮。他第一时间打电话将这个消息告诉了梅好。那天中午,余玮给妈妈解释了很久詹天佑奖。妈妈只听懂了一点,但她能感受得到这是一件天大的好事。

晚上,妈妈做的是手抓羊肉。妈妈将一碗碗鲜美的羊肉汤端出来摆放在餐桌上,餐桌的中间是一大盘热气腾腾的羊肉、一盘新蒸的花卷和一碟切好的洋葱。妈妈和梅好喜欢把花卷泡在羊肉汤里吃,只吃几小块羊肉,偶尔吃一点洋葱解解羊肉的腻味。爸爸、余玮和奇奇则会直接抓起羊肉就吃,吃几口羊肉后边喝汤边吃些洋葱,花卷吃得很少。特别是奇奇,如不提醒她吃花卷,便只吃羊肉。妈妈总这样说:"我孙女是吃肉长大的。"

吃过晚饭,他们仨人来到四楼自己的房子。刚进门,梅好从包里拿出一个黑色手提袋递给余玮:"打开看看。我送给你的礼物!"

余玮接过手提袋,一眼就看到了上面"PARKER"的标志。他兴奋地取出里面的黑色纸盒,纸盒上面印着同样的"PARKER"标志。他打开纸盒,里面是一个精致的暗红色木盒,木盒包裹着一层薄薄的半透明纸,木盒上金色的"PARKER"标志显现出来。他打开木盒,看到了里面的派克金笔。这是一款派克世纪系列金笔。几个月前他和梅好逛红山商场时,在派克笔专卖柜台细细询问和抚摸过里面的几款钢笔,其中,这款世纪系列金笔最让他爱不释手。

"哇哦!"余玮惊叫起来,他感激地看着妻子,"亲爱的,太奢侈了吧!"

"我男人用的钢笔一定要是最好的!"梅好的眼中充满了爱意,她接着故意说道,"我好几条裙子的钱都花在上面了,你得赔我!"

"一定赔,一定赔!"余玮拿着金笔,爱不释手。

"瞧你一头的长毛。快去冲澡,冲完后我给你理发。"

梅好再一次注意到了余玮的长发,他的头发的确很长了。这些日子里,她已经催过丈夫好几次了。

在梅好给余玮理发之前,一直由爸爸给余玮理发。爸爸知道余玮的头上有三处发旋,其中两个并排长在头顶,还有一个长在右边的额头上。爸爸还知道在余玮左耳朵背后有一小缕褐色头发,这缕头发在他读高中时变白了,读大学期间又恢复了原来的颜色。爸爸来乌鲁木齐时带来了家里的那把手推剪，手推剪用了一年多后经常夹头发，不好用了。爸爸在红山商场买了一把价格昂贵的电推剪，一直用到现在。爸爸会磨电推剪的刀片，这把电推剪一直很好用。爸爸的手热乎乎的，理发时手掌蹭过余玮的头皮，暖暖的；爸爸理发时，用嘴吹掉藏在发根下的碎发，“噗——噗——”吹过后，头皮凉凉的；爸爸说余玮额头的发旋最不好剪了，每次都要费神细细修剪一番。爸爸站在余玮的正前方理发时，余玮总盯着爸爸的喉结看，不过这是余玮小时候的习惯。小时候爸爸给余玮理发，主要是剪短双鬓和后脑勺上的头发，刚剪完头发，余玮的脑袋上像顶着一个茶壶盖；长大后爸爸尽力将发型修剪得时尚一些，各种时髦的发型爸爸皆尝试着剪过，都能剪得有模有样。爸爸来到乌鲁木齐的第五年，患上了帕金森综合征，双手变得僵硬起来，眼睛也越来越花，理发水平大不如以前了，理发过后，发根参差不齐。妈妈建议余玮去理发馆剪发，余玮始终没有去。他说头发长几天便能掩饰住瑕疵。而在他的心里，是想用理发这件事鼓励爸爸，因为爸爸经常说自己的双手不中用了。事实上，爸爸的双手曾经再灵巧不过了。

爸爸会裁衣，每年春节前的一段日子是最忙的，他除了给自己的孩子每人裁剪一身新衣服外，还要给找上门来的乡人裁剪衣服。爸爸最自豪的是他会裁剪中山装。爸爸说裁剪中山装能用到绝大多数的裁剪技能，最能体现裁缝的功底。妈妈和姐姐立领夹衣上的襻扣，就是由爸爸灵巧的手，用各色布条缝成的细绳盘结而成的。通常做的是菊花襻扣、梅花襻扣和金鱼襻扣，有时也做成“吉”字和“寿”字形的襻扣。绝美的襻扣成了那些衣服的点睛之处。

爸爸还会用醉马草扎笤帚。醉马草很像谷子，长着细而长的穗子，是扎笤帚的绝佳材料。爸爸和妈妈离开农村老家来到乌鲁木齐时，带了很多东西，其中就包括用醉马草扎成的笤帚，有十来把。自从家里有了这种笤帚，便不再买塑料纤维做的笤帚了。爸爸扎的笤帚结实耐用，几年也用不坏一把。笤帚用秃了，还可以用来清洗马桶。余玮小时候会点燃用秃了的笤帚头儿，举着迎风奔跑,看火苗越烧越旺的样子。

妈妈说,爸爸的手变得僵硬是因为以前干活太多了。有一次在爸爸努力给余玮理发时,梅好说道:“爸爸,您教我给余玮理发。”

“好啊,理发一点儿也不难。”爸爸很高兴。

“噢,这电推剪好沉,我怕是拿不住。”梅好有点紧张。

“放松点,别抓得太紧。”

“哦,这样好多了。”

“对的,反向用梳子,将电推剪贴着梳子。”

“可以了,剪下一缕头发了!”

“很好,就这样剪。”爸爸鼓励梅好。

自从这天起,就由梅好给余玮理发。余玮的头发又浓又密,梅好专门买了一套理发用的剪刀,一把是普通的剪刀,另一把是那种齿状刀刃的剪刀,可用来将头发削薄。

这天晚上,理发结束后,奇奇取下别在校服上印有“值周”的袖箍对余玮说:“爸爸,你看这袖箍都快要变成黑色的了,袖子都被它染黑了。”

余玮仔细看那袖箍,鲜红色的袖箍已经变成了黑红色。校服白色衣袖与袖箍接触的地方的确被蹭黑了。

“噢!这袖箍得有好几年没洗了吧!”余玮感慨道,顺手将袖箍放在客厅刚进门的鞋柜上。

“爸爸,快来看葫芦。”奇奇已经爬上窗台,召唤余玮。这段时间,奇奇天天都在观察葫芦的生长,到了一种着迷的状态。

十几株文玩葫芦,生长在几个大的塑料泡沫箱子里,是刚搬进14号楼时就种下的。在葫芦长出四五片叶子时,爸爸说,它在室内是结不出小葫芦的,因为葫芦的生长不仅需要阳光,还需要大自然的风。为此,余玮专门把一箱葫芦放在室内,验证爸爸的话。起初室内的葫芦长得比室外的要旺盛,可自从结出花苞后便停止了生长,慢慢地枯萎了。而室外的葫芦则是一片生机盎然的景象，开出了白色的花朵，经人工授粉后，结出了葫芦。葫芦长得很快，从发芽到开花再到结出小葫芦，连两个月的时间都不到。奇奇每天都在观察它们的生长。

奇奇将脑袋伸到窗外，用手拨开枝叶，一个一个地察看藏在里面的葫芦。余玮则拦腰抱着她，保护着她。这些葫芦天天都会带给奇奇不同的欣喜。女儿入迷地观察这些葫芦时，余玮会情不自禁地感慨，那些小葫芦跟女儿一样都是小孩子。

这时，梅妤发出一声尖叫："天哪！这洗下来的黑水，简直可以当墨水用了！"梅妤在洗女儿的校服时顺手洗了那个袖箍。

在听到梅妤尖叫声的一刹那，余玮想起了凡·高的一句话："但可别忘记，神透过人生那些平凡的事物，教你更高深的事物。"

这些年，梅妤已从一个清丽飘逸的少妇变成了一位风韵成熟的中年女人，身材微微发胖，她看上去比实际年龄要小得多，很多人都这么说。梅妤每天早上叫奇奇起床，把她要穿的衣服放在床头，变着花样给她做各种式样的早餐，给她梳头，给她的水杯里装好柠檬水，在奇奇出门时给她整理幼儿园宽大的校服。她按自己的审美风格打扮自己的丈夫。当看到有男士穿着得体、时尚的男装时，她会想象丈夫穿着时的模样。她会记住衣服的款式，在商场里寻找到并毫不犹豫地买下来。她每年在双方父母的生日买礼物，刻意将价位控制在相差不大的区间。她每隔几周都要去超市采购日常用品，买大瓶的牙膏、大袋的洗衣粉、六块装的香皂，一下子买好几瓶酱油和香醋。她自然而然地、无师自通地成为一位管家，这于她而言像一种天生的本领，而事实上这是她历经设身处地的思考过后获得的一种能力。这种能力是母性的，所以看着像与生俱来的。

这些年，梅妤以医生的身份帮助了西部水电院的很多人以及他们的亲属和朋友，并由此让余玮获得畅通有效的人际关系。余玮深深知道，并不是所有跟他一样拥有医生妻子的人都能得到这样的结果。余玮不懂医学，但他能深刻体察得出，梅好对所学学科的掌握已经达到融会贯通的地步，因为梅好总能将复杂的医学原理以简明通俗的语言向外行人表达清楚，就连奇奇这样的小孩子也能听得懂，这正是梅好对医学历经深入思考和领悟后获得的“大巧若拙”的体现，而这在余玮看来并不是梅好的过人之处。梅好有天生的亲和力，这亲和力让她很自然地获得病人的信赖和尊重。他们毫无保留地告诉她疾病和疾病之外的事情，这让梅好有了对病理更深的思考和更多的积累，并具备了只有极少数医者才有的能力：透过疾病冰冷的病理一眼就能找到给人温暖的、并不是单纯依靠药物的有效治疗方法。梅好能很自如地将对疾病、病理和生死的思考融进许多生活的经验和哲理中，这让她因此而变得通透和宽宏。这一点余玮深有体会。他们时常把因职业而起的思考说给对方听。

第三十四章　阅读的意义

“奇奇，起床了，上学要迟到了！”早上，余玮推开房门，坐在女儿床头，一边捋着女儿浓密的头发，一边用不大的声音唤醒她。8 岁的奇奇躺在床上，如往常一样等着余玮唤醒她。她已经是红山小学三年级的学生了。红山小学在红山公园旁，校址原是清代乌鲁木齐驻军都统的府邸，后几经改扩建，成了现在的红山小学。校园里有尊王阳明的石雕像，为左宗棠平定新疆叛乱后命巧匠所雕刻的。

这一天是 2012 年 10 月 8 日，国庆长假后的第一天，红山小学举行三年级语文公开课，主讲人是奇奇的班主任杨玲老师。余玮应邀去听课，时间是下午 3 点。

“几点了？”

“7 点了。”

“……”

奇奇不再作声，仍是闭着眼，一只手从被子里钻出来，伸出三个手指头，这个手势表示再睡三分钟的意思。等余玮将这三个指头每过一分钟压下去一个，全部压完时，奇奇这才揉揉眼睛，准备起床。

而住在三楼的爸爸和妈妈很早就起床了，他们每天早上都会到红山公园散步，散步回来经过黄河路早市，买好一天所用的蔬菜，回到三楼做早餐。吃过早餐，妈妈收拾房子，爸爸去四楼接奇奇上学。爸爸负责每天接送奇奇上、下学，早上会按约定的时间准时来到四楼。

爸爸教过高中和初中的语文、物理及化学，还教过音乐，会拉小提琴。爸爸经常说这句话：“牛不顶牛是㞞牛。”在他看来，不同的教学科目就像不同性格的牛一样，他总能熟练地驯服它们，因为他在内心从未逃避、惧怕过。这也得益于他一生做事有条理、专注用心的习惯。爸爸有一书柜的笔记，有的是带有塑料皮的笔记本，有的是备课本，还有的是自己装订成册的稿纸，这些都是他的读书和学习笔记。爸爸还有几本关于医学的书和笔记，余玮曾在一个笔记本里看见爸爸用红蓝铅笔手绘的人体血管图。爸爸将中学的各科课本分科目合订在一起，便于教学时查阅。余玮最喜欢的是一本合订的高中语文课本，书中的好多文章他在小学时就看过，有些文章他读了很多遍。合订本里爸爸将《小说月报》里《高山下的花环》的节选部分也装订在一起，余玮读完后，内心着魔般地想看到全部章节。爸爸打听到枣庄小学的石老师有这本小说，当天下午放学后步行十几里山路，向石老师借到了《高山下的花环》。

爸爸极少流露出懊丧或者伤怀的样子，除非他偶尔说起几件深藏在内心的事情，这几件事虽然发生在爸爸不同的生活阶段，但似乎有着某种关联。爸爸在 1965 年县农业学校读书刚满一年，因为想读大学，鬼使神差地自己辍学了。返程回家要渡过黄河，在他刚登上羊皮筏子时，后背铺盖卷儿上捆着的搪瓷饭碗莫名其妙地掉入河中。自那以后，他再没有接受过系统正规的教育，当然也没能像他的同学经过毕业分配成为正式的国家干部。爸爸在农村成家生子后，有一次他的中专同学请他去市农业技术学校当老师，爸爸推辞掉了。1977 年中国恢复高考制度，面向全国召集国家建设所需的各类人才，叶老师动员爸爸一起备战高考，爸爸又拒绝了。而叶老师参加了高考，被一所大学录取，毕业后留在了城市，几年后把全家人陆续迁了过去。这三件事情爸爸总是连在一起叙说，像在说一件事情。

这三件事，爸爸曾在退休后平静地评价过："我曾经心甘情愿地认为人一生的命运由天注定，这实际是个自欺欺人的托词。在决定人生走向的某些关键节点，人的思想有时候会像铁一样生锈，人会因此而愚钝，但这正是磨砺和觉醒前的混沌期，很多人深陷其中未能自拔，这恰好证明了许多人的一生只有磨砺而没有觉醒。千百年来，人类的理想之路，一直就是这样安排的，尽管没有人能解释清楚其中的缘由。”爸爸痛心地说，自己年少时意气用事，辍学在家，实际是远离了理想之路，因为读中专并不与读大学相矛盾，这个道理他是后来才明白的。就在爸爸几乎看不到年少所立的梦想时，一种毫无征兆的机会出现了，先是离开农村的安排，后来是读大学的机会，但爸爸都放弃了，而自此之后，再没了类似的机会。爸爸说，这一切的决定权均取决于自己。

爸爸既是一名老师，又是一位农民，那些很地道的农民对爸爸的农活赞叹有加，经常将爸爸经营的庄稼当作样本。爸爸说，当农民不光要有经验，还要懂一些基本的农学原理，结合实际，善于思考，这样才能把庄稼活做好。妈妈说，爸爸是个天生的读书人，却偏偏成了农民。在奇奇 4 岁时，爸爸建议她学习钢琴，并承担了陪学的任务。钢琴老师说从未见过如爸爸这样认真的人——他从未漏掉老师任何一句关于钢琴教育的话，几年下来爸爸已经记满了几本厚厚的钢琴课笔记。爸爸经常查阅那些笔记，好多纸页已破损不堪。

爸爸刚进门，另一个呼喊声随之传来了。

“奇奇！”这次是梅妤在大声喊，“收拾好了没有？爷爷来了！”

“稍等！再有一分钟！”

余玮正在给女儿梳头，她稠密的黑发是梅妤的两倍还要多。妈妈时常在吃饭时摸一摸奇奇富有光泽的马尾辫，称赞那是世上少有的黑头发，当然还不忘夸赞孙女长且弯的睫毛、明亮的眼睛、挺直的鼻梁和跟梅妤一样微微翘起的嘴唇。

奇奇冲出餐厅，来到客厅，急急地问爷爷有没有超过一分钟。

“刚刚一分钟，快换鞋子，准备走了。”爷爷笑着拍拍孙女的额头。

从家到红山小学走路不到十分钟，如是走一条只有孩子们知道的捷径，会更近一些。

奇奇说杨老师每天都要换一套衣服，每周穿的衣服不会重样，杨老师最喜欢穿的是裙子，即使在冬天最冷的时候她依旧穿长裙。奇奇最喜欢看杨老师边在黑板上写字，边回过头巡视班级的样子，说她的长发柔软得像垂柳，摆动起来美妙极了。

下午3点，公开课开始了，题目是《阅读的意义》。

杨玲老师以小学语文老师的职责为引子，延伸出阅读的意义。她说小学语文老师的职责是培养学生写字和阅读的兴趣与能力。像古代读书人那样持之以恒地练字，练成一手挺拔舒展的钢笔字，作为人的第二张脸面；尽可能广泛地去阅读，让文化因子种入心田，夯实觉醒和思考的基础。

余玮能明显感觉得到杨老师在说出她的理念时，有种扑面而来的、毫不掩饰的骄傲气息在教室里回荡。她像在传达一道很严肃的命令。这位看起来不到30岁的老师继续说道，她的班级每周至少有四节课用来练字，有六节课让学生自由阅读。她对书籍的题材不会做过多的限制，因为限制题材即在限制学生的兴趣。她给了家长两条建议。第一，不要给孩子购买简写版的书籍，因为这类书籍无法完整地表达作者的思想。家长不要低估学生的阅读能力，学生经过阅读培养和训练，是可以读懂原著的。第二，家长抽空陪孩子读书，或者读给孩子听，或者一起阅读。陪孩子读书是一种高雅的、意义深远的陪伴，那陪伴的样子让家长散发着万种风情。杨玲老师说完这句话时，家长们掌声雷动，像头一次听到关于风情的解释。

早在奇奇的第一次家长会上，余玮已惊叹于教室里丰富的藏书。教室刚进门的地方，立着两个陈旧却结实的书柜，书柜里放满了书。窗台上也都摆满了书。余玮刻意看了摆在窗台上的书，里面有《三国演义》《易经的奥妙》《西方哲学史》和《中国哲学简史》。杨玲老师说，教室里的书学生可以带回家去阅读，如果喜欢，她不介意学生将书据为己有，但是必须用自己的书籍去交换。小学毕业时，她会将六年来积攒的书全部返还给学生作为纪念。

公开课上，杨老师推荐了《三国演义》。她说，三国人物流传了一千多年，深刻影响着世人的言与行。它带给人们的思考和觉悟随着时空、观念的改变而常中有变。所谓“常”，是指《三国演义》本身所具备的恒久不变的教化意义；所谓“变”，是指这本书所蕴含的变幻和更新的力量，它如一棵古老的白杨树年年发新芽,时时启迪人们的心灵。各位性格鲜明的英雄人物,其实代表各类不同的人格,对小学生人格的塑造具有潜移默化的引导作用。公开课上,杨老师让学生自由讲述他们对三国人物的见解,自由描述他们心中的《三国演义》。这些见解和描述未经旁人的刻意引导,完全出自学生的本心。学生争抢着说出他们心中的英雄情怀:吕布射戟辕门解刘备之围,映射出豪杰之士的自信、豪情、幽默与义气;白门楼吕布殒命时怒斥刘备最无信义,可谓一语中的。曹操三哭郭嘉,一哭真情,二哭宿命,三哭托孤之念的破灭和悲情;《短歌行》中"青青子衿,悠悠我心。但为君故,沉吟至今"中的"君"一定是指郭嘉,如此深情的"沉吟"折射出的是内心怎样的孤独。周瑜火烧赤壁,"三江面上,火逐风飞",力破曹操,创三足鼎立之势;而周瑜早逝后,柴桑口诸葛亮吊丧祭文中"从此天下,更无知音"的感叹怎不让人伤怀?赵云单骑救阿斗,于百万军中纵横驰骋如入无人之境,凭的是世间无双的武艺和壮士赴死的勇气。

当杨玲老师让同学们背诵一首自己喜欢的三国诗词时,奇奇抢先举手,吟诵出了这首诗:

天生郭奉孝,豪杰冠群英。
腹内藏经史,胸中隐甲兵。
运谋如范蠡,决策似陈平。
可惜身先丧,中原梁栋倾。

这次公开课后的一天,余玮无意中拿起奇奇床头的那本《三国演义》(中册),书软绵绵的,像块用旧了的抹布,他不知道女儿把这本书翻阅了多少遍。他当时便有了一个想法,晚上跟奇奇认真地探讨一番三国人物。而就在那天晚上,奇奇给余玮说了一件她自己认为不可思议的事情。

前一天晚上,乌鲁木齐的第一场大雪悄然而至,第二天清晨,红山小学所有学生清扫各班卫生区域的积雪。在清扫完毕返回教学楼时,奇奇班上的周维同学手中的雪铲不小心碰到了一位五年级男生的胳膊,周维赶忙向对方道歉。那个男生觉得自己是高年级学生,想要刻意教训一下低年级的学生,他并未接受道歉,反而推搡周维,最后两人打了起来。周维不是对手,被对方骑在身上打,班上的几位同学看到后毫不犹豫地冲上去揍那名高年级学生,对方的同学也赶来帮忙,就在几位同学快要败阵时,其他同学闻讯而来,手里拿着扫把、雪铲加入战斗。所幸事态并未恶化,老师及时制止了争斗。用女儿的话讲,这场战斗,他们班胜利了,那名高年级男生的一根手指被打骨折了。对方的一帮人是在同学们"嗷——嗷——嗷——"的大喊声中灰溜溜地逃跑的。女儿讲述这场战斗时,情绪激昂、义愤填膺,像个战士一般。但有一件事情让她百思不解:杨玲老师在课堂上对这件事只字未提,好像什么事情也没有发生过一样。女儿猜想,杨玲老师会在周五的班会上调查此事,惩罚那天打架的同学,估计还要叫他们的家长来学校。但在班会上,杨玲老师并未提及此事,这是奇奇后来告诉余玮的。

这件事过去没多久便是新年了。如往年一样,班级举行庆祝元旦文艺演出,余玮去给学生拍照。每年诸如踏青、运动会和迎新年的活动余玮都是要参加的。他给这班学生拍过很多照片,全班近 60 名学生,他能叫出每个人的名字来。演出结束后,杨玲让余玮留步,说有事要咨询。在办公室里,杨玲问余玮:"前段时间班上孩子打群架的事情您知道吗?"

"知道的,当天孩子就告诉我了。"

"我想知道孩子怎么看待这件事?"

"女儿说,那天班上所有的同学群情激愤,都冲过去了。她还说:'五年级怎么了?想欺负我们,才不怕他们呢!'我感觉她很自豪,像凯旋的战士。"

"您如何看待这件事情?请您实话实说。"杨玲老师问道。

"孩子们先礼后兵,没做错什么。这是场正义和非正义的较量,并且正义胜利了!"

"您是我问过的第五位家长,也是最后一位了。您的观点和我的一样。"杨玲老师望了一眼窗外的红山,这是她的一个习惯,"这班孩子已经不小了,我一直希望他们明白这样一个道理:学习成绩有高有低,那是由智力因素和非智力因素二者决定的。班上的男生和女生都很聪明,真的,总有办法能如愿以偿地提升学习成绩。这一点我很清楚。但我知道,当下社会更加娇惯男孩,这从班上一些男生胆小怕事、动辄哭的表现中就能看得出来。他们极听话、乖巧,但我更喜欢调皮、野性的男生,喜欢浑身闪耀着阳刚之气的男生。我们这个民族在历史上遭受欺凌的时候,男人的表现往往叫人失望,失望的就是男人缺失了雄健之气。"

杨玲老师的话语充满了张力。

杨玲老师打开窗户,一股凉意游走在室内,好几片柔软的雪花飘过窗台,落在一摞作业本上才融化。这场雪从早上一直下,开始是疾风裹着的颗粒状的雪,到了中午变成了大团大团的逍遥落下的雪花,一丝风都没有。新年的第一场雪如何变得如此迷人?或许是它刻意让人有机会看到从激烈狂野到温顺安详的变幻,抑或是它让人们在苍穹、飘雪、大地连为一体的时空里,感受到新年到来的冷峻和优雅,感受一个崭新的开始。

第三十五章　荒原上

元旦过去，春节很快到了。

春节刚过，余玮接到了一份通知，他被评为西部水电院 2013 年度“水电巧匠”。西部水电院每三年在年龄小于 45 岁的技术人员中评选出一位“水电巧匠”，旨在表彰工作业绩突出的工程师，获此殊荣的工程师除连续三年享受特殊津贴外，在职务晋升中享有优先权。

这是一件值得庆祝的事情。在红山大酒店，余玮邀请楼春芳、叶清扬两家人聚餐。楼春芳叮嘱余玮不要带酒，他要用自己珍藏 20 多年的白酒作为庆贺之礼。酒兴正酣时，楼春芳真诚地告诫叶清扬和余玮：猎豹拥有疾风一样的速度，并不是为了耀奔跑姿态的优美，而是为了追捕猎物，更是为了赢得时间，逃避被猎杀；土木工程师探求精湛的技术水平，并不是为了在某些场合享受荣耀，而是为了精准建造，更是为了掌握对技术的把控力，在关键时刻能补救技术失误，既保护公共利益，又保护自己的声誉。在聚餐快要结束时，楼春芳感慨道，“船到码头车到站”，年底自己就要退休了。他的妻子赵婧如早他五年退休。

“楼总，您退休前我们再聚一次，”叶清扬建议，“欢送您光荣退休。”

“谢谢你们的盛情。我一直有个愿望，”楼春芳说，“退休之前，我想邀请你们两家人一起出游。这也是我酝酿了很久的一个心愿。”

余玮和叶清扬两家人时常在节假日结伴出游，在那些人迹罕至的地方捡拾玛瑙、戈壁彩玉、水晶、宝石光和其他一些稀奇的石头，晚上就露营在野外。这正是楼春芳所说的出游心愿。而国庆节长假恰是了却心愿的好时机。

这年的国庆节，他们三家人如约启程了。

他们要去的是两个地方，一个是乌尔禾，另一个是杜热，都在北疆地区，是著名的寻宝之地。余玮将寻宝之旅定为三天，第一天到达克拉玛依附近的铁厂沟镇，晚上在距镇子50公里的一处胡杨林露营。这片胡杨林是余玮在地图上发现的。第二天上午赶到乌尔禾，利用上午和中午的时间在乌尔禾的南戈壁上寻宝，下午赶到杜热继续寻宝。杜热的寻宝地距乌伦古河不远，晚上在河边露营。第三天返回乌鲁木齐，途中在卡拉麦里自然保护区（卡拉麦里自然保护区位于新疆维吾尔自治区卡拉麦里山，主要保护野马、野驴等有蹄类野生动物）观赏普氏野马（普氏野马，俗称“蒙古野马”、准噶尔野马，国家一级保护动物，是马科的纯血种，具有6000万年的进化史。全世界普氏野马数量不超过1500匹）。

这天早晨7点他们就出发了，太阳还没有出来，街道上车辆稀少。这个城市的人并不习惯早起。正午，他们抵达克拉玛依地界，车辆未作停留，继续前行。车窗外，地貌从丘陵变成高山，再从高山突然变成一片开阔的平原，平原上铺满棱角分明的黑褐色石块。这是一处奇妙的地方，有刺眼的光反射出来。就在这里，他们看见一道长长的堤坝。楼春芳说，这里原是一处铀矿，废弃后人们把矿砟用巨大的坝体掩埋起来防止辐射。在新疆，有很多鲜为人知的神秘矿洞，从这些不起眼的矿洞里开采出来的是关乎国家安全的宝贵矿石。当年，人们用白杨木搭建矿洞的支护棚，万千军民不畏艰难、不怕牺牲，合力将矿石源源不断地运送出地面，再由汽车运输到某个秘密的地方，冶炼出无比珍贵的稀有金属。汽车继续前行，将这处神秘的并不为拦水而设的大坝抛在了后面。半个小时后他们走出了这片反光的平原，一条绵延不绝的浓艳的金黄色林带渐渐展现在眼前，那是一片无边无际的白杨林。林带下若隐若现闪着金色光芒的便是白杨河。在河边的阶地上，有一大片废弃的土坯房子，这是当年采矿者的家。就在不远处，有一大块墓地，每个坟墓前都立有墓碑，这些墓碑多是用白杨木做的，早已看不清上面的字迹了，少数由石头雕刻而成的墓碑上刻有五角星和逝者的名字。余玮默想，他们的棺木也应该是用白杨木做的吧。楼春芳说，当年他以实习生的身份参与设计和修建白杨河水库。那时，他刚刚毕业，关于这处矿洞、这片房子、这块墓地的传闻，是英中杰告诉他的。

他们又穿过两条河谷，找到了地图上的胡杨林，远远望去，像是一个庞大的金色军阵，所有人都震撼不已。走近时，他们冲着一棵高大的形如迎客松的美丽胡杨树惊叫。这里很少有人来过，一丝儿车辙都没有。低洼处，金黄色的芦草呈现出毫发无伤的样子，没有一丁点儿被踩踏过的痕迹。赵婧如、杨琴、梅好、朵朵和奇奇冲进芦草丛，身影若隐若现，余玮想起了隐身在非洲草原上的狮群。他们就在这里做晚饭、露营。

扎营的时候，荒原上西风怒吼，正肆意横扫一切，他们把三辆车摆成一个直角形的围墙，将三顶帐篷围在里面，尽管如此，狂风还是好几次差点把帐篷吹走。他们迅速用帐钉把帐篷的四角钉在地上，再把外帐的缆绳绑在车轮上后才把帐篷固定住。荒原上气候多变，刚才还狂风大作，让正在扎帐篷的三个男人措手不及，等帐篷扎好后风却停了，像故意在挑逗他们。趁着无风的大好时机，他们赶紧做晚饭。余玮和叶清扬各自带了一套锅灶，还有几瓶高寒液化气罐，这些都是很专业的户外灶具。余玮在两天前就红烧了一锅牛腩肉块冷冻起来，备作今晚土豆烧牛肉的主材，番茄汁是前一天夜里熬制好的，装在瓶子里。他要做的只是在锅里加上水，倒入解冻的红烧牛肉和番茄汁，再切些土豆块放在锅里炖就可以了。锅里的牛肉汁“咕嘟”“咕嘟”作响时，余玮做好了凉拌黄瓜和老醋花生，花生米是前一天梅好自己炸的。叶清扬炒好了菠菜、蒜薹和炝莲花白，菜炒好后盛放在小铁锅里面。户外用的铁锅像俄罗斯套娃一个一个叠套在一起，携带、使用皆很方便。楼春芳正在把一只已煮好了的鸡撕成小块，他在做椒麻鸡，这是极好的下酒菜。梅好、杨琴、赵婧如和两个孩子早就打开了折叠式餐桌，将精心烹制好了的饭菜和饮料摆放在上面，最后，余玮将烈酒盛满三个酒杯，晚餐开始了。他们围坐在一起，就像一家人。茫茫荒原之上，目所能及之处的人类就他们八个人。这场晚宴并不算丰盛，但注定在日后回忆起来时余味无穷。

男人们酒入豪肠，谈兴高涨，大声地谈天说地。在荒原上，风不会把他们的话吹到大街小巷。女人和孩子们不饮酒，吃过饭后，坐在帐篷前，在斜阳下谈论些家常琐事。

“奇奇长个子了，都快要赶上朵朵了！”赵婧如看着一旁窃窃私语的两个女孩，感叹道。奇奇四年级了，身高 1.62 米，在班上算是个子高的学生。朵朵读高二，身高 1.68 米，已长成大姑娘了。

“是的，今年她长得特别快，衣服都小了。”梅好看了一眼奇奇，“她穿着我的衣服。”

“我本该是跟朵朵一样高的，只因一个手术。”杨琴说。

“嫂子，什么手术？”梅好问。赵婧如也看着杨琴。

“这件事只有家人知道。三年前，我做了腰椎间盘切除手术。”杨琴看了一眼正在饮酒的叶清扬，“患病的大半年时间里，我只能卧床，坐都不能坐，更不能走。坐骨神经痛让我夜夜难以入眠。叶清扬天天给我做牵引按摩和针灸治疗，不怕你们笑话，我甚至到了生活不能自理的地步，他就那样默默地照顾我。有一天，我做出一个决定：我一定要进行手术治疗，尽管家人之前一直反对，特别是叶清扬坚如磐石的阻挡。我深知他的忧虑——一位同事就因腰椎间盘突出手术失败，后半身瘫痪。但我想，与其这样半死不活、毫无质量地活着，还不如手术治疗，如能根治那是我的幸运，如手术失败、适得其反，我自会有个了断。我不能这样天天耗着叶清扬。当我含泪说出这个决定后，叶清扬考虑了一夜后同意了。我至今清楚地记得叶清扬那天早上给我说的第一句话：‘亲爱的，你知道，我已经把我的意愿传递给了你。我的心不是顽石，而是一团火焰，即使是顽石，也会化为烈焰，照亮眼前的晦暗。只要叶清扬在这个世界，你，我的妻子，杨琴，一定能体面、骄傲地活着！手术结果无论是好是糟，我的身与心永远不会离开你！你为人这么好，一定不会有事的。’”说完这些话，杨琴是微笑着的，微笑的脸上满是泪水。梅好递给她纸巾，她平复了心情后，这样说道：

“正如他所愿，我是个有福报的人。我的手术很成功，术后也恢复得很好。前几天我跟朵朵比身高时，发现自己矮了一厘米。”她说完，大声笑起来，“我一直认为这是由腰椎间盘突出切割手术引起的。”

几个月前，英中杰携夫人去九寨沟摄影采风，途中突发心脏病去世。楼春芳当即飞赴四川协助家属料理后事。楼春芳感慨恩师归命于所钟爱之事是不幸之幸，亦为不能在生前见到恩师最后一面泣泪不止。两人相识近四十年，亦师亦友，成为终身至交。

在这个人迹罕至的地方，赵婧如说起了这件事：“他总是这样，把朋友的事情看得很重，我有时觉得他对待朋友要比对待家人更加用心，在他看来很多事情非得他去料理不可，我经常为此心存不平和嫉妒。但他的这种性情又不妨碍他更用心地对我和儿子。客观地讲，他是一个让人觉得可靠的人。”

赵婧如吐露了她的心声，脸上露出一丝不满的神情，但很快消退了。梅妤似乎看穿了她的心思，看到了一个这样的微笑——不满与欣赏、委屈与信赖、矛盾与理解并存的微笑。这个微笑伴随了他们大半辈子的婚姻，并且将来还要伴随下去。梅妤这么想。

又起风了，男人们将餐桌、碗筷和灶具快速放进汽车后备厢，女人们带着孩子钻进帐篷。大风说来就来，随意打断人们的节奏。半个小时后风又变小了，先前西边那块清澈的天空已变成了阴暗的橘红色，拍日落的机会错过了，只能等着第二天早晨拍日出了。天色渐渐暗了下来，荒原的夜空中，布满一块块薄厚不一的云团。星星躲在云团后面，明暗不定，像捉迷藏的孩子。

梅妤和奇奇躺在睡袋里，很快睡着了。烈酒驱散了一整天驾车的劳顿，恰到好处的酒意让余玮有些兴奋，他索性走出帐篷，在月光下散步。久远的回忆不期而至。多年前外地求学夜归时，长长铁轨两侧或远或近闪烁的灯火蹿入心头，他清楚地记得当时自己的感慨——遥远黄河边上的一处灯光下，爸爸和妈妈一定在盘算着自己的归期，即使灯火熄灭了，关于归期的细语仍在漆黑的夜里继续。这个静谧的夜里，正是与悠长记忆邂逅的时分。他走出营地好远，一直走到那棵美丽的胡杨树下。他听见了树叶相互拍击的奇妙声音，他静待某种有深意的思考从脑际涌出来，即使不出现，也不失望，因为在如此至纯的环境里可以思考，也可以不思考，一切都是随性的，没有丝毫压迫感的。地下斑驳的树影，形态各异，大小不同，它们因为月光而来，又因月光而去，然而胡杨依旧是胡杨，一直矗立在荒原上，树影不过是悠悠的过客。所谓树影，是既实又虚的东西，它存在时将万物有情写在地上，它消失时则把珍爱之情留在人的心里，而真情是最能滋养心灵的良壤——它能丰富自己，感染、温暖别人。他快速回到帐篷里，挤在女儿的旁边，女儿的另一旁，是熟睡的妻子。自从女儿4岁分床睡后，一家人很少挤卧在一起……

突然，一阵“呼啦啦”的声响惊醒了余玮，那是外帐被风吹卷起的声音。透过内帐的纱眼，他看见篷布被风鼓鼓地胀起来，帐篷战栗不止。疾风一阵一阵由远及近，呼啸而来，将外帐底掀开，卷起沙石灌了进来，呛得他咳嗽起来。梅好也被惊醒了，裹着睡袋坐了起来，问余玮怎么办，是否撤离到车里去。余玮安慰梅好说，天气预报说有阵雨，估计是雨前的大风，下完雨后风应该可以小一些。旁边帐篷的邻居也醒了，余玮听到朵朵问叶清扬：“爸爸，我们的帐篷不会被刮到天上去吧？”叶清扬应声道：“那样才好呢，大家就可以飞回家了。”三个男人隔着帐篷大声商议何去何从。余玮说如果半小时后仍狂风不止，就收起帐篷，回到车里，连夜赶到附近的村镇。楼春芳和叶清扬同时反对道：“这么大的风，如何能收起帐篷？人一离开，帐篷怕是真的要飞到天上去了。”他们最终决定待在帐篷里，哪里也不去。这片原始的胡杨林，他们在白天行进三小时后才找到，如果贸然在深夜里顶风往外走，显然是有风险的。余玮看了一眼手表，凌晨一点一刻。如此肆虐的狂风里，奇奇竟然没有发出一点声响，她睡得真沉！

余玮再次醒来时，只听见雨滴如爆豆般击打着帐篷。他从睡袋里伸出手，摸了摸睡袋外面，还好，没有湿，帐篷应该没有漏水。这顶帐篷曾在那拉提草原上，陪他们一家三口人雨中露营三天，滴水未漏。今天，它再一次给他们提供了安全的居所。风没有丝毫减弱，仍不知疲倦地撞击着帐篷，所幸的是帐钉和缆绳发挥了作用，否则，外帐肯定要被风卷走了。这个雨夜里，他的身旁是熟睡的妻子和女儿，一种原始的、奇异的疼爱之情涌入心田——在时光里，与爱人相伴相依一定是造物主赋予爱最质朴的本义了。这个荒原风雨之夜，他甚至觉得旁边的汽车也像个可靠的守护神——它在风雨中岿然不动，给予人们无穷的信念和暖意。狂风驰过的间隙，被风撕碎的雨滴重新聚拢起来，“嗒嗒嗒”地敲打着帐篷，这声响是如此美妙，它预示着瞬间的安宁。

清晨，淡弱的光线透进帐篷，天快要亮了。余玮穿好衣服，钻出帐篷，一阵湿潮清冷的风迎面扑来。天晴了，但仍有大块的云朵积压在天际，云层之上，是暗青色的天空，水洗般干净。离日出还有段时间，月已西沉，启明星俯瞰着辽阔大地，此时的它才是天空的主人。胡杨林里，低洼处有一些积水，昨晚的雨一定不小。胡杨的枝干湿漉漉的，散发出特殊的香味。

东方泛白，太阳快要出来了！在乌云与地平线之间，乌云越发显得浓黑了，天空亮得愈加刺眼，突然，一道红光自天际迸射而出，紧接着，一团红色火焰跳跃出来，荒原上刹那洒满霞光。霞光里，芦草在燃烧，如无数火焰在跳跃，胡杨在摇摆，如万顷花海在涌动。光影变幻无穷，渲染出绮丽多姿的万千景象——包括伫立在光影中的余玮。

第三十六章　一项古朴的仪式

上午9点，三辆越野车停在乌尔禾的一处高地上，成为方圆数公里最为醒目的地标。这地标会指引他们寻宝结束后回到原地集合。

乌尔禾是一处广袤的戈壁，被纵横交错的沟谷随意切割成大小不一的滩地，滩地上长着稀疏的红柳、白梭梭、多伞阿魏、麻黄草和其他一些叫不上名字的植物。这些植物都有着独特的生长习性。药用肉苁蓉寄生在白梭梭根部，这种药用植物春天未开花时全草都可入药，它粗壮的茎像长满鳞片的白蛇，它的钟形花朵挤靠在一起，攒成像松鼠尾巴一样的长长花穗。有一种蘑菇伴生于多伞阿魏的根部，春天积雪消融时就能长出地面，牧民称之为雪菇，口感细腻，质地韧滑，气味浓香。春雨过后它的纤维变粗，口感会大打折扣，名字也改为雨菇，人们不再采集食用。关于这些植物的名称和特性，奇奇大都知晓。她有本配有彩色图片的《中国新疆野生植物》，每次去野外都要带上这本书，对照着实物一一观察，好多植物的名字余玮记不住，但奇奇都记得很清楚。

三家人四散开来寻宝，刚开始彼此相距不远，但没过多久，便分成了三拨人。各自跟各自的家人凑在一起。

“奇——奇——，你们快来这里，”余玮喊道，“快来看！”

梅好和奇奇赶到了。余玮由近至远，指着目所能及之处：“你们看，这里都是！”

奇奇睁大了眼睛。梅好也一样。她们从未见过这么奇特的令人震撼的场景。

眼前是一个宽阔的看不到边际的巨大盆地，里面随意散落着高高低低、大小不一的绛红色小山包。这些小山包都有个像蘑菇一样的圆形山顶,那是由风蚀而成的,像佛塔。他们脚下的斜坡上,青、红、黄、白、黑色的条纹组成缤纷的色带,沿着坡面一直延伸,最后消失在盆底中。这些彩色的条纹像某种喧闹的情绪逐渐归于平静,最后隐藏在盆底,不见了。亿万年前剧烈的地质构造运动中,这里天崩地裂:各种颜色的岩层被挤压、被拉伸,一部分岩层隆起,一部分岩层下沉,隆起的部分将下沉的部分包围起来,形成了这个巨大盆地,而无数次的风吹雨淋,涤净表面厚厚的灰尘,露出了各色条纹。

“爸爸,真安静!”奇奇喘着粗气说。

“在这里,我觉得自己如一粒尘埃。”梅妤说。

“这盆地像一个嵌进戈壁的、来自地球之外的神秘世界。”余玮说,“我们下去,去看看那些圆圆的小山包。”

脚下的陡坡至少有三层楼高,他们相互拉着彼此的手,小心翼翼地下到坡底。奇奇捡起一块石头,惊叫道:“爸爸,这是什么?”

奇奇手里拿着的一块鸡蛋大小的褐红色石头像生锈的铁块,表面有光泽和细小的鼓包,像炖牛肉羹时冒出的小气泡。

“这是火山弹,由火山喷发时飞溅出的岩浆冷凝而成。”余玮回答女儿。

“爸爸,我想到什么它就像什么。”奇奇称赞这块石头,拿在手里反复地看,爱不释手,她又问,“爸爸,难道这里曾经是火山吗?”

“或许是,疾风和暴雨揭开厚厚的火山灰,露出了压在下面的火山弹;也或许不是,由洪水把远处的火山喷发物冲积在这里。”余玮在脚下仔细寻找,找到了一块片状的火山弹,他边端详边回答女儿。梅妤也发现了一块,像个卡通的熊猫。

不远处,便是一个“佛塔”,他们走到近前,朝“塔”顶望去。这座“佛塔”体形庞大,高高耸起,居高临下地俯视着余玮一家人,像个巨人在爱怜地看着手心里的小人儿。“佛塔”的周围,是一片洪积物。余玮看到了一道反光,找见了一块小拇指大小的破碎宝石光。这是一个好兆头,在这里可以捡到宝石光。然而，他们随后只是发现了一些缠丝玛瑙和泥石，并未找到宝石光。这些戈壁上的玛瑙，大多是有裂纹的，并不被重视，偶尔也有完整的。梅妤发现了一个鹌鹑蛋大小的黑色玛瑙，上面有个白色的圆圈，圆心也是白色的，像块天珠。奇奇每捡到玛瑙便会拿来让余玮看，但都是些不完整的，就被扔了。这让她很沮丧。梅妤觉察到了女儿面露不悦之色，走到余玮跟前，给丈夫使了个眼色，他马上就明白了。当女儿再次拿来玛瑙时，他不露声色地夸赞，并让女儿把玛瑙装进她的背包里。

太阳已经升得很高了，他们都累了，聚拢在“佛塔”的背阴侧席地而坐，吃馕和苹果，喝水。他们看到楼春芳和叶清扬带着家人也来到了这片盆地，就在不远处。奇奇累了，她连走过去找朵朵的念头都没有了。余玮脱下长袖衬衫，铺在一小片平地上，让女儿躺在上面休息。这块平地原是个积水之处，水干了后细细的泥沙沉积下来，上面有一层龟裂的硬壳。余玮踩碎这些硬壳，以免硌着女儿。就在这时，他的脚被硌疼了，尽管穿着硬底的登山鞋。他挪开脚，发现了一个白色的尖棱。他判断，这准是块宝石光！余玮没有伸手去捡拾，他要把这个机会让给女儿。

“奇奇，你看这是什么！”

奇奇看到了这个尖棱，冲到跟前，用手左右扳它，试图摇松周围的细沙，拿出这块神秘的石头，却未能如愿。梅妤也来了，她用登山杖小心地挖掉尖棱周围的细沙，奇奇拿出了这块石头，这真的是一块白色的宝石光，一块堪称完美的宝石光。它通体无裂，无残缺，两个角和三条棱完整地保留着。宝石光是一种特殊的石英晶体，它区别于水晶。水晶有六条棱，宝石光有三条；水晶有一个棱尖，宝石光有两个；水晶族生、呈柱状，宝石光为单生的独立块状物；水晶呈玻璃光泽，透明，宝石光呈毛玻璃光泽，半透明状。眼前这块宝石光有鸡蛋大小，像个饱满的饺子，它的神奇之处在于两条棱在其中部完美地以曲线弯折，与另一条直棱在两端相交，如此形成一个鼓鼓的腹部，阳光下，光线神奇地聚成一团，在宝石里面游移。侧立起它，像块元宝。余玮每年都会参观奇石展览会,他敢肯定他没见过这么精美的宝石光,并且将来也不再会有能与之媲美的宝石光了。

“爸爸,我们继续寻宝。”奇奇来了精神。

余玮大笑了起来,捡起衬衫,抖掉上面的土,穿好后说:“走!我们继续寻宝。”

他的心中突然涌过一种莫名的情绪和遐想。多年后,一家人再回忆起今天的寻宝之旅,该是一件多么回味无穷的事。这些在戈壁上沉睡了亿万年的宝石从此便有了关于人的记忆,关于爱的积淀。他想,今天捡到的这些宝石中,一定会有几块在以后的岁月里带着故事辗转传下去。

下午 2 点,他们按预定的时间返回到停车的地方。楼春芳最先到。他捡拾了一堆干枯的梭梭草,堆放在挖好了的土坑里,燃起一堆火,大火过后剩下炽热的灰烬。他将带来的红薯和土豆埋在灰烬里,再盖上一层土保热,四十多分钟后便可以吃焖熟了的红薯和土豆了。

他们把各自捡拾到的宝贝从背包里倒出来,开始相互评鉴。无独有偶,朵朵也捡到了一块完整的宝石光,形状不如奇奇的那块好看,但它隐藏着一个物理现象。这是一块茶色的宝石光,局部表面有一层二三毫米厚的黑色的膜。朵朵告诉奇奇,这叫渗析现象,宝石光长时间置于富含黑色矿物的地表,这些矿物的分子慢慢渗入到宝石光内便形成了一层黑色的渗透层。奇奇微张着嘴巴,她似乎听明白了。叶清扬捡到了一块粉红色的珊瑚化石,不大不小,刚好能握在手里。奇奇说像只胖嘟嘟的小鸡,朵朵说像颗心,叶清扬说像中国地图。叶清扬感叹道:“想象一下,这里曾是一片大海!”

楼春芳捡到了一大块黑色半透明的石头,表面很光滑,棱角处有密密的裂纹,像松香的黄色裂纹。凭感觉,这块石头的密度介于玛瑙与琥珀之间。叶清扬猜测它跟琥珀有联系,但这个观点又被自己否决了,因为琥珀的密度比这块石头的小得多。赵婧如说可能是块硅化木,但硅化木的表面要比它粗糙。杨琴说可能是煤精石,但煤精石要比它轻得多。两个孩子说它有可能是块黑色的沙漠漆，但沙漠漆是不透明的。众人纷纷就这块石头发表意见，最终没人说出令人信服的答案。这块谜一样的石头激发出人们的好奇心，它在众人的手里传递着，每个人都仔细地观察它，试图能揭示其中的奥秘，讲出让大家信服的判断。这个过程比观察已探明的石头更让人痴迷，因为探求真知灼见的过程更能让人获得求真的满足感。

楼春芳小心地用铁锹掀开覆土，用根干枯的梭梭枝拨出一个个焖熟的土豆和红薯，分给大家。红薯软得像熟透了的杏子，皮一剥就掉，味道和口感俱佳；土豆不软不硬，吃起来刚好。他们又吃了些水果，算是用过午饭了。按预定计划，他们傍晚前要赶到杜热去，至少要在戈壁上颠簸两个多小时。

从乌尔禾出发时，已是下午 4 点钟了。

乌尔禾和杜热是图拉山山前戈壁滩的名字，由图拉山的一条南北向支脉将它们分开，东边的叫乌尔禾，西边的叫杜热。他们按照导航设定好的方向行进，遇到陡坎绕道而行，防止车辆陷在松软的戈壁土里。戈壁表面是一层由戈壁石铺成的硬壳，疾风将土和细颗粒的沙子吹走，剩下粒径较大的沙石盖在松软的戈壁滩上，车轮一旦遇到障碍物打滑，很容易陷进去。

汽车穿过乌尔禾，绕过图拉山支脉的山嘴，便到了杜热。他们还要继续西行，一直走到乌伦古河边，这是预定好第二次露营的地方。乌伦古河在这里自图拉山的山谷奔流而出，自北向南而流，流经杜热时突然折向东去，他们露营的地方就是乌伦古河的拐弯处。新疆很多河流的名字，皆取自很形象的描述。比如额尔齐斯河流经高山峡谷，河谷斗折蛇行，水流跌宕起伏，便起名额尔齐斯河。额尔齐斯，准噶尔语，水流湍急、水声急迫短促之意。乌伦古河流经平原丘陵区，所经之处水草丰美，清晨时水汽氤氲，故起名乌伦古河。乌伦古，蒙古语，云雾升起的地方之意。而白杨河之名，初听起来极普通，甚至觉得缺乏想象力，它的命名却跟《诗经》里诸如株林、东山、谷风的命名一样，因为名字本身已经富有诗意了。

这里是一处露营的绝佳之地，有水，有树，有河水落下去留下的平坦河床，还有奇形怪状的干枯树枝。这些枯木是点篝火所需的柴火。朵朵和奇奇坐在一棵倒伏的白杨树上，双脚浸泡在温热的河水中。阳光透过树叶的缝隙照射下来，将星星点点的光影洒在两个清纯姣美的女孩身上，洒在乌伦古河的水面上。河水悠闲地、悄无声息地滑过平缓的河道，像某个悠长的传说在流淌。在她们的头顶，红蜻蜓飞来飞去，或栖息在树枝上，或落在宽叶香蒲的穗尖上，有时落在她俩某一个人的肩头上。铁线莲的花絮飘来飘去。这是一种藤蔓类植物，缠绕在杨树或其他灌木上生长，春、夏、秋三季皆开米黄色的花，它的种子长有长长的羽毛状白色冠毛，积聚在花茎顶端，像一团白色的烟雾。河岸边上，有被河狸啃完树皮后留下来的白皙树枝，还有挂在灌木枝上的金黄色浆果。转眼四周望去，一派原始风貌，给人以世远年陈的蛮荒之感。

他们迅速扎好帐篷，把睡袋打开晒在河边的白杨树上。楼春芳燃起一堆火，他要用木炭做烤鸡蛋。朵朵和奇奇依旧坐在河边的杨树树干上窃窃私语，偶尔发出只有她俩才知晓原因的笑声。剩下的人分散开来在杜热继续捡寻宝石。下午 6 点刚过，太阳悬在西天，阳光斜射在戈壁上，顺着阳光的方向能很容易看到宝石反射出来的光芒，正是捡寻宝石的好时机。杜热除了乌尔禾有的宝石外，还有水晶。戈壁上的水晶棱角多已在风雨中磨蚀，但仍能看出晶体的雏形。水晶的表面有一层薄膜，这同样是矿物分子的渗析作用所致，但这层深色的膜只是依附在水晶表面，并不像宝石光的膜是渗进内部的，可见水晶的结构要比宝石光的致密很多，尽管它们同属一种矿物。赵婧如捡到一根中指粗的戈壁水晶，它的六条棱几乎被磨蚀得看不见了，像根用过的粉笔，表面有极细的竖向裂纹。阳光下转动这根水晶，受光侧有无数道七彩光线散射出来，背光侧有一道竖向光柱在晶体内滚动。叶清扬判断，这种奇妙的光学现象应该是猫眼效应。他们都捡到了水晶，但数赵婧如捡到的最奇特。梅好捡到了一大块金黄色的沙漠漆，像头憨憨的卧牛，鼻子、眼睛和嘴巴俱在，更为奇妙的是将“卧牛”倒置，以“牛头”为底时，则像猫头鹰的脸。大自然于石头的造化之功变化莫测，有的像这块沙漠漆，在“卧牛”与“猫头鹰”的表象之间变幻,有的则如那块戈壁水晶,裂纹在阳光下变成对瑕疵的完美掩饰,甚至是美化。

两个多小时后,当捡寻宝石的人归来至河边时,楼春芳、朵朵和奇奇三个人正在烤鱼。楼春芳在一道小股流里发现有白斑狗鱼,他唤来两个孩子将上游的水截断,把下游堵住,将股流里的水拿水盆泼出去,进行了一场涸泽而渔的游戏。游戏过后,几个人杀鱼、洗鱼,将鱼穿在红柳枝上架在炽热的木炭上烤。之前,楼春芳早就烤好了鸡蛋,除了一两个烤爆外,其余十几个都是完整的,每个人至少能分到两个。他还做好了一锅黏黏的大米粥,这锅粥在木炭上至少熬制了两个多小时,米粒早就熬化了,变成了牛奶状。楼春芳已将装在玻璃瓶里的腌好的香椿切好,盛放在小盆里,就等着开餐了。人们围坐在一起,楼春芳给每个人盛了一碗大米粥,他就像以前一大家子人吃饭时掌勺的家长。而眼前的景象在余玮看来,是温暖的乌伦古河边正在进行的一项古朴仪式。

第三十七章　白线变成了一道水墙

2014年9月,西部水电院承接了塔里木河流域水资源持续利用及水利工程布局综合研究报告书的修编任务。这个报告书包含塔里木河流域水能规划、防洪规划、地下水开发利用及保护规划的内容,是塔里木河流域水资源综合治理、水资源统一管理、生态环境保护的纲领性文件。叶清扬担任报告书修编组的负责人,组员来自西部水电院、中国水利水电大学和中国科学院新疆分院,共有二十余人,余玮是成员之一。报告书编修组的前期工作是实地调查塔里木河主流和支流的流域概况、水工建筑物,测绘流域水系分布图。外业调查、测绘的第一站设在阿拉尔,余玮随项目组来到这座城市。

余玮出差期间,梅好和奇奇在四楼吃早餐,午餐和晚餐去三楼爸爸和妈妈那里吃。周末时不做早餐,她将奇奇打发到三楼去,自己睡会儿懒觉,消除周一到周五上班积攒下来的劳累。

余玮出差已有半个月了。这个周末,又是一个艳阳天,三楼客厅里,满窗的阳光倾泻进来,温暖和光明洒满了整个房间。梅好和奇奇吃过午饭,没有回四楼。梅好要缝补妈妈的一件大红色毛衣。毛衣上有个虫蛀的小洞,是妈妈早上整理衣物时发现的,她的眼睛花了,自己缝补不了。梅好用大眼手缝针穿上红色毛线,细心地将毛线穿引过小洞周边露出的线头,手缝针牵着毛线来回穿梭,很快就缝补好了小洞。妈妈接过毛衣,赞叹说:"梅好的手巧!补得跟新的一样,一点儿也看不出来缝补的痕迹。"爸爸和奇奇在茶几上下围棋,妈妈端来一盆橘子放在茶几上。梅好突然想起了什么,离开沙发,从窗台上拿来半个柚子皮。它像个碗,是昨天晚饭后梅好剥的,一半戴在奇奇的脑袋上模仿头戴瓜皮帽的账房先生,另一半放在了窗台上,梅好说柚子皮可以净化空气。今天，梅妤要用它来盛放剥好了的橘子。她剥开橘子皮，取出完整的橘子放在柚子碗里，又连着剥开几个橘子，装满柚子碗，放在沙发的扶手上，几个人都方便拿取。明亮的阳光轻抚着剥好的橘子，橘子透射出柔和的光泽。橘子被拿走一个，梅妤便续补一个，偶尔补得太快，柚子碗都要盛不下了，不过只一小会，柚子碗又见空，她便接着剥橘子，装在柚子碗里面。中午吃椒麻鸡，冰凉的橘子解腻再好不过了，几个人吃了很多，梅妤竟然剥光了一盆橘子。阳光慢慢转过沙发，离开柚子碗，照到别处了。一只黄蜂从窗外飞进客厅，落在蝴蝶兰上，只在厚厚的叶子上停了一小会儿便绕着客厅盘旋，发出"嗡嗡嗡"的声音，但很快又从刚刚飞进来的那扇窗户飞走了。

"它整整飞了三圈。"奇奇望着天花板，"真怪！这种蜜蜂春天里有很多，院子里的白丁香树上能发现不少。现在很少能见到。"

那两盆蝴蝶兰正是余玮结婚时叶清扬夫妇送给他的，每年开两次花，花期很长，能持续一个多月。这两盆花一直放在三楼。就在这个中午，余玮乘坐的越野车正在塔里木河北岸的戈壁上颠簸行进，车里还有其他三个人，分别是司机、叶清扬和魏华。他们正在进行外业踏勘。叶清扬坐在副驾驶位置，余玮和魏华坐在后排。余玮乘坐的是头车，后面还有三辆越野车，车内是编修组的其他成员。

一场山洪不期而至。

一条细细的白线出现在山脚下，缓缓地朝前移动，渐渐地，白线越来越粗，越来越长，推移速度越来越快。突然，白线变成了一道水墙，扬起巨大的轰鸣声铺天盖地冲了下来。大地也跟着颤抖，即使在颠簸不已的车里面也能感受得到。

山洪！山洪!! 山洪!!!

"往高处走！快往高处走!"叶清扬冲着司机大声喊道。他又拿起对讲机，给车队喊话："前面有山洪，车队掉头往回撤!"

越野车加足马力冲向一处微微隆起的土丘。这是附近最高的地方了。

戈壁滩的坡度大,洪水流速极快,车辆是跑不赢洪水的,就近迅速找到高地避让洪水,这是唯一的自救办法。

车刚刚停下来,山洪骤然而至,瞬间将这个土丘围住了,越野车像只孤狼停在上面。车辆行驶在戈壁上会扬起浓浓灰尘,相互间的距离拉得很大,正因为如此,后面的车队及时掉头,逃离了山洪的袭击。土丘上,越野车周围的洪水水位迅速抬升,淹过丘顶,没过车轴,漫到车门上后趋于稳定,不再升高。裹挟在洪水里的石块撞击着车底和车门,像是有无数双粗暴的手在敲门,这声响令人极度恐惧,所幸的是越野车暂时稳稳地立在洪水中,看似安然无恙。但很快,在下游侧的车轮边缘,洪水淘蚀出一道足有半人多高的垂直陡坎,这是洪水流经戈壁特有的一种水文现象。戈壁土颗粒间的胶结性差,抗洪水冲刷能力弱,当有阻水物时,会在阻水物下游淘蚀土体。这道陡坎迅速逆向坍塌,越野车一侧的车轮失去支撑,车体猛然倾斜,就在此时,惊险的一幕发生了。

魏华用劲要推开车门,意欲下车逃生。叶清扬厉声喝道:“别下车！待在车里!”

魏华听从了叶清扬的指挥,把手缩了回去。不过,他也不可能打开车门,因为此时车门在水压的作用下是根本打不开的。一股水浪打过来,把车窗玻璃糊了个严实,车内一下子暗了下来。

就在他们惊愕不已时,更为糟糕的情况发生了!

随着坍塌的加剧,越野车倾覆了。越野车被洪水推搡着翻滚。在车辆倾覆前的极短时间里,叶清扬回过头来,目光如炬,用尽全部气力喊道:

“抱紧座椅,别……”

这是余玮在第二天早上苏醒前,留在脑海里的最后一句话。

车子重重地摔打在洪水面上,却没有一点声响。声响在刹那间被洪水的咆哮声淹没了。

一股强劲的力量击打在余玮身上,将他摔出座位,身体悬了起来,然后重重地撞在车顶上。他像块被扯在树枝上飞舞的塑料袋,不停地扭曲着,翻转着。他试图大声呼叫,却喘不上气来,他的肺部在强烈的撞击中停止了张合。他听到“咔嚓”的轻微声音,似乎是从肩膀上传来的,像是狂风中树枝折断的声音。他猛地喘出气来,但泥水立即涌入嘴巴,呛进鼻子、咽喉和胸膛,一股巨大的疼痛传遍周身,像是有千百条血管在爆裂!他觉得自己变成了塑料碎片,慢慢地,一片接着一片地掉落在地上,每一次落地都伴随着钻心的疼痛。他幻觉里是在红山上,呼啸而来的暴风雨横冲直撞,他被吹倒了,从红山的断崖上坠落下来。惊恐中他生怕自己摔在山脚下,但身子飘在空中,怎么也落不下来。他被卷进风雨里东飘西荡了很久,最后重重地摔在地上。在混沌的意识里,他感觉到暴风雨变成了暴风雪,寒冷刺骨。他觉得自己快要冻成冰块了,风雪中他的双腿沉似铅块,一步也挪不动。他自知脚步一旦停下来,便要冻死在暴风雪中了。他抱着身边一棵大树,自我安慰道:“只歇息一秒钟,喘口气就走!”在他刚刚停下来的一瞬间,又听到一阵轰鸣声。他绝望地想:一定是雪崩!紧接着,奔涌而来的雪块冲击着他,要把他像石头一样冲到另一个世界去。他死死地抱住那棵大树,异常冷静,暗下决心:

“抱紧!叶清扬嘱咐过我!”

第三十八章　惜哉叶清扬

戈壁滩的洪水来得急，去得快。洪水退去，人们冲向陷在淤泥里的越野车，费力地砸开车门，从泥水里捞出了车里的四个人。司机趴在方向盘上，死死地抱住方向盘，呛了水，昏迷了过去。叶清扬坐在副驾驶位，从车里救出来时在他的嘴角有一丝鲜红色的泡沫不停地流下来，周围的泥水表面全是血。坐在后排的余玮紧抱着前排座的靠背，人们费了好大的工夫才掰开他紧紧握在一起的手指。魏华双手抱头，脑袋紧紧靠在膝盖上，发出轻微的呻吟。魏华是中国科学院新疆分院的一名在读博士。

人影在身边晃动，还有声音偶尔传入他的耳际。余玮在第二天早上苏醒了。他闻到了一丝香味，很熟悉的味道。正是梅好坐在一旁。他看见了她的脸。

他又昏迷了过去，重新回到浑浊的、黑暗的、离散的、碎片式的思维中。

这一次醒来，他看清了她的脸，是梅好泪光盈盈的微笑着的脸。他的嘴唇甜甜的。梅好用浸过葡萄糖的纱布轻轻浸润他干燥的嘴唇。他又看清了旁边的两个人，一个是楼春芳，一个是林雨生。

“你醒了!”梅好欣喜地轻声叫道。

余玮的嘴唇动了起来。呼吸很痛，像火在喉咙里燃烧。全身都痛。

他呆呆地望着他们。只过了一小会儿，疼痛和医院里白色的荧光灯让他从这场噩梦中醒来，将中断了的关于他和叶清扬的记忆重新连起来。

他躺在阿拉尔市人民医院的重症病房。阿拉尔市是离事故现场最近的地方。

叶清扬在哪里?

叶清扬会在哪里?

“抱紧座椅,别……”

他想起了叶清扬的这句话。

他反复地回想这句话。最后,那个场景清晰地映现出来:昏暗中,叶清扬转过头,目光如炬,像是要掏出心肺来。

他在想,后来呢?叶清扬是坐在副驾驶位上的,那是个危险系数最大的位置!还有,关键的几秒钟,叶清扬没有自保,而是转过头来嘱咐自己。一阵哀伤的情绪掠过全身,他闭上双眼,泪水流了下来。再次睁开眼睛,他想询问叶清扬的伤情,但很快止住了这个想法。他刻意拖延这个想法,将它隐藏在心里。他理所当然地认为他对任何事情都有把控力,包括这场灾难。他假想那不过是个不真实的念头而已,而那个人一定还留在眼前的时光里。他静静地听梅妤在诉说:

“我昨天晚饭时接到楼总的电话,是林雨生院长委托他给我打电话的。

“我和楼总凌晨四点赶到阿拉尔,还有你们公司的林雨生院长。

“我给爸爸和妈妈说医院有急诊病人要治疗,他们不知道你受伤的事情。

“杨琴嫂子……她也来了。”

梅妤说起杨琴的名字时,大颗大颗的泪水滚落下来,眼睛里噙满凄苦的神情。

余玮呼吸加剧,浑身颤抖不止。他锁骨骨折处的纱布上,一丝鲜血渗了出来。

就在十几分钟前,在重症监护室的病床上,叶清扬的心脏停止了跳动。他没能逃离这场灾难。

第三天下午,叶清扬的遗体在阿拉尔火化。第四天早上,骨灰由杨琴乘机护送到乌鲁木齐。在红山殡仪馆,楼春芳主持了叶清扬的追悼会。水利厅、中国水利水电大学和中国科学院新疆分院派人参加了追悼会。人们深情缅怀这位过早离世的杰出工程师,追忆他短暂但丰实的一生。楼春芳在悼词中写道:“爱徒叶清扬,德高于我,技胜于我,得之我荣,失之我哀! 惜哉叶清扬,中年夭折,吾心崩裂!”此时,全场一片悲泣之声。

追悼会上,很多人第一次得知,叶清扬是西部水电院唯一一位设计过所有类型水坝的在职工程师,获得过水电勘察设计领域内的所有荣誉。这些荣誉的崇高之处在于它们是真实的,彰显了荣誉的本义。荣誉终会被人渐渐淡忘,但留在西部水电院与这些荣誉相关的、写有叶清扬名字的勘察设计档案则会永久保存。后来的工程师们会查阅、学习这些珍贵的资料,深切体会到蕴含在里面的崎岖的思考、睿智的思路和灿烂的精神,用叶清扬躬身实践得来的勘察设计经验充实自己、提升自己。后来的工程师们会把叶清扬的名字与自己的职业生涯紧紧相连。

但余玮不知晓叶清扬的追悼会,他依旧躺在重症病床上。杨琴护送叶清扬的骨灰返回乌鲁木齐前,她来到病房探视余玮。她眼睛浮肿。她走近余玮时,脸上露出欣喜之情,像是看到一只从暴风雨中侥幸逃离的水鸟。离开病房,就在转身时,她收起悲伤的微笑,嘴唇紧闭,微微颤动。这一时刻,只有梅好能深深感知。杨琴是戈壁上的胡杨树,悲伤的风吹过来,一些枝叶被吹落,再次吹过来,又有一些枝叶被吹落、被撕碎,而病床上的余玮让这悲伤的风更加猛烈。

一个月后,余玮出院了。

离开阿拉尔返回到乌鲁木齐的前一天,余玮打听到了一个月前在重症监护室值班的护师。她叫徐惠,正是她目睹了叶清扬生命里的最后时光。

这一个月来,余玮无时不想着关于叶清扬命运的种种可能性,但从未向任何人问起过,而他周围的人似乎有意不说起叶清扬。有好几次他忍不住要问梅好,但他狠狠地将话咽了回去,他知道一旦疑问消失了,希望便会破灭。他希望自己与恩师叶清扬之间并未生死两隔。他依旧可以见到叶清扬,听到叶清扬的话语和笑声;在酒馆里,再次跟叶清扬小酌,喝叶清扬从红山酒厂弄到的原浆白酒;在一些水电关键技术问题的研讨会议上,聆听叶清扬聪睿的见解和明晰的推理，仰视叶清扬在经过深入思考和觉悟后所持有的一种积极、牢靠、稳妥的对工程技术的把控力。

而在这天下午，在医院旁的一家茶馆里，他将从徐惠的讲述中找回关于叶清扬的最后记忆，这个记忆已隔了一个月之久。

第三十九章　我要将这温暖延伸

“真巧,我本是打算找你的。”徐惠先说话了。

她有四十多岁,跟杨琴的年龄相仿,眼睛里透射出庄严宁静的气息。

“我知道你,叶先生说起过你。”她说,她的一只手轻轻压着另一只手,双手平放在茶桌上,“我怕你没有完全康复,一直没有找你。你知道,死里逃生的人最忌情绪激动。”

余玮喝了一大口茶,他觉得自己又要心悸了。自从受伤以来,他经常如此。“叶先生是我的实习老师,我毕业后一直是他在指导我。他是我的师父。我的婚礼就是他主持的。”余玮一下子说出了他跟叶清扬之间的师徒关系,还道出了自己的婚礼。他相信人世间有这样的缘分,有些人即使初次见面也能敞开心扉地说出内心深处的话,就像是在面对一个熟悉、亲切的人。而徐惠就是这样的人。他感激地想,徐惠守护过叶清扬。他说完这些话后,咳嗽了起来。

“别紧张。”徐惠笑了起来,“喝口茶。”她等余玮平静下来,用中指来回揉了揉额头,停顿了一小会儿。

“我想我应该从我自己说起,”她看了一眼余玮,“我弟弟在兵团勘测设计院工作,算是你们的同行,你应该知道这家设计院,就在红山旁。他总在忙,经常加班,我想你们是一类人。”

“我在每年过春节时能见到他,他到阿拉尔出差时也可以见到他。我弟弟比你大不了几岁。”徐惠喝掉剩下的茶水,自己又加满水杯,“我的丈夫,那天晚上抢救你老师的正是他。他是这里最好的外科大夫。”

余玮心跳加速。外科大夫？叶清扬伤得该有多么严重!

他轻轻咳了一声，干咽一口，挪了挪突然感觉僵硬的身体。他暗示自己，一定要让内心安静下来，他长长地吸了一口气，轻轻地吐了出来。他的耳边又听到了叶清扬的那句话："抱紧座椅，别……"他在想，是洪水淹没了叶清扬的声音，还是剧烈的撞击中断了他的意识？他呼吸急迫，身体微微颤抖。随即，他想起了一件事。在一次方案汇报中，他有些紧张，显得语无伦次。叶清扬在一旁轻声说道："稍停一下，深呼吸，别紧张。"

"你的老师，你能想象得出来的，他伤得很重。手术进行了足有八个小时。我从手术室接到他时，他的身上到处都是管子。"她的手有些轻微抖动，"我见过很多重伤者，像他这样的，之前从未见过。"

"紧跟着手术车的女人，应该是他的妻子。在她身边的那个十几岁的小姑娘，一定是他们的女儿。"徐惠说到这里，泪水涌了出来，"深夜，在楼道暗淡的光线里，她的脸庞显得又瘦又暗，但并没有流露出激动或慌乱。她神情专注，思虑重重，紧紧抓住女儿的手，不停地对女儿说：'看着爸爸！'"徐惠用纸巾拭去眼泪，"当手术床推进重症监护室，房门就要关闭时，她一下子瘫在了地上，像块巨大的岩石摔倒在地上，崩塌、破碎。我看到她张大嘴巴，却没听到哭喊声发出来，只听到女儿呼喊妈妈的凄厉声音。"

朵朵也来了。"姐姐的眼睛比我的还要大，她笑起来时眼睛像弯月。"奇奇有一次见到朵朵时这样赞美她。余玮揪心地想，朵朵接连目睹了重伤的爸爸和极度哀伤的妈妈，这该是多么残忍的事情！余玮意识到自己浑身冷汗直流。他想起了去年捡寻宝石时，朵朵和奇奇两个人坐在乌伦古河边倒伏在地的杨树上——俊俏的背影和银铃般的笑声。朵朵哭泣的样子又自动浮现：她守在妈妈的身边，惊恐、悲伤地啼哭。

"我在心里一直责怪她不该带孩子来的，直到前几天我突然意识到她这么做是对的。因为死亡给予至亲者关于现实和未来的思考是深刻的，关于孝道的觉醒是刻骨铭心的，而我总认为，我们这个民族缺少关于死亡的教育。"

那个夜里，杨琴平静地告诉女儿："爸爸在工地受伤了，我现在要和你一起去探视爸爸，已经跟老师请好假了。”余玮快速假想到这个场景，他的呼吸变得非常急促，他用双肘压在茶桌上，稳住自己。

“起初，”徐惠又喝了一口茶，清了清喉咙，“起初我以为他只是受了外伤，但病程记录上说，他的内脏受到强烈撞击，做了肺叶切除和心脏修复手术。左侧肱骨和盆骨骨折。你的老师，哦，你叫他师父，他的病情就是这些。”

叶清扬的内脏受到重创。内脏手术。骨折。生死未卜。余玮绝望地想。他的思绪孤独地飘荡在阿拉尔的老城区。那里有无数座古老的土楼，鳞次栉比，土楼间的巷道错综交错，像个迷宫。叶清扬和他来过这里，探寻过一家隐藏在巷道深处的陶器坊，有位老人正在给三个徒弟讲授古老的技艺。

“他多数时间都处在麻醉昏迷的状态。这样很好，否则他会很痛。当麻醉药药效慢慢退去，他醒了。你也经历过手术，你知道会很痛。他的大脑异常清醒。我看到他睁开眼，脸上露出痛苦的神情，但他一点儿也不显得慌乱，我看得出他在回想，很冷静沉稳地回想。我之前从未见过像他这样保持理性的病人。我盯着他看，我微笑着，让他分心，这样他的感觉或许能好一些。我告诉他这是什么地方，发生了什么事情。他的喉咙发出嘶哑的回应声。

“我告诉他，他的妻子和女儿来了。

“他是那样欣喜。他在流泪。过了好一会儿，他稍微恢复了些气力，他可以说话了。

“他吃力地说话。大多时候我听不清他说什么，他的肺部刚刚做过手术，但他一直在说，我只听出了他所说内容的大概。他女儿钢琴弹得非常好，他妻子是位中学老师，他爸爸和妈妈一直跟他住在一起。”徐惠说到这里，停了下来，叹了口气。

“有一句话他说得非常清晰，”徐惠泪如雨下，“他说：‘在黑暗的荒原上，当我呼喊杨琴的名字时，总能看到光亮，它让我不觉得孤单。我努力朝着光亮走，直到真切感受到周身的疼痛！’

“一些重伤者，他们不停地说话是在减缓痛苦，也是在做最后的告白。他说起了塔里木河，他说这条河所经之处将会重新长出大片大片的胡杨林和广袤的芦苇荡，他正是为恢复这条河的生命力在工作。他说起了你，说起了你的名字，希望你伤得不重，能活下来。他还说，他从来都把你当成一个有着共同专业志趣的人，并不当作是徒弟，或者是某种结盟的伙伴。他把你看成他的弟弟，他生前死后都祝你一生幸福，他在反复地说这件事，直到他昏迷过去。

“他完成了生命里最后的倾诉——用了不到十分钟的时间。他昏迷后再没有醒来过。他是个很特别的人，他没有花时间来表达痛苦和不幸，哪怕是一秒钟。他平静地表述幸福和善意，还有热爱，好像是一种习惯。这么多年来，我从未遇到像你的老师这样在生命垂危时还充满深情的人。”

在徐惠看来，叶清扬像一颗坠落的流星，用生命里最后的能量发出耀眼光芒，抚慰自己，温暖别人。余玮仿佛再次看到了叶清扬的眼睛，他从中看到了某种东西，那是扎根于内心深处的一种品质——坚持、自律与善良，那是任何人无法左右的。就像一棵白杨树，将树冠高高扬起，把树根深深扎入大地，展现出来的永远是挺拔的、直立的、温情的和令人仰慕的光辉。

“我要告诉你的是，你的老师熬过了那个黑夜，却没能看到清晨的第一缕阳光。就是在那天清晨，我决定要找到你。因为他留给了我非常温暖的印象，我要将这温暖延伸。”

余玮坐直了身子，扶着茶桌，站了起来，朝徐惠深深鞠躬。在躬下身时，泪水洒在了桌面上。没齿不忘的、深重的、懊悔的哀伤迸发出来。他将铭记叶清扬生命里生动鲜活的最后时光，并把它作为自己生命里最为宝贵的记忆珍藏起来。

他想起了杨琴那天在病房时悲伤的微笑和孤独的背影。夫妻之间多陪伴一天，未来留给对方的孤独便少一天。她该有多么哀伤！她和叶清扬的爱越是真挚笃厚，这哀伤便越是沉痛悲切，而在他的心里升起一种负罪感，他觉得自己在苟活。

第四十章　云雾升腾在乌伦古河

“亲爱的，打开看看。”梅好对余玮说，她从手提包里拿出一个红色的小盒子给余玮，“新年要到了，送你的。”

余玮打开小木盒，里面装着一块玉石佩件。这是一块随形雕刻的和田籽玉莲蓬，上面有两只利用红色的皮壳巧雕的蜻蜓。这块玉细腻油润，触之如婴儿皮肤般滑嫩，可谓玉中珍品。梅好意味深长地说道：“玉佑平安！我托和田的朋友给你买的。”

余玮取出玉莲蓬，挂在脖子上，他看到妈妈正投给梅好感激的目光。距受伤已近三个月了，他的锁骨骨折基本痊愈了。

晚饭后，奇奇在练习钢琴曲《星空》。她要为新年班会的朗读配乐。

窗外下着雪，屋子里的蝴蝶兰正在盛开。奇奇弹完钢琴，对梅好说道：“爸爸妈妈，你们来看这个。”

奇奇从音乐书里取出一张卡片，捧在手中，让他俩看。

卡片上用铅笔写着：

云雾升腾在乌伦古河
红柳、棘豆、银莲花和银白杨
一座孤坟睡在山冈
草虫爬上凋零的花朵

爸爸曾带我到河边露营
红柳、棘豆、银莲花和银白杨

叫他给我编织花环
用很多花，但不结环
这样，他就不会离开我

让他托举起我爬上杨树
我在树上，他在树下
这样，他就不会离开我

还要让他给我找块草地
用戈壁彩玉摆成太阳
很大的、没有边际的太阳
这样，他就一直不会离开我

“这是朵朵姐姐写的。”奇奇的眼睛里闪着泪光。

“你从哪里得到的？”梅好问。

“从姐姐借给我的钢琴书中翻到的。”奇奇回答道。

奇奇继续练习了一会儿钢琴后，他们回到四楼，梅好如往常一样走到窗前，准备拉上窗帘。雪下得越来越紧了。

“清晨，在红山路上，我经常能碰见杨琴。”梅好并没有拉上窗帘，她伤感地说，“我俩会微笑着相互问候，她平静的微笑中总有一股伤痛从心里流出来，我会忍不住看一眼她额头突然出现的白头发。”窗外漫天的雪花覆盖在苍凉寂寞的大地上。她是那么想念他，她是那么爱他，可她再也望不见他了。她时时感觉他死后的世界、人生以及与他息息相通的日日夜夜。

“记忆像寂静的雪花，落在伤痛的土地上！”梅好重重地叹了一口气，“我不去宽慰哀伤，因为真的哀伤无法抚平，只能在流年里被隐藏。”

那天晚上，奇奇睡下后，梅好看着余玮：“我要告诉你一件事。”

第四十一章　一只褪去绚丽羽毛的公鸡

“李琳今天来找我。”梅好看了余玮一眼，“她从单位辞职了。她考上了注册执业药师，跟朋友合伙开了一家药店。”

“效益应该不错吧？”余玮问梅好。他感觉轻松了很多。

“效益很好。李琳说就是操心多，所有事情都要亲力亲为。”梅好想起了什么，“对了，她爱人的名字叫什么？名字想不起来了。咱们的伴郎。”

“欧建国。他的业务水平高，现在是规划设计处的总工程师。”

“以前感觉他是很内向的一个人，职务竟攀升得挺快！”

“他不算是最快的，卢迪现在是计划处处长了。”

“哦，那个郑文华呢？”梅好问，“记得他很早就提拔了。”

“他已是办公室主任了。”

余玮接着给梅好说起了其他几个人的职位变化。

徐海平调到计划处后，第二年升职为西部水电院的总调度，两年后升为副处长。曾有一段时间，西部水电院有传言说他要回到水工设计处当处长，接替侯耀祖的职位，侯耀祖升为副院长。但两个人的职位都未变动，没有人知道其中的缘由。在西部水电院，只要某些职位即将发生人事变动，总会传言四起，这些传言迟早能变为事实，但关于这两个人的传言并未成真。于徐海平而言，他在职场已陷入瓶颈，他的直接领导卢迪比他年轻得多。

谢雅宁、夏雨荷和乔勇仍是普通的技术人员，跟余玮一样。

“你和侯耀祖相处得怎么样？”梅好突然很不经意地问道。

余玮笑了笑，说他们只是职场的上下级关系，正常相处。

“那就好，我总担心你看不惯他。”

他没有告诉她的是，他和侯耀祖在笑容的掩饰下已经吵了一架。

那是他病假结束，刚刚上班的第一天。余玮将办公桌、椅子、电脑和窗台全部擦拭了一遍。他打开叶清扬的办公室，看到办公桌上蒙着一层厚厚的灰尘，他默默地将办公室打扫得焕然一新，一股潮润清爽的气味升腾起来。最后，他拿起叶清扬的玻璃烟灰缸去洗手间清洗，很快便洗得光亮如新，但他仍让水龙头开着不停地冲洗。在流水声的掩饰下，他泪如泉涌。他悲伤地想，这个烟灰缸已经失去了主人，在这间办公室将不再会有叶清扬的身影了。

叶清扬的办公室和侯耀祖的是门对门，余玮放下烟灰缸，正要走出房间时，听到了一个声音："余玮，你到我办公室来一下。"

"侯处长。"在侯耀祖的办公室，余玮问，"找我有什么吩咐?"

"把门关上。"侯耀祖起身，他是微笑的，"请坐。"

余玮关上门，坐在侯耀祖办公桌前方的椅子上。

"是这样，下个月要去北京向水利部汇报《塔里木河流域水资源持续利用及水利工程布局综合研究报告》初稿。这个项目就你最熟悉了，还有近一个月的时间，你能编写完吗?"

"没问题，资料是齐备的，有些章节的内容还需详细论证，不会耽误工期。"

"很好。"侯耀祖话锋一转，说道，"有件事我想征询你的意见。"

"什么事情?"

"叶清扬不幸去世，我跟你一样很难过。"侯耀祖说，他露出悲伤的神情，"你知道，叶清扬去世后，处总工程师的职位一直是空缺的，我已写好了关于推荐你做处总工程师的报告。"

"哦，我怕不能胜任。"余玮谦虚地说。

"你就别推辞了，这些年你的业绩大家是有目共睹的。"侯耀祖从抽屉里拿出了那份报告递给余玮，"下月初我和你去北京。我想由我来汇报。"

余玮还未来得及细看那份报告。他迷惑地看着侯耀祖。

"我说的是……"侯耀祖说着停顿了一下，像是在掩饰心中的忐忑情绪，在平时，他对余玮说话总是很直接，从不磕磕绊绊，"叶清扬原是这个项目的总体负责人，当然他是这个项目负责人的最佳人选。但他死了，现在需要新的负责人。这个项目获奖的可能性极大，这个对我很有意义。而我，不比你和叶清扬，得过很多设计大奖。"

余玮明白了。他的心里充满了憎恶。他看到眼前正在上演一场无耻的行窃大戏。余玮知道，侯耀祖没有从事过勘察设计和生产经营，这让他无缘各类勘察设计奖项，但他迫切需要一个省部级的勘察设计大奖。他很早就盯上了副院长的位置，而这个奖项是竞聘副院长职位的一个很重要的筹码。他刚才以处总工程师的职位为条件，狡猾又可怜地拉拢余玮。

"可实际上你并未参与这个项目，哪怕是一天。"余玮只是稍微愣了一下，很快恢复了平静情绪。他微笑着，故意这么说。余玮以为侯耀祖会大发雷霆，霸道地说这只是个决定而已，这样自己就会高声地、理直气壮地反击他。

"就算是这样，"侯耀祖尴尬地笑了笑，却一点儿也不脸红，"我作为一个业务处的领导，得个设计奖是理所当然的，没有人会怀疑。再说，浪得虚名的人多了。你知道我说得不假。我并没有觉得这是一件不光彩的事情。相反，这将让人们觉得水工设计处的整体业务素质很高，从领导到普通员工。"

"是的，"余玮轻蔑地说，"这的确是一件值得庆祝的大事。"

"我不介意你这么说，这件事似乎是我有求于你。"他从一团淡蓝色的烟雾后面看着余玮，"在我这个位置上，难道要这样止步不前一直到退休吗？我知道你和叶清扬是理想主义者，从某种意义上讲我也是个理想主义者。"

余玮想起了一件事。

在西部水电院，每当有副院长的职位空缺，都要从机关部门或者各业务处选新的院领导。2013 年年底，西部水电院要选拔一名新的副院长，侯耀祖迫切想得到这个位置，但他落选了，比他小三岁的盛良玉当选。

余玮依旧微笑着，他又轻蔑地看了一眼侯耀祖："这是我听到的关于理想最权威的解释。理想是值得尊重的，看来我要主动帮你靠近理想。”余玮觉得自己说话有些急促。

“别激动。这是很常见的事。你是否愿意其实并不重要，这件事说穿了不过是我的一个决定而已。”侯耀祖咳嗽了一声，淡淡地说。他像只褪去了绚丽羽毛的公鸡，余玮这么想。

余玮没想到侯耀祖会这么冷静地、不动声色地说出他的企图。余玮看着侯耀祖。他年近50岁，早已秃顶，鬓角的头发横着梳过去盖住头顶。他的眼帘下垂，脸颊明显比同年龄的人要更加松弛一些。他的背有些驼，这与他在走路时经常低头思考似乎很高深的问题有关。他的身体将白色的衬衣撑得圆鼓鼓的，人们最先注意到的是他迅猛隆起的腹部。他的眼睛是阴郁的，这让余玮失去了继续讲话的想法。但他在心里这样感叹：有的人有了权力后，内心的丑恶便会放纵。

“好吧，”余玮微笑着，高傲地说，“这个推荐报告请你收回。《塔里木河流域水资源持续利用及水利工程布局综合研究报告》我会按期完成，因为叶清扬一生最后的心血全在这份报告里。”

他忍住了最后一句话：“这份报告书，如果获奖了，那荣誉属于叶清扬和他的团队，尽管有很多人不知道！”

说完，余玮把推荐报告还给了侯耀祖。

第四十二章　一种落寞的情绪

鉴于《塔里木河流域水资源持续利用及水利工程布局综合研究报告》所提出的治水理念、思路、模式对塔里木河流域科学治水的有效指导作用，这份报告书获得2015年新疆科技进步一等奖，获奖人名单上，侯耀祖排在第一位。这一年，侯耀祖再次落选新任院领导的选拔后，调离了水工设计处。那天下午下班，余玮如往常一样去后院的篮球场跳绳，经过侯耀祖的办公室时，门虚掩着。他在清理自己的物品，第二天他要离开处长办公室了。

这些年，余玮一直坚持跳绳的习惯。他在跳绳的时候，习惯于注视院子里的树，每跳一百个记下一片树叶，或是记下一根树枝，或是记下一棵树的位置，它们像是和尚手中计数的念珠。当然，他也可以不把树当成计数的念珠，跳多少便是多少，不用计数，就是盯着树看，看完一棵树再看另一棵树。他看着这些树时可以随意想些什么，也可以什么也不想，在他思考时树总会给予他某种启迪，不思考时树便封住他的思绪，让他保持空白的状态。这些树是神奇的，他变换跳绳的位置，它们的背景会随之变化，或是办公楼的墙面，或是天空，或是草坪，或是夕阳，不同的背景里，它们有不同的风姿，这很让他着迷。在办公楼古铜色墙面的映衬下，树的枝与叶是那样鲜活，像是站立着的小马驹；蔚蓝天空下，树是挺拔的，洋溢着积极的气韵，特别是在微风中摇摆时，更有种贵族气息在招摇；草坪上，树是最为母性的，也是最安逸和骄傲的，树在轻轻吟唱着一首长长的摇篮曲，这摇篮曲能安抚所有躁动的心；夕阳下，树是宁静的，它们在光影的变幻中揭示关于生与死、枯与荣、喧闹与孤寂的思考，在传递宇宙之魂关于时光本义的思考，而作为人，这种思考进行得越多、越深刻，便越像树那样充满生机。

这天,余玮注视着一棵银杏树跳绳,他突然这样想:树叶是树的思想,秋天叶子落了,却把思想的养分沉淀在树干和树根里,让树根扎得更深,树干长得更高。

这时,有个小姑娘跑过来了。她穿过草坪,坐在余玮对面的长椅上,盯着他看,手里拿着一根棒棒糖。她穿着红山小学的校服。

余玮边跳绳边主动问她:"小朋友,你是红山小学的学生吧?"

"叔叔,你怎么会知道?"

"因为你穿着红山小学的校服。"

"你读几年级了?"余玮继续问她。

"二年级了。"

"你叫什么名字呢?是你爸爸还是你妈妈在水电院上班?"每天下午下班,后院有很多职工的孩子嬉戏玩闹。这些孩子多是红山小学或红山中学的学生,西部水电院离这两所学校皆很近,这些孩子在等自己的父母下班后一起回家。

"我爸爸在水电院上班。我叫欧静姝。"

根据她的相貌和姓氏,余玮猜出她爸爸是欧建国。

"叔叔,你一次能跳多少个?"

"我没有数过。你来数吧。"余玮故意这样回答她。

欧静姝开始小声地数。数了一会儿,她离开长椅,用手扯着排球网来回走动,眼睛一刻也没离开余玮的脚尖。

"你数多少下了?"余玮问她。

欧静姝没有回答余玮,她在忙着计数。孩子自有一种天生的,或者说是尚未改变的执着和认真。

余玮继续跳绳。过了一会儿,欧静姝又坐回长椅上,仍在认真地计数。

夕阳照在余玮的脸上,也照在欧静姝的后背上,她的影子就在他的身边。

"有没有一千个了?"余玮估计自己跳绳过一千了,又问她。

“早就过了。我只会数到一千,不会继续往下数,只能重新开始计数。”

“小朋友,你很聪明。”余玮停了下来。欧静姝如释重负,离开长椅。

“叔叔,你真能跳。我最多能跳一百下,经常跳到六十下就中断了。”

“小朋友,你也跳一跳。”余玮把跳绳递给欧静姝。她一开始跳绳便从裤兜里发出一阵悦耳的撞击声响。

“小朋友,你裤兜里装着什么东西?”

“是小石子。”她停了下来。

欧静姝从裤兜里掏出好几把小石子,放在排球架的基座上面。

“你从哪儿捡的这么多石子?”

“花园里的鹅卵石路上。那些石子好多都掉了。”西部水电院后院花园里,有一条用五彩斑斓的戈壁玉铺成的小径,阳光下如有千万颗宝石熠熠生辉。

“你知道乌鸦喝水的故事吗?”余玮想起了这个故事。

“知道。一年级学过这篇课文。”

“我问你,如果那瓶水放在一条小河边或者小溪边,乌鸦还会往瓶子里装石头吗?”

“当然不会,旁边就有水,它干吗要去喝瓶子里的水呢?”

“哈哈哈,你真机智!”余玮真心夸她。

“你会写火苗的‘火’字吗?”欧静姝问余玮。

“会啊。我跟你一样,小学就会写。”

“我们老师说了,‘火’字的笔顺变了,以前是从左朝右写,第一笔是点,第二笔是撇,第三笔是点,第四笔是捺。现在从上朝下写,先写两个点,再写一撇一捺。”欧静姝边说边用手指在地上写出了“火”字。余玮拿过她放在基座上的一个石子,也写了一个“火”字。

“小朋友,是这样写的吗?”

“对的。”

“欧静姝,你是在教叔叔写字吗?”欧建国从大楼的后门出来,悄悄地来到两人跟前。

欧建国是1999届员工中第一位担任处总工程师的人。欧建国精湛的业务技术在西部水电院众人皆知,在余玮看来,这个职位欧建国当之无愧。余玮清楚地记得,两年前的某天中午下班时,他跟着一群人围观一楼大厅的告示牌,告示牌上是关于聘任欧建国为规划设计处总工程师的公示材料,他当时只扫了一眼便匆匆离开了。但在当天晚上加班结束后,他一个人在大厅里盯着欧建国的公示材料看了很久。那天,如果没有欧建国的职位公示,余玮会平静地以一位普通工程师的身份工作,而在事实上,自中午开始余玮的心里除了羡慕外还有嫉妒的情绪,尽管欧建国的职位晋升跟他毫无关系,这种情绪持续了很长时间。两年后,这种情绪已淡化得没有痕迹。

欧建国跟余玮打过招呼后便带着女儿回家了,尽管欧静姝并不情愿。在父女俩走到半道时,欧静姝挣脱爸爸的手又返回来,把几颗亮晶晶的戈壁玉很郑重地送给了余玮。

看着欧建国父女俩远去的背影,一种落寞的情绪忽然萦绕在脑际——余玮不停地问自己,就这样日复一日、年复一年地待在西部水电院吗?今天,在他看到欧建国时,他突然这样想。紧接着,他又想起了两件事:第一件事是两年前叶清扬的意外身亡,第二件事是侯耀祖篡改《塔里木河流域水资源持续利用及水利工程布局综合研究报告》的总体负责人。这两件事情,或者说是合二为一的一件事,让这种落寞的情绪强烈地蔓延。他决定把这股情绪转化为一个明确的想法后,再说给梅好。

第四十三章　如果你爱一个女人,来可可托海

这年国庆节,燕博文和妻子钟鸿来到乌鲁木齐。

算上在南京大学读硕士研究生的时光,燕博文在南京生活已有 13 年了。他每年都从南京回乌鲁木齐探望自己的父母,大多是在春节回来,每次回来时余玮必去机场迎接,两个人的友谊一直在延续。这一次,燕博文选在国庆节回来,因为他要和妻子钟鸿去可可托海,这是他在结婚时就答应过妻子的。可可托海隐藏在阿尔泰山深处,是额尔齐斯河上游的一处河湾,其名有多个含义,哈萨克语意为"绿色的丛林",蒙古语意为"蓝色的梦幻河湾"。可可托海的景色一年四季都很美,尤以秋天闻名。

余玮去过可可托海很多次,对那里很熟悉。那天,在从机场回来的路上,余玮说他将和梅妤一起陪同燕博文夫妇去可可托海。

"可可托海有闻名世界的'三号'矿脉,这处矿脉以盛产各种稀有金属著称于世,被誉为'世界地质矿产博物馆'。在它被发现之前,当地居民开采矿脉出露部分的各类宝石用作饰品。当 20 世纪中叶'三号'矿脉被作为稀有金属矿藏开采时,那些宝石不过是被作为矿渣随意丢弃。你们想象一下,那个年代里宝石被当成了矿渣!"余玮给燕博文夫妇介绍可可托海,当他说到宝石被当作矿渣时,车上所有的人都露出了惋惜、惊讶的神情,"去可可托海一定要参观一块矿石标本——额尔齐斯石。这不是一块普通的石头,它被国际矿物协会确认为世界上首次发现的新矿物。1984 年,中国中央人民广播电台向全世界播报了这一重大发现,《人民日报》对此做过专门报道。"

余玮是个痴狂的"石头迷",他熟知新疆的各类矿石,知道不少关于石头的故事。

听者听得入迷，一句打断的话也没有。

“这块神奇的矿石是位名叫韩凤鸣的地质工程师发现的。1979 年，韩凤鸣在‘三号’矿脉发现了一块拳头大小的无色透明石头。那块石头很像水晶，但凭经验，韩凤鸣感觉它并不是水晶。我们平时所说的水晶是一种无色透明的石英结晶体矿物，主要化学成分是二氧化硅，二氧化硅完全结晶时就是水晶，二氧化硅胶化脱水后就是玛瑙。”余玮感觉自己停不下来了，他继续讲述，“由于当时可可托海矿务局的测试设备有限，1980 年，韩凤鸣将它一分为二，把其中的一半先后送往成都地质学院和北京地质科学院进行检测、分析。这块石头最终被认定为新矿物。1983 年 3 月 3 日，国际矿物协会新矿物命名委员会确认额尔齐斯石为世界上首次发现的新矿物。根据韩凤鸣工程师的建议，这块石头被命名为额尔齐斯石，并非以惯例用发现者的名字命名。”

“那一代知识分子的情怀多是如此！”钟鸿感叹道，“他们把名利看得很淡。”

“可可托海还有一条规模宏大的地震断裂带，是世界上保存最完好的断裂带之一。1931 年可可托海发生 8 级地震，地震让可可托海至二台产生长达 176 千米的地表破裂带，最大地震错距达 7 米左右。这也是新疆大地震中已知错动幅度最大的一次地震。”这条断裂带的历史叶清扬给余玮说起过，他接着说，“那里盛产海蓝宝石、碧玺、石榴石、芙蓉石、玉石等多种宝石。20 世纪 80 年代，西部水电院进行额尔齐斯河水利枢纽工程勘测时，驻地就在可可托海，那个时候工程师们在驻地附近随处可见嵌有海蓝宝石、碧玺、石榴石和芙蓉石的石头，这些石头被用作铺砌渠道的石材。我去过可可托海地质陈列馆好多次，在那里可以见到 16 公斤重的海蓝宝石、17 公斤重的黄玉、60 公斤重的钽铌单晶矿。”

“燕博文，我现在就要去可可托海！”坐在后排座的钟鸿大声喊道，她使劲拍了拍坐在副驾位置的丈夫的肩膀。

“去，一定去。”燕博文回头看了妻子一眼，诙谐地说，“让余玮给汽车安装两只翅膀吧!”

车子正驰过红山路,两旁高大的树木上满是金黄的叶子,这些树木像在举行盛大的列队欢迎仪式。

“可可托海的美,是因为它本身很美!”

余玮想起了可可托海的桦树林和西伯利亚的松林海,动情地说道。

国庆节长假的第三天,余玮驾车从乌鲁木齐出发,历时10个小时,在晚上赶到可可托海预定好的桦木屋别墅。乌鲁木齐晴空万里,可可托海却是秋雨绵绵。

别墅的主人叫别克,是位哈萨克族的小伙子。令他们几人感到惊奇的是,这个年轻人竟然毕业于上海音乐学院。别克毕业后在上海闯荡了两年,爸爸叫他回到故乡可可托海经营桦木屋别墅。他的新婚妻子索菲亚是位中学英语老师。他俩骑在马背上的婚纱照就挂在大厅的墙壁上。墙壁上还挂着一把小提琴,梅好看了它好几眼。

别克早就做好了手抓羊肉等着他们。山里的羊肉鲜美无比,牧民自酿的青稞酒醇厚绵长,他们邀请别克和索菲亚共进晚餐。就在别墅院子里的雨棚下,四碟小菜、三斤烈酒、两盆羊肉和一把吉他叩开可可托海浓浓的夜色。

别克即兴边弹边唱了一曲哈萨克语的情歌。歌声勾魂摄魄,流淌出的浓稠爱恋感染着每个人。

“我感觉自己站在广袤的草原上,站在如水的月光下,依偎在白色的帐篷旁!”燕博文独饮了一大口酒,情绪激昂的他站了起来。

“兄弟,你依旧不减当年的那股豪气,如今还有一派静气相随。”余玮接过燕博文的话。

“我虽然听不懂哈萨克语,但这歌声早已穿透了我的心,让我再次回味爱的甜蜜!”钟鸿深情地看着丈夫,丝毫没有掩饰自己的感受,“我羡慕这里质朴的爱情和生活,无私的阳光和草场。在这里,人们守住时光,安然享受慢慢老去的过程。”

“拥有平凡的生活，享受平常的亲情和爱情，这是多么幸运的事情！”梅好说。

别克接着连续弹唱了《敖包相会》和《鸿雁》。这是两首传唱极广的歌，所有的人都跟唱。

“绿蚁新醅酒，红泥小火炉。晚来天欲雪，能饮一杯无？”余玮想起了这首唐诗，眼前浮现出一个久远的清雅场景：绿酒红炉，三五好友，把盏白雪夜。而眼前的场景不正与古人暗合吗？他想起了叶清扬，默默地喝了一口酒。

烈酒驱散冷冷的夜风，一股暖意流入每个人内心最柔软的地方。就在额尔齐斯河河畔，深情的歌唱伴随着清澈的河水在流淌。

她默默来到那片白桦林
望眼欲穿地每天守在那里
她说他只是迷失在远方
他一定会来
来这片白桦林

这是梅好在唱《白桦林》。当她唱到这里时，余玮听出了歌声里有泪水流出来。她又回想起两年前那场惨痛的事故。余玮死里逃生。她想起了孤单的杨琴，想起了等着爸爸回来的朵朵。那场事故对她的震撼是刻骨铭心的。她有很多次莫名地对余玮说，一家人能守在一起比什么都重要。她没有告诉余玮的是，这两年她时常在噩梦中遭遇生死之别——世界只剩下她和女儿。每次从这样的梦中惊醒，她总会紧张地抱住身旁的余玮，庆幸所历只是个梦境，觉得余玮就是自己和女儿的一切。为此，她在言谈上变得小心谨慎——她忌讳听到一些不吉利的话语。

凄厉的北风吹过

漫漫的黄沙掠过
我只有咬着冷冷的牙
报以两声长啸
不为别的
只为那传说中美丽的草原

在燕博文的歌声里，一只孤独的狼追寻肥美草原。它历经艰难后变得坚韧无比，苍劲的嗥叫拨动了男人的心弦，也再次唤醒流淌在血液里的豪迈之魂。这十多年来，燕博文空着手闯荡，所见之人、所历之事不可谓不多、不广，这让他变得跟狼一样果敢、圆通或是狡黠。这些年，有很多次他身处绝境，撞得头破血流，但他像狼一样舔舐伤口后进行了更为现实的更新。他极少说起自己光鲜的成功，他认为那样会显得浅薄，或者膨胀，或者是自溺于一种悬飘着的虚荣中。

午夜，别克和索菲亚休息去了，余玮他们四个人兴致未减。他们不再歌唱，而是随意闲聊。

“为了稳住公司的骨干员工，我给他们分配公司股份，让他们参与公司的事务决策，让他们不觉得自己是个局外人。”燕博文说，“我连续花了二十多个晚上去统计、分析和评估环保设计与施工的关键点，编写了专门的投标评估软件，这个软件让公司的每一次工程项目投标显得游刃有余。我觉得自己有用之不竭的精力。我腾出一间很大的房间，作为茶歇休息室，每个员工的生日聚会都在那里举行，这些虽然花不了多少钱，但有一份心意蕴含在里面，它能让员工感受到温暖和希望。公司有好几位员工，他们都是从业主单位辞职过来的。

“我这样激励公司的工程师：工程师的良知是利用有创意的技术追求幸福的生活和理性的建造。因此，工程师应该是相比单调更珍视丰盈、相比固守更注重更新、相比现在更看重未来的开拓者、革新者和先驱者。”

燕博文的眼中闪烁着激动和骄傲，但很快有一股伤感涌出。

“在很多只有斥责、不容申辩的场合，我颜面尽失，尊严无存，这种糟糕的情绪要经过好几天才能逐渐平复。”燕博文叹了口气，“我时常这样宽慰自己，能有几个人不历经当孙子的过程呢？”

“话糙理不糙！钢材唯有历经淬火才能提高刚性、耐磨性以及韧性，人亦是如此。这算是格物致知吗？”余玮问。

“算。一些关于物与人之间的比喻之所以贴切无比，是因为二者遵从同一法则。”燕博文回答，“这些年来，我没敢歇过一口气，没有怠慢过一天，我用尽全力掌控每一件事情，尽管有好多次我无能为力。”

“对热爱忠诚，对生活赤诚，始终努力做佑护自己的人，这些年来你一直如此。”余玮说，“你是我们这些人里面最早走出去的人，空着手闯出了自己的天地，现在拥有自己的公司。”在心里面，余玮一直为燕博文感到骄傲，“我要是早些觉悟，像你这样早点创业该多好。”

“但我想说的是，如今，像我十多年前那样空手创业几乎不可能了。时代在剧变中，创业并非可以简单复制的。”燕博文这样回答余玮。

余玮说起了室友宋玉龙的创业历程。宋玉龙辞职的当年未能如愿考取母校的硕士研究生，在“北漂”三年后于 2003 年考取了清华大学工商管理硕士，于 2010 年创立了龙易创为公司，四年后公司上市，发展为以数字阅读为基础的一家综合性数字文化企业。在宋玉龙说起创业的艰难历程时，他狠狠地感慨：“创业其实就是一个从孙子变成大爷的过程，但并不是每个孙子都能成为爷。”他的这句话跟燕博文的感喟惊人地相似。

余玮还说起了香港《文景报》的郝林记者。郝林 2009 年从报社辞职去了一家基金公司，担任公司高管，就在半年前他打电话动员余玮将闲置资金转入基金公司，获取高额回报，当时余玮谢绝了他的好意。在说起郝林时，余玮记起了香港《文景报》的会计朱姐，他一直想再见她一面，感谢她的忠告之恩，可与她失去了联系。近些年，余玮经常会想起她，想起她说过的那句：“我希望重逢时，听到你关于水电工程师的职业识见和成就。”他后悔当初没有记住她的名字，如今她应该是位年近70岁的老人了。

舒缓的谈吐，似清泉在流淌，绵绵不断。就这样，他们聊了很多，直到钟鸿说早些休息，早晨还要爬神钟山，再聊下去天该亮了。

清晨，雨停了，太阳没有出来，空气像清澈的溪流一样甘甜，山里的一切湿漉漉的。他们一行四人朝南行进在一道山脊上，行至神钟山南端后，将从那里攀登神钟山。神钟山呈南北走向，主峰在北端，像一口巨大的钟，南端平缓，与西侧的一道山脊相连。

“这里是个饮酒的好去处！”燕博文感慨道。眼前，明艳的红叶或飘浮于幽谷中，或泼洒于石峰上，或簇生于疏林间，一种恬静、俊逸的景致让他陶醉。

“这位酒仙，你是要学竹林七贤吗？”余玮问。

“哈哈哈，是的。还要学悠然见南山的陶渊明，率真洒脱的兰亭名士。”

“那是个飘溢着真性情的时代，让人神往。”

余玮和燕博文走在最前面，他俩有感而发。

一阵雾霭自山顶飘铺下来，可可托海连绵的石峰在变幻的云海里时隐时现。神钟山露出了大半个身子，它是阿尔泰山最著名的山峰，伟岸而富有磅礴之气，也因此而成了可可托海的标志。剑峰紧邻神钟山，如利剑一样直插云霄，云海很容易就被它刺穿了。

他俩走到一片树林，停下来等梅妤和钟鸿，很快，她俩赶来了。余玮拿出背包里的保温壶，给每个人倒了一杯热热的奶茶。奶茶是一大早索菲亚就煮好的。

“我们从那里攀登神钟山。”眼前有条树木稀疏的小道，尽头是一片金灿灿的阳光，余玮手指着那片阳光。这条小道并不好走，树枝横穿过来挡住前行的路。余玮走在最前面，小心地拨开树枝，开出一条通道，大家摸索着前行。走到尽头处，他们开始攀爬横在眼前的一道石崖。

“小心点。”梅妤说。

“我会的。后面的人更要小心，当心有落石。”余玮的声音在山风里激荡着。

他们攀至崖顶，前方是一片开阔的长着西伯利亚松和白桦树的长条形的巨大平台。这个平台实际是一块隆起的巨型岩体，向北延伸到突起的神钟山主峰时戛然而止。那些树木就扎根在岩块的缝隙里面。站在这里仰望神钟山，神钟山像头昂首傲视群山的雄狮。这块巨大的岩体构成了狮背，狮首正是神钟山主峰，而他们几个人正站在狮子的尾部。这处平台上随意散落着一两层楼高的巨石，他们在巨石的缝隙里穿梭前行，有的缝隙很窄，人走不过去，他们或绕道，或爬上巨石继续朝前走。只走过一小段路程，山风突然变得猛烈起来，像是爆炸引起的强烈冲击波。即使有登山杖助力，他们还是没走几步便寸步难行了。这里是一处风口。狂暴的东风呼啸着，挡住了去路，他们只能沿原路返回。在返回之前，余玮和燕博文决定去风口看一看。风口就在东边的一处断壁那里，他们刚才行经之处正是在这面高大崖壁的背面。

快接近断壁时，俩人几乎无法站立了。他俩扶着巨石，朝风口的前方望去——万道霞光打在神钟山上，金光闪闪。他们这才发现神钟山的东侧断壁高达千尺，叫人不寒而栗。他俩靠在巨石上，将双手合拢成喇叭形状围在嘴边，用尽全力大声呼喊，却只能感觉到自己微弱的声音，耳旁尽是山风的巨吼。了却了这个“看一看”的心愿后，俩人迅速返回，追上了梅妤和钟鸿。

“余玮，”燕博文开口了，这是他俩返程中的第一句话，“我一定要给你说一件事。”

余玮好奇地望着燕博文。

“我认识的几个设计院的朋友，他们都注册了自己的工程咨询公司，做一些工程咨询服务。”燕博文扶了一下滑下鼻梁的眼镜，“这不光可以让你获得一笔额外的收入，还可以让你乐在其中。那几个朋友都有这个感受。”

“余玮，你有这个能力。”燕博文的眼中充满了期待。

下山途中，燕博文看到了一道闪光。在闪光的地方，他捡到了一块嵌有海蓝宝石的石头。

余玮告诉燕博文，就在山下的额尔齐斯河里，常有人捡到海蓝宝石，还有三色碧玺。紧接着余玮说出了那个酝酿已久的想法。

这几个月以来，余玮在反复琢磨一件事：借调至京杭水利水电勘测设计院，换一个新的工作环境。京杭水利水电勘测设计院有三家子公司，每年都不定期向各子公司借调人员应对繁重的勘测设计任务，借调期短则数月，长则几年。于京杭水利水电勘测设计院而言，从子公司借调人员有个好处——不用支付借调人员的工资和绩效，只需支付差旅费。多数员工都不愿意被借调，因为子公司会降低他的绩效收入。但也有人愿意被借调，如此可以通过借调和人脉关系一步步地完成艰难的工作调动，调到京杭水利水电勘测设计院。这个想法自从余玮那次跳绳见到欧建国父女俩后变得越来越强烈。他为自己忍受侯耀祖篡改《塔里木河流域水资源持续利用及水利工程布局综合研究报告》总体负责人的张狂行为而感到耻辱，尽管他在当时表现得那么不屑一顾。有些事情就是这样，似乎已经过去了，但在特定的境况下重新拾起，它会横在脚下，无法跨越。他一次次地为自己不能像坚持某个正确的设计结论一样去守卫叶清扬的荣誉而羞愧。为此，他经常想起恩师，想起那场事故，而随之是袭遍全身的孤独感。他猛然发现自己已经38岁，快到不惑之年，白驹过隙的伤怀时时袭扰着他，他觉得自己已被时光和西部水电院遗忘。他因此认为自己正在失去像欧建国那样上升的机会，而他坚定地认为就专业水平而言，自己并不逊色于欧建国。当血液里的激越澎湃之声在夜深人静响起时，一种不甘心的心理愈来愈坚定地激励着他。他下定决心申请借调至京杭水利水电勘测设计院，或许能获得新的机遇。

“观照内心，由知而行。当你抛出硬币时，其实心中已经有了答案。”燕博文的答复是简练的，“这些年，你已经打好了扎实的专业基础，如去了京杭水利水电勘测设计院，或许有新的机遇在等着你。”

“我姑且这样揣测你的心思。侯耀祖伤害了你的自尊，欧建国刺激了你的神经，而我激发了你的意愿。”燕博文并未停下他的话语，诙谐地看了余玮一眼，“你是信奉‘知行合一’的。深思熟虑后的目标，一定是有价值的，也是宝贵的。”

这些年的历练，已让燕博文果敢无比。

中午，他们返回到别墅，别克已做好了午饭等着他们。午饭是羊肉汤面片。饭后，他们辞别别克夫妇，朝景区大门走去。道路左侧的山坡上，经常能看到一对生长在一起的树，一棵的树叶是金黄色，另一棵的树叶却是碧绿色，人们叫它们为夫妻树。他们走到白桦林时，已是下午了。

天空没有一丝风，白桦树懒洋洋地在阳光中休憩，几个人躺在桦树林厚厚的金色落叶上休息。额尔齐斯河从这里缓缓流过，发出轻柔的声响。余玮想起了黄河、故乡的炊烟、院子里高大的杏树、四四方方的饭桌和麦田里蝈蝈的鸣叫声，这些久违的回忆再次一起闯入脑际，像一个熟悉而遥远的梦境悄然而至。而燕博文，正在酝酿他的新诗：

如果你喜欢一个女孩
来可可托海
白桦林间她泛着金光的发梢
会让额尔齐斯河为之徘徊

如果你爱一个女人
来可可托海
让苍劲雄浑的阿勒泰山
见证男人一生只会说一次的誓言
和用生命诠释的真爱

如果你有孩子

来可可托海

捡宝石的路上有足够多的失望与无奈

人生最珍贵的不是希求的钱财

而是那共同倾听过的天籁

如果你想寻找那个久违的自己

来可可托海

这里的远峰白雪皑皑

这里星空璀璨,足以抚平伤害

绿色的丛林,蓝色的河湾

让人不舍离开的可可托海

第四十四章　百蝶瓶

自余玮认识楼春芳后，每年春节都要到楼春芳家去拜年。余玮在心里早就把楼春芳认作长辈。在楼春芳的家里，他俩谈天说地，涉及的话题很广，唯独没有水电院一些是是非非的事情。楼春芳说过，莫谈是与非，水电院的人际关系错综复杂，稍不留意便会陷入是非之中。

这年春节前夕，余玮托人在福海的冬捕现场买了几条大草鱼和乔尔泰鱼，当时他就想着多买几条，拜年时给楼春芳送几条。

大年初三，余玮去楼春芳家拜年，一进门就发现了茶几上一尊极为显眼的瓷瓶，上面绘有各色漂亮的蝴蝶。

“楼总过年好！咦，那是什么？”余玮的眼睛都要直了。

“过年好！那是一尊清光绪粉彩百蝶赏瓶。朋友家的，拿来让我掌眼。”

楼春芳喜欢书画瓷器之类的收藏品。他家曾是杭州的望族，藏品甚多，不过后来大多散佚了。楼春芳自小对收藏品耳濡目染，深谙文物鉴定之法，在乌鲁木齐很有名气。

“你先看看。”楼春芳给余玮倒水，他的妻子赵婧如给余玮切好了橙子。

这尊瓷瓶上画满了形态各异的蝴蝶，不像一些绘有花卉人物的瓷瓶那么常见。

“真别致，不错不错。”余玮觉得这尊瓷瓶让人赏心悦目。

“你仔细看看，稍后我给你解析。”

余玮认真看了看，着急地看着楼春芳：“楼总您还是现在就讲吧。”

“我给你先说说瓶子的名儿。”楼春芳说，“你看这上面的蝴蝶，色彩斑斓，形象优美，给人以喜悦之感。蝶谐音为‘耋’，‘耋’为七八十岁之意，指老人长寿的意思。古人很有智慧，作百蝶图，或者烧制绘有很多蝴蝶图案的瓷瓶来给老人祝寿。清代的粉彩百蝶瓶很有名气，在收藏界很受追捧，所以赝品也很多。鉴定瓷器的要素有很多，比如瓷胎的开片、粉彩的晕散、描金的材料等，这需要多年的实践才能熟练掌握。但对百蝶瓶的鉴定，你只记住一条就可定真假了。

“你逐一仔细观察这些形态各异的蝴蝶，凡是笔画精确到位、表达准确的，多是真品。这就跟做设计文件一样，凡是用心设计的文件，别说内行人，外行人都能看得出来，感觉得出来。瓷器作假者急于求成，不会一笔一画、一只蝴蝶一只蝴蝶全都用心描绘，总有一些蝴蝶的用笔很急躁、随意。

“这其实是对人心的鉴定，作假者追求的是数量和速度，故没有不心急的。之所以心急，是为了追求所谓的‘效率’，在如此‘效率’的胁迫下，作假者只是模仿，没有创造，线条难免轻浮粗率，作品必是平淡无奇。而那些宫廷画师，耗时耗精心构造，想象蝴蝶飞舞时的曼妙姿态如何触动人心，努力表现隐含在画作中的人的思想，引导观者体会画作本身和画作之外含蓄无穷的意境。”楼春芳停顿了一下，继续他的解说，“官窑瓷器，单从绘画上讲，是没有败笔的。所谓败笔，即是那些艺术表现力差的线条，而有败笔的作品肯定是要毁掉的。”

“你来看这只蝴蝶，”楼春芳指着一只蓝色的小蝴蝶说，“你看它的触角，线条很随意，完全比不了旁边那只大红蝴蝶的触角。官窑瓷器是不容许这种绘画存在的，反过来讲，如果官窑瓷器制作很随意，那也不会有人喜欢它，追捧它了。”

“按此推理，凡急功近利者，即是作伪者吗？”余玮问楼春芳。

“哈哈哈，问得好！你自己琢磨吧。”楼春芳喝了一口茶，笑着看余玮。

在他俩聊完那个赝品粉彩百蝶赏瓶后，余玮转移了话题：“楼总，有件事烦请您出面。”

“余玮，别这么客气。什么事？”

“烦请楼总帮我邀请林雨生老院长。我想邀请老院长吃个便饭,不知他能否应邀。”余玮的这个心愿很早就有了。

当年他从北京回来,林雨生让他继续留在西部水电院,还给他分配了住房,这让他感激不尽。但余玮总觉得林雨生身份显贵,一直未敢冒昧邀请。如今,林雨生已经退休了,该兑现这个心愿了。

“应该没问题。”楼春芳回答道。楼春芳和林雨生是同龄人,也是关系不错的朋友。

“谢谢楼总。”余玮露出感激的微笑,说起了自己与林雨生之间的一些事情。

林雨生退休后一直住在西部水电院家属院,余玮经常能遇见他。每次见到林雨生,余玮总是恭恭敬敬的,显得很拘谨,而林雨生则轻松地说笑,刻意去化解余玮的拘谨。余玮不是一个内向的人,却总改不了在林雨生面前的谦恭之态。余玮知道,这谦恭源于一种敬畏。物业公司人浮于事,很长时间都不给草坪浇水,林雨生便自己打开水井盖,下到水井里打开阀门给草坪浇水。只要看到林雨生浇水,余玮总要跑过去帮忙。铸铁的水井盖很重,阀门经常卡死,每次都要费很大周折才能给草坪浇上水。楼前的院子里有一棵大柳树,是前几年移植过来的,栽培时树干没有扶正,柳树便倾斜着长。柳树的树冠硕大,压着树越长越斜,林雨生找来一根粗粗的木桩撑在树干上,硬是扶正了柳树。有一天,林雨生指着大柳树对余玮说:“柳树的根大多是水平方向生长的,所以很难把根深深扎在地下稳住树干。那根木桩千万不能取掉。”去年夏天,工人在草坪上用拖拉机犁地,犁断了大柳树的根,大柳树在一夜之间枯萎了。有一段时间,林雨生经常扶着树干,仰起头凝望枯黄的树冠。但在秋天,大柳树重新长出了枝叶,复活了,树冠却早已干枯。

“楼总,还有件重要的事要跟您说。”他要说出自己的一个想法。

第四十五章　鸡鸭都要过河

“我已写好了借调申请。”余玮认真地看着楼春芳，“我思量很久了。”

“我想你已经考虑很久了。”楼春芳并无惊诧之意，“你跟京杭水利水电勘测设计院谈好了？”

“已经谈好了，春节过后就去报到。”

“我要提醒你的是，”楼春芳看了一眼余玮，严肃地说，“你跟他们谈待遇了吗？他们给你什么职位？你正是年富力强、技术成熟的年纪，既然走到这一步了，还是要现实一些，凭你的技术能力得到属于你的东西。”楼春芳从电视柜里取出红酒杯，“余玮，今天喝点红酒。”他倒满了红酒，“在西部水电院，你只顾埋头干活，固然不错，但也未必都好。有时候我会这么想。我看得出来，你渴望被认可，但你显得很无奈。”

“京杭水利水电勘测设计院很认可我的业绩，聘我为水工设计处副总工程师。”余玮说起了职位的事情。

“不错的待遇。至少我这么认为。”楼春芳肯定地说，“我一直认为当一个优秀的技术人员成长到一定程度时，获得某个技术职位是很有必要的。因为这样可以更好地发挥专长，实现自我价值，可以调动团队的力量展现更大的作为。前提是在这个职位上进行更加系统的思考和更加勤奋的实践，而不是盲目自大地指手画脚。”

“西部水电院让你失望吗？”楼春芳突然这样问余玮，“你决定离开它的原因是什么？只是为了得到一个职位？”

“失望？不全是。可能是源于对西部水电院的一些顽疾的不平之意。这些年，水电院增加了名目繁多的非勘察设计类部门，越来越多的员工脱离勘察设计本业钻进这些部门，并形成一股强大的势力，在这股势力面前，勘察设计的尊严正在一点点丧失。”这让余玮很痛心，他列举着西部水电院存在的种种不良现象，显得很无奈，“我是想换个环境，不愿看见小丑的表演，让自己的心境能平静下来。至于职务，我的确有所期望。我的简历获得了他们的认可。”

“顽疾，表演，这是两个有意思的词。”楼春芳轻松地笑了笑，“我来解释一下所谓的顽疾之根源。

“我刚被分配到西部水电院的那些年，外业勘测的过程中，测绘队长带领着随队医生、警卫人员和司机同测量工人一起扛着测量塔尺天天在野外做测绘，各专业的工程师做外业调查，搜集、整理勘测资料，在本专业的工作完成后，他们还要和测量工人一起做测绘，整个外业团队中没有一个游离于外业工作之外的人。回到单位做设计期间，设计项目部不光要召集各专业的工程师集体办公，还要选拔一批测绘工人加入设计项目部，做一些力所能及的事务。那时候的机关和后勤部门是为服务勘察设计而设，他们的收入要低得多。但慢慢地，西部水电院出现了脱离于勘察设计和市场经营的一类人，出现了专门为这类人而设置的部门和职位，引得一些人从走进水电院之初或中途往这些部门里钻，他们的职场生涯中没有任何风险。在西部水电院的科技档案里，尽管他们的名字很少在勘察设计文件中出现，但他们一样享受勘察设计的红利。他们中间有很多人终其一生不会出现在勘察、设计及施工现场，不会在勘察设计文件上签一次名字，不会踏进勘察设计部门的办公室半步，永远不会体悟和传承水利勘察设计厚重的文化。他们一辈子与累牍无味的公文打交道，没有创造，只有消耗。实际上，这种现象并非西部水电院特有的，在各行各业都多多少少存在，这是人类社会特有的现象，已经存在了几千年，并且将来还会继续下去。今天，我剖析这些现象，是为了让你对职业和生活的认识变得更加通透，让你对职业的热爱之心更加纯粹、坚定，并不是为了让你自身陷于无趣和抱怨中。西部水电院每个月给我们薪水，我们自身要做到受之无愧,不要有不劳而获的企图。

“我们这些人,接受过系统的教育,具备了一定程度的文化修养,掌握了某种技能,就应该为社会做更多的贡献,最大限度地实现自身的价值,做一个贡献者。”楼春芳深情地说,“当我们该离开这个世界的时候,我们不会为自己的碌碌无为而后悔。当然,人的一辈子很漫长,不可能事事都一帆风顺,有时风和日丽,有时风雨交加。人生之路,注定会经历起伏,‘顺境做事,逆境读书’,用奔跑品味荣光,用缓行坚守落寞。我们终将老去,但我们一生中所做的工作、所完成的每一项设计都惠及了其他人,都体现了我们自身的价值。在这过程中,我们也享受了别人的劳动成果。我们每一个人都不是独立于社会的存在,这是个不变的法则,而正是这个法则驱使社会中众多的人在工作和奉献,促进了社会和人类的进步,我们每个人也因此享受到社会发展的成果,享受到方便快捷的现代生活。

“这才是我们要包容那些碌碌无为的平庸者,让自己变得积极刚劲的唯一理由。”

楼春芳的眼中闪烁着骄傲的光彩,像个少年。

“鸡过河、鸭过河,鸡鸭都要过河,不可能只让鸭子过河而不让鸡过。西部水电院正像一条河,河边有鸡又有鸭,难道只有鸭子才能过河吗?你要明白,西部水电院的每一个人,无论是脚踏实地的付出者,碌碌无为的不劳而获者,还是争名夺利的表演者,都要依赖水电院生存下去。

“至于你,既然你已经决定了,我便坚决支持你。我估计,你在那里遇到合适的机遇会选择正式调动,但那一定存在诸多困难,进而会引发一系列麻烦。比如梅好的重新就业、奇奇的教育,还有你的父母又要重新适应新生活,这些都是你要面对的。我想你已经考虑得很全面了。

“而作为我,一个退休的老头子,一个看着你在西部水电院走向成熟的人,我并不愿意你离开这里。”最后,楼春芳这样说。

第四十六章　你的翅膀留在了天上

余玮的大脑异常清醒。

他经常半夜醒来，好像有个定时的闹钟在提醒他。一点儿困意都没有，他不知道要过多久才能入睡。半夜莫名醒来的习惯在他来到京杭水利水电勘测设计院后就慢慢有了。2016年春节长假过后，他交接完手头的工作便赶到京杭水利水电勘测设计院。在去杭州前，他兑现了邀请林雨生吃饭的心愿。席间，余玮歉意地解释说本该早就邀请林院长吃饭的。楼春芳替余玮解释说，只因林雨生贵为院长，未敢冒昧。林雨生责怪余玮过于谨慎了，说自己本是一名钻探工，何来冒昧之说，并鼓励余玮凡事不要过于谨慎，随性些才好。那天林雨生喝多了酒，余玮送他回家。余玮看到那个“福”字相框依旧挂在客厅里。

京杭水利水电勘测设计院在聘任余玮为水工处副总工程师的同时，也给他安排了繁重的勘察设计任务。他在西部水电院早已适应了紧张的工作状态，并未觉得不适应。在紧张的工作节奏中，一晃两个月过去了。

他醒来时会习惯地屈起胳膊，将头枕在上面，摘下玉佩握在手里慢慢揉捏，就像有人在这样的时候习惯于点燃一支香烟一样。这块玉佩正是梅好送给他的玉莲蓬。

他轻吟出一声长长的叹息。

当天下午，余玮将一份手写的90多页的计算书交给水工设计处处长，这是他花了一周时间完成的，是关于某水电站大断面泄水隧洞位于地震活动断层内条件下的结构检算书。这类水利工程很少见，多数情况下方案设计师会选择让泄水隧洞避开地震活动断层，以降低工程安全风险。当无法避让这种不良地质时，工程师必须根据工程所在的《地震安全风险评估报告》进行泄水隧洞的结构安全性论证。几年前，余玮在新疆伊犁河水利枢纽中做过类似的设计，这次借调来到京杭水利水电勘测设计院碰巧就用上了。那天就在余玮将计算书名输入计算机时，他莫名想起了英中杰的钢笔字，决定改用钢笔编写这份计算书，刻意将某种神圣和骄傲的意义蕴含在计算书里。当处长接过计算书时，显然体会到了这层意义，发出了由衷的赞叹。在结构计算越来越多地依赖结构分析软件的年代里，依凭大脑艰苦的思考和双手的辛劳，像个高中生一样去推理验算无疑是在唤醒工程师最基本的素养——提笔即能计算，动手即能绘图。而很多工程师正在逐渐失去这一素养——做设计必须依赖电脑，好像电脑已经替代了人脑。处长希望余玮能留在京杭水利水电勘测设计院，这让余玮萌生了正式调动工作的念头。随即，他想起了一件事。

在余玮离开西部水电院的前一天下午，盛良玉约他谈话，问他借调的缘由。余玮只是说自己喜欢杭州的人居环境，碰巧京杭水利水电勘测设计院就在杭州，并未说出实情。那天盛良玉送余玮走出办公室时，郑重地握住余玮的手，说道："我挽留你的心意已经表达到了，而你真实的想法却未必说与我听，但我可能猜测得出来。你离开西部水电院，我不送你；如你归来，我欢迎你。到了那边，有了新的想法，希望能告知我。"

午夜，余玮再次想起这件事时，又长叹一声，而这一次是沉重的。在西部水电院办理调动手续是件不容易的事情，正如人事部部长引用古诗句"相见时难别亦难"所说的那样——踏进西部水电院的大门很难，而想走出去会更难，除非是舍弃押在西部水电院的人事档案而选择"裸辞"，或者依靠强大的社会关系网提供工作调动的便利条件。显然，这两个条件他都不具备。他幼稚地想把自己的想法告知盛良玉，寻求他的帮助。他进而假想了一段极为顺利的调动过程，然后，又熄灭了那个假想。

他索性起床，来到卧室的窗户前，拉开窗帘。雷峰塔映入眼中。租的房距离西湖不远，可以清楚地望见雷峰塔。史料记载雷峰塔由北宋时期吴越王钱俶为供奉佛螺髻发舍利而建，旨在祈求国泰民安。佛塔起初的名字叫皇妃塔、西关砖塔，因其建在西湖南岸夕照山的雷峰上，亦被人们称为雷峰塔。乌鲁木齐的红山塔最初的名字叫镇龙宝塔，因为建在红山上慢慢地被民间叫成了红山塔。中国著名的古建筑建成之初都有特定的名字，具有特定的含义，但有很多名字在民间慢慢演化为地名指称，就像给这些建筑物起了叫着顺口的乳名一样，这是个很有意思的现象。关于两座相隔千里之遥的塔的思考冲淡了他的焦虑，他又回到床上。这一次很快便睡着了。

他又做梦了。他独自登上红山，朝红山塔走去。他再次听见了那个熟悉的声音——轻风吹过红山，发出的“呲呲呲”的有节奏的声响，其中还伴有天上的雁叫声与地上的蟋蟀鸣叫，像一曲来自大自然的思乡曲。路旁的山石上，有慌乱逃窜的甲虫和蹦来蹦去的蚱蜢。高高飞起的风筝在红山上空徘徊。当走近红山塔时，他看到梅妤带着奇奇从塔后面走出来。他惊奇地问：“亲爱的，你不恐高了吗？怎么来到了这里？”

“有她在呢。我俩一直在这里等你。”梅妤微笑着，指着身边的女儿说。

女儿咧嘴笑了，露出四颗小虎牙。梅妤松开女儿的手，女儿朝余玮跑来，张开双臂。梦境中的女儿是她五六岁时的模样。

女儿是最喜欢让余玮抱的，即使在她学会走路之后。她走不了几步，总会跑到余玮面前，抱着他的腿，仰起稚气的圆脸，央求道：“爸爸抱抱。”女儿渐渐长大，家人中最先是妻子抱不动她，再次是妈妈，接下来是爸爸，最后只有余玮能抱得动她了。从西部水电院家属院走到红山公园，要经过红山农贸市场，市场由几排棚架式的建筑组成，人们习惯于把这个市场叫作“棚子”，而女儿称这个市场叫“棚棚”。去红山公园穿过“棚棚”时，要抱着女儿走过，这是她从小就养成的习惯。每次一家人快要走到市场入口时，女儿总会提醒说：“爸爸，到‘棚棚’了，抱抱！”对此，余玮从不拒绝。有时候下班回家，凑巧看到女儿和爸爸走在前面，余玮会悄悄跟上去，从后面抱起女儿，将她脑袋朝下，脚朝上，女儿只是“咯咯咯”地欢笑。余玮问女儿为什么不害怕，女儿说：“我就知道你是爸爸，除了爸爸，没有人会这么抱我。”在家里，只要有女儿认为高兴的事情，女儿会第一时间扑到余玮的怀里，抱住他，把耳朵紧贴在余玮的耳朵上。余玮故意问她：“羞不羞？”女儿说：“我就不羞！”

女儿喜欢听故事，余玮喜欢讲故事，女儿最喜欢余玮自编的故事，因为故事里很多是余玮自己童年的经历和幻想。有一次，女儿问余玮：“爸爸，我小的时候是做什么的？”

“你现在就是小的时候呀，你在做爸爸的女儿呀。”余玮这样回答女儿。

“我是说在这之前的小的时候。”女儿澄清道。

“你小的时候是个小老虎，心地善良、勇敢坚强，天上的神仙爷爷看你这么好，就让你变成了猴子，但是忘记变化四颗虎牙了，所以你的嘴巴里有四颗吃东西非常厉害的虎牙。变成了猴子后，又因为你乐于帮助别的小动物，神仙爷爷就让你变成了天使。”余玮回答道。

“那我有翅膀吗？”女儿高兴极了。

“你当然有呀，要不然你怎么会在天上飞呢？”

“我知道，它像蝴蝶的翅膀。那后来呢？”

“后来爸爸和妈妈给神仙爷爷打电话说，我们家需要一个小孩，有哪个天使愿意来？”

“最后谁来了？”

“当然是你呀，傻乎乎的！就是你从天而降给我做女儿了呀！”

“那我的翅膀呢？”

“你的翅膀留在了天上。”

余玮记得当他说翅膀留在天上时，他把女儿搂在了怀里。

有一天，梅好说女儿是爸爸前世的情人。为此，余玮专门问女儿：“宝贝，你能记起小时候的事情吗？”

“小时候我在妈妈的肚子里面睡觉，我现在什么都不记得了。”女儿说。

余玮继续问：“在妈妈肚子里之前的事情你还能记得吗？”

“记不得了,我真的忘了。”女儿很认真地回答。

“那你觉得你那时认识爸爸吗?”

“当然认识呀!”

“为什么呢?”

“爸爸,你真傻。”女儿得意地说,“我不认识你怎么做你的女儿?”

余玮清楚地记得梅好在一旁这样嘲笑他:“你真傻,连个孩子都不如!”

第四十七章　我们一家人什么时候才能团聚

清明节到了，又过去了，紧接着五一劳动节就要到了。这段时间，余玮给盛良玉打过一次电话，表达了自己调动工作的意愿。盛良玉很干脆地否决了，对余玮说："你还是回来吧。"余玮就调动事宜向水工处处长寻求帮助。处长说要么是余玮打报告申请调动，要么是京杭水利水电勘测设计院安排调动，二者的调动途径不同，但均需余玮有过硬的人脉关系。这让余玮陷入无助的境地。燕博文有一天专程赶到杭州看望余玮，在谈及余玮的处境时，他这样说："我一直喜欢'行到水穷处，坐看云起时'这句诗，因为其中蕴藏着深刻的变通思想。'坐看'并不只展示一种从容，更暗示一种稳健——在'水穷处'已知晓去路。既然此路不通，就另寻路径，即使是回头路。"

一天，余玮加班到很晚才离开办公室，匆匆赶往住所。已是深夜，路上的行人很少，来往的车辆也不多，有架飞机从上空飞过。住所离京杭水利水电勘测设计院并不远，步行十几分钟便能到达。出京杭水利水电勘测设计院北门右拐沿芙蓉路行不及百米，穿过洞庭路进入疏影巷，这条长长的巷道通往梅苑小区，余玮的租所就在那里。就在他刚走进疏影巷时，手机短信的铃声响了，他收到了梅妤的短信。内容很短，就一句话：

"亲爱的，我们一家人什么时候才能团聚啊！"

他霎时泪如泉涌。他听到了自己的啜泣声。深夜里，疏影巷不见行人，路灯昏暗，哀伤私密，无他人知晓。

他打开房门，径直去了卧室，软软地趴在床上一动也不动。月光透过窗户，洒在床头，他从未感觉到如今夜这般孤独。过了好一会儿，他从床上爬起来，他渴望见到梅妤，渴望听到她爽朗的笑声，渴望看到她学老虎笑时认真滑稽的样子,渴望在这个月夜里,她能像鱼一样游过万千山水栖息在自己的胸膛上——她身上他所熟悉的香味让他觉得很幸福。他时时记得与女儿分开的时间,已经 89 天没有见到女儿了。他不知道显露在她脸上的成长印记又增加了多少——即使只是连着出差有几天的时间没见到女儿,他总能一眼就看到她脸上成长的细微变化。想到这些,他感到凄凉,甚而有些愧怍。他又一次觉得这段日子是那么漫长。

他和梅妤分别时间最长的一次是在婚后第一年的春天。他初次担任项目总设计师,负责巩乃斯河水利枢纽工程的勘察设计。那年 4 月底他离开乌鲁木齐,7 月底才回来,项目外业勘测工期持续了近三个月。那段时间里,他常常想念妻子,期待能早日完成项目勘测任务,早日回家与妻子团聚。那时候,这种期待是可以盘算出来的,是可以掌控的,是充满了热望的。而这次分别后所期待的团聚却是无法筹算出来的,是不能掌控的,并且希望微弱。

人世间的很多道理是在突然间觉悟的。余玮想起了女儿,他喜欢看到女儿每天晚上赖在大卧室,却不去她的小卧室睡觉的样子——她经常趴在大床的一角,双手紧紧抓住床边,任凭余玮怎么抱她也不撒手,只有等到睡着后他才把女儿轻轻地抱起来,送到小卧室的小床上,有时候她会醒来,睁大眼睛盯着余玮:“爸爸,陪我一会儿。”

当女儿睡着后,他返回大卧室时,梅妤会盯着余玮,露出奇特的微笑:“该陪我了吧。”

第四十八章　谷子不露头，糜子不露叶

余玮是在五一节前回到乌鲁木齐的。那天楼春芳去机场接他，航班晚点了近三小时，他就一直在机场等候。当天晚上楼春芳在一家驴肉餐馆为余玮接风，可他没有买单，因为他和余玮都喝得酩酊大醉，是梅妤付了饭钱。

这次重新回到乌鲁木齐，对余玮而言是轻松的。他并未觉得尴尬，在他看来那是一种从容的退却，非是别无选择——只是因为有了某种更加深刻的体验后而放弃了选择的意愿。这的确是他生命中一次重要的体验：一个平凡之人活着到底是为了什么？不正是为了爱与理想吗？无视爱与理想，生命的气息会自动转化为迷茫、悲哀和寂寥的情绪，这种情绪会吞噬掉良知。而爱与理想，其实是合二为一的概念。没有爱的理想是伪装的，而伪装的理想是短命的。遵从良知的指示，爱所爱的人、爱所爱的事，才算得上是持久、真实的理想。他肯定，爱就在这里，理想就在这里。

下班之后，他和梅妤会带着奇奇去红山，登上红山之巅看红山塔。乌鲁木齐的天气多数是晴好的，他们一眼就能看到与红山相连的天山主峰——博格达峰。他们在红山公园的草地上铺开宽大的垫子，吃烤肉和黄面，品穆塞莱斯。穆塞莱斯是新疆最古老的葡萄酒。有人说，唐诗“葡萄美酒夜光杯，欲饮琵琶马上催”中的“葡萄美酒”指的就是穆塞莱斯。而史料中高昌王朝向唐朝进贡的“西域琼浆”正是穆塞莱斯。

这是美好的生活，是该时时珍爱的生活，余玮在心里这么认为。他一个人在杭州时的最为苦闷和寂寞的日子里，内心渴望的不正是眼前的生活吗？他能有这种体会该是多么幸运。每逢西部水电院勘察设计任务繁忙时，他加班到很晚才能回家，才能见到梅妤和奇奇。通常奇奇听到他的脚步声会早早把门打开，守在门口。他的心头会有一种温暖的情意涌现出来，空白的大脑会立即充盈起来。

2017年除夕之夜，余玮和梅妤躺在床上，轻声谈论着这一年来家里的重要事情，这是他俩的习惯。在谈论起家庭收入时，他俩回忆起婚后那几年年底家庭财务核算的事情。梅妤细细整理出当年的收支明细表，表中余额与实际存款余额相差无几。梅妤最喜欢的事情是由余玮陪着去银行存定期存折。后来，两人倾其所有，购置了新的房产，连着几年的时间，年底结余的钱并不多，梅妤说自己存钱的爱好就此被扼杀了。除此之外，他们还谈论起某家商场开业了，红山冰雕节的规模比往年更宏大了，而谈论最多的是奇奇。说她比前一年又长高了几厘米，衣服穿着穿着就小了。也会说起某个手术——梅妤的爸爸刚刚做过胆囊息肉切除手术。而在这一年，他俩谈论的事情比往年要多。

6月，奇奇小学毕业了。当月的一个晚上，她拿过来一个水杯，珍重地展示给余玮。

“这是杨老师送的。”她并没有显露得意的神情，似乎有些伤感，“今天在班会上，老师给每个同学都送了一个。杨老师说，一杯子，一辈子！

“毕业典礼上，杨老师泣不成声。她说她正值盛年时遇见了我们这个班的孩子。”

六年前，在杨玲老师过完30岁生日，在她送走上一届孩子后，她又一次回到起点，成了奇奇的班主任老师，从一年级一直到六年级。余玮清楚地记得，在奇奇读一年级时的校运动会上，一个小男孩跑完60米短跑，抓住杨玲老师的胳膊，试图爬到她的怀里。杨玲老师走过孩子们中间时，她不停地伸手拍拍他们的脑袋、轻轻地捏一捏他们的耳朵，或者摸一摸他们的头发，她一点儿也不造作，像草原上小狮群中间的一头美丽健康的母狮。孩子们都喜欢跟她交流，渴望得到她的鼓励。有一次，奇奇看到《动物世界》里的企鹅爸爸和妈妈带着小企鹅走在冰层上时，情不自禁地说杨玲老师就像只大企鹅。在奇奇读四年级时，杨玲老师独创的一种结字、练字的方法在中央电视台《探索·发现》节目中专门报道过。

"杨老师把班里的图书按需分给了我们，每本书上她都签过名。"奇奇有些激动，她快要流泪了，"杨老师嘱咐我们永远不要忘记读书，要读好书，因为那里面不仅有百科知识，还蕴藏着觉醒和思考的力量。这力量，可以滋养和启迪人的慧根，可以教人做出理性的判断。杨老师嘱咐我们保持住写字的优雅姿态，把手中的笔当成天与地的中心。"

奇奇说到这里时，余玮在心中油然生出对这位小学老师的真诚敬意。他记起了一首诗。这首诗写在红山小学黑板报上，余玮在奇奇读小学的最后一次家长会上看见过：

良师

晨风入校园，依依柳杨风。
良师夙兴急，无意滞园丛。
长裙何飘飘，青丝还带风。
偶盼遗光彩，清素若芙蓉。
补妆正容镜，登坛明霞中。
传道与解惑，六艺皆融通。
旁征兼博引，灵泉流淙淙。
孜孜以授业，事事必亲躬。
技艺益精湛，游刃有余中。
博闻与强识，颜筋柳骨通。
堪比侠客剑，健行气如虹。
六年如一日，良知生心衷。
盛年植桃李，静待于丹枫。
美人作良师，如是玉玲珑。

奇奇小学毕业后,升入红山中学读初中。用那些已经经历过或者正在经历自己孩子读初中的同事的话讲,孩子升入初中就像孙悟空戴上紧箍咒一样紧张,周末和假期将会被各种作业占去大半或者全部。

“咱们的周末时光即要开始‘不尽作业滚滚来’的模式了!”余玮对女儿说,“你的周末和假期估计不能再像小学时去登山、旅行了。”

而在读小学时,奇奇在周末早早地从床上爬起来,揉着惺忪的眼睛,迷迷瞪瞪地对余玮说:“爸爸,我们这个周末去哪儿?”

9 月,朵朵以全额奖学金的成绩考取了美国艺术首府茱莉亚音乐学院硕士研究生。三年前,她以专业课第一名的成绩被上海音乐学院音乐学(音乐教育)专业录取,这个专业当年只招收 25 名学生。

自朵朵读大学后,余玮再没见过她。有一天,他在整理硬盘里的资料时,发现了一张照片:朵朵脑袋朝下、脚朝上倒立在雪地上,开心地大笑,身后的余玮抱着她的脚,背景是天山天池国际滑雪场,日期是 1999 年 12 月 28 日,那时朵朵才 3 岁,余玮到乌鲁木齐不及半年的时间。那天,叶清扬全家去滑雪,余玮也跟着去了。

10 月初,余玮被聘为新疆水文水资源与水利工程重点实验室主任。

这一年 5 月,西部水电院获批建设新疆水文水资源与水利工程重点实验室。实验室的工作内容为分析研究新疆水文循环演变规律及水旱灾害形成机理,建立科学、准确的流域水文模型及大气—水文耦合模型;研究新疆防洪系统的实时洪水预报调度技术和方法及旱灾预测系统;研究高烈度地震区水利工程病害机理与治理技术,建立高坝及坝基病害检测和安全监控理论与方法;研发高性能、超耐久、低能耗与环境友好型的水工程新材料。

余玮觉得这个职位很适合自己,因为他可以按照自己的规划和意愿工作。他心甘情愿地将心力投入工作中,内心期待把工作做得周全,尽管过程充满了重重艰难,但他愿意付出辛劳,他认为这样做很有意义,是在进行一种修行。为此,余玮时常陶醉在某种妙不可言的信仰里,或者被尊重的快意里。在很多时候,他会想起叶清扬曾说过的一句话:“信仰和尊重是人安身立命的根本。”在办公室的案头,摆着他和叶清扬的合影。

从欧建国的口中,余玮知道了自己被聘为实验室主任的大概。在每年的干部推荐会上,盛良玉推荐余玮任实验室主任,有反对者说余玮没有胜任的资格,因为他申请过借调,不忠于西部水电院。盛良玉在大会上愤然说道:“我们将这样优秀的员工弃之不顾,视而不见,他选择离开借调,何错之有?我不知道西部水电院要考察什么样的干部!”

10 月底,余玮得到了一笔额外的收入。这份收入来自余玮注册的工程咨询公司。他从杭州一回来便依照燕博文的建议注册成立了工程咨询公司,承接水工结构分析的咨询业务。这是被允许的。梅妤对此诙谐地说:“看来竖个旗子就可以挣钱啊!”

余玮还给梅妤说起了几个月前陪爸爸看病的事情。

那天是 11 月 18 号,余玮记得很清楚,因为第二天是爸爸的生日。那天,乌鲁木齐下了一场大雪。早上,余玮推开窗户,湿润的气息扑面而来,他不由得想起了童年时故乡的雪,想起跟着爸爸一起扫雪的场景。

早餐后,梅妤叮嘱余玮出门带伞。余玮较平时早半个多小时出门了。他和爸爸约好去红山医院看耳疾。那段时间,爸爸的耳朵总是痒痛。

推开单元大门,一阵寒意迎面袭来,雨夹雪落得正紧,把门前柳树上残留的叶子洗得很干净。余玮浸身于雨雪中,紧跑几步,冲到 13 号楼,按响了三楼的门铃,是妈妈开的门。走到三楼,房门虚掩着,余玮推开房门,妈妈正在拖地,爸爸坐在沙发上翻阅一本厚厚的音乐书,那是他所在合唱团的“课本”。

“你来得真早!还没到约好的 9 点半呢。”爸爸看着余玮说道。

“噢,是早了点。”余玮看了看表——九点一刻。

“那就早点出门吧。今天下雪了,路不好走。”爸爸说。

“对的,早去早回。”妈妈一直牵念爸爸的耳疾。爸爸从衣柜拿出羽绒服,妈妈接过来，打开衣服站在爸爸身后。爸爸先将右手穿进袖管，在穿左袖时，却有点笨拙了。帕金森综合征给爸爸的日常生活带来极大的不便。妈妈往左边拉了拉羽绒服，帮爸爸把左袖穿好。接下来，爸爸坐在门口的小凳上，自己把脚伸进鞋子。这是双系带的鞋子，爸爸已不能给自己系鞋带了。妈妈蹲下身，给爸爸系好了鞋带。父子俩出发了。

爸爸要求乘坐公交车去医院，余玮未作反对。在这个时间段开车去医院应该不及公交车快。红山站离家有一站路远，爸爸走得慢，余玮放慢脚步跟爸爸走在一起。雨夹雪慢慢变成了雪花飘下，飘落在脸颊，冰冰凉凉的。余玮想起少年时代感冒在家休养，爸爸放学回家后，急匆匆地用手摸着爱儿的额头，判断是否在发烧。爸爸的手会给额头带来一股凉意，那正是病中的余玮所期盼的。余玮突然涌起挽着爸爸走路的念头，但他的手迟迟没有伸出去。在过马路时，余玮挽住爸爸的胳膊快步走到马路对面，手再没有松开。爸爸很瘦，也很轻，即使是轻轻地挽着，也能明显感受得到。爸爸像一棵正在凋零的衰柳。余玮伤感地想起爸爸年轻时仿佛钢铁打造的结实胸膛。余玮一生都不会忘记，爸爸和妈妈曾在遥远的黄土高原上，用泥巴垒成了一处院落，庇佑着五个孩子，并把他们全部托送出泥房子。他至今都记得，夜里，当爸爸从学校上晚自习课回来，“腾腾腾”的坚实脚步声传到屋子里时，几个孩子的内心是那样欢欣！路上行人很多，偶尔几次余玮和爸爸被挤得分开了，他又迅速挽着爸爸的胳膊朝车站走去。

到了车站，站台上满是人，路上的车辆严重堵塞。等了一会儿，19 路车仍不到站。余玮对爸爸说：“爸爸，咱们步行去医院吧，这儿离医院还不到两站路。”

爸爸点点头：“好吧，就走着去。”

到了医院，可能是雪天的缘故，看病的人不多，挂号后很快就见到了医生。医生检查了爸爸的耳朵，说爸爸的耳朵需要药物配合微波治疗，并不严重。余玮松了口气，给妈妈打电话说明了爸爸的病情，妈妈悬着的心才放了下来。在治疗室,护士把微波棒塞进爸爸的耳朵,意欲让他自己托着手柄。余玮笑着接过手柄对护士说:“不好意思,我爸爸的手抖,拿不住的。”

帕金森综合征让爸爸的肢体显得僵硬,人也沉默少语,但当爸爸给奇奇辅导功课时,或者说起一些课外知识时,则是另一种样子。爸爸完全变了一个人。在书本里,爸爸游刃有余,他能用浅显的话语把孙女的疑惑很快解释清楚,这个本领是他从教多年经验的积累,也是他勤于思考的结果。他能清晰地讲出各种生物的纲、目、科、属、种的分类规则,归纳出数学题的解题方法。这样的时刻,爸爸神采飞扬,浑浊的眼睛闪现着慈祥、智慧的光芒。这样的时候,爸爸要比平时高大一些。他的声音洪亮,会习惯性地用右手理一理稀疏的头发。每看到这样的场景,余玮心想,爸爸的心一定是重新回到了那所乡村中学的讲台上——他一边流利地在黑板上写下俊秀的粉笔字,一边回头看着讲台下的学生。很多年前,爸爸将一面黑板——从教室墙面上拆除下来的涂有墨汁的水泥面板,小心翼翼地用架子车拉回家里,靠立在院墙上,几个孩子就在这块黑板上用粉笔写字、演算。

爸爸是个老师,也是个农民,他有一天给自己的孙女这样说:

“‘谷子不露头,糜子不露叶。’谷穗子像猫的尾巴,谷粒集中在一起,其秆茎长而软,成熟后,谷穗儿重重地低垂下去,藏身在浓密的叶子里,根本发现不了,穗子越大,垂得越低;糜穗子像公鸡的尾巴,各个小穗子是散开的,其秆茎短而硬,糜穗儿成熟后冒出叶丛,呈发散状沉沉地低下头,密密地铺开在叶子的上方,遮盖住叶子。”

那天,余玮在一旁听着爸爸的讲述,他突然体悟到爸爸的这段话蕴藏着深刻的道理。那些学识渊博、技艺精湛的人有两类:第一类人像谷子,他们从不张扬,认为自己所具备的非凡素养是本该就有的,认为追求优秀不过是一种平常的状态,叶清扬就属于这类人;第二类人像糜子,骄傲地展现自己非凡的素养,传递出一种高贵的自信和自尊,从来都认为优秀是不需要掩饰的,楼春芳正属于这类人。

第四十九章　玉兰树

春节过后，爸爸和妈妈要去北京。余玥的预产期在 3 月，他们要给余玥照看孩子。

在离开乌鲁木齐时，妈妈给余玮说她要把即将出生的孩子多带几年。就在候机厅，她再一次给余玮嘱咐了在家里已经叮咛过的很多事情——放在地下室的西红柿酱，搁在储藏间的晒好的野蘑菇和豇豆角，冻在冰箱的焯过水的蒲公英菜团，最最重要的是囤积在地下室的废旧纸壳。妈妈说没有卖掉是因为价格太低，等着她回来后价格涨起来再卖。

妈妈自从十多年前来到乌鲁木齐就开始捡拾废旧纸壳卖给废品站，余玮坚决反对，可怎么也阻止不了她的这个习惯，即使俩人为此事争吵不休，直到有一件事情让妈妈占足了理，余玮不再刻意反对。

那件事发生在 2009 年。余玮给 14 号楼新买的房子购置了一套价格昂贵的餐具，有炒锅、高压锅、奶锅、铲子等。妈妈看过后便说买得不值。余玮反驳说就是贵点而已，质量好。妈妈却说质量也不都好。妈妈说那个炒锅太重，用着不灵便，锅盖太平，导致锅的容量小，材质一看便是那种会生锈的铁，洗涤过后残留有水渍肯定生锈。高压锅的锅底是台阶状，粘上饭菜不便于清洗。奶锅的锅底太小，容易卡进炉灶内，不稳当。妈妈的话一一应验了。有一天，妈妈叫余玮去看一样东西。妈妈从纸箱里拿出一个炒锅，说这是她用卖纸壳攒的钱买的，得意地展示给余玮看。妈妈买的炒锅不重不轻，锅盖鼓鼓的，盖上去锅的容积能增加很多。妈妈特意说，这个锅绝对不生锈。她把锅递给了余玮，让他把那个容易生锈的锅替换了。妈妈送的锅的优点恰恰弥补了余玮买的那个锅的缺点，用起来的确好。余玮就是在那次感动于妈妈的经验和心意后不再阻止她捡拾纸壳。

在妈妈交代完纸壳的事情后，余玮永远不会忘记妈妈斑白的鬓角和孩子般稚气的微笑。

一个月后，余玥生下一个男孩。妈妈给他起了名字叫康康。

妈妈在电话里说，余玥产后身体虚弱，需要人抱着才能下床，一点儿也不像农村长大的人那么硬气。妈妈不光照顾婴儿，还要照顾爸爸，每天都要给爸爸按摩几次，时间长了，手掌都起了茧子。余玥有时会给爸爸按摩，但按摩不了多久手掌和胳膊便疲乏酸痛。爸爸说余玥的手劲太小，妈妈按摩的功夫是好多年锻炼出来的。妈妈心疼余玥，怕她在月子里落下贻害终身的病根，不顾自己常年的病痛包揽了所有家务活。妈妈在坐月子时落下额头和眼睛疼的病根，最怕冷风。病痛发作时，妈妈在额头敷上热毛巾，躺在床上或者坐在沙发上默默忍受。疼得受不了时，妈妈会发出轻轻的呻吟声。

"我的眼仁像有针扎在上面，额头的凉气直往里渗。"妈妈偶尔这么说。

医生说，这是月子里落下的病，没有什么好办法能治愈。

第二年春天，余玮去北京参加《高烈度地震区高坝体坝基滑移机理及防治技术应用》科研项目开题会。这是水利部的重点科研项目，课题以新疆白杨河一级水电站大坝工程为依托，研究高坝体在地震作用下的动力响应分析、稳定性分析及变形分析的理论和方法，总结出高坝体的静、动力计算方法以及抗震措施等方面的关键技术，利用该项技术解决高烈度地震区高坝体坝基滑移和坝体顶部位移引起的病害等技术难题。该课题将为高烈度地震区高坝体设计、施工和运营提供有效的技术方案。课题由西部水电院、中国水利水电大学和新疆水利水电工程局共同承担。科研课题开题会会议地点定于中国水利水电大学校内的红果园宾馆。

那是4月的一天，北京正是春意盎然的季节，余玮下午1点钟到达北京。他没有去红果园宾馆，直接去了位于朝阳区的余玥家。爸爸和妈妈就在那里。他已经有半年的时间没有见到父母了。上一次见到父母是在去年10月，余玮来北京参加某水电工程的评审会。这次余玮没有告诉父母他要来北京。他不想让父母盘算自己到北京之前的日子。

妈妈瘦多了。她看到余玮的第一句话是——“我儿来了”。

余玮看到妈妈怀里的小外甥,康康睁大眼睛盯着余玮看。余玮张开双臂,康康发出“嗯吧嗯吧”的叫声,要余玮抱他。

“这孩子跟舅舅亲,一点儿不怕生。”妈妈说。

“哈哈哈,外甥像舅舅,能不亲吗?”康康的确像余玮,妈妈在电话里说过好几次。

妈妈的话占去了谈话的绝大部分,爸爸只是坐在沙发上倾听。爸爸不像以前那样健谈了。

“爸爸,你的手不抖了。我一直在观察你。”余玥说,“看来哥哥就是一剂良药。”

可余玥的话刚说完,爸爸的手又开始抖了。

“我在精神专注的时候手不会抖,陪奇奇上钢琴课时手就抖得不严重。”爸爸笑着说。

“他是见到儿子了。”妈妈说,“他想念儿子时把话藏在心里,从来不说出口。”

“你看看你,”余玥说,她用手指轻轻摁了摁康康的鼻子,康康用手在摸余玮的胡子楂,咧开小嘴,“咕噜咕噜”地笑,“不蔫了?又开始活跃起来了!昨天感冒刚好。看到他额头的针眼了吗?”

康康的额头果然有几个针眼儿,额头的头发被剃了一小块。

“你个小宝贝,太会折腾人了!”妈妈说。

康康刚出生就患有新生儿溶血性黄疸,第二天上午便出现黄疸症状,浑身发黄,并且呕吐、腹泻、发烧。妈妈说,当天上午康康就住院了,整整10天。康康出院后,妈妈遵照医嘱,把孩子放在阳光下晒。每天上午只要有一点儿阳光照进房间,妈妈就赶紧把康康放在阳光下晒,晒到太阳的皮肤是红润的,晒不着的地方依旧是土黄色。妈妈不停地移动孩子、变换孩子的体位，试图让全身都能晒得到，但阳光只有那么一点点。一楼房间的阳光并不充足。康康刚满月后，又要给他喂铁剂，连续喂了三个月——康康贫血。

“铁剂根本喂不进去，喂进去一口，康康便会吐掉。”妈妈无奈地说，“我抱着他，边喂边不停地摇啊摇。我在想，摇一摇，总能咽下去一点吧。”

“一个小时才能喂进去一点。”妈妈继续说，“能喂进去就好了，心里只盼着孩子健康。”

“这是我带过的最难带的孩子！”妈妈重重地叹了口气，悲伤地说，“我知道，这种病要是在旧社会，根本治不好。我就想啊，豁出去我这条命也要把孩子的病治好！”

“真要是在旧社会，可怎么办呢！”

余玮看着妈妈，心里默默地想，包括康康在内的每个人都有各自的好运气，各自的福分。这些好运和福分或来自某个人，或源自某件事，或源源不断，或戛然而止。他想起了妈妈去年离开乌鲁木齐时曾说要在北京多待几年，他明白了妈妈的话——她认定自己就是康康生命里的吉祥之神，一定能给这个孩子带来好运和福分。

“余玥生康康是剖腹产，躺在床上病怏怏的。我只怕她在月子里落下什么缠人的病，老了受罪。我没敢让她抱孩子，生怕累着她。而我在那段时间，累得连坐也坐不下去。”

妈妈说这些话时，余玥出去买菜了。

“孩子百天大的时候，坐都坐不稳，身子是软的。要知道奇奇 3 个月大时，抱在怀里像个猪娃儿在蹦，在床上爬上爬下的，一点儿都闲不住。所幸的是，康康 9 个月大时不吐奶了，开始吃五谷杂粮，脸色渐渐变得红润了。11 个月后就能自己走路，不要人扶，身体一天天变强壮了。”妈妈欣喜地说，“康康是个聪明的孩子，他知道讨人喜欢的法子。他知道逗大人玩，他会跑过去亲你的脸。”

妈妈看了康康一眼，他正在专注地听，有清鼻涕流下来了。妈妈用餐巾纸擦去了。

“唉，也不知道是为什么，”妈妈又说，“现在的孩子吃得这么好，看着胖乎乎的，可经常感冒。一感冒就要打针输液，得折腾好几天。”

“有一次，康康感冒发烧了，余玥想让孩子靠体质抵抗一下。”妈妈的神情紧张起来，她说，“那天半夜，孩子发高烧休克了。当时啊，我的腿都软了。幸运的是，住在隔壁楼门余玥同事的妻子是位儿科大夫，多亏了她。”

“我这辈子有操不完的心！”余玮一直在默默倾听妈妈说话。当他听到这句话时，心里一酸，泪水在眼眶里打转。即使妈妈就在眼前，他依旧深深地想念妈妈。他想起在爸爸30多岁时，右腿患上严重的坐骨神经痛，整整五年，什么药都治不好。后来是爷爷寻到一个偏方，将醋糟装入布袋里蒸热，里面掺入葱根、花椒热敷爸爸的腿，每天要热敷三次，就这样，一年后爸爸的坐骨神经痛治愈了。余玮记得爸爸那时写的一篇日记，日记里说：“如果我病故了，留给她的日子该有多么艰难！”

妈妈一直说她什么也不怕。

妈妈患有贲门松弛症，吞咽困难。余玥建议做手术，但手术有风险。在家人为此意见分歧时，妈妈倔强地说：“我已近70岁了，我百事百如意，我什么也不怕。我不做手术，你们谁也别劝我。这个病能把我怎么样？”妈妈又安慰家人说，“平时吃饭多注意就行了！”

“百事百如意！”这是妈妈这些年常说的一句话。这句话文绉绉的，余玮不知道妈妈是跟谁学的，或者是她自己琢磨出来的吧。余玮知道这句话的深意。“如意”在妈妈的心中便是快乐与知足，或者是骄傲。

余玮那天赶到中国水利水电大学已是晚上9点了，红果园宾馆四周的玉兰花正在盛开，清幽淡雅的香气在空气中弥漫、游弋。这片玉兰树跟图书馆前花园里的玉兰树是连在一起的，开粉红色和白色两种颜色的花。余玮在这所大学读书时，每年玉兰树开花时节有很多师生和市民来观赏。

办理完入住手续，余玮打开房间的窗户，浓郁的玉兰花香气飘了进来，满屋子都是，这是一种熟悉的味道。在红山，也有很多玉兰树，每年花开的时候妈妈都要去那里。妈妈就是觉得那轻盈飘逸的花好看，味道好闻，还有盘旋在玉兰树周围的各种鸟雀发出的鸣叫声好听。妈妈说，世上漂亮的鸟儿拣漂亮的树做窝，这玉兰树长得多秀气，看树上的鸟儿多叫人心疼。

轻柔的夜风吹鼓起白色窗纱，屋内的空气流动了起来，玉兰花香的神韵仿佛也随之缓缓轻舞。余玮再次想起了妈妈说的那句“百事百如意”，含泪体会她平常话语中所蕴含的艰辛与满足，体悟妈妈作为一个女儿、妻子和母亲这么多年来待人处世甘愿付出的情怀。今夜，他的内心再次空灵到宁谧的境界，他走进了那个时常漂浮在脑际的世界。眼前是静默温情的黄河，河对岸是延绵不息的起伏山峦，而他正置身于河畔的秀林之中，林中的玉兰树挺直秀美，展现出一种强韧的生命力。余玮深深自知，自拥有思考力以来，总能在心里吟咏出玉兰树的丰沛意象，这意象从未远离过自己：

玉兰树

美丽的玉兰树啊，黄河从她身边奔腾流过
阳光洒满了树冠，群山为她痴狂而欢呼
鸟雀以她为家园，爱巢里孵着欢乐的歌
我仰慕她啊，尽管我不过是树下的一颗石头

我称颂她春天里明艳的花香
我为她浓郁的枝叶歌唱
从悬崖峭壁下涌出的泉水是多么清冽
我天天祈祷这泉水永不干涸
让那玉兰树四季放飞自由

月光透过玉兰树洒下斑驳的光影
她宛如月宫里的桂树
一千朵花的影子,在风中摇曳
每一个花影,都是一行诗句

玉兰树的每一根枝条都那么柔美
玉兰树的每一片叶子都那么妩媚
阳光下,绽放过多少快乐和笑靥
风雨中,掩藏着多少忧伤和低诉

而我,虽是一颗顽石
却也有深情的泪,有火一样的心
我甘愿用我的泪洗去她满身的尘土
我乐意用我的心点燃她高贵的精神

第五十章　春光里的一棵绿草

《高烈度地震区高坝体坝基滑移机理及防治技术应用》科研项目开题会开了一整天，明确了各承担单位的工作内容、科研课题的年度计划和年度目标。科研课题开题时间为 2018 年 4 月 16 日，结题时间为 2019 年 12 月 28 日。

第三天早上，余玮早早地就去了父母那里，只待了不到两个小时便打车去机场。CZ6906 航班中午 12:00 飞往乌鲁木齐。刚到机场，手机响了，是燕博文的电话。

“有件要紧的事情有求于尊姐，”燕博文在电话里只寒暄了几句，他急切地说，“记得你说起过尊姐是位医生，就在成都。”

“什么事呢？她是成都市第三人民医院整形美容科的大夫。”余玮跟燕博文说起过长姐余瑛的职业和居住地。

“这么巧！我的侄女，就是你给她起名字的那个姑娘，她的手受伤了。”

“谁？我起的名字？”

“看来你忘记了。你刚来乌鲁木齐时，到过我家。她那时刚过百日。你起的名字——燕宇飞。”

余玮想起来了。他当时看到燕子在田地上空飞舞，有了灵感，给那个婴儿起了燕宇飞的名字。

“想起来了，她是个小女孩。”

这个小女孩已是川渝航空专修学院空乘专业大三的学生了。几天前成都航空公司去校园招聘空乘专业的学生，燕宇飞在体检环节因手背上的伤疤被淘汰。这伤疤缘于一次意外事故，它成了燕宇飞求职的致命障碍。燕博文正为此事向余玮求助。

几天后，在成都，燕宇飞跟余瑛约好下午在医院见面。从川渝航空专修学院到成都市第三人民医院，燕宇飞先乘坐长途汽车到成都市客运站，再转公交车到了医院，近三个小时车程。

燕宇飞站在余瑛面前。她高挑身材，削肩细腰，鸭蛋脸形，是个美丽的女孩。她留着披肩的长发，却没有一丝乱发。她眸似明珠，不时闪过俏皮而带怯意的光芒，越发楚楚动人。

"小燕，你是怎么受伤的？"值班室里，余瑛刚刚送走了一位病人，关上了房门。

"刚读大一时一个周六的下午，我们同宿舍的六个同学约好一起出去逛街。在校门口拦了两辆三轮车，三人一拨分坐两辆三轮车出发了。在车上，我们在聊天说笑。眼前突然一黑，我就在车底下了！"燕宇飞右手按住胸口，轻轻拍了拍，"学校在成都市城郊的县城里，出门都坐三轮车，校门口有很多。"

余瑛示意燕宇飞坐下，接了一杯水，递给燕宇飞。"啊！"听到这里，余瑛嘴里轻声叫了出来。

"当时我没敢睁开眼睛，只是不停地哭叫，因为手被压在车下了。路边的人围了过来，帮我们叫了救护车，我当时并不知道车为什么会翻。我们三个人上了救护车到了最近的县医院，开始拍片子。三轮车司机随后也到医院了。"燕宇飞有些惊恐，说话有点哆嗦。

"不紧张，慢慢说。"余瑛微笑着安抚她。

"三轮车司机说，是一辆轿车从路口直冲过来把三轮车撞翻了，但当时在医院并没有看到肇事司机。我们三人先自己垫付了住院的医疗费。翻车时，两个同学压在我身上，我的身体被压在最底下，手臂恰好硌在车厢上，撕开了一道深深的口子，肉都是翻开了的，血流不止。三轮车司机伤得最严重，肋骨断了三根，须做手术。"燕宇飞眼圈发红，她不过是个大孩子。

“第二天肇事司机带着他老婆来医院了,带了些水果,把我们后续的医药费交了。”燕宇飞流泪了,“我们三个人的父母都在外地。班主任老师也来医院了,他跟肇事者争辩着,要求他支付所有的医疗费,可那个人蛮不讲理,说这不是他的全责。我们听三轮车司机说肇事者那天酒驾了,还是肇事逃逸。老师和我们一起去交管所理论,虽说判定他是全责,但是肇事者蛮横地说他是本地人,已经找好了关系,赔不了我们多少钱。我们要求找律师打官司,而他也找了律师,前前后后开了三次庭,那个肇事者一次也没有到场,由他的律师全权代表他。我的伤情判定为轻伤,所以没赔多少钱。唉,这是我最大的伤痛——手上落下了疤痕!后来案子结了,那个人赔了我 3000 块钱,这件事慢慢也就过去了。”

说完这些话,燕宇飞泣不成声。

余瑛对这个美丽的姑娘充满了爱怜与同情,起身走到燕宇飞跟前,轻轻地搂着她的肩膀,过了一小会儿,才说道:“小燕,把你的手伸出来,我看看。”

燕宇飞哽咽着,伸出右手,露出了伤疤。

“也怪当时不懂事,没有及时妥善处理伤口,留下了这个大伤疤。”燕宇飞盯着那道丑丑的伤疤,“前些天,成都航空公司来学校招聘空乘人员,裸检时就因为这个伤疤被刷掉了。”说到这里,燕宇飞又忍不住哭了。

余瑛用手指摸了摸伤疤,仔细观察了一会儿,轻松地笑了:“没事的,一会儿我给你做微创手术,最多半年时间,准能长好。你的皮肤很好,不是疤痕性的。”

“谢谢余阿姨!”燕宇飞高兴地说,“伤好了后我再去应聘。”

“嗯,我这里有自己配的遮瑕霜,效果很好的,下次应聘体检时你敷上一些。”说着,从抽屉里拿出一个小塑料瓶,里面有乳白色的药膏。余瑛说着话,涂了一层药膏在燕宇飞的伤疤上,揉了揉,那道伤疤几乎看不见了。燕宇飞高兴极了,情不自禁地跳了起来,抱住了余瑛。这是燕宇飞跟妈妈之间的一种最亲切的感情表达方式,今天用来释放狂喜和向余瑛表示感激。她觉得自己像历经寒冬后冒出地面,沐浴在春光里的一棵绿草。

半个小时后,在换药室,余瑛请来了一位麻醉大夫和两位值班护士,自己主刀,用了近半个小时,割开伤疤,对刀口重新进行了细致的缝合。

当天晚上,余玮看到了余瑛的朋友圈:“祝未来的美丽空姐早日实现梦想!”还配了三张照片——一张是余瑛和燕宇飞的合影,一张是贴有伤口敷贴的手,还有一张是向日葵。

第五十一章　暮年时的一段善缘

心甘情愿付出深情的工作是有意义的，它令人痴迷，能让人进入一种有序、紧迫的状态。《高烈度地震区高坝体坝基滑移机理及防治技术应用研究》课题研究这项持久的工作让余玮着迷。这项工作像座巨大的、布满有趣巷道的迷宫。在迷宫里，他经常陷入道尽途穷的迷茫境地，但这丝毫没有减弱他的好奇心。他养成了一个习惯：晚上睡觉前大脑像放映机那样播放课题研究中遇到的难点，并随之展开思考，将思考延伸到梦中，让思维碎片自由碰撞。早晨起来，花几分钟时间继续思考昨夜的问题。或许就在当天，或许在数日之后，新的思路会像电光一样闪现在脑际。他有时候会这样想，自己的生命在被拉长、延展。他在进行课题研究的过程，也在享受这个过程。而与此同时拥有的是每天跟梅好和奇奇在一起的快乐时光，他觉得这是最好的安排。

2019 年 4 月初，《高烈度地震区高坝体坝基滑移机理及防治技术应用研究》科研课题推进会在乌鲁木齐召开，会议听取了各科研单位关于高烈度地震区高坝体结构设计、抗震试验方案及高坝体施工技术的汇报，对《高烈度地震区高坝体坝基滑移防治技术规程》（草稿）进行了讨论。会后，余玮整理出科研需要完善和补充的内容，他意识到所余时间远非会议前预想的那么宽裕，相反要紧迫得多，须分秒必争地工作才有望完成科研内容。就在这个月初，红山中学赶在中考前两个月结束了全部课程，进入紧张的复习阶段，分分秒秒都为中考做准备。奇奇不得不放弃每周末的钢琴课。

奇奇的钢琴课由爸爸从她 4 岁一直陪学到 12 岁小学毕业，爸爸就像个陪跑者。余玮始终认为，奇奇的钢琴教育本该是属于自己和梅好的教育义务，却抛给了爸爸，而这也成就了爸爸暮年时和奇奇的一段善缘，这段善缘正是爸爸送给自己孙女最好的礼物。读初中后,女儿每周独自一人去钢琴李老师家里听课,课后自己练琴。爸爸一向对李老师赞不绝口,夸赞他精湛的专业技艺和渊博通达的思想。爸爸自己就是一位很挑剔的老师,能得到他的赞誉并不容易。想想在五十多年前,幼年的李老师从陕西老家跟随博学的父亲逃难到民风淳朴的新疆,在辗转流离的辛酸生活中不忘读书,使他自小就懂得知识与文化的重要意义。他在青年时期,即使被大学拒之门外,仍不辍读书。他年逾30岁时直接以高中生的身份考取了音乐硕士研究生。李老师有很多优秀的学生,有考取清华大学、北京大学和上海音乐学院这类国内一流高校的,也有考取茱莉亚音乐学院、柯蒂斯音乐学院和曼哈顿音乐学院这类世界著名音乐学院的,这些学生中有人甚至专门请他远赴美国做证婚人。每当余玮听到爸爸讲述李老师的旧事,他会将这一切归功于李老师的执念。在现实中能达到这种境界的人并不多。李老师的执念深深影响着余玮,在余玮成为一个中年男人后,能沉下心来做一些事情,很大程度上正是得益于执念的力量。余玮见过李老师几次,与他的交流很少,但这并不影响他成为余玮生命中一位很重要的人。

4月的一天,下班后,余玮在后院跳完绳没有回家,他在等奇奇。

自奇奇去年升入初三以来,每天下午放学后都要来西部水电院后院练习跑步,余玮陪着她跑,父女俩每次跑半个小时左右。长跑是中考的科目,要尽早做准备。这样的跑步训练很少中断过,余玮出差时奇奇就自己一个人跑步。第一次陪女儿跑步后,余玮便觉得这项运动对于他俩而言已经被赋予了除其本身之外更多的意义。跑步的过程像在用心描绘一幅画,跑步本身像画里的景物,跑步之外的东西正是画中的大片留白,而留白中可以添加进任意的想象。每次跑步结束,奇奇双手搭在余玮的肩膀上,抬起腿让余玮用拳头反复敲打,放松腿部肌肉。这个时候,余玮是躬下身去的,他会想起以前躬下身抱起女儿的场景,女儿紧紧地搂住他的脖子,生怕掉下去。几天前,余玮无意中翻到了好多张自己抱着女儿的照片,都是在女儿小时候拍的。有张照片上,余玮抱着奇奇,奇奇嘴巴贴着余玮的耳朵说着只有他俩才知道的悄悄话。余玮闭着眼睛,半张着嘴,很认真地在听,背景是宏伟的雪山,那是在奇奇一年级时的寒假所拍。余玮带她去登天山山脉中一座叫狼牙峰的山,走了十几公里的山路。照片上奇奇穿着红色登山服,戴着淡粉色的帽子,帽子上绣着一头站立在岩石上仰天长啸的狼。余玮穿着天蓝色的登山服,戴一顶黑色的帽子。余玮当天让奇奇看了这张照片后,她情不自禁地拥抱了他,还在他脸颊亲吻了一下。余玮有些惊讶,因为奇奇从来不用这样的方式来表达感情。在家里面,奇奇表达激动心情时会拥抱梅好,却从来不会拥抱余玮。余玮当时温柔地拍了拍奇奇的肩膀,然后将她轻轻推开。如今,奇奇 14 岁了,已经长成一个身材高挑的女孩了。

余玮正在做放松运动时,奇奇到了,背着沉沉的书包。余玮迎了上去,帮女儿取下书包,放在排球网的台座上。

“现在是 20:24,我俩跑到 20:54 就回家。”

“稍等,稍等,让我跳会儿绳再跑。”奇奇拿起余玮的跳绳跳了起来。奇奇能跳“双摇”,她的“活花”也跳得很娴熟。这些都是她在小学时就会的,班主任杨玲老师要求每个学生的书包里必备一根跳绳,可以随时随地跳。杨玲老师自己的跳绳水平就很高,用奇奇的话讲没有杨老师不会的跳法。

奇奇跳了几分钟,过足了瘾,便和余玮开始跑步。余玮对每一次跑步都怀有期盼的心情,因为在跑步时奇奇会很自觉地,甚至是怀着渴望的心情给他说起很多事情。奇奇告诉余玮在她小学时的一次舞蹈表演中,她扮演一位老奶奶,被人搀扶着过马路。奇奇说舞蹈老师让她扮演老奶奶是有原因的,说她训练时的舞蹈动作不规范,所以只能给她一个对舞蹈动作要求不高的角色,这让她很气愤、很自卑。当她说出这件事的时候,余玮看到了女儿眼中委屈的泪水。这件事是奇奇第一次这样坦荡地说出来。余玮听完后并没有说什么,只是陪着她奔跑,而他的内心却是欣喜的,因为在余玮看来,这是一次勇敢的倾诉,而勇敢的依托是自信和从容。余玮没有给奇奇解释每个人都会有如她这样的经历,他觉得解释是多余的。每次跑步,要么父女俩并排跑,要么余玮在前,奇奇在后,余玮觉得按这个次序跑步是合适的。而在余玮还是个少年时,爸爸也会带他去跑步,不过那时是在山路上跑,爸爸会让余玮奋力跑在前面,他有意放缓脚步跟在儿子后面跑。

跑步结束,余玮让奇奇在大门口等他,自己跑步到办公室换下运动装,换上便装。离开办公室时,他拿上了前几天工会趣味运动会得的奖品:一个印有卡通人物皮卡丘的淡粉色保温杯。保温杯还有一款黑色的,余玮刻意选择了这只淡粉色的。

余玮还未走出大楼的玻璃门就看到了奇奇,奇奇想必也看到了余玮。她藏在了门柱的侧面。余玮看到了女儿藏身的动作。他走出大门时,故意装作找她的样子,直到奇奇悄悄地从他身后猛地窜了出来。

“闺女,送你个礼物。”

“什么礼物?”奇奇边问边打开了包装盒,她看到了里面的保温杯,“好卡哇伊(可爱)的杯子!”

一路上,奇奇不停地欣赏杯子上面的皮卡丘图案。

父女俩打开房门。

“妈妈做大盘鸡了!”一进门,奇奇就闻到了大盘鸡的味道。她夸张地连吸了几下鼻子。

“还有卤牛肉!”余玮接过奇奇的话。

“爸爸,你能闻得出来?”奇奇惊讶地问。

“哈哈哈,那是爸爸早上就卤好的,我咋能不知道?”

“耶,完美!”“完美”二字是奇奇最近的口头禅。

“你们俩换衣服、洗手、吃饭!”梅好的声音从厨房传出来。

奇奇说得没错,餐桌上有刚刚出锅的大盘鸡,还有切好的卤牛肉、素炒丝瓜和凉拌西红柿。梅好正在厨房炸油饼,旁边放着半盆炸好的油饼。自从爸爸和妈妈去北京后,家里很少能吃到油饼——炸油饼是妈妈的“专利”。妈妈预先把酵头掰成碎块，泡在水盆里化开；然后和一大盆面，里面掺入牛奶和捣碎的南瓜瓤；再把化开的酵母水倒入和好的面里，来回地和面，把酵母水和匀；最后盖好锅盖，等着面发好。面发好后，开始炸油饼，通常是爸爸负责炸，妈妈负责揉生面饼，梅好在家时也会帮妈妈的忙。妈妈发面用的酵头是她从老家带来的，旧的酵头用完后从发面上揪下来一块面团，便是新的酵头了。酵头无穷无尽似的，总在用，却总用不完。在爸爸和妈妈去北京的这些日子里，奇奇时常会念叨想吃奶奶炸的油饼了。余玮去北京出差返回乌鲁木齐，妈妈总要炸一些油饼或者蒸几笼羊肉包子让他带回家。前天梅好突发奇想说要炸油饼吃，她照着妈妈的步骤和好面，本想着当天晚上面就能发好，但春天屋子里凉，面没有发起来，直到第二天才发好。今天晚上，梅好炒好了菜，开始兴冲冲地炸油饼。

"这些菜是同事的妈妈从农村带来的自家种的蔬菜，这只鸡是我托朋友在达坂城买的土鸡。你俩咬一咬鸡骨头，硬硬的，正宗的土鸡。"梅好边炸油饼边惬意地介绍自己做好的菜。

"不错，不错。"余玮说着话，他吃了一块西红柿。

"我要吃肉！"奇奇从洗手间一出来就这么说，她在 3 个月大时就开始吃鱼肉了，是个天生就爱吃肉的人，"妈妈调的姜糖辣椒汁的味道简直完美！"她一口吃了三片牛肉。

"我的同桌孔丹果养了一只食素的猫，它只吃水果，最爱吃苹果。那只猫很娇气，要用手捧着水喂它才肯喝。或者摆一溜小碗，每个碗里盛上水，猫过来这儿闻闻，那儿舔舔，挑挑拣拣地喝水。"奇奇边吃饭边说话，"最有意思的是它每听到盥洗的水声，总要跑过来蹲在洗脸池上，让人用手接满水喂它喝。"

"那真是只有意思的猫。"余玮也觉得那只猫很有趣。

"爸爸，那只猫长着粗粗的尾巴，你知道它叫什么猫吗？孔丹果给我说起过它的名字，是个很特别的名字，可惜我突然忘记了。"

“不会是只波斯猫吧。”

“不是，它的肚皮上长着一团三角形的白毛。”

“哈哈哈，就叫它大白猫吧。”余玮风趣地回答道。他接着说起一件同样有意思的事情：“我小时候养过一只大白猫，那只猫抓老鼠是极有趣的。”余玮站起来，将双手按在桌面上，“猫在休息时把前腿横着弯起来平贴在地上，后腿蹲着，闭着眼睛睡觉，嘴巴里发出‘呼噜噜’的声音。”余玮边说边把前臂横着弯曲，平贴着桌面，学猫休息时的姿态，“当它守在老鼠洞门口时，前腿是直立的，眼睛直直地盯着老鼠洞，耳朵朝下，一动也不动，尾巴偶尔会摆动摆动。就像这样。”余玮将胳膊伸直，立起身子，又将双手贴在头顶上，比作猫耳朵，睁大眼睛盯着奇奇看。

“我才不是老鼠呢！”奇奇说。

“大白猫每吃完食物总要将软软的舌头伸出来沿着嘴边舔一圈。”余玮伸出舌头，将自己的嘴唇舔了一圈。

“奇奇，瞧你爸爸！我看他就是只猫。多大的人了，还像个孩子那样搞怪！”梅妤嗔怪自己的丈夫。

“妈妈，我爸爸属于孩子气的大人。语文张老师曾经说过，有一类人永远充满孩子气。”奇奇替余玮开脱。

“你们老师还说过什么？”

“哈哈哈哈——哈哈哈哈哈——”奇奇突然大笑不止，她一定是想起了某件好笑的事情，“今天张老师讲完那篇晦涩难懂的文言文《核舟记》后，对着茫然一片的同学们自嘲：她简直就是在对牛弹琴！你们猜猜接下来发生了什么事？”

“哞——哞——”余玮在下一秒便学起牛的叫声。

“爸爸，你怎么会知道？我们班的潘岩当时就学牛叫了。”

“这还不简单，老师都对你们这群‘牛’弹琴了，‘牛’也该叫几声吧。”

“爸爸，你小时候养过牛吗？”

“没有,但是养过羊。”余玮说,“小羊羔叫起来特别像小孩子喊妈妈的声音。”余玮模仿羊羔叫了几声。奇奇跟着叫了两声。梅好说奇奇学得更像羊羔叫。

“那个皮卡丘图案的杯子让我记起一个人名——毕加索,老师今天在英语课上提醒我们千万别把 Picasso(音:皮卡嗖)读成了皮卡丘,别把伟大的画家误判为卡通人物。我发誓,我会永远记住毕加索!”奇奇说到了另外一个话题。

“皮卡嗖,皮卡丘,真是一字之差!”余玮跟着念了一遍。

晚饭快要吃完时,梅好把手机递给余玮:“给你看个东西。”

手机屏幕上正显示一个网页,字体很小,余玮只看清了网页标题——2019年度新疆维吾尔自治区高级卫生专业技术资格考试成绩查询。“哇!你的正高级职称考试通过了!我一猜就知道。”余玮惊呼了起来,尽管他没有细看成绩栏。梅好微微噘着嘴,点点头。

“什么考试?什么考试?”奇奇连着问了两声,她对任何事都充满好奇。

“妈妈的正高级职称考试。”余玮回答说。

“什么是正高级职称考试?”奇奇继续发问。

“它是专业技术人员职称最高等级的认证考试。一般职称划分为正高级、副高级、中级、初级四个级别。妈妈现在已是主任医师,不再是以前的副主任医师了!”余玮继续回答女儿的问题。

“爸爸,你是什么职称呢?”

“爸爸是正高级工程师,和妈妈是同一级别,不过我的职称是评定的,而妈妈的是通过严格的考试得来的。”余玮说完这句话,又问梅好,“你们科室考试通过了几个?”

“两个人,另外一个刚刚达到及格线。其他的十几个人没有考过。”梅好回答。

“妈妈真优秀!”奇奇忍不住喊了出来。

“这没什么大不了的。”梅好谦虚地说。

“别人没有考过去而你考过去了，这就是优秀！没有比较是发现不了优秀的。”余玮脱口而出，他有些激动，“闺女，去把茶几上爸爸的酒拿来！”

“遵命！”奇奇蹦跳着就拿来了小方瓶装的若羌红枣酒。酒是打开的，余玮偶尔会拿瓶直接喝几口。这种酒是南疆的特产，是用红枣酿造的白酒。

“闺女，跟爸爸干一个！庆祝一下！”余玮打开瓶盖，将酒瓶高高举起。

“天哪！我该喝啥呢？我的水杯呢？算了算了，就它了。”奇奇端起装有调味汁的小碗，跟余玮手中的酒瓶重重地碰了一下，发出“当”的一声。余玮喝了一大口酒，奇奇竟然喝了一口调味汁。

梅好看着父女俩，责怪道：“奇奇，小心碰碎了碗！”

第五十二章　用小刀像割韭菜一样割蘑菇

即使余玮一个月去一次北京，爸爸和妈妈都觉得不够。

这几年，西部水电院承接了水利部多项水电工程的试验项目，余玮经常赴京进行技术交流和项目汇报。自《高烈度地震区高坝体坝基滑移机理及防治技术应用研究》科研课题开题以来，他去北京开会的频次骤增，经常不到一个月的时间就要去一次北京。虽说相隔千里，余玮却能经常见到父母。通常会议结束后，余玮会退掉酒店，来到余玥家，住一晚上再返回乌鲁木齐。

每次到北京，妈妈总要给余玮做很多菜。妈妈说，小外孙康康的嘴巴巧得很。康康 2 岁多时，有一次，余玥要到海拉尔出差三天，说好第三天就回来。康康前两天晚上都乖乖地按时睡觉。第三天晚上，他想妈妈了，怎么都不愿意睡觉，很认真地跟外婆说："坐地铁，换高铁，妈妈到了海拉尔。出完差，上火车，哐当哐当回来了。过东门，到西门，回家了，关门了，就把康康抱上了。"

每次从北京返回乌鲁木齐，康康都要给余玮送行，这已是他的一个心心念念的小心愿了。有一次，余玮会后赶到余玥家已是晚上 12 点了，康康已经睡着了。第二天早上 7 点，余玮去机场，康康还在睡觉。余玮给妈妈说就不要叫醒他了，小孩子瞌睡多。妈妈说，不行的，昨晚余玮回来得晚，康康忍着瞌睡等舅舅回来，一直等到 10 点半才不情愿地睡了，要是今天了却不了康康送别舅舅的心愿，他该有多沮丧！余玮说那就叫醒他吧。余玥一叫康康就醒了，自己快速穿好衣服从卧室冲出来。余玮说康康过来让舅舅抱抱，康康迷迷糊糊中便扑到余玮的怀里。出门时，余玮叮嘱康康送到大门口就回去，可康康非要送余玮到地铁站。到了地铁口，余玮没让爸爸、妈妈、妹妹、妹夫和康康进地铁站。康康站在地铁口什么也不说，很不高兴的样子。地铁行至三元桥时,余玥发微信说:“康康在地铁口跟舅舅分别时,一直不肯说再见,已经看不见舅舅了,康康也不愿回家,他一心想着在地铁站里面说再见。我只好带康康到了地铁站里面,康康看见舅舅的背影,大声喊道:‘舅舅再见!’可舅舅没回头看我们。康康说:‘康康看见舅舅了,舅舅没看见康康。’”

过了一会儿,余玥又发微信说:“康康问我:‘舅舅还会来吗?’我说:‘会呀。’康康瞬间就高兴了。”

每次去北京,余玮要么带一箱冰鲜的羊肉,要么带些新鲜水果。2019 年 7 月中旬,余玮去北京开会时带了一箱晒干的野蘑菇。这些蘑菇是他在 7 月初才采摘的。每年的初夏,正是乌鲁木齐南山牧场头一茬蘑菇长出来的时节。爸爸和妈妈没有去北京的那些年,余玮都要带上全家人去南山采摘蘑菇,妈妈会及时把蘑菇切开、晒干,留在平时吃。

那天是个周末,余玮、奇奇和龚海波三人早早就出发了。龚海波是吉林人,他是余玮担任指导老师的第三位实习生,三年前大学毕业。梅好那天出差到南京讲课,否则她是必去的。奇奇更不用说,她很小的时候就跟着余玮去山里采蘑菇,采蘑菇是她喜欢的一项活动。

早晨 8 点他们就到了南山的东白杨沟。森林里弥漫着野花、青草和潮湿泥土的味道,这是森林在雨量充沛时特有的那种沁凉的异香味。刚到沟口,他们就发现了大片的荷叶离褶伞,密密麻麻的,满草地都是。这是森林里第一波长出来的蘑菇,这种蘑菇群生,排着队长成一圈,像围坐在一圈玩“丢手绢”游戏的小孩子。关于这种神奇的蘑菇,在余玮家里流传着一个有趣的故事。奇奇 5 岁生日那天,一家人用当天从山里采摘回来的荷叶离褶伞涮火锅吃,第二天吃午饭时,奇奇很认真地说道:“怎么回事啊?今天拉的屎屎一一点儿都不臭。”小孩子说出了所有人没有说出来的话。余玮备了三把小刀,用来削去菌柄根部的泥土,这样处理过后的蘑菇会很干净,但这样做会影响采摘蘑菇的速度。后来龚海波实践出一个好方法,用小刀像割韭菜一样割蘑菇,割蘑菇不光速度快,而且蘑菇割下来便是干干净净的。山谷里的蘑菇很多,三个人行进到一半时已经将各自携带的手提袋装满了蘑菇，连两个小时都不到。采完蘑菇他们没在山里滞留便下山回家了。那天艳阳高照，正是晒蘑菇的好天气。回到家，正是中午，余玮和龚海波没有休息，两个人扛着四袋蘑菇和一个装着菜板、菜刀和旧被套的手提袋去顶楼。余玮跳起来抓住悬在楼道墙壁上的爬梯，双臂撑起身体，双脚登上爬梯，单手推开盖在楼顶入口孔洞的铁盖板，上到楼顶。他铺开被套，把菜板和菜刀放在上面，被套用作晒蘑菇的地垫，菜刀和菜板用来切蘑菇。他返回到楼顶入口处，伸手下去，接起龚海波高高举起的蘑菇袋，将蘑菇倾倒在铺开的被套上。在他接过最后一袋蘑菇时，龚海波也上到了楼顶。楼顶上比地面还要热，他俩没戴帽子，穿着短袖 T 恤，在烈日下将蘑菇一个一个切开，摊开铺在被套上。在切蘑菇时，俩人感叹采的蘑菇太多，怎么切也切不完。晾晒完蘑菇，余玮回到家里叫奇奇一起出去吃饭，她已经在小卧室里睡着了。余玮和龚海波在一家小餐馆里吃了一整只椒麻鸡，每人喝了一瓶啤酒，余玮很久没有那样豪爽地吃饭了。第三天中午，余玮把晾晒在楼顶的蘑菇收回家，因为天气预报说下午有阵雨，当时余玮怎么也登不上爬梯，还是奇奇用双手使劲托起他的脚才爬上去的。前两天余玮蹲在楼顶上切蘑菇，他的腰已变得僵硬，使不上劲了。历经两整天的暴晒，蘑菇干透了，白白净净的。随后的几天，余玮给几个要好的朋友送了一些干蘑菇，他当时就想着去北京时给父母也带一些。

烧蘑菇，要将蘑菇泡在水盆里，用牙刷轻轻刷洗上面的土粒，很容易就洗干净了。用干蘑菇炖肉或者煲汤，有种特别的香味。洗完蘑菇的水是透明的琥珀色，澄清后可以直接用来煲汤。在这样的时候，余玮会闪现出一个念头。等龚海波结婚了，有了自己的家，每年也给他送一些干蘑菇。

余玮想，由自己晾晒的干蘑菇，跟在戈壁上历经艰险捡拾到的宝石一样，也是留存有记忆的。它将一些鲜活的人和事寄存在盛夏，寄存在特定的时光里，随时可以找到它们，看到它们。而这对人这一生有限的年华而言，是一件多么有趣的事情。

第五十三章　岁月如驰，切不敢忘

“我每次买八宝饭都买那种自带碟子的。你这次买的也不错，自带小碗。”

“超市的八宝饭有两种，一种装在小碗里，另一种装在木制的小蒸笼里，我看了价钱是一样的，便买了这种自带小碗的。”

余玮从超市回来，将买来的物品从购物袋里取出来放在厨台上。梅好在一旁边看边一一点评丈夫采购的东西。她对这份八宝饭很中意，夸赞了他一句。而余玮在买这种带碗的八宝饭时就想到了那个小碗可以继续用来盛装饭菜，他知道她也会这么想。当然也有梅好不中意的，唠叨几句是难免的。女人唠叨男人，在多数情况下与她所唠叨的内容无关。唠叨是一种日常的仪式，就跟两只山羊见面总要用羊角相互顶一顶，顶完就可以安心吃草了。

余玮和梅好准备做午饭。这天是余玮的生日，恰好是星期六。第二天，余玮要去北京参加《高烈度地震区高坝体坝基滑移机理及防治技术应用研究》科研课题结题评审会议，会议在2019年12月28日如期举行。

梅好把菜切好，叫余玮来炒菜。余玮让梅好煮米饭。

梅好插好电饭煲插头，摁下开关：“可以了。”

她看着余玮，扬扬得意：“我就知道你要让我煮米饭。我早就将米淘好，把水加进去了，只差摁下开关了。”

“那你也别走，就跟我待在厨房。”

“没问题。”梅好看着余玮炒菜。

“你为何老是吧唧嘴？”她问他。

“吃完枣子，嘴里噙着枣核，一直没有空吐出来。”

"张嘴。"梅好把手伸开接在余玮嘴边,余玮吐出了枣核,"枣核啃得可真干净!"

第二天中午,余玮乘坐地铁去机场。对面坐着祖孙俩。爷爷面容清瘦,流淌着慈爱的笑容,像团暖暖的阳光;小孙女弯眉大眼,闪烁着跃动的情绪,像团跳跃的火焰。

"爷爷,我给你说个悄悄话。"

"悄悄话不要说出来。"

"哈哈哈,可我还是说出了一些。"

看着他们俩,余玮想起了女儿小的时候和爸爸在一起也是这个样子。

第三天上午,《高烈度地震区高坝体坝基滑移机理及防治技术应用研究》科研课题结题评审会议在中国水利水电大学红果园宾馆举行。国内知名的学者对《高烈度地震区高坝体坝基滑移机理试验研究报告》《高烈度地震区高坝体坝基滑移防治技术规程》《高烈度地震区高坝体施工技术研究报告》《高烈度地震区高坝体施工工艺研究报告》四个专项报告逐一进行评审与论证。《高烈度地震区高坝体坝基滑移机理试验研究报告》幻灯演示汇报材料首页的背景是一棵树叶落尽的白杨树,配有一首短诗:

亭亭白杨,居于野荒。
叶落躯直,雄姿清扬。
枯荣自如,岁岁含芳。
地冻天寒,何草不黄?
张弛有道,仰此白杨。
男儿居世,自当奋扬。
岁月如驰,切不敢忘。

那是乌伦古河边一棵白杨树的照片,由叶清扬拍摄,诗句亦为叶清扬所作,发表在2013年的《水电设计报》上。那天,在写完汇报材料的一刻,余玮抬眼看到了案头那张他和叶清扬的合照,一道璀璨的亮光划过脑际后,他将首页背景换成了白杨树的照片,把末页背景换成了大朵大朵盛开的蝴蝶兰。

科研评审会整整进行了三天,每天的会议都结束得很晚,最后一天一直持续到晚上10点。

余玮这一次来北京,如往常一样先去了余玥家,带了一箱冰鲜的羊肉。妈妈嘱咐余玮返回乌鲁木齐时带上她蒸好的一箱羊肉包子给梅妤和奇奇吃。会议结束后,余玮给妈妈打电话说会议结束得太晚了,晚上不去余玥家了,第二天上午按会议安排返回乌鲁木齐。妈妈说,工作劳累就不用来看她和爸爸了,反正这几年总在见面。那天深夜,余玥开车把一箱羊肉包子送到红果园宾馆,一起送来的还有一口锅。这口锅是妈妈专门给余玮买的,也是妈妈买的最贵的一口锅。在一家商场的促销会上,母亲买了一口锅,使着很顺手,便想到给儿子也买一个。爸爸提醒说最好能事先跟儿子沟通一下,别买了闲置不用,反而是浪费。妈妈那天在电话里给余玮讲了那口锅的种种优点,然后小心地问余玮要不要。

余玮当时毫不犹豫地说:“俺娘送我的东西,必须要。”

妈妈高兴地说:“好,我今天就给你买。等你下次来北京时带回家。”

分别时,妈妈再次嘱咐余玮:“我是用过之后觉得好才给你买的。这锅你拿回去就用上。”

第二天上午,在首都机场候机厅,余玮信手拿起报刊架上一本叫《南航之旅》的杂志翻阅,其中的《员工心声》专栏的一篇文章吸引了他。

每个人的人生必经之路上除了成长之外还有职业生涯。职业生涯在小学时它是一篇叫《我的梦想》的作文,在大学时是一门叫《职业规划》的课程,而在迈入社会后便是实实在在的职业生涯了。对我而言,我似乎还未完全规划好职业便踏入社会。从我牙牙学语到大学毕业长大成人，一路磕磕碰碰走来，这个过程是父母在帮助我成长，而在走向职场的路上我庆幸有贵人相助，让我获得了心仪的工作。于爱而言，没有比心存感激更好的保质方法了。

我知道，人生该走的弯路，一米都少不了，这正暗示了每一条人生之路都不是一帆风顺的。梦想不是只靠想就可以轻易实现的。空乘职业，被很多人看作是一个光鲜亮丽的职业，在我成为一名空乘人员之前我一直这么认为。在这半年的实习中，我经常会低下头承认自己是服务员，因为我的职业的确就是为旅客提供空中服务。但我有时候也不愿意承认自己就是大家所说的服务员，因为在万米高空上，旅客得到的不仅仅是我贴心的服务，还有在危机和突发状况下，我对旅客的安全保护。旅客选择我所在的航班，我就要为他们的安全负责！

这个职业教会我很多东西，我认为那是在成长路上得到的最好馈赠。我这里有个小故事，是关于一个小朋友的。那天他独自一人乘坐飞机。小朋友独自一人坐飞机，父母一定是不放心的，为解除父母的后顾之忧，航班可以办理无人陪伴儿童服务，乘务组收到信息后会安排专人照顾小旅客（老人也有这样的服务，会有老人关注特别服务）。据我飞行半年的体会，小朋友和老人有一个共同的特性，大多腼腆、不爱说话。乘务组安排这类特殊旅客先上飞机，后下飞机。那天，我去登机口接过小朋友的行李，带到座位后为他介绍机上设施。小朋友只是怯怯地看着我，涨红了脸，一句话也不说。我问他是不是想上厕所，他点点头。我赶紧带他去洗手间。

回来时我微笑着对坐在他旁边的旅客嘱咐："先生，您好！小朋友是一个人坐飞机，如果他有什么需要您能帮他按一下呼唤铃吗？我会马上过来。"他连忙答应："好呀，好呀！没有问题。"我的心一下就暖了。在整个航程中我不停地关注那个小朋友，原本内向的小朋友渐渐活泼起来了。

发餐饮时，我问他："想喝什么呀？"

“可乐。”他愉快地回答。

“可乐很冰的,只能喝一杯哦。”

他犹豫了一下,答应了。我帮他把餐具打开时,告诉他饭菜有些烫,慢点吃。饭后,我立即拿湿巾去给他擦手。他的手上沾满了米粒和菜汁。

飞机快落地了,我告诉他说:“小朋友,一会儿别人下飞机时别跟着他们,在座位上等姐姐过来接你。”他竟然拉着我的手说能不能不下飞机。我的心再次被温暖了。

座位前后的几位旅客笑着对我说:“这是你亲弟弟吗?”

我想,旅客说这句话是因为他们都看到了我真诚的心。

只有真心热爱工作,才能体会到工作中的乐趣。每个人对服务的理解各不相同,对于我来说,我喜欢每一位旅客都能因为我周全用心的服务而拥有完美的旅程!在这段日子里,我也遇到过蛮横不讲理的旅客,我会为此难过好几天,但好情绪会很快到来,因为我遇见更多的是感动于我的服务而说感谢的旅客。

前几天,在飞广州时,我在舱门口迎接旅客。最先登机的是一对老夫妻,奶奶的腿脚不好。乘务长看到后立即查询座位,安排奶奶坐在靠前宽敞的位置,爷爷仍坐在原位。途中让我印象最深刻的是,我每每在客舱里服务时,爷爷就看着我。我察觉到后问他,有什么需要帮助的吗?他小声说他的妻子在前面,他照顾不了,所以很担心。我听懂了他的意思后,去跟乘务长说明情况。乘务长让我转告爷爷,我们乘务组会细心照顾奶奶,请他不要担心,并且通过跟奶奶身边的旅客沟通,恳请他跟爷爷换座,让爷爷坐在了奶奶身边。爷爷的眼神透着感激和放心,不停地说:“谢谢,谢谢!”那一刻,我有种幸福感!有空闲时我就问奶奶还要不要喝点水,需不需要上洗手间,爷爷和奶奶都说随便。我想,这可能是他们第一次乘坐飞机的原因。在我把每一种饮品、餐食认真地向他们介绍后,他们问我要多少钱。我鼻子一酸:“不要钱,吃完我可以再给您拿!”

有很多老人很节俭,在飞机上不敢开口要餐品,以为那是需要付很多餐费的。当空乘人员给他们分餐时,他们不好意思拒绝,就只能问问多少钱。

飞机停稳送客时,我们让爷爷奶奶最后下机。我帮他们取下行李。他们还是不停地说:"谢谢,谢谢!"奶奶直接用双手握住我的手:"姑娘,谢谢啊,辛苦了!"看着奶奶的眼睛,我都要流泪了,我感觉到了她传递给我的温暖和真情。

我每天的工作是向很多人问好,对很多人微笑,为很多人端茶倒水。而在我的心里,经常会愧疚地问自己,什么时候才能让爸爸和妈妈乘坐由我服务的航班呢?让爸爸和妈妈在云端之上看到他们已经长大的女儿。

文章配有图片,是位航空乘务员的工作照片。文章的署名:燕宇飞。

余玮隐约想起来了。他翻出了大姐余瑛某一天的朋友圈,找到了那张燕宇飞的照片。他判定两张照片里的人为同一人。他将图片和文章拍照发给了燕博文:"她就是燕宇飞吗?"

很快,燕博文回微信消息了:"正是。你在哪儿?"

"首都机场。"

"航班号?"

"CZ6906。"

"真巧。飞飞就在你乘坐航班的乘务组。"过了一会儿,燕博文回了消息。

在登机廊桥上排队快要进入舱门时,余玮一眼就认出了站立在舱门口迎接旅客的一位航空乘务员正是照片里的女孩——燕宇飞。

他走进舱门。燕宇飞微笑着,躬身问道:

"先生,您好!我帮您看一下您坐哪一排。"她接过余玮的登机牌。

就在那一刻,她惊喜地看着余玮,睁大了眼睛,几乎是要跳了起来:"余叔叔好！我就是燕宇飞！”

“飞飞，你好！”

余玮知道，一定是燕博文告诉燕宇飞自己的航班号了。但他并不知道燕宇飞是刻意逐一查看旅客登机牌认出他的，而在登机之前，他本想装作不认识她的样子乘坐这次航班。当燕宇飞的灿烂笑容扑面而来时，他的眼前瞬间清晰闪现出这样的场景：她在欢悦地笑，眼睛眯成了一条缝。

他入座后，很快便睡着了，连续几天紧张的评审会让他很疲倦。他醒来后，发现自己身上盖着毛毯，并看到前排座位后面贴着一张卡片：余叔叔，醒了后按呼唤铃，我给您拿午餐来哦！燕宇飞。再看手表，已是下午3点了，他整整睡了两个多小时，再有一小时就要到乌鲁木齐了。他朝舷窗外望去，飞机正在飞越天山主峰——博格达峰，山顶上的云彩演绎着千变万化的神奇景象，飞机正迎着阳光照来的方向飞去。他在心里默默地想，有很多次他都这样想：飞过博格达峰，沿着朝向红山的方向继续西飞，掠过达坂城草原，越过红山，便到家了。在飞机越过红山时，他看到了红山塔，看到了厚厚的雪压在红山的树上，有风吹过，像草原上流动的白色羊群。他虔诚地认为，那些树跟红山塔同样是红山的灵魂。这些树中的常绿种类在冬天也是郁郁葱葱的。它们的枝条是柔嫩的，树芽是饱满的，树干是挺拔的，连那些倒伏在地上的树也保留了鲜活的样子。树梢上的阳光是明亮的，看到它，便会感受到温暖，即使在这寒冷的冬天。而在这些树和阳光下，在王洛宾的塑像旁，一定有音乐在响起：有手鼓、小提琴、手风琴和冬不拉，还有王洛宾那首《在那遥远的地方》。就在这一刻，他的耳际再一次传来那个熟悉的声音——轻风吹过红山，发出“呲呲呲”的有节奏的声响，其中还伴有无数闪着金光的小雪珠儿在翻旋中细微的摩擦声，像树叶落地的声音。他感受到红山散射出神秘、迷人、让人崇敬的母性的引力，吸引并召唤着塔与树、阳光与音乐、轻风与归人。而就在这一刻，他猛地想起了20年前那位拉小提琴的银须老人，想起他关于王洛宾的深情讲述和诗一样的话语，他意识到已经有20年没有记起他了。

飞机降落了,机身颤动了几下,开始急剧减速。他看到机场跑道的标志线像箭一样急速后移。他热切地想见到梅好,见到奇奇。就在昨天晚上,梅好给他发了一条信息:“亲爱的,新年要到了,奇奇要当姐姐了,你又要当爸爸了!”

致　谢

在表达谢忱之前，我要澄清书中的几件事。红山上确有林则徐的雕像，但左宗棠和王洛宾的雕像是虚构的——他们同是有大使命感的人，是伟大的“知行”者。林则徐“西域遍行三万里”，屯田耕战，戍卫新疆；左宗棠“捐躯赴国难”，抬棺出征，夺回了新疆；王洛宾“深幽图圄之中”，挽救了西部音乐。我满怀敬仰之心，将他们的雕像矗立于祭祀博格达峰的红山上。熟悉乌鲁木齐的人都知道，“五楼”是一栋古老的铁道勘察设计大楼，我把“五楼”“搬迁”到红山下，并对它的故事略做了改动。书名中的“红山”冠以“风吟”二字是刻意为了弱化红山的雄健之气，赋予它阴柔之美。

感谢我的父亲，感谢爸爸心甘情愿地做了这本书的第一读者，感谢他的建议和对我一如既往的鼓励。感谢我的母亲，妈妈温柔强韧的性格流淌在我的血脉中，也流淌在这本书里。感谢我的妻子，她是我心中的一座城堡，那正是我一生的福祉。

感谢陈玉珍和张睿为本书做礼赞平凡的序言，为本书做深情导读。感谢朱锋，是他诠释了可可托海之美！

感谢编辑老师汪爱武给予本书的睿见和指导，还有在我信心动摇时给予我的坚定鼓励。

感谢吾兄崔志强，你高超的医术和仁慈的品格时时激励着我。

最后，我要感谢余玮、梅妤、奇奇、叶清扬、楼春芳、杨玲和小说里的很多人物。他们的故事分分秒秒悬于我心，督促我写出这段丰实故事。

张振钛

2023 年 11 月 23 日